Z

Andrew Taylor

Eine Messe für die Toten

ROMAN

Aus dem Englischen
von Renate Orth-Guttmann

Paul Zsolnay Verlag

Die Originalausgabe erschien erstmals 2000
unter dem Titel *The Office of the Dead*
bei HarperCollins Publishers in London.

1 2 3 4 5 06 05 04 03 02

ISBN 3-552-05174-0

Satz: Satz für Satz. Barbara Reischmann, Leutkirch
Druck und Bindung: Ebner & Spiegel, Ulm
Printed in Germany

Für Vivien. In Liebe und Dankbarkeit.

ERSTER TEIL

Die Pforte in der Mauer

I

»Ich bin niemand«, sagte Rosie.

Das waren die ersten Worte, die ich von ihr hörte. Ich stieß die Pforte in der Mauer auf, und da war Rosie. Mit roten Sandalen, in einem hellbeigefarbenen Baumwollkleid mit Blümchenstickerei auf dem Oberteil, mit blauen Bändern im blonden Haar. Die Bänder und Blumen hatten genau die Farbe ihrer Augen. Sie sah sehr ordentlich aus – wie der Garten, wie alles, was Janet gehörte.

Janet hatte mir Fotos geschickt, deshalb wußte ich, daß es Rosie war, aber ich fragte sie nach ihrem Namen, wie man das so macht, wenn man ein Kind kennenlernt und das Eis brechen will. Namen sind wichtig. Namen prägen sich ein.

»Niemand? Das glaube ich nicht.« Ich stellte den Koffer auf dem Gartenweg ab und hockte mich hin, um mich so klein zu machen, wie sie es war. »Wetten, daß du in Wirklichkeit ein Jemand bist? Ein verkleideter Jemand.«

»Ich bin niemand.« Sie sah nicht ungeduldig, aber sehr entschlossen drein. »So heiße ich.«

»Niemand heißt niemand.«

Sie verschränkte, ein Kreuz aus Fleisch und Knochen bildend, die Arme vor der Brust.

»Ich schon.«

»Warum?«

»Weil niemand vollkommen ist.«

Sie drehte sich um und hüpfte den Gartenweg hoch. Ich richtete mich auf und sah ihr nach. Rosie spielte Hopse – ohne Stein, in einem unsichtbaren, von ihr selbst erfundenen Muster. Ein Sprung auf einem Bein, der nächste mit beiden Beinen. Ohne sich nach mir umzudrehen, hüpfte sie bis zur halb verglasten Haustür. Die Sohlen ihrer Sandalen klatschten wie träger Applaus auf die Steinplatten. Jedesmal, wenn sie – auf einem oder auf beiden Beinen – landete, lief der Ruck durch ihren ganzen Körper und in kleinen Kräuselwellen durch ihr Haar.

Es gab mir einen neiderfüllten, fast wütenden Stich. Niemand war schön. O ja, dachte ich, niemand ist vollkommen. Niemand ist das Kind, das ich mir immer gewünscht habe, das Kind, das Henry mir vorenthalten hat.

Seit Tagen, ja Wochen bemühte ich mich, nicht an Henry zu denken. Jetzt sah ich eine Sekunde lang sein Gesicht deutlicher vor mir als Rosie und das Haus. In diesem Augenblick hätte ich ihn ermorden können, hätte ich am liebsten Henry und alles andere, was mir je widerfahren war, zu einem harten, schwarzen kleinen Ball zusammengerollt und in den tiefsten, dunkelsten Winkel des Pazifik geworfen.

Später versuchte ich David das auseinanderzusetzen – in einem dieser bruchstückhaften, aber intensiven Gespräche, die wir während Janets Krankheit führten.

»Du kannst dich nicht vor der Vergangenheit verstecken, Wendy«, sagte er. »Du kannst nicht so tun, als sei sie nicht da, als sei sie nicht wichtig.«

»Warum nicht?« Ich war zu der Zeit schon ein bißchen angesäuselt und sprach unbeabsichtigt laut. »Wenn du mich fragst, haben Menschen, die in der Vergangenheit leben, etwas Klägliches. Sie ist vorbei, sie ist erledigt.«

»Das ist sie nie. Zumindest so lange nicht, bis du selbst erledigt bist. Die Vergangenheit – das bist du.«

»Halt mir keine Vorlesung, David.« Ich lächelte liebenswürdig und blies ihm Zigarettenrauch ins Gesicht. »Du stehst nicht vor deinen Studenten, verdammt noch mal.«

Aber natürlich hatte er recht. Daß er so oft recht hatte, regte mich an David immer wieder auf. Er war ein so arroganter Pinsel, daß man förmlich hoffte, er würde mal unrecht haben. Und als er dann schließlich auf so tragische Weise im

Irrtum war, brachte ich keine Schadenfreude auf, da tat er mir nur leid. Für sich selbst hat er wohl mit dem Rechthaben immer wenig Glück gehabt.

2

In meiner Jugend waren die Menschen meiner Umgebung stolz auf ihre Vergangenheit und stolz auf die Orte, in denen sie lebten.

Meine Eltern waren in Bradford geboren und aufgewachsen. Bradford war in fast jeder Hinsicht allen anderen Städten überlegen – vom Rathaus bis zu den Kaufhäusern, von den Philanthropen bis zum Regenwetter. Ebenso überzeugt waren meine Eltern davon, daß Yorkshire, Gottes eigenes Land, alle anderen Grafschaften übertraf. Wir wohnten in einem baumbestandenen Vorort im Harewood Drive 93, in einer Doppelhaushälfte mit vier Schlafzimmern, einer Garage im Tudorstil und einer Standuhr in der Diele.

Mein Vater besaß ein Juweliergeschäft in der York Street. Sein Vater hatte das Geschäft gegründet, und der Sohn hatte es ohne Begeisterung übernommen. Er hatte zwei Liebhabereien, die er beide zu Hause pflegen konnte – seinen Gemüsegarten und meine Brüder.

Howard und Peter waren Zwillinge und zehn Jahre älter als ich. Für mich waren sie damals – und sie sind es noch immer – überlebensgroße, halbgöttergleiche Gestalten, die kaum Notiz von mir nahmen. Es fällt mir sehr schwer, mir in Erinnerung zu rufen, wie sie aussahen.

»Irgend etwas im Zusammenhang mit ihnen muß dir doch im Gedächtnis geblieben sein«, sagte Janet bei einem der vertraulichen Gespräche, die wir in der Schule führten.

»Sie haben Kricket gespielt. Wenn ich an sie denke, rieche ich immer Massageöl.«

»Haben sie sich nie mit dir unterhalten? Irgendwas mit dir unternommen?«

»Ich weiß noch, daß Peter mich ausgelacht hat, weil ich dachte, Hitler ist der Name des Gemüsehändlers am Bahnhof. Und einer von ihnen hat mich angeraunzt, ich sollte den Mund halten, als ich vor der Hintertür hingefallen bin und geheult habe.«

»Das klingt, als wenn du ohne sie besser dran wärst«, sagte Janet bekümmert.

Als ich zehn war, starben sie beide – Peter in seinem Schiff, das im Atlantik versenkt wurde, und Howard in Nordafrika. Die Meldungen erreichten meine Eltern innerhalb einer Woche. Danach war in meiner Erinnerung das Haus immer dunkel – wie bei heruntergelassenen Rouleaus und zugezogenen Vorhängen. Das geräumige Wohnzimmer nach hinten heraus wurde ein Schrein für die teuren Verblichenen. Wohin man auch sah, begegnete der Blick Fotos von Howard und Peter. Auch von mir gab es ein oder zwei, die aber standen im dunkelsten Winkel auf einem Schrank mit Büchern, die niemand las, und mit Porzellangeschirr, das niemand benutzte.

Obwohl ich noch ein Kind war, merkte ich, daß mein Vater sich nach ihrem Tod veränderte. Er schrumpfte. Er ging gebeugter als vorher. Er buddelte immer länger verbissen im Garten herum. Später wurde mir klar, daß er in dieser Zeit auch das Interesse am Geschäft verlor. Vorher hatte er es als seine Pflicht angesehen, das Geschäft für Peter und Howard zu erhalten und weiterzuführen. Jetzt waren sie nicht mehr da, und es war ihm im Grunde nicht mehr wichtig. Er fuhr noch immer täglich in die Stadt, nahm immer noch genug ein, um die Rechnungen zu bezahlen, aber das Geschäft lag ihm nicht mehr am Herzen, er war nicht mehr stolz darauf. Ich glaube, nicht mal auf Bradford war er noch richtig stolz.

Mädchen zählten in der Welt meines Vaters nicht. Sie wurden gebraucht, um Söhne zu gebären und den Haushalt zu versorgen, waren wohl auch nützlich als Objekt der Begierde für Männer, die ihnen dann Schmuck im Geschäft in der York Street kaufen konnten, allenfalls noch als Verkäuferinnen und Putzfrauen, weil mein Vater ihnen weniger zahlen mußte als Männern für die gleiche Tätigkeit. Aber eine Tochter brauchte er nicht.

Meine Mutter war da anders. Daß ich auf die Welt kam, war ein Versehen, glaube ich, vielleicht die Folge einer ungewohnt gelockerten Stimmung nach einer Weihnachtsfeier. Sie war vierzig, als ich geboren wurde, vielleicht hatte sie gedacht, es könne nichts mehr passieren, aber sie hatte sich eine Tochter gewünscht – nur eben leider keine Tochter wie mich. Sie hätte gern eine Tochter wie Janet gehabt.

Diese Tochter hätte sich mit ihr Strickmuster angesehen und sich für hübsche Kleider begeistert. Die Tochter, die sie bekam, schnappte ungehörige Ausdrücke auf, wie eine Katze sich Flöhe holt, und wollte hinten im Garten Bachläufe anlegen.

Heute tut es mir leid, daß wir so wenige Gemeinsamkeiten hatten. Sie brauchte mich, und ich brauchte sie, aber unsere Bedürfnisse deckten sich nicht. Je älter ich wurde, desto klarer wurde uns das beiden. Und so kam es, daß ich Janet kennenlernte.

Ich habe den Verdacht, daß mein Vater mich aus dem Haus haben wollte, weil ich eine unwillkommene Ablenkung war. Meine Mutter wollte, daß ich lernte, eine Dame zu sein und mit ihr über Mode und Kochrezepte zu reden, damit ich mir einen netten jungen Mann an Land ziehen und heiraten und ihr eine zweite Familie vollkommener Enkel schenken konnte.

Meine Mutter weinte, als sie sich auf dem Bahnhof von mir verabschiedete. Ich sehe noch die Tränen, die sich wie glitzernde Schneckenspuren durch den Puder auf ihren Wangen zogen und sich in den trockenen Schluchten ihrer Runzeln sammelten. Sie liebte mich, und ich liebte sie, aber wir haben es nie gelernt, unbefangen miteinander umzugehen.

Sie schickten mich ins Internat. Es war Krieg, und ich war noch nie von meinen Eltern getrennt gewesen, abgesehen von einem Vierteljahr zu Kriegsbeginn, als alle damit rechneten, daß die Deutschen unsere Städte kaputtbomben würden.

Diesmal war alles anders. Der Zug bewegte sich eine halbe Ewigkeit lang zischend und rasselnd durch eine verdunkelte Welt. Offiziell war ich in der Obhut eines älteren Mädchens, einer Vertrauensschülerin des Internats Hillgard House, deren Großmutter ein paar Meilen nördlich von Bradford wohnte. Das Mädchen flirtete während der ganzen Fahrt mit irgendwelchen Soldaten. Als sie zum erstenmal von einem eine Zigarette annahm, beugte sie sich zu mir hinunter und sagte: »Wenn du auch nur ein Wort davon erzählst, kannst du was erleben!«

Es war Januar, und Kälte und Dunkelheit machten alles noch schlimmer. Wir mußten viermal umsteigen. Jeder Zug erschien uns kleiner und überfüllter als der davor. Endlich ging die Vertrauensschülerin zur Toilette, und als sie zurückkam, hatte sie die Schminke abgewaschen und sich in ein Schulmädchen mit roten Backen und glänzender Nase verwandelt. Beim nächsten Halt stiegen wir aus. Wir standen auf einem Dorfbahnhof, in die undurchdringliche Schwärze der Verdunkelung gehüllt, umgeben von mißtönenden Geräuschen, die ich mir nicht erklären konnte. Es war, als wäre ich aus dem verräucherten Zugabteil mit den beschlagenen Fenstern in die Finsternis einer noch ungeschaffenen Welt getreten.

Wir hörten eine Männerstimme sagen: »Im Warteraum sitzen noch drei. Jetzt reicht's für ein Taxi.«

Die Vertrauensschülerin nahm ihren Koffer in die eine Hand und mich an die andere und zog mich in den Warteraum. Und dort sah ich Janet Treevor zum erstenmal. Zwischen zwei größere Mädchen eingeklemmt, weinte sie still in ein spitzengesäumtes Taschentuch. Als wir hereinkamen, sah sie auf, und sekundenlang begegneten sich unsere Blicke. Sie war der schönste Mensch, den ich je gesehen hatte.

»Ist das auch eine Neue?« fragte meine Begleiterin.

Eins der größeren Mädchen nickte. »Seit London hat sie die Wasserleitung nicht abgestellt«, sagte sie. »Aber von der Heulerei abgesehen, scheint sie harmlos zu sein.«

Die Vertrauensschülerin schubste mich zu der Bank. »Los, Wendy, setz dich zu ihr.« Sie sah zu, wie ich, meinen Koffer hinter mir herziehend, zur Bank hinüberging. »Bloß gut, daß du nicht auch so eine verdammte Flennliese bist.«

Mein Name, Wendy, war mir von Anfang an verhaßt. Er schließt alles das ein, was meine Mutter sich gewünscht hatte und was ich nicht bin. Meine Mutter schwärmte für *Peter Pan*. Als ich acht war, wurde das Stück zu Weihnachten gespielt. Ich wand mich während der ganzen Aufführung vor Verlegenheit, während meine Mutter genüßlich weinte und die salzigen Tropfen in die Konfektschachtel fallen ließ, die geöffnet in ihrem Schoß lag. Es heißt, daß James Barrie sich den Namen für die Tochter eines Freundes ausgedacht hat. Erst hatte er sie Friendy genannt, daraus wurde mit unerbittlicher Folgerichtigkeit »Friendy-Wendy«, was wiederum zu »Wendy« mutierte, und diesen Namen hat der fürchterliche Schotte dann der Nachwelt im allgemeinen und mir im besonderen hinterlassen. Die einzige Figur, die ich in der unsäglichen Geschichte von Peter Pan sympathisch fand, war Captain Hook.

»Wendy«, flüsterte Janet, als wir, von einem nach Schweiß und Pfefferminz riechenden weiblichen Fleischberg in eine Ecke gedrängt, auf dem Rücksitz des Taxis saßen. »Was für ein hübscher Name.«

»Und wie heißt du?«

»Janet. Janet Treevor.«

»Janet finde ich gut«, sagte ich, um an Höflichkeit nicht zurückzustehen.

»Ich nicht. Es klingt so fad.«

»Schade, daß wir nicht tauschen können.«

Ich fühlte ihren Atem auf meiner Wange und spürte, daß ihr Körper bebte. Auch wenn ich bei dem Radau der anderen Mädchen und dem Motorengeräusch nichts hören konnte, wußte ich, daß Janet kicherte.

So also fing es an mit Janet und mir. Wir waren die einzigen Neuen in unserem Jahrgang. Die anderen waren im September gekommen und hatten schon Freundschaften geschlossen. Es lag nahe, daß Janet und ich uns zusammentaten, aber warum wir Freundinnen wurden, weiß ich nicht. Janet war mir ebenso unähnlich, wie meine Mutter es war. Aber in ihrem Fall – unserem Fall – wirkten die Unterschiede nicht trennend, sondern verbindend.

Hillgard House war eine Villa aus dem späten 18. Jahrhundert in Herefordshire, mitten auf dem Land. Das nächste Dorf war zwei Meilen entfernt. Der Unterricht war schauderhaft, das Essen häufig kaum genießbar. Wenn es regnete, wurden fünf, sechs Eimer unter die undichten Stellen in den Schlafsälen im Obergeschoß gestellt, wo die Dienstbotenkammern gewesen waren, und das leise Plop-Plip-Plop der Tropfen begleitete uns in den Schlaf.

Die Schulleiterin hieß Miss Esk, und sie und ihr Bruder, der Hauptmann, wohnten im Südflügel. Dort gab es Teppiche und Kaminfeuer, und manchmal, wenn die Fenster offenstanden, hörten wir Musik. Die Esks hatten eine eigene Haushälterin, die sich dem Personal der Schule haushoch überlegen fühlte und Wert auf Distanz legte. Der Hauptmann ließ sich selten sehen. Es hieß, er habe im Ersten Weltkrieg eine mysteriöse Verwundung davongetragen, von der er sich nie ganz erholt hatte. Die Mädchen aus den oberen Klassen spekulierten gern über die Art dieser Wunde. Als ich älter wurde, stieg ich in der allgemeinen Achtung, als ich die Vermutung äußerte, er sei kastriert worden.

Im Internat hatten wir ständig Hunger. Es sei eben Krieg, pflegte Miss Esk zu sagen, da könnten wir nicht den im Frieden üblichen Komfort erwarten, auf den allerdings, wie wir immer wieder feststellen konnten, Miss Esk selbst offenbar nicht zu verzichten brauchte. Im Rückblick glaube ich, daß die Esks im Krieg ein Vermögen verdient haben. Die Gegend, in der die Schule lag, galt als relativ sicher vor Bombenangriffen und einer möglichen Invasion. Viele Väter waren eingezogen, die wenigsten Eltern hatten Zeit und Lust, Betreuung und Wissensvermittlung der Schule zu überprüfen. Ihnen war es vor allem wichtig, ihre Töchter außer Gefahr zu wissen, und in gewissem Sinne waren wir das ja auch.

Janet und ich liebten das Internat nicht, aber wir gewöhnten uns daran. Für mich hatte es drei Vorzüge. Erstens hätte ich mir keine bessere Freundin wünschen können als Janet, zweitens waren wir wegen des Krieges und der Inkompetenz der Esks einen Großteil der Zeit uns selbst überlassen, und drittens gab es die Bibliothek.

Das war ein hoher schmaler Raum mit Blick auf spärliches Buschwerk am nördlichen Ende des Hauses; der Raum enthielt Bücherregale, die sich an allen vier Wänden entlangzogen, und einen Marmorkamin, dessen Rost von einem hohen Rußberg zugedeckt war. Die Regale waren nur halb gefüllt, bargen aber – ähnlich wie die Dombibliothek von Rosington – ungeahnte Schätze.

In den fünf Jahren, die wir dort verbrachten, hat Janet wohl jeden Band gelesen oder zumindest in der Hand gehabt. Sie las *Ivanhoe* und den *Ursprung der Arten,* Popes gesammelte Werke, gebundene Jahrgänge von *Punch,* und ich bildete mich durch Janet aus zweiter Hand.

Im letzten Schuljahr entdeckte sie ein Exemplar von Marquis de Sades *Justine* in französischer Sprache. Das Buch – in Kalbsleder gebunden, die Seiten bräunlich gefleckt wie eine Altmännerhand – war in einem großen braunen Umschlag hinter den gesammelten Predigten des Bischofs Berkeley versteckt. Janet las fließend Französisch – eine der Fertigkeiten, die man in ihrer Familie offenbar fast durch Osmose erwarb –, und wir brachten eine ganze Woche im Sommertrimester damit zu, uns durch das Buch zu kämpfen, das langweilig war, uns aber manchmal zum Lachen brachte.

In den ersten Trimestern machten sich die anderen häufig über uns lustig. Janet war klein und zart wie ein Porzellanfigürchen aus der Glasvitrine von Miss Esks Wohnzimmer. Ich war immer ein Tolpatsch. Damals mußte ich eine Brille tragen, und Hände und Füße waren zu groß an mir. Janets Blusen sahen auch nach mehrmaligem Tragen aus, als kämen sie frisch aus dem Schrank, während ich nur eine Tasse Tee in die Hand zu nehmen brauchte, um die Hälfte des Inhalts auf dem Kleid zu haben.

Meine Mutter hatte gehofft, Hillgard House würde eine Dame aus mir machen. Mein Vater hatte gehofft, durch das Internat wäre ich ihm für den größten Teil des Jahres aus dem Weg. Seine Hoffnung hat sich erfüllt, ihre nicht. Wir lernten in Hillgard House nicht, junge Damen zu sein, wir lernten, als junge Wilde in einem Dschungel zu überleben, in dem die Esks die Raubtiere gaben.

3

Eine Familie wie die von Janet kannte ich bis dahin noch nicht. Vielleicht brachte Bradford keine Menschen wie die Treevors hervor.

Lange Zeit war unsere Freundschaft etwas, was nur in die Schulzeit gehörte. Unser Leben zu Hause verlief davon völlig getrennt. Ich erinnere mich, daß ich mich meiner Herkunft schämte und daß ich mir Janets Eltern schön, stolz und vornehm vorstellte. Daß sie – wie Janet – hochintelligent waren, wußte ich schon. Janets Vater war an der Front, aber vor dem Krieg hatte er Vorlesungen über Literatur gehalten und für Zeitungen geschrieben. Janets Mutter hatte einen hochrangigen Posten in einem Ministerium. Ich habe nie erfahren, was genau sie dort machte, aber es hatte wohl etwas mit Übersetzungen zu tun, sie sprach fließend Französisch, Deutsch und Russisch und hatte gute Kenntnisse in mehreren anderen Sprachen.

Im Sommer 1944 mieteten die Treevors für zwei Wochen ein Cottage bei Stratford. Janet fragte, ob ich Lust hätte, mitzukommen. Meine Mutter war ganz aufgeregt, weil ich mit »besseren« Leuten Umgang hatte.

Mir war fast schlecht vor Angst, aber meine Sorgen waren unbegründet. Mr. und Mrs. Treevor verbrachten den Urlaub hauptsächlich damit, sich zum Arbeiten in eins der Schlafzimmer zurückzuziehen oder Bekannte in der Gegend zu besuchen. John Treevor war ein hagerer Mann mit großer Nase und gewölbter Stirn. Damals dachte ich, die Wölbung sei nötig, weil er mehr Gehirnzellen hatte als andere Leute. Hin und wieder tätschelte er Janets Kopf, und einmal fragte er mich, ob ich mich gut amüsierte, wartete aber die Antwort nicht ab.

Mrs. Treevor ist mir besser in Erinnerung geblieben, weil

Janet und ich von ihr aufgeklärt wurden. Wir hatten zugesehen, wie auf dem Hof nebenan ein Wurf Kätzchen zur Welt kam. Janet fragte ihre Mutter, ob auch Menschen vier auf einmal bekommen könnten. Das führte zu einem prägnanten Vortrag über Sex, Schwangerschaft und Geburt. Mrs. Treevor sprach zu uns wie vor Studenten über ein mathematisches Thema. Ich traute mich nicht, sie anzusehen, und spürte, daß ich rot wurde.

Später fragte Janet in der Dunkelheit unseres gemeinsamen Zimmers: »Kannst du dir vorstellen, wie sie ...?«

»Nein. Bei meinen auch nicht.«

»Wie eklig.«

»Glaubst du, sie haben das Licht dabei angelassen?«

»Schließlich mußten sie ja sehen, was sie machen.«

»Ja, aber stell dir bloß vor, wie sie ausgesehen haben ...«

Gleich darauf wummerte Mrs. Treevor an die Trennwand, weil wir so schrecklich lachen mußten.

In jenem Jahr kam Janet nach Weihnachten eine ganze Woche zu uns in den Harewood Drive. Sie und meine Mutter mochten sich auf Anhieb. Meinen Vater fand Janet traurig und lieb. Sogar meine toten Brüder gefielen ihr. Immer wieder betrachtete sie die Fotos von Howard und Peter und verweilte besonders bei denen, die sie heldisch in Uniform zeigten.

»Wie gut sie aussehen«, sagte sie. »Wie schön sie sind.«

»Und wie tot«, ergänzte ich.

Damals war der Tod selbstverständlicher Bestandteil unseres Lebens. Väter und Brüder unserer Mitschülerinnen fielen. Die Schwestern und Töchter wurden zur Hausmutter geschickt und bekamen dort Kakao und Rührei auf Toast. Der Tod von Howard und Peter verschaffte mir – auch wenn er schon vor meiner Ankunft im Internat eingetreten war – einiges Ansehen, weil sie Zwillinge gewesen und so kurz nacheinander gestorben waren.

Ich gebe gern zu, daß ich eifersüchtig dabeistand, wenn Janet meine unglücklichen Brüder bewunderte, aber auf die

Freundschaft zwischen Janet und meiner Mutter war ich nie eifersüchtig, denn sie grenzte mich nicht aus, in gewisser Weise entlastete sie mich sogar. Wenn Janet bei uns war, brauchte ich kein schlechtes Gewissen zu haben.

Bei diesem ersten Besuch nähte meine Mutter aus kostbarem Vorkriegsstoff, den sie seit 1939 hütete, ein Kleid für Janet. Ich sehe uns zu dritt in dem kleinen Nähzimmer im ersten Stock sitzen. Ich hockte auf dem Fußboden und las ein Buch. Hin und wieder blickte ich zu ihnen hoch. Ich sehe meine Mutter mit Stecknadeln im Mund vor Janet knien, sehe Janet, die wie eine Tänzerin die Arme über den Kopf hebt und sich langsam dreht. Ihre Gesichter waren verzückt und feierlich wie in der Kirche.

Wir erzählten uns abwechselnd unsere Träume. Im Winter schliefen mir manchmal eng aneinandergeschmiegt, um möglichst viel Wärme zu speichern. Wir legten unsere Informationen über verbotene Themen wie Menstruation und männliche Geschlechtsorgane zusammen. Wir übten das Verliebtsein und spielten abwechselnd den Mann. Wir wirbelten im Walzerschritt durch die Bibliothek und summten die *Schöne blaue Donau.* Wir tauschten lange Küsse mit geschlossenen Lippen und machten das nach, was wir im Kino gesehen hatten. Wir erfanden Gespräche.

»Hat Ihnen schon mal jemand gesagt, was für schöne Augen Sie haben?«

»Wie lieb von Ihnen – aber so etwas dürften Sie eigentlich gar nicht aussprechen.«

»Ich habe noch nie so für einen Menschen empfunden.«

»Ich auch nicht. Ist der Mond heute nacht nicht wunderschön?«

»Nicht so schön wie Sie.«

Und so weiter. Heutzutage würde es heißen, unsere Beziehung hätte eine lesbische Komponente gehabt, aber das stimmt nicht. Wir spielten Erwachsensein.

Irgendwo im Hintergrund schleppte der Krieg sich hin und ging schließlich zu Ende. In meiner Erinnerung an den Krieg ist keine Angst, sondern nur Langeweile. Vermutlich atmeten wir auf, als der Frieden kam, aber wenn ich an jene Zeit zurückdenke, lief in Hillgard House mehr oder weniger alles seinen gewohnten Gang. Die Schule war eine eigene triste kleine Welt. Lebensmittel waren weiterhin rationiert, womöglich sogar strenger als während des Krieges. Einmal war das Internat im Winter durch Eis und Schnee tagelang von der Außenwelt abgeschnitten.

Im Sommer 1948 waren wir mit der Schule fertig. Wir tauschten Geschenke aus – einen Ring, den ich in einer verstaubten Schachtel auf dem Kleiderschrank meiner Mutter gefunden hatte, und eine Brosche, die Janet von ihrer Patentante zur Taufe bekommen hatte. Wir schworen uns ewige Freundschaft. Ein paar Tage später war das Trimester zu Ende, und alles wurde anders.

Janet ging in ein Paukstudio in London, denn die Treevors hatten nun wohl doch erkannt, daß Hillgard House kein ideales wissenschaftliches Fundament für ein Studium gelegt hatte. Ich fuhr heim, half meiner Mutter im Haus und arbeitete ein paar Stunden in der Woche im Geschäft meines Vaters. Ich habe seither traurigere und beängstigendere Phasen erlebt, aber so trist wie damals ist mir mein Dasein nie wieder vorgekommen.

Nur die Arbeit im Geschäft machte mir Spaß. Zumindest war das eine nützliche Betätigung, bei der ich Kontakt mit anderen Leuten hatte. Hin und wieder durfte ich bedienen, meist aber beschäftigte mich mein Vater hinten mit der Buchführung oder Lagerhaltung. Auf dem Hof hinter dem Geschäft lernte ich das Rauchen.

Betrunken habe ich mich zum erstenmal auf dem Tanzvergnügen eines Tennisklubs. Ein gewisser Angus versuchte mich in der Platzwartsbaracke zu verführen, das heißt, man hätte es schon fast eine Vergewaltigung nennen können. Ich gab ihm eins auf die Nase, das Blut spritzte, er ließ seinen Flachmann fallen, mit dem er mich in die Baracke gelockt hatte, und ich lief zurück zu den Lichtern und der Musik. Kurz danach sah ich ihn noch einmal.

Er hatte eine dicke Lippe und Blut auf dem Smokinghemd. »Mußte aufs Klo«, hörte ich ihn zum Klubsekretär sagen, »und bin gegen eine Tür gerannt.«

Der Sekretär lachte und sah flüchtig in meine Richtung. Ich überlegte, ob Angus absichtlich laut gesprochen hatte, ob der Sekretär Bescheid wußte, ob es eine abgekartete Sache war.

So also lebte ich dahin, und ein Ende war nicht abzusehen. Janet schrieb mir regelmäßig, und wir sahen uns ein- oder zweimal im Jahr, aber die frühere Vertrautheit fehlte. Sie studierte und hatte andere Freunde und Interessen.

»Warum gehst du nicht auch an die Uni?« fragte sie, als ich sie in Oxford besuchte und wir in einem Café auf der High Street Tee tranken.

Ich zuckte die Schultern und zündete mir eine Zigarette an. »Weil ich nicht studieren will. Außerdem läßt mein Vater mich nicht. Er findet es unnatürlich, wenn Frauen sich weiterbilden.«

»Aber er würde dich doch bestimmt irgendwas lernen lassen?«

»Zum Beispiel?«

»Wozu hättest du denn Lust?«

Ich betrachtete mein Spiegelbild hinter Janets Kopf, das Rauch aus der Nase stieß, und hoffte, daß ich eine weltgewandte Figur machte. »Wenn ich das wüßte«, sagte ich.

Das war der eigentliche Haken. Langeweile schwächt die Willenskraft, es kommt so weit, daß man das Gefühl hat, keine Entscheidungen mehr treffen zu können. Ich sah nur die Gegenwart, die in eine sich endlos dehnende Zukunft überging.

Zwei Monate später änderte sich alles. Mein Vater starb. Und drei Wochen danach, am 19. Juli 1952, lernte ich Henry Appleyard kennen.

4

Erinnerungen umgeben die Vergangenheit mit dem Glanz des Unausweichlichen. Es ist verführerisch, davon auszugehen, die Vergangenheit sei nur so denkbar, wie sie sich tatsächlich abgespielt hat, dieses Ereignis könnte zwangsläufig nur jenem gefolgt sein. Wäre es so, hätten wir uns nichts vorzuwerfen.

Aber natürlich ist es nicht so. Ich hätte Henry nicht heiraten, hätte ihn nicht verlassen müssen. Und ich hätte nicht zu Janet in die Dunkle Herberge zu kommen brauchen.

In ihrem letzten Studienjahr in Oxford beschloß Janet, sich nach ihrem Abschluß Arbeit als Übersetzerin in London zu suchen. Möglicherweise konnte sie dabei auf die Beziehungen ihrer Mutter zurückgreifen. Sie erzählte mir davon, als wir – diesmal in ihrer zellengleichen Unterkunft in St. Hilda, ihrem College – beim Tee saßen.

»Möchtest du das denn?«

»Etwas anderes kann ich nicht.«

»Könntest du nicht hier an der Uni bleiben und forschen?«

»Wenn ich mit einer Drei abschließe, kann ich von Glück sagen. Ich tauge nicht für die Wissenschaft, Wendy. Irgendwie habe ich das Gefühl, als ob ich gar nicht richtig hierhergehöre, als ob ich mich unter Vorspiegelung falscher Tatsachen eingeschlichen hätte.«

Ich zuckte die Schultern und beneidete sie um das, was man ihr geboten und was sie ausgeschlagen hatte. »Nette junge Männer gibt es in London bestimmt auch. Nicht anders als in Oxford.«

»Ja, vermutlich.«

Die Männer mochten Janet, weil sie schön war. Außerdem

war sie nicht sehr gesprächig, so daß die Verehrer nach Herzenslust reden und renommieren konnten. Nach Möglichkeit machte Janet um diese Sorte Männer aber einen großen Bogen. Sie wünschte sich einen Sir Galahad, keinen pickligen Studenten aus Christchurch mit einem MG. Letztlich hat sie dann – wie wir alle – einen Kompromiß geschlossen. Sie bekam weder einen Sir Galahad noch den pickligen Studenten mit dem MG. Dafür bekam sie Hochwürden David Byfield.

Anfang 1952 kam er ein paar Tage nach Oxford, um in der Bodleian Library zu arbeiten. Er schrieb an einem Buch, einer Neudeutung des Werkes von Thomas von Aquin im Lichte der heutigen Theologie. In der Bibliothek sahen er und Janet sich zum erstenmal. Es sei Liebe auf den ersten Blick gewesen, sagte Janet. »Er hat mich angeschaut, und da habe ich es gewußt.«

Auch jetzt noch habe ich Mühe, objektiv zu sein, wenn ich an David denke. Man muß wissen, daß er damals auffallend gut aussah. Die Leute drehten sich auf der Straße nach ihm um (das machten sie übrigens auch bei Janet). Er hatte Charme, genau wie Henry, aber anders als Henry war er sich dessen nicht bewußt und setzte ihn nicht gezielt ein. Er hatte sein Theologiestudium in Cambridge mit einem Einserexamen abgeschlossen. Später ging er an eine Theologische Hochschule, die Mirfield hieß.

»Jede Menge Schweißgeruch und Glockengeläut«, sagte Janet, »und unheimlich gescheite Männer, die keine Frauen mögen.«

»Bis auf David«, sagte ich.

»Ja«, erwiderte sie und wechselte das Thema.

Nach dem Abschluß in Mirfield hatte David zwei Jahre als Hilfspfarrer in einer Gemeinde bei Cambridge gearbeitet, aber als er Janet kennenlernte, war er schon Dozent an der Theologischen Hochschule Rosington. Sie verloren keine Zeit – einen Monat später waren sie verlobt. Wenige Wochen danach ergatterte David den Posten des Konrektors an der

Theologischen Hochschule. Das sei eine schöne Stellung, schrieb Janet, mit guten Aufstiegschancen. Der Rektor sei alt und nur zu gern bereit, einen Großteil der Verantwortung auf David zu übertragen. Außerdem habe man David einen Sitz im Domkapitel angeboten, was ein nettes finanzielles Zubrot bedeute. Beim Bischof, dem Vorsitzenden des Kuratoriums der Theologischen Hochschule, habe er offenbar einen Stein im Brett. Das Beste sei, daß zu der Stellung auch eine Dienstwohnung gehöre, ein Haus auf der Domfreiheit, das sich die Dunkle Herberge nannte und noch Mauern aus dem Mittelalter hatte. Ein unheimlich romantischer Name, schrieb sie, wie aus *Ivanhoe*. Es sei ein bißchen zu groß für sie, aber sie würden sich einen Untermieter suchen.

Die Trauung fand in der Kapelle von Jerusalem College statt, wo David studiert hatte. Janet und David waren das reinste Märchenpaar, während ich allenfalls in ein Märchen wie *Das häßliche junge Entlein* gepaßt hätte. Der Tod meines Vaters hatte mich sehr getroffen – nicht so sehr, weil ich ihn geliebt hatte, sondern weil ich nun nicht mehr hoffen konnte, er würde mich doch noch liebgewinnen.

Dann sah ich auf der anderen Seite der Kapelle Henry stehen. Damals war er noch nicht dick, sondern allenfalls stattlich. Er trug einen Smoking, der ihm zu klein war. Wir sangen gerade einen Choral, und er sah zu mir hin. Er hatte drahtiges, ziemlich aus der Form geratenes Haar und sehr ausgeprägte Augenbrauen, die in gerader Linie vom Nasenrücken nach oben verliefen. Er lächelte, und ich sah rasch weg.

Ich habe noch ein Foto von Janets Hochzeit, aufgenommen im Hof von Jerusalem College. In der Mitte, mit der von Wren erbauten Kapelle im Hintergrund, stehen David und Janet und sehen aus, als hätten sie sich aus der Schlußszene einer Kinoschnulze dorthin verirrt. David hat Ähnlichkeit mit dem jungen Laurence Olivier – die gleichen scharf geschnittenen Züge und geblähten Nüstern, eine Mischung aus Empfindsamkeit und Dünkel. An einem Arm hat er Janet und sieht lächelnd auf sie hinunter, am anderen Arm hängt grimmig die alte Großmutter Byfield.

Henry und ich stehen ganz links, von dem glücklichen Paar durch eine Gruppe muffig dreinschauender Verwandter getrennt, darunter auch Mr. und Mrs. Treevor. Henry versucht halbherzig, die Zigarette in seiner Hand zu verbergen. Sein Bauch droht die Knöpfe seiner Weste abzusprengen. Mein Kleid zipfelt, und ich trage ein albernes Hütchen mit Halbschleier. Ich weiß noch, daß ich dafür ein Vermögen bezahlt hatte in dem Glauben, es würde mir einen weltläufigen Anstrich verleihen. Damals wußte ich noch nicht, daß es Weltläufigkeit in Bradford nicht zu kaufen gab.

John Treevor sieht sehr eigentümlich aus. Es muß am Licht liegen, vielleicht stand er in einer Sonnenbahn. Auf dem Foto ist sein Gesicht ausgebleicht, eine lange schmale Maske mit zwei schwarzen Löchern statt der Augen und einem schwarzen Schlitz dort, wo der Mund sein müßte – als hätte man eine Kleiderpuppe aus einem Schaufenster genommen und in einen Smoking gesteckt.

Gleich darauf, nachdem das letzte Foto im Kasten war, sprach Henry mich zum erstenmal an. »Hübsch, der Hut.«

»Danke«, sagte ich, nachdem ich über die Schulter gesehen und mich vergewissert hatte, daß er auch wirklich mich meinte.

»Ich bin Henry Appleyard.« Er streckte mir die Hand hin. »Ein Freund von David aus Rosington.«

»Sehr erfreut. Ich bin Wendy Fleetwood. Janet und ich waren zusammen im Internat.«

»Ich weiß. Sie hat mich gebeten, ein bißchen auf Sie aufzupassen.« Er zwinkerte mir zu. »Aber Sie wären mir sowieso aufgefallen.«

Ich wußte nicht, was ich darauf sagen sollte, also sagte ich gar nichts.

»Kommen Sie.« Er nahm meinen Ellbogen und führte mich zu einer Tür. »Wir haben keine Zeit zu verlieren.«

»Wie meinen Sie das?«

Der Fotograf packte sein Stativ ein. Die Hochzeitsgesellschaft löste sich allmählich auf.

»Ich weiß zufällig, daß nur vier Flaschen Schampus da sind. Den letzten beißen die Hunde.«

Der Empfang war karg und langweilig. Die meiste Zeit stand ich an der Wand und tat, als störte es mich nicht, daß ich niemanden hatte, mit dem ich reden konnte. Ich biß lustlos an einem Sandwich herum und besah mir die Bilder. Nachdem Janet und David in die Flitterwochen aufgebrochen waren, stand plötzlich Henry wieder neben mir. Ich atmete auf.

»Was Sie brauchen«, sagte er, »ist ein Dry Martini.«

»Meinen Sie?«

»Unbedingt. Es gibt nichts Besseres.«

Später erfuhr ich, daß Henry ein Fachmann in Sachen Dry Martinis war – wie man sie mixte, wie man sie trank, wie man sich am nächsten Morgen schnellstmöglich von ihren Nachwirkungen erholte.

»Und Sie glauben nicht, daß uns das jemand übelnimmt?«

»Warum denn? Schließlich hat Janet Sie mir ans Herz gelegt. Gehen wir in die University Arms.«

Auf dem Weg dorthin fragte ich: »Sind Sie auch an der Theologischen Hochschule?«

Er lachte laut auf. »Um Himmels willen, nein. Ich unterrichte an der Chorschule auf der Domfreiheit. David ist mein Hauswirt.«

»Sie sind der Untermieter der Byfields?«

Er nickte. »Und Haus- und Hofnarr. Ich sorge dafür, daß David sich nicht zu ernst nimmt.«

Zwei Stunden lang fühlte ich mich bei ihm so geborgen wie vor Jahren Janet bei mir. Ich wollte so gern glauben, daß ich eine ganz normale junge Frau war und obendrein intelligent, geistreich und schön, und Henry ließ durchblicken, daß er all diese Eigenschaften in mir sah. Es war wunderbar und tröstete mich ein wenig darüber hinweg, daß a) Janet geheiratet hatte, b) vor mir und c) einen Mann wie David, der zwar Geistlicher war, aber trotzdem ein hinreißender Typ.

Weil Henry so nett zu mir war, erfuhr er viel über mich. Ich erzählte ihm von meiner Familie, vom Tod meines Vaters, von unserem Geschäft und von meinem täglichen Leben. Ich spürte, wie der Alkohol mich wie ein Lift in immer luftigere Höhen beförderte. Ich fand es schön, in der Bar eines eleganten Hotels Dry Martinis zu trinken. Ich fand es schön, mich in dem großen Wandspiegel zu betrachten, in dem ich schlanker als sonst wirkte, geheimnisvoller, mondäner. Ich fand es schön, daß meine Nervosität wie weggeblasen war. Und vor allem fand ich es schön, mit Henry zusammenzusein.

Er nahm sich Zeit. Nach zwei Martinis lud er mich in den University Arms zum Essen ein. Dann bestand er darauf, mich im Taxi in das kleine Hotel in der Huntington Road zurückzubringen, in dem Janet mich einquartiert hatte. Erst vor dem Hotel wagte er eine winzige Intimität. Er streifte meine Hand und fragte, ob er mich wiedersehen dürfe.

Ich sagte ja und wollte ihn daran hindern, das Taxi zu zahlen.

»Stimmt so.« Er winkte ab, als der Fahrer herausgeben wollte, und lächelte mir zu. »Das hat Janet alles schon bezahlt.«

5

Damals, in den fünfziger Jahren, schrieb man noch Briefe. Bei Janet und mir hatte sich ein monatlicher Rhythmus eingespielt, der sich auch nach ihrer Heirat fortsetzte. Auf diese Weise erfuhr ich, daß sie ein Kind erwartete und daß Henry entlassen worden war.

Janet und David fuhren nach der Trauung in den Lake District, und dort oder kurz nach ihrer Rückkehr muß das Kind gezeugt worden sein. Die Schwangerschaft war schwierig, in den ersten Monaten traten immer wieder Blutungen auf, aber Janet hatte einen guten jungen Arzt, einen gewissen Dr. Flaxman, der ihr viel Ruhe verordnete. Sobald sich alles normalisiert habe, schrieb Janet, müsse ich sie besuchen.

Ich beneidete sie um die Schwangerschaft, so wie ich sie um David beneidete. Ich sehnte mich sehr nach einem Kind. Vermutlich, sagte ich mir damals, um all jene Fehler zu korrigieren, die meine Eltern bei mir begangen hatten. Im Rückblick denke ich eher, daß ich mir ein Menschenwesen wünschte, das ich lieben, um das ich mich kümmern konnte, und das vor allem meinem Leben einen Sinn geben sollte.

Henry wurde im Oktober an die Luft gesetzt. Nicht richtig an die Luft gesetzt, schrieb Janet. Offiziell hieß es, er habe aus familiären Gründen gekündigt. Sie war wütend auf ihn, und ich kannte sie inzwischen gut genug, um zu wissen, daß sie wütend war, weil sie ihn gern hatte. Zu Henrys Aufgaben in der Chorschule gehörte die Verwaltung der »Bank«, das heißt der Gelder, die die Jungen zu Beginn des Trimesters als Taschengeld bekamen und die am Freitag nachmittag an die Schüler ausgegeben wurden. Einmal lieh er sich fünf Pfund aus der Kasse und setzte sie auf ein Pferd. Das Unglück wollte es, daß er am folgenden Freitag krank war. Der Schulleiter vertrat ihn und stellte fest, daß Geld fehlte.

In dieser Zeit hatte ich alle Hände voll zu tun. Meine Mutter und ihr Anwalt hatten beschlossen, das Geschäft zu verkaufen. Ich half bei der Inventur und bei der Suche nach Gläubigern. Zu meiner Überraschung hatte ich Spaß daran, ich freute mich täglich darauf, ins Geschäft zu gehen, weil ich dadurch aus dem Haus kam.

Als einmal vormittags ein Mann anrief und mich sprechen wollte, dachte ich, es sei jemand, der uns Geld schuldete.

»Wendy? Hier Henry.«

»Wer?«

»Henry Appleyard. Weißt du noch? Cambridge ...«

»Ja«, sagte ich matt. »Wie geht's?«

»Bestens, danke der Nachfrage. Darf ich dich zum Essen einladen?«

»Wie bitte?«

»Zum Essen.«

»Aber wo bist du denn?«

»Hier.«

»In Bradford?«

»Warum nicht? In Bradford gibt es Hunderttausende von Leuten. Unter anderem auch dich, und deshalb bin ich hier. Es paßt dir doch heute?«

»Ich denke schon.« Meist holte ich mir mittags nur ein Sandwich.

»Ich hab ans Metropole gedacht. Ist dir das recht?«

»Ja, aber ...«

Ja, aber ist das nicht ziemlich teuer? Und was soll ich bloß anziehen?

»Wunderbar. Viertel vor eins in der Lobby?«

Die Zeit reichte gerade, um heimzugehen, die neugierigen Fragen meiner Mutter abzuwimmeln (»Ein Bekannter von Janet, Mutter, nein, du kennst ihn nicht«) und etwas anzuziehen, was dem Metropole einigermaßen angemessen war.

Fünf Minuten vor der Zeit war ich im Hotel. Es war ein heruntergekommener großer Kasten, der Ende des 19. Jahrhunderts als Imponierbau hochgezogen worden war. Ich hatte mich noch nie hineingewagt, und nur die Aussicht, Henry dort zu treffen, gab mir den Mut, es jetzt zu tun. Von meinen Hemmungen, von Kübelpalmen und ledernen Klubsesseln bedrängt, saß ich da und versuchte, den Blicken des Hotelpersonals auszuweichen. Qualvoll langsam schlich die Zeit dahin. Nach fünf Minuten war ich überzeugt davon, daß alle mich anstarrten und daß er nicht kommen würde. Und dann beugte sich plötzlich Henry über mich und streifte mit den Lippen meine Wange, so daß ich rot wurde.

»Tut mir leid, daß ich so spät dran bin.« Er war nicht spät dran, ich war zu früh dran. »Einen Aperitif, ehe wir bestellen?«

Henry sah nicht auf landläufige Art gut aus – er sah eigentlich überhaupt nicht gut aus. Damals war er Ende Zwanzig, wirkte aber älter. Er trug einen grauen Zweireiher. Von Herrenmode verstand ich nichts, dachte mir aber, daß meine Mutter das Kleidungsstück als »guten Anzug« bezeichnet hätte. Der Hemdkragen war ein bißchen schmuddlig, aber in Bradford wurden Hemden besonders schnell grau.

Nachdem er die Dry Martinis bestellt hatte, redete er nicht lange um den heißen Brei herum. »Du hast es sicher schon von Janet gehört?«

»Daß du – daß du nicht mehr an der Chorschule bist?«

»Sie haben mich rausgeschmissen, Wendy. Ohne Referenzen. Hast du auch gehört, warum?«

Ich nickte und starrte auf meine Hände, weil ich die Scham in seinem Blick nicht sehen wollte.

»Die Ironie des Schicksals ist, daß der verdammte Gaul als erster durchs Ziel gegangen ist.« Er warf den Kopf zurück und lachte. »Und ich hab's gewußt. Ich hätte ihnen das Geld fünfmal zurückzahlen können. Trotzdem – ich hätte es nicht tun dürfen. Man lernt eben nie aus.«

»Und was willst du jetzt machen?«

»Als Lehrer kommt man ohne Referenzen nirgends an, darüber hat der Direktor mich nicht im Zweifel gelassen. Jammerschade eigentlich, denn ich bin gern Lehrer. Die Chorschule war ein bißchen spießig, aber ich habe mal an einem Internat in Hampshire unterrichtet, und das hat mir großen Spaß gemacht. Eine Vorbereitungsschule für Jungen, die später eine Privatschule besuchen wollen. Veedon Hall. Sie gehört den Cuthbertsons, einem Ehepaar, das kleine Jungen wirklich gern hat.« Einen Augenblick verschwand die Fröhlichkeit, und ein Hauch von Wehmut ging wie ein Schatten über sein Gesicht. Dann lächelte er wieder. »Aber vielleicht ist das meine Chance. Ich überlege, ob ich mich selbständig machen soll.«

»In welcher Branche?«

»Im Anlagengeschäft, als Wertpapiermakler, da gibt es viele Möglichkeiten. Aber genug davon, das ist langweilig. Sprechen wir über dich.«

Und das taten wir nun mit Unterbrechungen vier Monate lang. Nicht nur über mich. Henry umwarb auch meine Mutter, bis sie bereit war, sich von ihm unterhalten zu lassen. Wir bekamen beide Blumen und Konfekt von ihm. Ich weiß nicht, ob meine Mutter meinen Vater geliebt hat, aber jetzt, da es ihn nicht mehr gab, fehlte er ihr, besonders auch in Haus und Garten – und das war Henrys Chance.

Er hatte den Dreh raus, so zu tun, als könne er Bäume ausreißen, ohne daß er genaugenommen viel bewirkte. »Laß mich das machen«, sagte er. Letztlich machte man es dann doch selbst, weil es sonst liegenblieb, aber es störte einen nicht, weil man irgendwie das Gefühl hatte, Henry habe einem eine Last von den Schultern genommen. Ich glaube, er war ehrlich davon überzeugt, einem zu helfen.

Wenn ich mich an die sogenannte Zeit unserer jungen Liebe erinnere, habe ich auch heute noch ein flaues Gefühl in der Magengegend. Ich sehnte mich nach Romantik, und die lieferte Henry mir bereitwillig. Inzwischen hatte er, als er meiner Mutter bei ihrem Papierkram half, offenbar herausbekommen, daß der Nachlaß meines Vaters, einschließlich Haus und Geschäft, fast fünfzigtausend Pfund wert war. Das Geld ging zunächst an meine Mutter zur treuhänderischen Verwaltung und sollte nach ihrem Tod dann an mich gehen.

Das klingt, als wäre ich das naive kleine Mädchen und Henry der berechnende und gewinnsüchtige Kerl gewesen. Beides stimmt, aber es ist nicht die ganze Wahrheit. Eine Handvoll Adjektive wird einem Menschen nicht gerecht.

Aber ich will mich nicht mit Einzelheiten aufhalten. Der Testamentsvollstrecker meines Vaters mißtraute Henry, aber er konnte uns die Heirat nicht verbieten, sondern nur verhindern, daß Henry Vaters Kapital vor dem Tod meiner Mutter in die Hände bekam.

Am 4. Mai 1953 wurden wir standesamtlich getraut. Janet und David schickten ein Kaffeeservice aus Bone China, konnten aber, weil Janet hochschwanger war, nicht kommen.

Zuerst wohnten wir in Bradford, was sich aber nicht bewährte. Nach dem Tod meiner Mutter verkauften wir das Haus, zogen für kurze Zeit nach London und dann nach Südafrika in der Hoffnung, dort unser Glück zu machen, wie man so schön sagt. Und zunächst sah es auch ganz danach aus, als ob es klappen könnte. Henry tat sich mit einem äußerst beredten Geschäftsmann namens Grady zusammen, aber dann ging Grady pleite, und wir kehrten ärmer, aber vielleicht auch klüger nach England zurück. Über all dem vergesse ich wohl leicht, daß Henry und ich es auch schön miteinander hatten. Wenn er das Leben genoß, ging es auch mir gut.

Alles in allem reichte das Geld überraschend lange. Henry arbeitete als Börsenmakler, mal allein, mal mit Partnern. Und das täte er vielleicht heute noch, hätte Grady ihm nicht einen Strich durch die Rechnung gemacht. Es sei – so hat er es mir mal erklärt –, als ginge man mit fremder Leute Geld zum Rennen. Er verstand sich recht gut darauf, seinen Kunden ihr Kapital abzuschwatzen. Hin und wieder erzielte er sogar recht ordentliche Gewinne für sie.

»Ja, wissen Sie, das ist wie auf einer Wippe«, hörte ich ihn zu enttäuschten Kunden sagen. »Was steigt, muß irgendwann auch wieder fallen.«

Warum vertrauten ihm die Leute? Weil er sie zum Lachen brachte, denke ich, und weil er so offenkundig selbst daran glaubte, daß er sie reich machen würde.

Und warum bin ich so lange bei ihm geblieben?

Unter anderem, weil mir so vieles an ihm gefiel. Oder noch gefällt. Man gewöhnt sich schnell an große Hotels, schnelle Wagen und Partys. Ich fand Gefallen an dem Gefühl von Pelz auf meiner Haut und dem Glitzern von Brillanten im Kerzenlicht. Ich tanzte gern und flirtete gern und hatte nichts gegen ein gelegentliches Risiko. Hin und wieder half ich Henry, Kunden anzulocken, und sogar das konnte lustig sein. »Köpfen wir mal wieder eine alte Witwe«, sagte er, wenn es gut lief, und dann stand plötzlich noch eine Flasche Veuve Clicquot auf dem Tisch, gab es noch einen Trinkspruch auf uns, auf unsere Zukunft.

Als Henry mich kennenlernte, war ich ein schüchternes, ungelenkes Mädchen. Er rettete mich aus dem Harewood Drive und schenkte mir Selbstvertrauen. Ich denke, ich bin zum Teil auch deshalb bei ihm geblieben, weil ich Angst hatte, ohne ihn wieder zu verlernen, was ich geworden war.

Vor allem aber blieb ich, weil ich Henry mochte – ja, vielleicht liebte ich ihn sogar, obgleich ich nicht recht weiß, was das bedeutet. Aber wenn es gut mit uns lief, war es die schönste Sache der Welt. Besser als Dry Martinis und die alte Witwe.

Zwischen Janet und mir gingen weiter Briefe hin und her. Richtige Briefe, lang und redselig. In meinen war nicht viel von Henry die Rede und in ihren kaum von David, in allen aber viel von Plänen für ein Treffen. Ein- oder zweimal schafften wir es, einen Tag zusammen in London zu verbringen, aber weder hatte sie mich noch ich sie für längere

Zeit besucht. Es gab immer irgendwelche Gründe für einen Aufschub.

Henry und ich waren ständig unterwegs. Henry setzte sich nicht gern irgendwo fest. Wenn er eine Glückssträhne hatte, mieteten wir eine Wohnung oder wohnten im Hotel. Wenn das Geld knapp wurde, nahmen wir ein möbliertes Zimmer.

1957 sollte ich nach Ostern auf ein paar Tage zu Janet und David nach Rosington kommen. Nur ich allein natürlich. Henry hatte eine sogenannte Geschäftsreise vor, außerdem zog es ihn nicht zurück nach Rosington, dort gab es zu viele Leute, die wußten, warum er die Stadt verlassen hatte.

Ich hatte sogar schon gepackt. Am Tag vor meiner Abreise kam ein Telegramm. Mrs. Treevor hatte einen schweren Herzanfall erlitten. Wieder wurde der Besuch verschoben. Drei Tage später starb sie. Dann kam die Beerdigung, und Mr. Treevor mußte in einer Wohnung in Cambridge untergebracht werden. Ihr Vater, schrieb Janet, tat sich schwer damit, nach dem Tod ihrer Mutter allein zurechtzukommen.

Es blieb also beim Briefwechsel. Mrs. Treevors Tod war bedauerlich, aber trotzdem hatte ich den Eindruck, daß Janet das Große Los gezogen hatte. Sie schickte mir Fotos von Rosie als Baby und dann als Kleinkind. Rosie hatte den Teint ihrer Mutter und die Züge ihres Vaters und war offenbar ebenso ohne Fehl wie David und die Dunkle Herberge.

Das Leben kann schon verdammt abgeschmackt sein. Der Gegensatz zwischen Janets und meinem Dasein war leider nur zu offensichtlich. Aber man wurstelt eben weiter, auch wenn das eigene Leben weniger eine lange Party als ein langer Katzenjammer ist. Man denkt: Was anderes kommt ja doch nicht nach.

Aber es kam etwas anderes nach, und zwar an einem sonnigen Oktobertag im Jahre 1957. Henry und ich wohnten in einem Hotel in Cornwall, nicht weil wir dort Urlaub machen wollten, sondern weil eine potentielle Kundin, eine reiche Witwe, in der Gegend lebte.

Es war ein schöner, sommerlich warmer Nachmittag. Nach dem Essen war Henry zu einer Besprechung gegangen. Ich schlenderte ziellos am Strand entlang, eine Brownie-Box an der Schlaufe am Handgelenk, und versuchte, einem lauernden Kater durch die Bewegung in frischer Luft den Garaus zu machen. Ich bog um eine felsige kleine Landzunge, und dort sah ich sie: Henry und die Witwe zusammen auf einer Decke.

Sie war eine häßliche Person mit Damenbart und dicken Beinen. Die Beine konnte ich besonders gut erkennen, weil sich ihr Kleid bis zu den Schenkeln hochgeschoben hatte und Henry auf ihr ritt. Sein Hintern war nackt, und ich starrte einen Augenblick wie gebannt auf die wabbelnden birnenförmigen Hinterbacken. Die Witwe hatte noch die Schuhe an, marineblaue, überraschend zierliche Stöckelschuhe, die auch mir hätten gefallen können. Ich erinnere mich, daß ich überlegte, wie sie mit den hohen Absätzen durch den Sand gekommen und ob ihr klar war, daß Meerwasser das Leder ruiniert.

Aus diesem Blickwinkel hatte ich Henry noch nie gesehen. Ich wußte, daß er eitel war und sich mit dem Älterwerden schwertat. (Graue Strähnen frischte er heimlich mit schwarzer Haartinktur auf.) Das wabbelnde Fleisch war schlaff und runzlig. Henry wurde alt, ich wurde alt. Zum erstenmal begriff ich, daß die Uhr nicht nur für andere Leute und für unseren Planeten, sondern auch für mich persönlich ablief.

Vielleicht lag es an den Nachwirkungen des Alkohols, daß ich die Situation fast distanziert betrachten konnte. Auf lautlos nackten Sohlen ging ich durch den Sand auf die beiden zu. Wenige Meter von den ruckelnden Leibern entfernt, hockte ich mich hin. Plötzlich merkten sie, daß sie nicht allein waren. Zwei Köpfe drehten sich gleichzeitig in meine Richtung. Die Witwe streckte noch immer die Beine und die eleganten Schuhe in die Luft.

Ungeachtet meiner alkoholisierten Abgeklärtheit war ich geistesgegenwärtig genug, die kleine Box zu heben und den Auslöser zu betätigen.

6

Ich habe nur wenige Fotos aufgehoben, denn ich habe Angst vor nostalgischen Gefühlen. Darin kann man ertrinken.

Nicht weggeworfen habe ich unter anderem auch den Schnappschuß von Henry, der am Strand auf seiner Witwe reitet. Mir war sofort klar, daß er wertvoll sein könnte, daß ich damit mühelos die Scheidung von Henry erreichen würde. Das eigentlich Erstaunliche war damals, wie wenig wichtig mir das Ende dieser Ehe war. Vielleicht, dachte ich, als ich den Film aus der Box nahm, vielleicht war es nie eine richtige Ehe, sondern nur ein Bündnis, dessen Sinn und Zweck sich erledigt hatte.

Ich habe noch ein Foto, auf dem wir am Pool von Bekannten in Durban stehen; Henry zieht seinen Bauch ein, und ich zeige für die damalige Zeit fast ungehörig viel nacktes Fleisch. Auf dem Foto sind nur wir beide zu sehen, aber die Körpersprache macht – zumindest im Rückblick von gut vierzig Jahren – ganz deutlich, daß Henry und ich nicht im herkömmlichen Sinn ein Paar waren.

In meinen Briefen an Janet habe ich mich immer an die Wahrheit gehalten – nur nicht, was Henry betraf. Ich machte kein Hehl daraus, daß wir manchmal knapp bei Kasse waren, ja nicht einmal daraus, daß ich zuviel trank, im Hinblick auf Henry aber spielte ich ganz die liebende Ehefrau. »Muß jetzt Schluß machen – Seine Gnaden sind gerade gekommen und verlangen nach dem Abendessen. Wir schicken Dir beide viele liebe Grüße.«

Es war Stolz. Janet hatte ihren vollkommenen Gatten, und den wollte ich auch haben – oder zumindest die Illusion eines so begehrenswerten Exemplars. Aber ich glaube, ich wußte schon vor der Sache mit der Witwe, daß unsere Ehe Schlagseite hatte. Was ich am Strand sah, war nur die Bestätigung.

»Ich lasse mich scheiden«, sagte ich zu Henry, als er in unser Hotelzimmer zurückkam. Ich roch, daß er sich unten an der Bar Mut angetrunken hatte.

»Wendy, bitte ... Können wir nicht ...?«

»Nein.«

»Liebling, hör zu, ich ...«

»Es ist mir Ernst.«

»Na schön.« Es war demütigend, wie schnell sein Widerstand in sich zusammenfiel. »Sobald du willst ...«

Ich war jetzt stocknüchtern und hatte Kopfschmerzen. Wie üblich hatte er die Flasche mit der schwarzen Haartinktur in einer Seitentasche seines Koffers versteckt. Jetzt war sie leer. Ich hatte den Inhalt über seine Anzüge und Hemden verteilt.

»Ich bin dir nicht böse«, log ich. »Über das Geld werden wir uns schon einig.«

Er sah quer durchs Zimmer zu mir hin und lächelte ein wenig schmerzlich. »Über welches Geld?«

»Weißt du was?« sagte ich. »Als du auf dieser Kuh geritten bist, war dein Hintern wie ein Wackelpudding. Ein richtiger Altmännerarsch. Mit einer Haut, die dringend aufgebügelt gehört.«

In den vier Monaten, nachdem ich Henry auf seiner Witwe hatte herumturnen sehen, schrieb ich weniger oft Briefe an Janet, dafür schickte ich viele Postkarten. Henry und ich seien unterwegs, schrieb ich, was auch stimmte – nur daß wir nicht zusammen unterwegs waren. In diesen vier Monaten versuchte ich, mir und meiner Umgebung Normalität vorzuspielen. Ich wollte nicht aus meinem Trott heraus, auch wenn Henry nicht mehr an meiner Seite war.

Schließlich wurde das Geld knapp, und ich sah ein, daß ich etwas tun mußte. Ich fuhr nach London. Inzwischen war Februar, und die Stadt war grau und naß. Ich suchte mir aus dem Telefonbuch einen Anwalt heraus, einen gewissen Fielder. Am deutlichsten ist mir an dem Mann das schlecht sitzende Toupet in Erinnerung geblieben, das nicht ganz dieselbe Farbe wie sein eigenes Haar hatte. Die Kanzlei war in der Praed Street, Ecke Edgware Road, über einem Eisenwarengeschäft.

Ich suchte ihn auf, schilderte ihm meine Lage und gab ihm die Adresse von Henrys Anwalt. Ich erzählte ihm von dem Foto, zeigte es ihm aber nicht, und erwähnte auch das Geld meiner Mutter. Er würde sehen, was er tun könne, sagte er und gab mir einen Termin für die folgende Woche.

Die Zeit schleppte sich quälend langsam dahin. Ich hatte zuviel zu bedenken und zuwenig zu tun. Am festgesetzten Tag stellte ich mich wieder in Fielders Kanzlei ein.

»Die Dinge kommen jetzt in Bewegung, Mrs. Appleyard.« Er schob mir ein Blatt Papier über den Schreibtisch. »Die Räder drehen sich. Auf zu neuen Ufern, wie?«

Ich faltete das Blatt auseinander. Es war eine Rechnung.

»Nur für die bisher aufgelaufenen Kosten, Mrs. Appleyard. So was soll man nicht anstehen lassen.«

»Was meint der Anwalt meines Mannes?«

»Tja, da haben wir leider ein kleines Problem.« Mr. Fielder tupfte sich mit einem schmuddligen Taschentuch das Gesicht. Er trug einen braunen Nadelstreifen-Zweireiher, der ihn wie eine Rüstung umschloß und aussah, als sei er auch für einen arktischen Winter warm genug. Seine Stirn war feucht, und der Nacken wölbte sich über dem engen, steifen Kragen. »Ein kleines Problem, ja.«

»Wollen Sie damit sagen, daß kein Geld da ist?«

»Ich habe hier eine Antwort von Mr. Appleyards Anwalt.« Fielder kramte auf seinem Schreibtisch herum und gab die Suche dann auf. »Kurz und gut, Mr. Appleyard hat ihm gesagt, daß Ihr gemeinsames Vermögen offenbar nicht mehr vorhanden ist.«

»Aber es muß etwas übrig sein. Können wir ihn nicht verklagen?«

»Könnten wir, Mrs. Appleyard, könnten wir. Nur müssen wir ihn dazu erst mal finden. Bedauerlicherweise scheint Mr. Appleyard außer Landes gegangen zu sein. Vertraulich darf ich Ihnen verraten, daß er nicht einmal seine Anwaltsrechnung beglichen hat.« Er schüttelte bekümmert den Kopf. »Kein netter Zug von ihm, nein, wirklich nicht. Apropos …«

»Keine Sorge.« Ich machte meine Handtasche auf und steckte die Rechnung ein.

»Gewiß. Dann machen wir eben in Mr. Appleyards Abwesenheit weiter. Der Fall ist ja ziemlich klar.« Er sah auf die Uhr. »Übrigens hat Ihr Mann bei seinem Anwalt einen Brief für Sie hinterlassen. Ich habe ihn hier.«

»Ich will ihn nicht sehen.«

»Was soll ich denn damit machen?«

»Ist mir egal. Werfen Sie ihn in den Papierkorb.« Meine Stimme klang schrill – mehr nach Bradford als nach Hillgard House. »Ich glaube kaum, daß er etwas zu sagen hat, was mich interessieren könnte. Um mich nicht drastischer auszudrücken, Mr. Fielder …«

Als ich durch die belebten Straßen zu meinem möblierten Zimmer zurückging, war ich schnell dabei, Fielder die Schuld in die Schuhe zu schieben, ihn als Versager abzustempeln, aber schon damals wußte ich, daß das so nicht stimmte. Ich suchte einen Sündenbock für mein verpfuschtes Leben. Mein Lieblingskandidat war Henry, aber da er nicht greifbar war, richtete sich mein ganzer Zorn auf den armen Fielder. Noch ehe ich wieder in meinem Zimmer war, hatte ich mir mindestens drei furiose Abgänge in das Stück geschrieben und mir eine schöne Geschichte zusammenphantasiert, die mit einem Prozeß im Old Bailey endete, bei dem ich als Zeugin der Anklage auftrat. Solche Hirngespinste verraten das Kind, das in uns allen steckt; und sind sehr gefährlich, weil die üblichen gesellschaftlichen Hemmschwellen bei Kindern nicht funktionieren.

Als ich ins Haus kam, machte Mrs. Hyson, meine Zimmerwirtin, die Küchentür einen Spaltbreit auf und linste hinaus, sagte aber nichts. Zu Mittag aß ich, um Geld zu sparen, trockenes Brot und alten Käse auf meinem Zimmer und behielt den Mantel an, um den Shilling für die Gasheizung zu sparen. Seit ich Henry verlassen hatte, lebte ich von dem, was noch auf meinem Bankkonto und auf der Postsparkasse war, alles in allem etwa zweihundert Pfund. Außerdem hatte ich einen Pelzmantel und etwas Schmuck verkauft.

Wahrscheinlich hätte ich mir die Scheidung von Henry gar nicht leisten können. Zunächst brauchte ich einen Job, aber ich hatte nichts gelernt, war sechsundzwanzig Jahre alt und nirgends einsetzbar. Ich hatte Verwandte in Leeds, zwei Tanten, die ich seit Jahren nicht mehr gesehen hatte, und Vettern, die ich nicht kannte. Selbst wenn es mir gelang, sie aufzuspüren, war nicht einzusehen, weshalb sie mir hätten helfen sollen. In dieser Lage öffnete ich meine Schreibmappe und begann den Brief an Janet.

Im Rückblick ist mir klar, daß ich in diesem Moment einem Nervenzusammenbruch sehr nah war. Es ist jetzt über vierzig Jahre her, aber ich weiß noch, wie die Panik in mir aufstieg. Es gab keine Gewißheiten mehr. Früher hatte ich gewußt, was zu tun war. Oft tat ich es nicht gern, aber darum ging es nicht. Was zählte, war die Tatsache, daß eine geplante Zukunft vor mir lag, daß ich ein Dach über dem Kopf, Kleider am Leib und Essen auf dem Tisch haben würde. Jetzt hatte ich nichts mehr.

Nach Janets Tod habe ich diesen Brief gesucht, ihn aber zu meiner Erleichterung nicht gefunden. Hoffentlich hat sie ihn vernichtet. Im einzelnen weiß ich nicht mehr, was ich ihr geschrieben habe, aber ich verschwieg nichts – außer vielleicht, daß ich sie beneidete. An die Gefühle aber, mit denen ich jenen Brief in meiner kalten Bude in Paddington schrieb, erinnere ich mich noch sehr gut. Es war wie der Versuch, in einer schwarzen See zu schwimmen. Die Wellen schlugen hoch, und meine durchnäßte Kleidung zog mich nach unten. Ich war dem Ertrinken nahe.

Am frühen Abend ging ich aus dem Haus, um den Brief noch vor der letzten Leerung einzustecken. Auf dem Rückweg kam ich an einem Pub vorbei. Nach wenigen Metern blieb ich stehen, machte kehrt und ging hinein. Der Gastraum hatte eine hohe Decke, Spiegel an der Wand und Sessel mit verschossenen lila Samtpolstern. Bis auf zwei alte Damen, die Portwein tranken, war er leer, was mir Mut machte. Ich trat an den Tresen und bestellte einen großen Gin mit Bitter Lemon. Was man von mir dachte, war mir egal.

»Warten Sie auf jemand?« fragte die Barfrau.

»Nein.« Ich sah den Gin ins Glas gleiten und fuhr mir mit der Zunge über die Lippen. »Nicht viel Betrieb heute.«

Wahrscheinlich war in dem Laden nie viel Betrieb. Man hörte förmlich den Pleitegeier flattern. Genau das richtige für mich. Ich setzte mich in eine Ecke, trank erst das eine Glas, dann noch eins, dann ein drittes. Ein Mann versuchte mich abzuschleppen, und ich hätte in meiner Verzweiflung fast zugestimmt.

In dieser Gegend gab es Frauen, die von Männern lebten. Man sah sie am Bahnhof und an den Straßenecken, in Hauseingänge gedrückt oder an einem Wagenfenster im Gespräch mit dem Fahrer. Würde ich das fertigbringen? Würde man sich je daran gewöhnen, sich von Wildfremden begrapschen zu lassen? Wieviel könnte man verlangen? Und wie ging es weiter, wenn man alt wurde und einen keiner mehr haben wollte?

Um den Fragen zu entkommen, die ich nicht beantworten konnte, trank ich noch ein Glas und noch eins. Dann verlor ich den Überblick. Ich wußte, daß ich das Mittag- und Abendessen für den nächsten Tag und viele kommende Tage vertrank, und steigerte mich in eine geradezu genießerische Bedenkenlosigkeit hinein. Die Barfrau und ihre Mutter komplimentierten mich hinaus, als ich kein Geld mehr hatte und anfing zu weinen.

Als ich in die Pension getorkelt kam, lief ich Mrs. Hyson in die Arme und sah ihr an, daß sie wußte, wo ich gesteckt hatte. Hellseherische Fähigkeiten waren dazu nicht nötig, ich roch vermutlich wie eine ganze Schnapsbrennerei, und es war ein Wunder, daß ich die Treppe hochkam, ohne hinzufallen. Aufs Ausziehen verzichtete ich, es war zu mühsam. Das Zimmer schwankte, und ich legte mich auf die Steppdecke. Langsam begannen die Wände das Bett zu umkreisen. Die ganze Welt hatte sich aus ihrer Verankerung losgerissen. Mein letzter Gedanke war, daß Mrs. Hyson mich wahrscheinlich am nächsten Tag vor die Tür setzen würde.

7

Gegen Morgen kämpfte ich mich langsam und mühevoll ins Bewußtsein zurück. Stundenlang lag ich da und versuchte den Schlaf festzuhalten. Mein Mund war trocken, in meinem Kopf schienen Bratspieße zu stecken. Ich spürte Bewegung im Haus. Unten klingelte es, und die Bratspieße drehten sich. Dann klopfte jemand bei mir.

Ein Stöhnen unterdrückend, rappelte ich mich hoch, tappte auf Strümpfen durchs Zimmer und machte die Tür einen Spaltbreit auf. Mrs. Hyson sah mich mit gerümpfter Nase an. Ich hatte in meinen Kleidern geschlafen und mich nicht abgeschminkt.

»Ein Herr möchte Sie sprechen, Mrs. Appleyard.«

»Ein Herr?«

Mrs. Hyson krauste die Stirn und ging davon. Henry? Allein bei der Vorstellung drehte sich mir der Magen um. Aber ich hatte nichts mehr, was er mir hätte nehmen können. Vielleicht der Anwalt, den die Sorge um sein Honorar hergetrieben hatte?

Nach ein paar Minuten schlich ich die Treppe hinunter wie zu meiner eigenen Hinrichtung. Als ich Mrs. Hysons Wohnzimmer betrat, sah ich dort David Byfield, der ein ziemlich bedrohliches Foto des verblichenen Mr. Hyson betrachtete. Er drehte sich zu mir um, streckte mir die Hand hin und lächelte schmal und frostig. Er schien sich seit seiner Hochzeit nicht verändert zu haben. Im Gegensatz zu mir.

»Hoffentlich störe ich nicht? Ich war sowieso in London, da hat mich heute früh Janet angerufen und es mir erzählt.«

»Sie hat also meinen Brief schon bekommen?«

Er nickte. »Wir bedauern das alles sehr.«

Wie mir dieses »Wir« gegen den Strich ging! »Dazu besteht kein Grund. Das Ende hatte sich schon länger abgezeichnet.« Ich funkelte ihn an. Der stechende Schmerz hinter den Augen ließ mich zusammenzucken. »Ihr solltet eigentlich froh sein.«

»Es ist immer traurig, wenn eine Ehe zerbricht.«

»Mag sein.« Weil das doch sehr ungnädig klang, fügte ich angestrengt munter hinzu: »Und wie geht es dir? Wie geht es Janet und Rosie?«

»Sehr gut, danke. Janet hofft – wir hoffen –, daß du dich entschließen kannst, eine Weile zu uns zu kommen.«

»Ich schaffe das schon allein, vielen Dank.«

»Das ist uns klar.«

Die Laurence-Olivier-Nüstern weiteten sich. »Es wäre uns eine große Freude.«

»Na schön.«

»Also abgemacht.«

Jetzt lächelte er beifällig. Es ärgerte mich, daß mir seine Zuwendung so wohl tat. Sexappeal kann bedrückend unpersönlich sein.

David organisierte umsichtig, und fast ohne mich zu Rate zu ziehen, meine unmittelbare Zukunft. Seine Nächstenliebe war genauso unpersönlich wie sein Sex-Appeal. Er half mir, weil er es für seine Pflicht hielt oder weil Janet ihn darum gebeten hatte, und machte damit Punkte beim lieben Gott oder bei Janet oder beiden.

Wenige Stunden später saß ich in einem Raucherabteil zweiter Klasse, und der Zug verließ die hallende Höhle von Liverpool Street Station. Ich war immer noch verkatert, aber mit der Zeit und mit Hilfe von Aspirin hatten sich die Kopfschmerzen soweit gelegt, daß sie zwar lästig, aber erträglich waren – wie eine bestimmte Sorte alter Bekannter. Mein Handkoffer war in der Gepäckablage über meinem Kopf, die beiden großen Koffer hatten wir aufgegeben. Ich hatte gebadet und mich umgezogen. Es war mir sogar gelungen, etwas – ein Zwischending aus Frühstück und Mittagsmahlzeit – zu mir zu nehmen und bei mir zu behalten. David war nicht mitgefahren, seine Konferenz ging erst am nächsten Tag zu Ende.

Der Zug rumpelte zwischen verrußten Häusern unter einem rauchigen Himmel in Richtung Norden.

»Mach dir nichts vor«, sagte ich mir, während der Zug schneller wurde und ich nach meinen Zigaretten kramte, »ihm liegt nicht das mindeste an dir. Weshalb auch?«

Und dann wurde mir klar, daß ich nicht genau wußte, wen ich mit *er* meinte.

Hinter Cambridge begann die Ebene. Der Zug dampfte, rechts und links von schwarzen Feldern begleitet, stur geradeaus. Es wurde schon dunkel. Der Horizont war Grenzgebiet – nicht mehr ganz Erde, aber noch nicht ganz Himmel. Ich saß allein im Abteil, warm, geborgen und ein bißchen schläfrig. Von mir aus hätte die Fahrt in alle Ewigkeit so weitergehen können.

Der Zug wurde langsamer. Als ich aus dem Fenster sah, erkannte ich in einiger Entfernung den Turm des Doms von Rosington. Je näher wir kamen, desto mehr Ähnlichkeit hatte die Kathedrale mit einem steinernen Tier, das zum Sprung ansetzt. Ich ging auf die Toilette, wusch mir einen Rußfleck von der Wange und puderte mir die Nase. David hatte Janet angerufen, damit sie mich abholen konnte.

Als ich in mein Abteil zurückkam, glitt der Bahnsteig am Fenster entlang. Ich zerrte meinen Koffer herunter, stieg aus und spürte den Wind wie ein Messer am Hals. »Der Wind ist in Rosington anders als überall sonst«, hatte Janet in einem ihrer Briefe geschrieben, »er kommt über die Nordsee geradewegs aus Sibirien, es ist kein englischer Wind«.

Janet war nicht auf dem Bahnsteig, sie war nicht an der Sperre, und draußen war sie auch nicht.

Ich schleppte meinen Koffer durch die Bahnhofshalle zum Vorplatz. Der Bahnhof lag am Fuß des Hügels, auf dem das steinerne Tier hockte. Der Wind trieb mir Tränen in die Augen. Ein hochgewachsener Geistlicher stieg in einen hohen, altmodischen Wagen. Sein Blick streifte mich kurz und ohne Neugier.

Ehe ich nach Rosington kam, hatte ich nie näher mit Geistlichen zu tun gehabt. Man belachte sie auf der Bühne und im Kino, mied sie bei Partys wie die Pest und ertrug sie bei eher konventionellen Hochzeiten und Beerdigungen. Nach Rosington hat sich das alles geändert. Pfarrer sind richtige Menschen geworden, Menschen zum Anfassen gewissermaßen.

Nicht daß ich nun plötzlich an Gott geglaubt hätte – man hat ja schließlich seinen Stolz! –, aber manchmal wünschte ich schon, ich könnte davon ausgehen, daß sich auf lange Sicht alles so, wie es gekommen ist, zum Besten gefügt hat. Daß Gott einen Plan hat, an den wir uns halten können oder auch nicht, ganz wie wir wollen. Daß hinter den schlimmen Dingen, die uns widerfahren, das Böse steckt und daß selbst das Böse in Gottes undurchschaubarem, aber im wesentlichen barmherzigen Plan seinen Platz hat.

Natürlich ist das Unsinn. Warum sollten wir irgend jemandem – zumal einem allwissenden und völlig hypothetischen Gott – wichtig sein? Ich denke nach wie vor, daß Henrys These richtig war. Wir saßen in Durban bei unserem zweiten oder dritten Schlummertrunk und philosophierten über das Thema. »Seien wir ehrlich, altes Mädchen«, sagte er. »Es ist, als wenn wir in einem Boot ohne Ruder auf dem Ozean treiben. Viel mehr, als den Rumvorrat auszutrinken, bleibt einem da nicht.«

Vor dem Bahnhof sah ich dem Wagen des Geistlichen nach, der in den verdämmernden Februarnachmittag hineinfuhr. Ich wartete noch ein paar Minuten, dann ging ich zurück ins Bahnhofsgebäude und rief bei Janet an. Niemand meldete sich.

Es half nichts, ich mußte eins der Bahnhofstaxis nehmen. Ich sagte dem Fahrer, er solle mich zur Dunklen Herberge auf der Domfreiheit bringen. In einem ihrer Briefe hatte Janet geschrieben, der Name leite sich von den schwarzen Kutten der Benediktinermönche her, die im Mittelalter, als Rosington eine Abtei war, als Gäste hier abgestiegen waren.

Das Taxi fuhr den Hügel hinauf und rollte durch das große

Tor, die Porta, auf die Domfreiheit. Ich sah kleine Jungen mit Schulmützen, in Shorts und grauen Regenmänteln. Vielleicht gehörten sie zur Chorschule. An Henry würde sich keiner von ihnen erinnern. Sechs Jahre bedeuten im Dasein einer Schule eine lange Zeit.

Wir folgten der Straße bis zum Ostende des Doms und hielten vor einem Pförtchen in einer hohen Mauer. Ich verzichtete darauf, mir den Koffer vom Fahrer hineintragen zu lassen, weil ich dann mehr Trinkgeld hätte geben müssen, stieß die Pforte auf und sah Rosie Hopse spielen.

»Und wie heißt du?« fragte ich.

»Ich bin niemand.«

Rosie hatte keinen Mantel an. Es war Februar, und sie spielte hier draußen nur in Sandalen und im Kleidchen. Nicht einmal eine Strickjacke hatte sie an. Es wurde allmählich dunkel. Manche Kinder frieren wohl einfach nicht.

»Niemand?« wiederholte ich. »Das glaube ich nicht. Wetten, daß du ein Jemand bist? Ein Jemand in Verkleidung.«

»Ich bin niemand. So heiße ich.«

»Niemand heißt niemand.«

»Ich schon.«

»Warum?«

»Weil niemand vollkommen ist.«

Und das war sie auch. Vollkommen. *Henry, du Mistkerl,* dachte ich, *das hätten wir auch haben können.*

»Rosie«, rief ich ihr nach, als sie zum Haus hochhüpfte, »Rosie, ich bin Tante Wendy.«

Ich kam mir albern vor. Tante Wendy – das klang wie aus einem Kinderbuch von der Sorte, die meine Mutter so geschätzt hatte.

»Sagst du Mummy, daß ich da bin?«

Rosie machte die Tür auf und hüpfte ins Haus. Ich griff mir meinen Koffer und folgte ihr einigermaßen erleichtert. Offenbar war Janet wieder da. Ein Kind in diesem Alter hätte sie nie unbeaufsichtigt gelassen.

Das Haus war Teil einer Häuserzeile. Flüchtig erfaßte mein Blick Strebepfeiler, die unregelmäßigen Konturen steiler Dächer vor einem samtgrauen Himmel und kleine, tief ins Mauerwerk eingelassene Fenster. An der Tür stellte ich meinen Koffer ab und suchte nach der Klingel. Die obere Hälfte der Tür war verglast, und ich sah einen Flur, der weit ins Haus hineinführte. Rosie war verschwunden. Durch die Schlieren im Glas wirkte der Innenraum grünlich und leicht gewellt wie Rosies Haar.

In den Türpfosten war ein Klingelzug aus Messing eingelassen. Ich griff danach und konnte nur hoffen, daß er am anderen Ende des unsichtbaren Drahtes eine scheppernde Glocke in Bewegung setzte. Zu hören war nichts, es war reine Glaubenssache, und mit meiner Glaubensstärke war es noch nie weit her. Meine Nackenhaare sträubten sich in Erwartung einer peinlichen Situation. Ich zögerte noch einen Augenblick. Irgend jemand mußte doch bei dem Kind im Haus sein. Dann machte ich die Tür auf, und ein muffig-feuchter Geruch stieg zu mir hoch. Der Fußboden lag dreißig Zentimeter tiefer als der Garten.

»Hallo?« rief ich. »Ist da jemand?«

Meine Stimme hatte einen ungewohnten Hall, als hätte ich in eine Kirche hineingerufen. Ich ging in die Diele hinunter. Im Haus kam es mir kälter vor als draußen. Eine Uhr tickte. Ich hörte leichte schnelle Schritte über meinem Kopf. Eine Tür öffnete sich klickend. Dann wieder Stille. Eine andere Art von Stille als bisher.

Und dann kamen die Schreie.

Kinderschreie drehen einem das Herz um. Ich ließ den Koffer fallen. Fast nebenbei registrierte ich, daß durch den Aufprall das Schloß aufgesprungen war und meine hastig gepackten Habseligkeiten, die Trümmer meines Lebens mit Henry, sich auf dem Dielenboden verteilten. Ich lief eine Treppe mit flachen Stufen hoch bis zu einem langen Gang.

Die letzte Tür stand offen. Rosies Rücken zeichnete sich in der Türöffnung ab. Sie schrie nicht mehr. Sie stand völlig regungslos da. Ihre Arme hingen steif herunter, als hätten sie keine Ellbogengelenke mehr.

»Rosie! Rosie!«

Ich ging rasch auf sie zu, packte sie bei den Schultern, drehte sie um und drückte ihr Gesicht an meinen Leib. Ihr Körper war steif und unnachgiebig – kein Kind, sondern eine Puppe. Wieder ein Schrei. Diesmal kam er aus meiner Kehle.

Der Raum war als Schlafzimmer eingerichtet und roch nach Brylcreme und Pfefferminz. Er hatte zwei Sprossenfenster. Das eine stand wohl einen Spaltbreit offen, denn ich hörte von unten Verkehrsgeräusche und die Stimmen von Passanten. In solchen Situationen saugt die Seele Erinnerungen auf wie ein Schwamm. Oft begreift man das, was sich zugetragen hat, erst dann, wenn man später den Schwamm ausdrückt und sieht, was herauströpfelt.

In diesem Moment sah ich nur den Mann auf dem Fußboden. Er lag auf dem Rücken zwischen Bett und Tür und hatte anthrazitfarbene Flanellhosen an, braune Straßenschuhe und eine olivgrüne Strickweste über einem weißen Hemd mit weichem Kragen. Ein Tweedsakko und ein gestreifter Schlips hingen über einem Stuhl am Bett. Die linke Hand lag auf seinem Bauch, die rechte mit der Handfläche nach oben auf dem Boden, die Finger locker um den schwarzen Griff eines Tranchiermessers gelegt. An der Klinge, an seinem Hals, auf Hemd und Weste war Blut. Die Hornbrille war heruntergerutscht. Die blauen Augen waren weit geöffnet und zur Decke gerichtet. Ich hatte sein Haar nicht so grau und dürftig in Erinnerung, und das Gesicht war schmaler, aber ich erkannte ihn sofort. Es war Janets Vater.

»Komm hier weg, Rosie«, sagte ich leise. »Komm mit. Großpapa schläft. Wir gehen nach unten und warten auf Mummy.«

Wie aufs Stichwort blinzelte Mr. Treevor und sah zu uns hin. »Ätsch, angeführt«, sagte er und lachte.

ZWEITER TEIL

Die Domfreiheit

8

»Es tut mir furchtbar leid.« Janet bürstete Rosies Haar. Die Borsten verfingen sich in einer verfilzten Strähne, die sie behutsam entwirrte. »Er stand plötzlich vor der Tür.«

»Ist doch nicht weiter wichtig«, sagte ich.

»O doch.« Sie sah kurz mich an und dann wieder auf das glänzende Haar hinunter. »Um halb vier klingelte es, und da war er. Er hatte sich von Cambridge ein Taxi genommen.«

Rosie saß auf einem Hocker, der auf dem Kaminvorleger stand. Ihr Rücken war bolzengerade, sie schmiegte sich nicht an die Knie ihrer Mutter. Ich an ihrer Stelle hätte herumgezappelt oder mich mit einem Spielzeug beschäftigt oder gelesen. Rosie aber schien von dem leisen Geräusch der Bürstenstriche wie hypnotisiert.

»Er ist gar nicht auf den Gedanken gekommen anzurufen, er ist so, wie er war, losgefahren. Ohne Gepäck, ohne Mantel. Sogar seine Brieftasche hatte er vergessen. Ich mußte ans Haushaltsgeld gehen.« Janet lächelte, aber ich kannte sie zu gut, um mich täuschen zu lassen. »Er hatte noch seine Hausschuhe an.«

Wir saßen in einem schmalen getäfelten Wohnzimmer dicht vor dem Feuer. Rosie war schon in ihren Nachtsachen. Janet hatte mir einen Gin mit Orange gegeben, mit etwas viel Orange für meinen Geschmack, und ich hielt mich an dem Glas fest und versuchte, solange wie möglich damit auszukommen.

»Auch seine Medizin, ein Abführmittel, hatte er vergessen. Er regt sich schrecklich auf, wenn er es nicht hat, deshalb mußte ich vor Ladenschluß noch zur Apotheke. Und dann hat sich die Frau des Dekans auf mich gestürzt, und ich kam nicht weg.« Die Bürstenbewegungen gerieten ins Stocken. Janet legte Rosie die Hände auf die Schultern. »Nächstens vergißt der arme Opa noch seinen eigenen Namen, was, Püppchen? Jetzt sag Tante Wendy gute Nacht, dann bring ich dich ins Bett.«

Als sie nach oben verschwunden waren, ging ich an das Tablett mit den Flaschen und verlängerte meinen Drink mit einem Schuß Gin. Von dem, was sich Mr. Treevor geleistet hatte, war hier unten nicht die Rede gewesen, und ich überlegte, wie – wenn überhaupt – Janet mit Rosie jetzt darüber sprechen mochte. Wie erklärt man einem Kind, daß der Großvater in der Küche eine Flasche Ketchup entdeckt, sie mit auf sein Zimmer nimmt und sich damit vollspritzt, so daß es aussieht, als habe er sich erstochen? Was, um Himmels willen, hatte er sich dabei gedacht? Die Sachen, die er am Leib trug, und der Schlafzimmerteppich waren ruiniert. Was er damit bei Rosie angerichtet hatte, war noch offen. Der einzige Trost war, daß die Aufregung ihn sehr müde gemacht hatte. Er hatte sich bis zum Abendessen aufs Bett gelegt, um sich auszuruhen.

Mit dem Glas in der Hand ging ich im Zimmer auf und ab, nahm Nippes in die Hand und betrachtete die Bücher und Bilder. Wer selbst knapp bei Kasse ist, hat ein Gespür für Armut bei anderen, und die meinte ich hier in Ansätzen zu erkennen: ein Kissen, das einen Fleck auf dem Sesselpolster verdecken sollte, ein für den großen Kamin zu dürftiges Feuer, Vorhänge, die man neu hätte abfüttern müssen. Davids Gehalt konnte nicht üppig sein.

Auf dem Wandtischchen zwischen den Fenstern stand ein Foto des glücklichen Paares nach der Trauung vor der Jerusalem Chapel. Davids Beffchen flatterten im Wind. Von meiner vergleichsweise armseligen Hochzeit besaß ich keine Aufnahmen. Meine Mutter hatte sich für eine weiße Hochzeit mit allem Drum und Dran eingesetzt, aber Henry hatte sie überredet, uns statt dessen die Hochzeitsreise zu finanzieren.

Janet kam die Treppe herunter. »Das Abendessen fällt leider sehr einfach aus. Käse auf Toast – wäre dir das recht? Und im Vorratsschrank ist noch Apfelstreusel.«

»Aber ja.« Ich sah, daß sie fröstelte. »Was ist?«

»Ich wollte es dir an deinem ersten Abend so schön machen. Wir haben uns doch eine halbe Ewigkeit nicht mehr gesehen.«

»Laß gut sein. Es genügt, daß ich hier sein darf. Kommt dein Vater nach unten?«

»Er ist eingeschlafen.« Sie ging zum Kamin, um Kohlen nachzulegen. »Ich wollte ihn nicht wecken.«

Ich setzte mich aufs Sofa. »Macht er oft solche Sachen, Janet?«

»Du meinst das Tomatenketchup?«

Ich antwortete nicht.

»Er hatte immer viel Humor«, sagte sie und warf eine Schaufel Kohle aufs Feuer.

»Den hat er aber, wenn ich bei euch war, gut versteckt.«

Janet sah mich an. Durch die Tränen wirkten ihre Augen noch größer als sonst. »So? Mag sein. Die Menschen ändern sich.«

Ich klopfte aufs Sofa. »Komm und erzähle.«

»Aber das Abendessen ...«

»Der Teufel soll das Abendessen holen.«

»Du sprichst mir aus der Seele«, brach es plötzlich aus ihr heraus. »Du glaubst gar nicht, wie ungern ich koche. Wenn ich morgens ein Setzei sehe, dreht sich mir der Magen um.«

»Mir auch. Ich helfe dir nachher beim Abendessen. Jetzt setz dich erst mal hin.«

Sie tupfte sich mit einem zierlichen Taschentuch die Augen. Janet war eine der wenigen Frauen aus meiner Bekanntschaft, die beim Weinen nicht häßlich wurden. Janet bewältigte alles – sogar das Weinen – mit Anmut. Ich brachte ihr noch einen Drink.

Sie versuchte halbherzig, das Glas wegzuschieben. »Eigentlich dürfte ich nicht mehr ... Ich hatte heute abend schon ein Glas.«

»Nimm's als Medizin.« Ich wartete, bis sie einen Schluck getrunken hatte. »Sag mal, wie lange geht das denn schon so?«

»Das kann ich gar nicht sagen. Angefangen hat es wohl schon vor Mummys Tod. Es kam ganz allmählich.«

»Hast du schon mal an ein Heim gedacht?«

»Das würde ich nicht übers Herz bringen. Er ist ja nicht alt, noch keine Siebzig. Und auch nicht richtig krank. Nur manchmal ein bißchen vergeßlich.«

»War er beim Arzt?«

»Ärzte mag er nicht. Die Sache mit dem Tomatenketchup ...«

»Ja?«

»Ich glaube, es war einfach nett gemeint, er wollte Rosie zum Lachen bringen. Die Wirkung war ihm gar nicht bewußt.« Sie zögerte kurz. »Er konnte nie gut mit Kindern umgehen«, sagte sie dann vorsichtig.

»Und was sagt David dazu?«

»Ich behellige ihn nicht gern damit, im Augenblick steckt er bis über die Ohren in der Arbeit. Er hat nämlich Aussicht auf eine andere Stellung ...«

»Aber ist ihm denn nichts aufgefallen?«

»Er hat Daddy eine Weile nicht gesehen. Außerdem ist ja meist alles in Ordnung.«

Ich kam mir vor wie ein Untersuchungsrichter. »Und was hat Rosie gesagt?«

»Eigentlich gar nichts.« Janet fuhr mit dem Finger am Glasrand entlang. »Ich habe ihr erklärt, daß es ein Jux von Opa war, einer von diesen Erwachsenenspäßen, die Kinder nicht immer verstehen. Sie hat genickt, und damit war die Sache erledigt.«

Es wurde dann noch ein recht schöner Abend. Rosie schlief ein und der schlimme Alte ebenfalls. Janet und ich rösteten jede Menge Toast am Wohnzimmerfeuer und kleckerten Erdbeermarmelade auf den Kaminvorleger. Janet bot mir eine Chance, über Henry zu sprechen, aber ich wollte nicht. Noch nicht. Wir ignorierten ihn (was ihm sehr gegen den Strich gegangen wäre), und ich war glücklich und zufrieden. Da spielte ich nun Stütze und Stab für Janet, während ich in Wirklichkeit ein Rohr im Wind war – genau wie damals im Internat. Janet und Mr. Treevor verdankte ich die Erkenntnis, daß ich wieder gebraucht wurde. Man sucht nach Familie – besonders dann, wenn man mit der leiblichen nicht recht glücklich ist.

9

Sogar jetzt noch, da ich so alt bin wie John Treevor damals, träume ich von dem Tag, an dem ich nach Rosington kam. Nicht davon, was im Haus geschah, sondern von meinem Gespräch mit Rosie draußen vor der Tür. Das Besondere, das Beunruhigende daran ist das, was Rosie sagt. Oder nicht sagt.

Wenn ich sie im Traum sehe, weiß ich, daß sie ihr Witzchen machen, daß sie mir sagen wird, sie heiße Niemand, weil niemand vollkommen sei. Aber die Pointe zerflattert, und daß ich nie weiß, wie der Satz lauten wird, verunsichert mich. Vollkommen, aber niemand. Niemand, aber vollkommen. Ein vollkommener Niemand. Gar niemand Vollkommenes. Der vollkommene Garniemand. Vielleicht kreisen die Gedanken meines schlafenden Ichs um diese Frage, weil sie weniger schmerzlich ist als der Gedanke an das, was im Haus geschah.

Doch der Traum kam viel später. In meiner ersten Nacht in Rosington schlief ich besser als seit Jahren. Mein Zimmer lag etwas abseits von den anderen Räumen im zweiten Stock. Als ich aufwachte, wußte ich, daß es schon spät war, denn durch die Vorhangspalte drang Licht. Im Schlafzimmer war es eiskalt. Ich blieb gut und gern noch zwanzig Minuten in meinem warmen Nest.

Schließlich trieb mich der Druck meiner Blase aus dem Bett. Im Bad, wo ein Heißwasserboiler stand, war es wärmer als in meinem Zimmer, deshalb zog ich mich dort an. Als ich nach unten kam, saß Janets Vater in einem Windsorsessel am Küchentisch und las die *Times*.

Wir beäugten einander abwartend. Er war am Abend nicht

mehr nach unten gekommen. Janet hatte ihm Suppe auf sein Zimmer gebracht. Er stand auf und lächelte unsicher.

»Hallo, Mr. Treevor.«

Er sah mich verständnislos an.

»Ich bin Wendy Appleyard, wissen Sie noch? Janets Schulfreundin.«

»Ja, ja. In der Kanne ist noch Tee, glaube ich. Soll ich ...« Er machte einen halbherzigen Anlauf, die Teekanne zu inspizieren.

»Vielleicht brühe ich besser frischen auf.«

»Meine Frau sagt immer, daß Kaffee nicht mehr schmeckt, wenn man ihn stehenläßt.« Er sah ratlos drein. »Gute Idee. Ja. Ja.«

Ich spürte seinen Blick, als ich Wasser in den Kessel laufen ließ, ihn auf den Herd stellte und das Gas anzündete. Er hatte sich, seit ich ihn zuletzt gesehen hatte, um den Bauch einen dicken Rettungsring zugelegt, ansonsten sah er noch ziemlich schlank aus, auch das Gesicht mit der Raubvogelnase und der gewölbten Stirn, die jetzt durch den sich lichtenden Haaransatz noch mehr auffiel, war schmal geblieben. Das Haar war länger als früher und ungekämmt. Er trug einen dicken Pullover, der ihm an den Schultern zu weit und über dem Bauch zu knapp war. Vielleicht war es einer von David. Er kam auf den Zwischenfall von gestern nicht zu sprechen, und auch ich fing nicht davon an.

»Haben Sie gut geschlafen?« fragte er schließlich.

»Ja, danke.«

»Die Geräusche haben Sie nicht gestört?«

»Die Geräusche?«

»Man hat sie oft in diesen alten Häusern.«

»Mir sind sie nicht aufgefallen. Ich habe sehr gut geschlafen.«

Er griff nach seiner Zeitung. »Ich muß los. Es ist schon ziemlich spät.«

»Wo ist Janet?«

»Sie bringt Rosie zur Schule. Sie kommen allein zurecht?«

Offenbar hatte er – zumindest für sich – diese Frage positiv entschieden, denn er tappte zielstrebig nach oben in die Diele. Eine Tür öffnete und schloß sich, ein Riegel wurde vorgeschoben. Er hatte sich in die Toilette geflüchtet.

Da war er noch, als ich zwei Tassen Tee getrunken, eine Scheibe Toast gegessen und mich an den Abwasch gemacht hatte. Eine Glocke – eine von einer ganzen Reihe über der Küchentür – schepperte. Ich dachte, daß es die für die Gartentür war, und trocknete mir die Hände ab, um aufzumachen.

Auf der Schwelle stand ein stämmiger kleiner Geistlicher. Er tippte an seinen Hut. »Guten Morgen. Ist David da?«

»Er ist zu einer Tagung nach London gefahren. Janet ist zur Zeit nicht im Haus, aber sie müßte bald wieder hiersein. Kann ich etwas ausrichten?«

»Wissen Sie zufällig, wann er zurückkommt?«

»Heute abend, glaube ich.«

»Dann rufe ich morgen an, oder ich komme noch mal vorbei. Sagen Sie ihm doch bitte, daß Peter Hudson da war. Vielen Dank. Auf Wiedersehen.«

Er tippte erneut an seinen Hut und ging rasch den Gartenweg hinunter, auf dem Rosie Hopse gespielt hatte. Der Rasen rechts und links vom Weg war noch bereift. Am Gartentor blieb er stehen, sah zurück und winkte.

Das war meine erste Begegnung mit Kanonikus Hudson. Ein sanfter, seelenguter kleiner Mann, dachte ich damals, mit einem dieser Gesichter, die man sofort wieder vergißt, und einer Stimme, die sich in keine Gegend und keine Gesellschaftsschicht einordnen läßt. Wenn es sich schon nicht vermeiden läßt, daß ich hier mit Pfarrern zu tun bekomme, sagte ich mir, ziehe ich einen, der so aussieht und redet wie Laurence Olivier, entschieden vor.

10

Abends kam David aus London zurück, und damit änderte sich die Atmosphäre im Haus. Er kam, nachdem Rosie zu Bett gebracht worden war, kurz vor dem Abendessen. Ich sah dem Wiedersehen mit einigen Bedenken entgegen. Janet und ich waren in der Küche. Mr. Treevor saß im Wohnzimmer und döste.

David küßte Janet und schüttelte mir die Hand.

»War es nett?« fragte Janet.

»Hauptsächlich heiße Luft, aber ein paar nützliche Leute. Hat jemand was für mich ausrichten lassen?«

»Die Zettel liegen auf deinem Schreibtisch. Kann sein, daß Rosie noch wach ist. Falls du ihr gute Nacht sagen möchtest…«

»Ich will nur rasch noch ein paar Telefonate erledigen.«

»Ach ja, und Peter Hudson hat angerufen.«

David, der schon unter der Küchentür stand, drehte sich rasch um. »Und?«

»Heute früh. Wendy hat mit ihm gesprochen. Er will morgen noch mal anrufen oder vorbeikommen, hat er gesagt.«

»Es dürfte um die Bibliothek gehen. Vielleicht erwische ich ihn noch.«

Er ging hinaus. Ich vermied es, Janet anzusehen.

»Die Sache mit der Bibliothek beschäftigt ihn sehr«, sagte sie schnell und fast entschuldigend. »Es gibt einen Vorschlag, die Bibliothek der Theologischen Hochschule mit der Dombibliothek zusammenzulegen. Die Dombibliothek wird kaum benutzt, und es wäre für alle Beteiligten viel günstiger, wenn sie im Kolleg untergebracht wäre. Der neue Dombibliothekar ist Peter Hudson, deshalb ist seine Meinung so wichtig.«

»Das gäbe dann ja eine richtige Elefantenhochzeit...«

Sie zuckte leicht zusammen. »Es steckt noch mehr dahinter. Davids Vorgesetzter ist nicht mehr der Jüngste. Es ist ein offenes Geheimnis, daß er möglicherweise mit Ablauf des Sommertrimesters in den Ruhestand geht.«

»Und David ist auf seinen Job aus?« Ich lächelte und sagte halb im Scherz: »Ich denke, weltliche Ambitionen sind Pfarrern fremd?«

»Ja, aber David meint, daß er dort nützliche Arbeit leisten könnte. Kanonikus Osbaston, der Rektor, mag ihn. Und der Bischof auch. Aber der Bestellung muß auch das Domkapitel zustimmen. Bischof und Domkapitel sind in etwa das, was in einer Privatschule der Verwaltungsrat ist.«

»Und wo ist der Haken?«

»Einige Domherren – unter anderem auch Peter Hudson – sähen David nicht so gern auf diesem Posten.«

Janet fing an, den Tisch zu decken. Die Byfields aßen meist in der Küche, denn dort war es wärmer, und der Weg über eine Treppe bis zum Eßzimmer am anderen Ende des Hauses war die reinste Tagesreise.

»Dieser Hudson macht einen netten Eindruck«, sagte ich. »Er sieht aus, als könnte er keiner Fliege was zuleide tun.«

Janet schnaubte. »Du bist nicht die erste, die sich in ihm irrt.« Sie setzte sich unvermittelt hin und rieb sich die Augen. »Himmel, was bin ich müde.«

Ich nahm ihr die Bestecke ab und deckte weiter.

Sie spielte mit einem Serviettenring und rieb an einer trüben Stelle auf dem Silber herum. »Im Grunde geht es gar nicht um die Bibliothek«, sagte sie langsam, »und nicht einmal um den Job, sondern um die Hochschule. Es heißt, daß sie geschlossen werden soll.«

»Warum denn das?«

»Weil die Zahl der Anmeldungen gesunken ist, und Geld ist auch nicht genug da – ein landesweites Problem. David sagt, daß die Church of England mindestens sechs- bis siebenhundert neue Pfarrer im Jahr braucht, um die Gemeindearbeit weiterführen zu können, aber fast fünfzig Jahre lang hat es nicht mal sechshundert gegeben, und inzwischen ist alles teurer geworden. Das Kolleg ist ein riesiger Kasten, ein richtiger Geldfresser.«

»Und warum will David unbedingt dort Rektor werden? Könnte er nicht irgendwas anderes machen? Warum übernimmt er nicht eine Gemeinde, wie ein ganz normaler Pfarrer?«

»Er sieht sich zum Lehrer und Wissenschaftler berufen, vielleicht auch zum Institutsleiter.« Sie rückte ein Messer gerade. »Und – und ich glaube, so eine Position verhilft einem zu Beachtung. Natürlich sieht David es nicht so, aber darauf läuft es hinaus.«

»Klingt mehr nach einem Weltkonzern wie Imperial Tobacco als nach Church of England.«

»Die Kirche ist tatsächlich ein Konzern, Wendy. Konzerne haben alle die gleiche Arbeitsweise. Bei der Church of England ist Geldverdienen nicht der Hauptzweck, aber ein Konzern ist sie trotzdem.«

Mir lag die Bemerkung auf der Zunge, daß dann wohl der liebe Gott der Generaldirektor auf Lebenszeit sei, aber das hätte Janet wahrscheinlich geschmacklos gefunden.

»Der Posten wäre auch mit einem viel höheren Gehalt verbunden«, gestand Janet fast im Flüsterton.

Damit bestätigten sich meine Vermutungen. »Ihr müßt sehr rechnen, nicht?«

Janet antwortete nicht. Mir fiel siedendheiß ein, daß David meine Rechnung bei Mrs. Hyson bezahlt und meine Fahrkarte gekauft hatte. Ich dachte an Mr. Treevors teure Taxifahrt von Cambridge nach Rosington und die Belastung für die Haushaltskasse durch zwei zusätzliche Esser und zumindest einen Mittrinker, nämlich mich.

Ich zog mir einen Stuhl heran und setzte mich neben sie. »Ihr seid sehr lieb zu mir. Beide«, sagte ich. »Wahre Freunde in der Not. Aber ich bleibe nicht lange.«

Janet hob den Kopf. »Du darfst nicht wieder weg. Ich freue mich doch so, daß du hier bist. Und wo willst du auch hin? Was willst du machen?«

»Ich finde schon was.«

Sie schüttelte den Kopf. »Noch nicht. Weiß der Himmel, was aus dir werden würde.«

»Andere Leute schaffen das auch«, sagte ich munter.

»Du bist nicht andere Leute. Du bist Wendy. Und was ist mit Henry?«

Es gab mir einen Stich. »Wie meinst du das?«

»Glaubst du nicht …«

»Ich hab dir das ja alles geschrieben. Es ist vorbei. Ich lasse mich von ihm scheiden. Er kann nichts machen. Er hat mich nur geheiratet, weil ich ein bißchen Geld hatte.« Ich rieb eine rauhe Hautstelle auf meiner Hand, als könnte ich damit alles Unebene, Schmerzliche aus meinem Leben wegmassieren. »Ich habe ihn erwischt, wie er auf einer anderen Frau gelegen hat, und du kannst dir nicht vorstellen, was für ein häßliches Reff die war.«

»Ach, Wendy …«

Sie nahm meine Hand. Ich sah hinunter auf unsere nun verschränkten Finger auf dem gescheuerten Kieferntisch.

»Bleib ein Weilchen hier«, bat Janet.

»Nur wenn du mich etwas zahlen und im Haus helfen läßt.«

»Du hast doch kein Geld.«

»Aber noch ein bißchen Schmuck.«

»Den darfst du nicht verkaufen.«

»Dann muß ich weg.«

Wir funkelten uns an. Sie fing an zu weinen, und gleich darauf flossen auch meine Tränen. In schönstem Einverständnis weinten wir ein Weilchen. Nachdem wir unsere Augen getrocknet, uns umarmt und das Geschirr vom Abtropfbrett geräumt hatten, war uns beiden klar, daß ich bleiben würde.

II

An meinem ersten Samstag in Rosington war es kalt, aber klar. David stieg mit Janet und mir auf den Westturm des Doms. Wir erklommen endlose Wendeltreppen und balancierten über schmale, dick mit Steinstaub bedeckte Emporen. Endlich stieß er ein Türchen auf, und wir traten auf eine gleißende bleibeschlagene Plattform hinaus.

Es war völlig windstill. Ich hätte schwören mögen, daß es dort oben kälter und sonniger war als zu ebener Erde. Ich lehnte mich an eine der Brüstungen, die mit Zinnen bewehrt waren wie bei einer Burg, und keuchte. Zu viele Stufen, zu viele Zigaretten.

Ich sah hinaus. Mein Blick ging in rasendem Sturz steil nach unten wie eine Fahrt im Aufzug in einem Horrorfilm. Es zog mir den Boden unter den Füßen weg, ich klammerte mich an die Brüstung und scheuerte mir die Handflächen an dem rauhen Stein auf.

Unter mir erstreckten sich das gewaltige Langschiff des Doms mit seiner wuchernden Ornamentik und die Schiefer- und Ziegeldächer von Rosington, umgeben, so weit das Auge reichte, von den winterlich grauen Fens, die an einem fernen, unsichtbaren Punkt mit dem grauen Winterhimmel verschmolzen.

Einen Augenblick erfaßte mich eine unsägliche, nie gekannte Furcht. Ich trieb – ein bloßes Nichts – hilflos zwischen Himmel und Erde.

Dann legte mir Janet eine Hand auf den Arm und sagte:

»Schau, da kommt Kanonikus Osbaston aus der Hochschule.« Sie senkte die Stimme. »Wenn Schildkröten watscheln könnten, würden sie haargenau so aussehen wie er.«

Damals war Rosington ein kleiner Ort von acht- oder neuntausend Seelen. Rein formal galt er als Stadt, weil er einen Dom hatte, und nahm sich deshalb unverhältnismäßig wichtig. Außerdem war Rosington eine Insel im dunklen Meer der Fens, eine Anlauf- und Zufluchtsstätte. Auch mir hatte die Stadt Zuflucht geboten. Henry wäre mir, selbst wenn er es gewollt hätte, wohl kaum an den Ort gefolgt, in dem er seine große Dummheit begangen hatte.

David hatte mir erzählt, daß die Insel Rosington im Mittelalter fast von allen Seiten von Wasser umgeben war, eine Freie Stadt, fast so etwas wie eine Pfalzgrafschaft, in der die Äbte – Vorgänger der heutigen Bischöfe – einen großen Teil der Amtsgewalt ausübten, die sonst dem König vorbehalten war. Hier war eine der letzten Verteidigungsstellungen der Angelsachsen gegen die normannischen Eroberer.

Rosington wirkte immer wie eine belagerte Stadt, und die Domfreiheit, eine Stadt in der Stadt, befand sich zweifach im Belagerungszustand, weil das sie umgebende Stadtgebiet ihr Stück für Stück alle Rechte und Privilegien nahm. Die Domfreiheit war Kirchenland, älter als der weltliche Grund und Boden drum herum, und anderen Gesetzen untertan. Die Tore wurden nachts von einem Mesner namens Gotobed verschlossen, der mit seiner Mutter und ihrer Katze gleich an der Porta wohnte.

Rosington war mit Bradford oder Hillgard House oder Durban oder anderen Orten, in denen ich gelebt hatte, nicht zu vergleichen. Die Vergangenheit trat hier deutlicher zutage. Wenn man, in Janets Küche sitzend, zur Decke hochsah, erkannte man das ungefüge romanische Tonnengewölbe. Die Domuhr schlug die vollen Stunden und die Viertelstunden. Der Rhythmus der täglichen Gottesdienste beherrschte die Domfreiheit und seine Bewohner wie vor über tausend Jahren. Ich hatte nie unter gläubigen Menschen gelebt, und auch das verunsicherte mich. Es war, als sei ich die einzige, die in einer monochromen Welt Farben erkennen konnte – oder vielleicht verhielt es sich auch umgekehrt. So oder so war ich eine Ein-Personen-Minderheit.

In der Schule hatten Janet und ich uns über fromme Mitschülerinnen lustig gemacht. Ich wußte – auch wenn das in unserem Briefwechsel kein Thema gewesen war –, daß Janet jetzt regelmäßig zur Kirche ging.

An meinem ersten Sonntag in Rosington blieb ich zu Hause. Janet und Rosie wollten um halb elf zum Gottesdienst. Sie sahen in ihrem Sonntagsstaat, eigens für den lieben Gott herausgeputzt, bezaubernd aus.

»Wenn es dir nichts ausmacht, komme ich nicht in die Kirche«, sagte ich beim Frühstück zu David. Ich hatte schon mit Janet darüber gesprochen, aber ich wollte es ihm selbst sagen, damit es keine Mißverständnisse gab.

Er lächelte. »Das bleibt ganz dir überlassen.«

»Ich bin leider nicht sehr gottesfürchtig. Da putze ich lieber das Gemüse.«

»Sehr verdienstvoll. Ist das auch bestimmt keine zu große Mühe?«

Irgendwie vermittelte er mir das Gefühl, die verlorene Tochter fern der Heimat zu sein.

»Du mußt wohl zur Kirche gehen«, sagte ich beim Abwaschen nach dem Mittagessen zu Janet. »Das gehört zu deinen ehelichen Pflichten.«

Sie nickte. »Aber ich gehe auch gern hin«, fügte sie hinzu. »In der Kirche will niemand was von einem, da hat man endlich mal Ruhe.«

Ich war so töricht, das, was sie wirklich sagte, nicht zu hören. »Ja, aber glaubst du an Gott?«

Ich wollte nicht, daß Janet an Gott glaubte. Mir war, als würde sie dann ein bißchen weniger an mich glauben.

»Ich weiß nicht.« Sie beugte sich tief über die Spüle, um den Bräter zu scheuern. »Aber im Grunde ist das, was ich glaube, ja auch nicht weiter wichtig.«

In meinen ersten beiden Rosington-Wochen gewöhnten

wir uns an das Leben zu fünft unter einem Dach. Bei so unterschiedlichen Temperamenten war es eigentlich erstaunlich, daß nicht mehr Reibungen entstanden. Aber David war selten zu Hause, er war im Kolleg oder im Dom, und Rosie ging an den Wochentagen zur Schule. Sie war im zweiten Trimester in St. Tumwulf, einer Vorschule am Stadtrand. Der alte Mr. Treevor – alt nur aus meiner damaligen Sicht, in Wirklichkeit war er jünger, als ich es jetzt bin – hielt sich viel in seinem Zimmer auf, entweder dicht vor einem kleinen elektrischen Heizofen sitzend oder im Bett vor sich hin dösend. Soweit ich das beurteilen konnte, waren seine Hauptinteressen die Mahlzeiten, die *Times* und sein Stuhlgang.

Das Haus selbst machte das Zusammenleben leichter. Die Dunkle Herberge war nicht besonders groß, aber verwinkelt und in viele kleine Räume unterteilt. Von David wußte ich, daß sie seit sieben- oder achthundert Jahren ständig bewohnt war, und es schien, als habe sich jede Generation darin mit einem anderen wunderlichen Einfall verwirklicht. Das Haus hatte zahlreiche Treppen, von denen manche ins Nichts führten, dicke Mauern und windschiefe Zimmerchen mit geneigten Böden. Die Küche lag im Souterrain, und beim Abwaschen sah man die Beine der Passanten auf der High Street, die an der Nordgrenze der Domfreiheit entlangführte.

So günstig das Haus auch für Menschen war, die sich aus dem Weg gehen wollten, so schwer ließ es sich in Ordnung halten. Dreimal die Woche kam eine Putzfrau »fürs Grobe«, alles andere mußte Janet selbst machen. Das bedeutete richtige Plackerei. Damals, im Jahre 1958, hatte Janet zur Arbeitserleichterung nur eine Zwei-Kammer-Waschmaschine mit Handschleuder. Zum letztenmal war das Haus um die Jahrhundertwende gründlich überholt worden, und damals hatten sich die Bewohner vermutlich noch zwei oder drei Dienstboten leisten können.

Ich denke, daß sich Janet in gewisser Weise als bezahltes Dienstmädchen wohler gefühlt hätte. Die Hausarbeit war ihr aus tiefstem Herzen verhaßt, aber zumindest wäre sie dann dafür entlohnt worden. Eine simple kommerzielle Abmachung hat einen Anfang und ein Ende, sie geht davon aus, daß die beiden Beteiligten sie freiwillig geschlossen haben.

Janet hatte von beiden Welten das schlechteste Teil erwischt. Es war eine traurige Ironie, daß sie nicht nur dieses unmögliche alte Haus in Ordnung halten, sondern auch so tun mußte, als sei sie nicht seine Sklavin, sondern seine Herrin. Man erwartete von Janet das Auftreten einer Dame. Vor dem Umzug nach Rosington hatte sie sich Visitenkarten machen lassen. Eine besitze ich noch, ein vergilbtes Stückchen Pappe mit Eselsohren und kleiner, diskreter Schrift.

Mrs. David Byfield
Dunkle Herberge
Domfreiheit
Rosington
Telefon: Rosington 2114

Nach dem Einzug der Byfields sprachen die Damen von der Domfreiheit und die Damen aus der Stadt vor und hinterließen ihre Karten. Janet erwiderte die Besuche und hinterließ ihrerseits ihre Visitenkarte. Es war das weltliche Gegenstück zu dem, was David tagtäglich in jenem hallenden Steingebilde auf der Domfreiheit betrieb – ein Ritual, das früher einen Sinn gehabt haben mochte.

Ich bezweifle, ob David damals wußte, welche Last er Janet aufgebürdet hatte. Es fehlte ihm durchaus nicht an Fingerspitzengefühl, aber seine Feinfühligkeit mußte sich, wie der Strahl einer Taschenlampe, direkt auf einen Menschen richten, um Wirkung zu zeigen. Doch es ging nicht allein um Feinfühligkeit und Fingerspitzengefühl. Damals bewegte man sich in anderen Denkmustern. Die Geschichte spielt schließlich vor vierzig Jahren und auf der Domfreiheit von Rosington.

Heute glaube ich, daß David wie auch Janet hinter Gittern saßen, nur konnten sie die Gitterstäbe nicht sehen.

12

Es wurde immer augenfälliger, daß mit Mr. Treevor etwas geschehen mußte.

Er und ich, emotionale Blutsauger, die wir waren, hatten uns an demselben Februarnachmittag in der Dunklen Herberge eingefunden und waren über drei Wochen später immer noch da – allerdings, wie ich mir zugute hielt, mit einem gewissen Unterschied, denn zumindest half ich bei der Hausarbeit und beim Kochen. Außerdem hatte ich meinen Verlobungsring verkauft. Ich hatte das dumme Ding nie gemocht. Wie sich herausstellte, war er viel weniger wert, als Henry mir immer vorgegaukelt hatte, aber das hätte mich jetzt eigentlich nicht mehr wundern dürfen.

Mr. Treevor wurde immer passiver. Er ging mit der größten Selbstverständlichkeit davon aus, daß wir dazu da waren, ihn mit allem zu versorgen, was er brauchte – mit regelmäßigen Mahlzeiten, sauberen Sachen, einem gemachten Bett, einem warmen Zimmer und der täglichen *Times*, die aus unerfindlichen Gründen gebügelt werden mußte, ehe er geruhte, sie aufzuschlagen.

»Früher war er nie so«, sagte Janet am Donnerstag vormittag, als wir uns rasch auf eine Tasse Kaffee zusammensetzten. »Er hat überhaupt kaum Zeitung gelesen, und woher er diesen Tick mit dem Bügeln hat, ist mir schleierhaft.«

»War das nicht in den Adelshäusern üblich?«

»Da kann er es nicht gesehen haben.«

»Vielleicht in einem Film?«

»Ein bißchen lästig ist es schon.«

»Ein bißchen lästig? Eine Unverfrorenheit ist es. Du solltest streiken.«

»Ich glaube, sein Gedächtnis bessert sich, das ist doch immerhin etwas, nicht?«

Ich fragte mich, ob es sich jemals so weit bessern würde, daß er von einem Tag zum anderen noch wußte, wer ich war.

»Neulich hat er mir von dem Preis erzählt, den er in der Schule bekommen hat«, berichtete Janet so stolz, als sei von einer Glanzleistung ihrer Tochter in St. Tumwulf die Rede. »Für griechische Lyrik. Er wußte sogar noch, wie der Mitschüler hieß, den er auf den zweiten Platz verwiesen hat.«

»Er wird alt«, sagte ich und reagierte damit auf ihre Ängste und nicht auf das, was sie gerade gesagt hatte. »Das ist alles. Früher oder später geht es uns nicht anders.«

Janet biß sich auf die Lippen. »Gestern hat er mich gefragt, wann Mummy kommt. Er scheint zu denken, daß sie übers Wochenende verreist ist.«

»Wann fährt er nach Hause?«

»Am Samstag«, sagte Janet erleichtert. »David bringt ihn mit dem Wagen nach Cambridge zurück.«

Am Freitagvormittag aber war klar, daß daraus nichts werden konnte. Bis auf mein Zimmer hörte ich die lauten Stimmen. Als ich nach unten kam, waren die anderen in der Küche versammelt, Rosie hockte in der Nische zwischen Wand und Küchenbüfett und versuchte, sich dort so klein wie möglich zu machen.

Mr. Treevor stand am Tisch. Er war im Pyjama, trug keinen Morgenrock darüber, hatte weder Zähne im Mund noch Hausschuhe an den Füßen und schluchzte erbärmlich. Janet tupfte mit einem Geschirrtuch an seinem rechten Arm herum. David, ebenfalls im Schlafanzug, sah mit düsterer Miene zu. Auf dem Tisch stand eine Wasserlache, und Janets Nachthemd war vorn klitschnaß. Die Küche roch nach versengtem Haar und verbranntem Stoff.

Später rekonstruierten wir, was geschehen war. Mr. Treevor war zeitig aufgewacht und hatte sich in ungewohntem Tatendrang Tee brühen wollen. Er war nach unten gegangen, hatte das Gas angezündet und den Kessel aufgesetzt. Leider hatte er vergessen, daß in den Kessel auch Wasser gehörte. Als der Kessel nach einer Weile seltsam aufgeregte Geräusche von sich gab, nahm er ihn von der Gasflamme und vergaß dabei wieder zweierlei – das Gas auszumachen und beim Anfassen des Kessels ein Tuch um den Metallgriff zu legen. Zum erstenmal hatte er wohl aufgeschrien, als der Griff ihm Finger und Handfläche verbrannte.

David sah mich hilflos an. »Wir müßten irgendwo einen Erste-Hilfe-Kasten haben ...«

»Ruf den Arzt an«, sagte ich. »Schnell!«

»Aber es ist doch sicher nicht ...«

»Schnell! Mr. Treevor hat einen schweren Schock.«

David blinzelte kurz, dann nickte er und ging hinaus.

Ich schob einen Stuhl an die Spüle und setzte Mr. Treevor mit Janets Hilfe darauf, dann ließ ich kaltes Wasser über seine Hand und seinen Arm laufen.

»Du bringst Rosie am besten wieder ins Bett, Janet, und holst mir eine Decke. Habt ihr Verbandsmull?«

»Ja, er ist ...«

»Dann bring den bitte auch mit. Und machst du uns einen Tee?«

Etwas in mir muß wohl große Freude am Herumkommandieren haben. Offenbar störte sich niemand daran. Mr. Treevors Schluchzer ebbten ab, wurden zu leisem Wimmern und verstummten nach einer Weile ganz. Als der Arzt kam, saßen wir vier Erwachsenen um den Küchentisch herum und tranken Tee mit viel Zucker.

Der Arzt hieß Flaxman, dem Namen nach kannte ich ihn schon aus Janets Briefen. Er hatte ihr während der Schwangerschaft sehr geholfen. Später lernte ich ihn recht gut kennen. Dr. Flaxman hatte ein langgezogenes Gesicht mit Sommersprossen, schuppige Haut und rote Haare. Er untersuchte Mr. Treevor und sagte, wir sollten ihn ins Bett bringen, er würde im Lauf des Tages noch mal vorbeikommen.

Nachmittags saß er zwanzig Minuten allein bei Mr. Treevor und sprach dann im Wohnzimmer mit Janet und mir. David war noch in der Hochschule.

»Wie geht es ihm?« fragte Janet.

»Tja, also ... die Brandwunden sind nicht tragisch, die steht er durch. Es hätte schlimmer kommen können, wenn Sie nicht so rasch reagiert hätten.«

»Dafür müssen wir uns bei Mrs. Appleyard bedanken.« Janet lächelte mir zu.

Flaxman setzte sich und schrieb ein Rezept aus. Mir gönnte er keinen Blick.

»Trinken Sie eine Tasse Tee? Oder einen Sherry? Es ist doch nicht zu früh für Sherry?«

»Nein, vielen Dank.« Er riß das Rezept vom Block und reichte es Janet. »Damit Mr. Treevor schlafen kann, Mrs. Byfield. Eine Tablette vor dem Zubettgehen. Wenn er über Schmerzen klagt, geben Sie ihm zwei Aspirin. Wo wohnt er eigentlich?«

»Er hat eine Wohnung in Cambridge.«

»Lebt er allein?«

»Im Erdgeschoß wohnt die Hauswirtin. Sie kocht für ihn.«

»Und wie lange bleibt er bei Ihnen?«

Janet bewegte sich unruhig auf ihrem Sessel. »Ich weiß nicht recht. Mein Mann wollte ihn morgen zurückbringen, aber unter diesen Umständen ...«

»Ich rate Ihnen, Ihren Vater noch eine Weile hierzubehalten. In den nächsten Tagen würde ich ihn gern noch ein paarmal ansehen. Könnten Sie mir die Adresse seines Arztes geben?«

»Er war heute früh noch nicht richtig wach.« Janet griff nach dem nächstbesten Strohhalm. »Er schläft nicht gut ...«

»Das dürfte mit den Tabletten besser werden. Die Sache ist die: Er braucht Pflege. Nicht unbedingt im Krankenhaus, aber regelmäßige Betreuung.«

»Meinen Sie, es ... es wird schlimmer mit ihm?«

»Das will ich nicht ausschließen. Ebendeshalb müssen wir

ihn im Auge behalten, Mrs. Byfield. Um zu beobachten, ob es schlimmer mit ihm wird.«

»Und wenn …?«

»Wir haben mehrere Heime hier in der Gegend. Private und auch staatlich betriebene.«

»Das wäre ihm nicht recht. Es wäre schrecklich für ihn, keine Privatsphäre mehr zu haben.«

»Ja, aber seine körperliche Sicherheit muß unsere erste Sorge sein. Könnte er bei Ihnen oder anderen Verwandten leben?«

»Auf Dauer?«

»Wenn Sie nicht wollen, daß er in ein Heim kommt, wäre das wohl die beste Lösung, Mrs. Byfield. Zumindest so lange, wie sich sein Zustand nicht deutlich verschlechtert.«

»Aber … was hat er denn eigentlich?«

»In diesem Stadium läßt sich das noch nicht mit letzter Sicherheit sagen.« Er streifte uns beide mit einem raschen Blick. »Aber ich denke, daß es die Frühphase einer Demenz ist.«

Es gab eine lange Pause. *Du hast so schon genug am Hals*, wollte ich zu Janet sagen, aber ausnahmsweise hielt ich den Mund.

Sie seufzte. »Ich muß mit meinem Mann darüber sprechen.«

13

Am Samstag fuhren Janet und ich nach Cambridge in Mr. Treevors Wohnung. Wir nahmen den Wagen; nach dem Erfolg meiner Erste-Hilfe-Bemühungen war das ein weiterer Sieg für mich. In gewisser Weise begann ich meine Bürde abzulegen, während Janet sich immer mehr aufpacken ließ.

Wäre es nach David gegangen, hätte Janet den Bus genommen, weil der billiger war als der Zug.

»Warum nicht den Wagen?« fragte ich am Freitag abend, ermutigt durch meinen pfadfinderischen Sachverstand und einen ordentlichen Schluck aus der Ginflasche in meinem Nachtkasten.

»Janet hat keinen Führerschein.« David sah kaum zu mir hin. »Ich würde euch ja hinbringen, aber vormittags habe ich Seminare, und gleich im Anschluß tagt der Finanzausschuß.«

»Dann fahre ich eben«, sagte ich.

Diesmal sah David mich richtig an. »Ich wußte nicht, daß du Auto fährst.«

»Jetzt weißt du es. Aber was ist mit der Versicherung?«

»Die gilt für jeden, den ich ans Steuer lasse.«

»Na also. Problem gelöst.«

»Aber hast du genug Fahrpraxis, Wendy? Der Wagen fährt sich nicht leicht, es ist ...«

»... ein Ford Anglia«, fiel ich ihm ins Wort. »Wir hatten in Durban einen, allerdings war unserer ein neueres Modell mit zwölfhundert Kubik.«

Unvermittelt lächelte er. »Du hast ja ungeahnte Fähigkeiten.«

Ich lächelte zurück und fragte Janet, wann sie losfahren wollte. Mir war plötzlich heiß, das Atemholen fiel schwer –

und das machte nicht nur der Gin. David hat sich im Lauf seines Lebens mit vielen Männern überworfen, aber ich kenne keine Frau, die nicht heimlich ein bißchen für ihn geschwärmt und sich in seiner Anerkennung gesonnt hätte.

Für Janet und mich bedeutete die Fahrt sechs Stunden Freiheit. Die Putzfrau hatte sich bereit erklärt, den ganzen Tag im Haus zu bleiben und Mr. Treevor und Rosie im Auge zu behalten. Rosie mochte die Putzfrau, denn sie schenkte ihr billiges Naschwerk in großen Mengen, was Janet ungern sah, aber nicht zu verbieten wagte.

Die Straße von Rosington nach Cambridge ist wie mit dem Lineal gezogen. Die Fens sind zu keiner Jahreszeit eine liebliche Landschaft, aber es war ein für Anfang März ungewöhnlich warmer Tag, und die Sonne schien. Man konnte daran glauben, daß der Frühling vor der Tür stand, daß man nicht mehr ständig frieren mußte, daß Probleme lösbar waren.

Mr. Treevors Wohnung lag im Obergeschoß eines kleinen viktorianischen Reihenhauses in einer von der Mill Road abgehenden Sackgasse in der Nähe des Bahnhofs. Ich weiß nicht, was ich erwartet hatte. Jedenfalls nicht das. Die Hauswirtin, Witwe eines Collegepförtners, wohnte im Erdgeschoß. Mr. Treevor, die Witwe und der Sohn der Witwe teilten sich in die Küche, die nach hinten hinausging, und in das dort nachträglich angebaute Bad.

Die Hauswirtin war nicht da. Janet schloß mit dem Schlüssel ihres Vaters auf, und wir gingen nach oben.

Sie muß mir angesehen haben, was ich dachte. »Ganz schön schäbig, nicht?«

»Ach was ...«

»Daß er so wohnt, hast du nicht erwartet, wie? Aber er wollte unbedingt in Cambridge bleiben, und etwas anderes konnte er sich nach Mummys Tod nicht leisten.«

Wir gingen in das Zimmer zur Straßenseite, das als Wohnzimmer eingerichtet war. Es roch nach Tabak, abgestandenem Essen und ungewaschenen Körpern.

»Sie« – damit meinte Janet die Hauswirtin – »macht ihm Frühstück und Abendessen und soll auch für ihn putzen und seine Sachen waschen lassen.« Sie öffnete eins der Schiebefenster, und frische kalte Luft strömte ins Zimmer. »Ich habe den Verdacht, daß sie sich kein Bein ausreißt. Mit aus diesem Grund hab ich ihr nicht gesagt, daß wir kommen.«

»Wahrscheinlich habt ihr nichts Besseres gefunden?«

»In der Not frißt der Teufel Fliegen, Wendy. In meiner Kindheit und Jugend war Geld kein Thema. Meine Mutter hatte immer genug Arbeit, sie war eine gute Übersetzerin und sehr gefragt. Und Daddy hatte ein eigenes kleines Einkommen. Nicht viel, etwa hundert Pfund im Jahr, glaube ich. Sie hatten keine Alterssicherung, und von dem, was hereinkam, haben sie wohl nichts zurückgelegt.«

»Laß nur«, sagte ich verlegen. In England sprach man damals – zumal unter Freunden – nicht über Geld. »Ich verstehe schon.«

Janet war mutiger als ich. Immer schon. »Als Mummy krank wurde, kamen keine Aufträge mehr. Die beiden mußten von Daddys Kapital leben, und als Mummy starb, war nicht mehr viel übrig.« Sie schwenkte einen Arm. »Aber er hatte das hier. Er konnte selbständig bleiben, und er liebt Cambridge.«

Mir ging ein Licht auf: »Ihr beteiligt euch an den Kosten, du und David?«

Sie nickte. »Nur mit einem kleinen Zuschuß.«

»Der jetzt wegfällt«, sagte ich. »Immerhin ein Vorteil …«

Dabei wußte ich so gut wie sie, daß sie nun für anderes und auf andere Weise würden zahlen müssen.

John Treevor war durchaus lebendig und saß nur knapp zwanzig Meilen entfernt in Rosington, und doch war mir, während wir in der Wohnung herumgingen und seine Sachen durchsahen, als sei er schon tot. Seine Abwesenheit hatte etwas Endgültiges, und deshalb schrumpften seine Habseligkeiten fast zur Belanglosigkeit zusammen. Hab und Gut erlangen ihre Bedeutung durch den Menschen, dem sie gehören, und wenn er stirbt oder auch nur abwesend ist, geht die Bedeutung dahin. Ich erinnere mich, daß eine dünne Schmutzschicht auf den Fensterbrettern klebte, daß Staub auf den Büchern lag und die meisten Socken Löcher hatten.

»Es wäre viel einfacher, wenn wir alles wegwerfen könnten«, sagte Janet, als sie den dritten der mitgebrachten Koffer zuklappte. »Und was machen wir mit seiner Post? Briefe wird er nicht schreiben wollen.«

Während ich die Koffer zum Wagen brachte, sah Janet die Schreibtischfächer durch. Als ich zurückkam, lag ein Papierstapel auf der Schreibtischplatte, und sie stand, ein Foto drehend und wendend, am Fenster.

»Schau mal.«

Ich nahm das Foto in die Hand. Auf dem kleinformatigen Schnappschuß vom Strand war eine Janet zu sehen, die nicht viel älter war als Rosie heute. Sie trug einen Badeanzug, hatte die Arme um die Knie gelegt und sah mit großen Augen zur Kamera hoch. Ich gab es ihr zurück.

»Das war vor dem Krieg. In Bexhill, vielleicht auch in Hastings. Wir sind immer nach Sussex zu meinen Großeltern gefahren. Ich fand es himmlisch. In einem Sommer hat mir Daddy das Schwimmen beigebracht, und er hat mir Gutenachtgeschichten vorgelesen.« Ihre Stimme zitterte. »Es gab da eine Märchensammlung von Andrew Lang, *Das Gelbe Märchenbuch* ... Das war mir alles ganz entfallen.«

Sie kramte ein Taschentuch hervor und schneuzte sich.

»Warum muß ihm das passieren?« fragte sie so zornig, als sei es meine Schuld. »Warum kann er nicht ganz normal alt werden oder meinetwegen sogar sterben? Dieser Zustand ist doch schrecklich.«

Ich sagte nichts. Es gab nichts zu sagen.

Janet schrieb der Hauswirtin einen Zettel, und dann lud ich Janet zum Essen ein. Danach machten wir in der blassen Sonne einen Spaziergang durch die Gärten von St. John's

College und über die Backs, einen der schönsten Wege von Cambridge. Es war ein dürftiger Trost, aber etwas Besseres war mir nicht eingefallen.

Nachdem die Entscheidung gefallen war, fackelte David nicht lange. In den nächsten Wochen waren wir damit beschäftigt, zwei Drittel von allem, was in der Wohnung gewesen war, zu verkaufen, zu verschenken oder zu entsorgen.

Der Mesner Gotobed half David beim Transport von Mr. Treevors restlicher Habe in die Dunkle Herberge. Schnaufend und stöhnend trugen die beiden den Schreibtisch, den Sessel und den verglasten Bücherschrank in Mr. Treevors Zimmer, um es wohnlich zu machen. Janet stellte Fotos von sich und ihrer Mutter in frisch geputzten Silberrahmen auf den Schreibtisch. Sie hatte, obwohl ihr Vater nicht mehr rauchte, seinen Pfeifenständer und die Tabaksdose mitgebracht, beides kam ebenfalls auf den Schreibtisch, an den alten Platz.

Das war wohl keine so gute Idee. Eines Morgens, kurz nach dem Umzug, kam Mr. Treevor aus dem Bad, als ich gerade die Treppe hinunterging. Er legte mir eine Hand auf den Arm und sah sich um, als habe er Angst, belauscht zu werden.

»In diesem Haus spielen sich merkwürdige Dinge ab«, teilte er mir vertraulich mit. »Sie haben die Maurer bestellt, die bauen mein Zimmer um. Es muß nachts passieren, denn ich habe sie noch nie arbeiten sehen. Aber einer hat sich mal in der Diele rumgedrückt. Verdächtig aussehender Bursche.«

Er tappte zu seinem Zimmer. An der Tür sah er sich noch einmal nach mir um. »Halt die Augen offen, Rosie«, zischelte er. »Wer weiß, was denen sonst noch einfällt. Man kann nicht vorsichtig genug sein. Besonders ein so hübsches Mädel wie du.«

Rosie?

14

Bei Regen hatte der Dom sein Gutes, er bot einem fast über die ganze Länge der High Street ein Dach über dem Kopf, und wenn man vom nördlichen Querschiff zum Südportal ging, sparte man sich den Weg außen herum. Wenn der Chor probte oder die Orgel spielte, setzte ich mich manchmal eine Weile hin und hörte zu.

Dort fand mich Peter Hudson.

An diesem Vormittag goß es in Strömen. In silbrigen Schwaden fegte der eisige Regen von Osten her über die Fens. Ich kam vom Arbeitsamt in der Market Street. Die Frau, mit der ich dort gesprochen hatte, war deutlich gegen mich eingestellt. Lag es an meinem Lippenstift? An meinem engen Rock? Daran, daß ich meine Handschuhe vergessen hatte? Ich vermute, daß sie mich als eine übel beleumundete und bedenklich weltgewandte Person betrachtete, von der Ehemännern Gefahr drohte – was über sie und ihresgleichen wohl nicht weniger aussagt als über mich.

Derzeit hatte das Arbeitsamt nur zwei Stellen zu bieten, für die ich hinreichend qualifiziert war. Für die Süßwarenabteilung bei Woolworth wurde eine Bedienung gesucht, und wenn ich ein bißchen mehr verdienen wollte, konnte ich als Schichtarbeiterin in die Konservenfabrik am Stadtrand gehen. Beide Jobs empfahlen sich lediglich dadurch, daß sie Geld brachten, und auch das nur in Maßen.

Es sah fast so aus, als müßte ich nach London zurückfahren, aber das wollte ich nicht, zum einen glaubte ich, daß Janet mich brauchte, zum anderen wußte ich, daß ich Janet brauchte. Nicht nur wegen der Trennung von Henry. Es war, als wären alle Fehler, die ich jemals begangen hatte, wieder da und reckten vorwurfsvoll den Zeigefinger, als würde mir im Hotel bei der Abreise eine Rechnung präsentiert, die dreimal höher war als erwartet.

Von der High Street aus betrat ich durch das Boneyard Gate die Domfreiheit und flüchtete mich vor dem Regen durch das Nordportal ins Kircheninnere. Im Freien wäre der Weg zur Dunklen Herberge nicht viel länger gewesen, aber Janet wartete bestimmt schon, und ich brauchte ein, zwei Minuten, um mich zu sammeln und zu entscheiden, was ich ihr sagen sollte.

Mir war, als wäre ich in ein Aquarium geraten, wäre in ein anderes Element eingetaucht. Kein Hauch bewegte die kühle graue Luft. Der Mesner Gotobed streifte mich schüchtern lächelnd mit einem kurzen Blick und huschte dann in die Sakristei. Es roch nach einer Mischung aus Weihrauch und den Abgasen der Öfen, die die Zentralheizung speisten. Aus dem Dom sind mir die Öfen am deutlichsten in Erinnerung geblieben. Sie standen in den Gängen wie gußeiserne Vogelkäfige, rund und oben kuppelförmig gewölbt, etwa mannshoch, aber viel breiter. Auf jedem saß eine gußeiserne Krone, die einem kleinen Kind gepaßt hätte.

Der Chor probte hinter dem Lettner, der den Raum jenseits des Oktogons vom Ostende trennt. Die Sänger selbst sah ich nicht, aber die Stimmen stiegen in die Vierung empor und zogen in die Querhäuser und durch das Langschiff. Gotobed kam aus der Sakristei zurück, aber diesmal sah er nicht zu mir hin, denn er war im Dienst. Mit dem silberbeschlagenen Amtsstab in der Hand geleitete er Mr. Fosbury in einer Ein-Mann-Prozession zurück zum Dekanat.

Ich setzte mich, wischte mir die Regennässe vom Gesicht und versuchte nachzudenken, aber die Stimmen, die sich durch das Oktogon in den Turm hochschraubten, lenkten mich ab. Mit dem Denken kam ich nur so weit, daß ich überlegte, was Henry wohl in diesem Moment trieb, wo er es trieb und mit wem. Inzwischen hatte er bestimmt eine andere

Frau gefunden, die bereit war, sich zum Narren zu machen, weil er ihr schöntat und sie ihn kurzweilig fand.

Dann kam Kanonikus Hudson aus der Sakristei und bewegte sich zu meinem Ärger in meine Richtung. Das war eins der Probleme von Rosington. Ich war an die Anonymität der Städte gewöhnt.

»Guten Morgen, Mrs. Appleyard. Erfreuen Sie sich an der Musik?«

»Ich weiß nicht, was für ein Stück es ist, aber es wirkt sehr beruhigend.«

»Wir sind recht stolz auf unsere Kirchenmusik. Wenn Sie über Ostern hier sind, sollten Sie –«

»Das glaube ich kaum«, sagte ich schroff. In diesem Moment war meine Entscheidung gefallen.

»Sie wollen uns verlassen?«

»Ich brauche einen Job. Hier gibt es nichts. Oder zumindest nichts, was mir zusagt.«

Er setzte sich neben mich und faltete die Hände im Schoß. »Und was genau suchen Sie, Mrs. Appleyard?«

»Schwer zu sagen – aber mein Mann hat mich verlassen, deshalb muß ich sehen, wie ich allein zurechtkomme.« Nur zu gern hätte ich das wieder zurückgenommen. Mein Privatleben ging ihn nichts an. Janet hatte ihren Bekannten erzählt, daß mein Mann »auf Reisen« sei. Ich sah auf die Uhr und spielte die Überraschte. »Schon so spät?«

»Das ist nicht einfach für Sie.« Meinen Versuch, das Gespräch zu beenden, überging er gelassen. »Gehe ich recht in der Annahme, daß Sie zunächst lieber in Rosington bleiben würden?«

»Es wäre eine Möglichkeit.«

»Sie sagen, Sie haben keine Ausbildung?«

»Abgesehen von meinem Schulabschluß.«

»Und waren Sie jemals berufstätig?«

»Nur ein paar Jahre im Geschäft meines Vaters, vor meiner Heirat. Er war Juwelier.«

»Was haben Sie dort gemacht?«

Ich hätte ihm fast gesagt, daß ihn das überhaupt nichts anging, aber einem so sanftmütigen Männchen über den Mund zu fahren kam mir so grausam vor wie der Tritt auf einen Wurm. »Verschiedenes. Manchmal habe ich bedient, manchmal bei der Buchhaltung geholfen. Als wir das Geschäft verkaufen mußten, habe ich die Inventur fast allein gemacht.«

Die Musik bewegte sich, unsere Köpfe umkreisend, immer weiter nach oben. Sie suchte nach einem Weg ins Freie – genau wie ich.

»Interessant«, sagte Hudson. »Wenn Sie am Ort etwas suchen, hätte ich möglicherweise eine Teilzeitbeschäftigung für Sie. Hier auf der Domfreiheit, und Sie könnten sich Ihre Arbeitszeit bis zu einem gewissen Grade selbst einteilen. Aber ich weiß nicht, ob die Aufgabe das richtige für Sie wäre. Oder ob Sie die Richtige für die Aufgabe wären.« Er nahm seinen Worten mit einem Lächeln die Schärfe. »Ich suche jemanden zum Katalogisieren der Dombibliothek.«

Ich sah ihn verständnislos an. Noch immer lächelnd, erwiderte er meinen Blick.

»Ich wüßte gar nicht, wo ich da anfangen sollte«, sagte ich. »Dazu brauchen Sie einen Bibliothekar oder zumindest jemanden, der studiert hat. Ich könnte so etwas nicht.«

»Woher wollen Sie das wissen?«

»Es liegt auf der Hand.«

»Für mich liegt nur auf der Hand, Mrs. Appleyard, daß uns beiden geholfen wäre, wenn Sie einspringen würden. Deshalb ist die Sache einer näheren Betrachtung zumindest wert, finden Sie nicht?«

Ich zuckte ungnädig die Schultern.

»Wie wäre es, wenn Sie sich die Bibliothek gleich einmal ansehen würden? Es dauert nicht lange.«

Bei soviel Hartnäckigkeit ist es einfacher nachzugeben, als eine Bitte abzuschlagen. Er holte einen Schlüssel aus der Sakristei, ging mit mir zu einer Tür am Ende des Südschiffes und schloß auf. Wir betraten einen langgezogenen Saal mit gewölbter Decke.

Plötzlich war es viel heller. An der Ostwand, hoch über meinem Kopf, waren zwei große romanische Fenster mit schlichten Klarglasscheiben. Ein verschossener Orientläufer zog sich von der Tür bis zu zwei Tischen am anderen Ende. Rechts und links unterteilten hohe Bücherschränke den Raum in einzelne Abschnitte. Es war nicht viel wärmer als im Dom selbst, das heißt ausgesprochen kühl, sogar wenn man durch die Zugluft in der Dunklen Herberge abgehärtet war.

»Ursprünglich befanden sich hier zwei Kapellen, die vom südlichen Querschiff abgingen«, sagte Peter Hudson. »Um 1870 wurden sie zu einer Bibliothek umgebaut. Wir glauben – niemand weiß etwas Genaues –, daß hier mindestens neun- oder zehntausend Bücher stehen. Vielleicht mehr.«

Während wir zum anderen Ende des Saales gingen, besah ich mir die langen Reihen der meist senkrecht, hin und wieder auch waagerecht angeordneten, in Leder oder Leinen gebundenen Bände. Es roch nach Staub und totem Papier. Schon jetzt war mir klar, daß ich für so eine Aufgabe nicht ausgebildet und ihr vermutlich auch nicht gewachsen war, aber was mich zunächst vor allem beeindruckte, war die schiere Größe.

Janet und ich hatten uns im Internat einmal nachts aus dem Schlafsaal, die Treppe hinunter und durch einen Seitenausgang ins Freie geschlichen. Es war eine klare Nacht. Wir lebten auf dem Land, und außerdem war wegen des Krieges Verdunkelung. Wir legten uns im Gras auf den Rücken, spürten, wie der Tau durch unsere Nachthemden drang, und sahen zum Sommerhimmel hoch.

»Wie viele Sterne gibt es?« fragte Janet leise.

»Die kann keiner zählen«, gab ich zurück.

Eine ehrfürchtige Scheu, ja fast ein Gefühl von Angst hatte mich ergriffen. Diese fast an Panik grenzende Regung überkam mich auch angesichts der Bücher in der Dombibliothek. Die Bibliothek war, genau wie damals der Nachthimmel, zu riesig, zu vielfältig – und für mich viele Nummern zu groß.

»Tut mir leid, aber ich glaube nicht, daß ich das hinbekomme.«

»Setzen wir uns, dann können wir in Ruhe darüber reden«, meinte Hudson.

An den breiten Tischen am Ende des Saals stand eine Kollektion zusammengewürfelter Sitzgelegenheiten, die nach ausrangierten Eßzimmerstühlen aussahen. Ein Schrank nahm die ganze Länge der Stirnwand ein. Hudson zog einen Stuhl heran und staubte ihn mit dem Taschentuch ab. Ich setzte mich.

»Es ist eine Riesenaufgabe, und ich wüßte gar nicht, wo ich anfangen sollte. Viele dieser Bücher sind bestimmt wertvoll. Ich hätte Angst, sie zu beschädigen.«

Er entstaubte einen zweiten Stuhl, ließ sich erleichtert seufzend darauf nieder, faltete die Hände auf dem Tisch und lächelte mich an. »Hören Sie erst einmal, worin Ihre Aufgabe bestehen würde, ehe Sie sich entscheiden.«

»Sind nicht mittelalterliche Manuskripte darunter? Ich hätte keinen Schimmer, wie man die liest.«

»Der Dom besitzt in der Tat einige mittelalterliche Manuskripte und frühe Druckwerke, aber die sind entweder in unserer Schatzkammer unter Schloß und Riegel, oder sie befinden sich als Leihgabe in der Universitätsbibliothek von Cambridge oder im British Museum. Um die brauchen Sie sich also keine Gedanken zu machen.«

»Wenn Sie meinen …«

»Die Bibliothek ist eine relativ neue Einrichtung. Im 19. Jahrhundert hinterließ Dekan Pellew dem Dom seine Bücher, und diese zwölfhundert Bände bilden den Kern der Sammlung. Er hinterließ uns auch etwas Geld als Stiftung. Das Domkapitel verfügt deshalb über einen Bibliotheksfonds, aus dem es neue Bücher ankaufen und auch eine Hilfskraft für die tägliche Bibliotheksarbeit bezahlen kann. Bei Einrichtung der Stiftung wurde festgelegt, daß ein Domherr als Bibliothekar die Oberaufsicht führen sollte. Mein unmittelbarer Vorgänger trat dieses Amt 1931 an und hatte es noch inne, als er letztes Jahr starb – eine schöne lange Zeit also. Viel gemacht hat er mit der Bibliothek allerdings nicht.« Hudson lächelte. »Und in den letzten zehn Jahren seines Lebens dürfte er keinen Gedanken mehr daran verschwendet haben. Die Position des Dombibliothekars gilt irgendwie als eins dieser Ehrenämter, von denen wir weiß Gott genug in der Stiftung haben. Und dann habe ich es übernommen.«

»Janet sagt, daß die Bücher vielleicht an die Bibliothek der Theologischen Hochschule gehen sollen.«

Er nickte. »Dekan und Domkapitel haben entschieden, die Dombibliothek zu schließen. Es ist noch nicht offiziell, aber ein offenes Geheimnis. Die Rechtslage ist verwickelt – es geht darum, die Stiftung einer anderen Verwendung zuzuführen, die dem Dom zugute kommt. Natürlich müssen wir uns auch um die Bücher kümmern – und da wären Sie gefragt. Die Bücher werden hier kaum benutzt, und es ist ehrlich gesagt Platzverschwendung, sie hierzubehalten.«

»Daß Sie im Dom Platzprobleme haben, hätte ich nie gedacht.«

»Sie würden staunen! Wir sind gehalten, unsere Mittel so rationell wie möglich einzusetzen. Aber zurück zu den Büchern. Eine Möglichkeit wäre, einige oder alle an eine andere Bibliothek zu geben, und dafür böte sich in der Tat die Bibliothek der Theologischen Hochschule an.«

Ich registrierte, daß von einer möglichen Schließung der Hochschule nicht die Rede war.

»Oder wir könnten einige oder alle verkaufen. Eine Entscheidung können wir aber erst dann treffen, wenn wir wissen, was wir haben. Ein kompletter Katalog ist nämlich nie erstellt worden.« Er erhob sich und nahm einen schweren

Band im Kanzleiformat von einem Regal, blies den Staub weg und legte ihn auf den Tisch. »Die ursprüngliche Sammlung von Dekan Pellew ist hier erfaßt. Nur Autoren und Titel, und es würde mich wundern, wenn noch alle da wären. Im Lauf der Jahre gab es außerdem ein, zwei halbherzige Versuche, Neuerwerbungen zu erfassen. Einige stehen hier«, er tippte auf den dicken Band, »andere im Aktenschrank an der Tür.«

Hudson setzte sich wieder, holte eine Pfeife heraus, spähte in den Pfeifenkopf und steckte sie wieder ein. Ich überlegte, was er mir wohl zahlen würde und ob es genug wäre, um in Rosington zu bleiben. Er hatte eine kahle Stelle auf dem Kopf. Und dann überlegte ich, ob er und seine Frau sich gern hatten und wie sie miteinander umgingen, wenn sie allein waren. Sie hieß June und war eine der wenigen Damen auf der Domfreiheit, die mich nicht nur erkannten, sondern auch grüßten, wenn wir uns trafen.

»Könnten Sie nicht einen Buchhändler bitten, die Sammlung durchzusehen?«

»Gewiß, und er würde wohl auch eine Wertbestimmung vornehmen. Aber wir wissen ja noch nicht einmal, ob wir die Bücher verkaufen wollen. Und die Erstellung eines Katalogs müßten wir bezahlen.« Nach einer kleinen Pause setzte er hinzu: »Ich würde die Bücher auch noch aus einem anderen Grund gern katalogisieren lassen, ehe wir entscheiden, was mir damit anfangen. Die Bibliothek enthält allerlei kuriose Stücke, die ich vorher gern aussortieren würde.«

»Wie soll ich das verstehen?«

»Mein Vorgänger hat offenbar ein Exemplar von Mrs. Beetons *Großem Buch der Hauswirtschaft* gefunden, außerdem sind ein paar Romane aufgetaucht. Vielleicht sind meinen Vorgängern eigene Bücher unter die Bibliotheksbestände geraten.«

»Es ist sehr nett von Ihnen, aber ich glaube nach wie vor, daß ich dafür nicht geeignet bin. Ich habe so etwas noch nie gemacht.«

Er strahlte mich über den Tisch hinweg an. »Mit Verlaub: Das halte ich nicht für einen hinreichenden Grund, etwas nicht zu tun.«

Hudson war beharrlich und schlau. Er bot mir an, ich könne mich nach dem Essen unter seiner Anleitung an fünf, sechs Büchern versuchen. Sollte das Ergebnis für mich wie für ihn zufriedenstellend ausfallen, würde er mir nach einer einwöchigen Probezeit drei Pfund zehn Shilling die Woche zahlen. Wenn auch danach alles nach Wunsch verlief, war mir der Job sicher, bis die Arbeit erledigt war. Gefragt waren dafür, wie er sagte, nur Fleiß und Intelligenz, und beides traute er mir zu.

Die Woche verging, dann eine zweite und dritte. Es war einfacher weiterzumachen, als Hudson immer wieder auseinanderzusetzen, warum ich für die Arbeit nicht geeignet sei. Außerdem konnte ich das Geld gut brauchen. Ich arbeitete mich systematisch von einem Bücherschrank zum nächsten und stellte Bücher nur um, wenn es um eine Wiedervereinigung von Bänden ging, die zusammengehörten. Zum Katalogisieren nahm ich Karteikarten im Format 12,5 × 7,5 cm, auf denen ich Verfasser, Titel, Verlag und Jahr notierte, dazu eine Kennzahl für das Regal, in dem das Buch stand, und weitere Hinweise, die von Interesse sein konnten, den Namen des Herausgebers, falls vorhanden, den Namen der Reihe oder ob das Buch ein Exlibris von Dekan Pellew enthielt, demnach also Teil der ursprünglichen Stiftung war.

Es war eine erstaunlich schmutzige Arbeit. An meinem ersten vollen Arbeitstag verbrauchte ich mehrere Staubtücher und mußte mir fünf- oder sechsmal die Hände waschen. Auf Janets Vorschlag besorgte ich mir Staubhandschuhe aus weißer Baumwolle.

Die Problemfälle kamen auf einen Extratisch. Einer dieser Fälle war *Lady Chatterley's Lover.* Als ich die zweite Woche halb hinter mir hatte, stieß ich auf das Buch, das sich im

Schatten von Crudens *Concordance* verborgen hatte, und blätterte es durch – mit schlechtem Gewissen, ohne aber etwas Anstößiges zu finden. Daraufhin lieh ich es mir aus, um es in Ruhe zu lesen, und beruhigte mein Gewissen damit, daß es Hudson schließlich egal sein konnte, ob ich es heute oder nächste Woche gefunden hatte.

Die Zahl der Karteikarten in dem alten Schuhkarton nahm stetig zu, bis er voll war und Kanonikus Hudson mir einen zweiten besorgte. Allmählich steigerte ich das Tempo. Als ich es zum erstenmal geschafft hatte, fünfzig Bücher an einem Tag abzustauben und zu katalogisieren, kaufte ich beim Bäcker Schokoladeneclairs, die ich zur Feier des Tages mit Janet und Rosie am Küchentisch aß. Im Lauf der Zeit brauchte ich auch Kanonikus Hudson immer weniger mit Fragen zu behelligen.

Zuerst kam er täglich vorbei, um nach mir zu sehen, dann alle zwei oder drei Tage oder sogar noch seltener. Auch das freute mich.

»Sie haben einen angeborenen Sinn für systematisches Arbeiten, Wendy«, sagte er eines Tages Ende April. »Das ist eine Seltenheit.«

Henry hätte die Vorstellung amüsiert, daß ich in einer Dombibliothek arbeitete. Aber der Job war mein Rettungsanker in einer Phase, in der ich sonst womöglich untergegangen wäre. Ich glaubte, daß ich ihn der Güte von Kanonikus Hudson und der Tatsache zu verdanken hatte, daß ich zur rechten Zeit am rechten Ort gewesen war. Erst Jahre später erfuhr ich die ganze Wahrheit.

Anfang 1970 traf ich June Hudson auf einer Hochzeit. Ich sagte ihr, wie sehr mir trotz allem die Arbeit in der Dombibliothek geholfen habe und wie dankbar ich ihrem Mann dafür sei.

»Umgekehrt wird ein Schuh draus. Peter war heilfroh, daß er diese gräßlichen Bücher nicht selber katalogisieren mußte. Und wenn überhaupt von Dank die Rede sein kann, gebührt er Janet Byfield.«

»Wie soll ich das verstehen?«

»Es war ihre Idee. Sie hat mit mir darüber gesprochen und mich gebeten, Sie Peter vorzuschlagen. Sie wollte Ihnen vorher nichts sagen, weil sich die Sache ja auch hätte zerschlagen können. Aber ich nahm an, sie hätte es Ihnen später erzählt.«

»Nein«, sagte ich. »Nie.«

Damit stand ich noch tiefer in Janets Schuld. Wie zahlt man seine Schulden einer Toten zurück?

15

Dann kam eines Tages die Einladung des Bischofs. Sie wurde durch den Briefschlitz an der High Street gesteckt, als Janet und ich in der Küche Tee tranken. Sie riß den Umschlag mit dem Diözesanwappen auf, las und schob mir das Blatt über den Tisch. Die Frau des Bischofs hatte die Byfields zum Essen eingeladen.

»Das heißt, *er* hat uns eingeladen«, stellte Janet richtig. »David wird sich freuen.«

»Wie ist er denn?«

»Der Bischof? Er war vorher Suffragan in Knightsbridge.« Janet errötete, wie meist, wenn ihr eine unfreundliche Bemerkung über die Lippen kam. »Und manche Leute meinen, daß er nach Knightsbridge besser paßte als auf einen Bischofssitz.«

»Du meinst, er ist ein Snob?«

Mehr sagte sie an diesem Tag nicht, aber nachdem ich dem Bischof ein- oder zweimal begegnet war, wußte ich genau, was sie dachte. Insgeheim war er der damals weitverbreiteten Meinung, kirchliche Ämter seien nur etwas für Gentlemen. Sein Kaplan war ein junger Mann namens Gervase Haselbury-Finch. Er sah aus wie Rupert Brooke und hatte einen adligen Vater, was für den Bischof seinen Mangel an Organisationstalent wettmachte. Damit will ich dem Bischof keine Unziemlichkeiten unterstellen – jedenfalls nicht von der Art, die Schlagzeilen in der Regenbogenpresse machen würden. Er war verheiratet und hatte drei erwachsene Kinder.

»Der Bischof unterhält sich gern mit David«, fuhr Janet fort. »›Ich erwarte Großes von Ihnen, mein Junge‹, sagt er immer. Der Erhalt der Theologischen Hochschule liegt ihm sehr am Herzen, und seiner Meinung nach ist David hervorragend für die Leitung geeignet. Das ist ein Plus für uns. Ein großes Plus sogar.«

»Ist es für die Wahl ausschlaggebend? Daß dem Bischof die Nase des Kandidaten gefällt?«

»Nein, natürlich gehört mehr dazu. Aber es hilft.«

»Fair ist das ja nicht gerade.«

Sie zog ein Gesicht. »Die Kirche ist nicht immer fair.«

»Man kommt sich vor wie im Mittelalter.«

»Dort hat sie ja auch ihre Wurzeln. Demokratie kannst du von so einer Institution nicht erwarten.«

Beim Abendessen kam die Einladung zur Sprache. David wußte schon Bescheid, weil er den Bischof beim Abendgottesdienst getroffen hatte. Außer den Byfields waren nur noch der Master vom Jerusalem College und seine Frau eingeladen. Auch der Bischof hatte, wie sich herausstellte, am Jerusalem College studiert.

»Ich hab nichts anzuziehen«, sagte Janet.

»Unsinn.« David lächelte sie an. »Nimm das, was du bei den Hudsons angehabt hast. Du wirst bezaubernd aussehen.«

»Das trage ich doch immer.«

»Sie achten auf dein Gesicht und nicht auf dein Kleid.«

»Deine Mutter hatte auf unserer Verlobungsfeier ein sehr hübsches Kleid an«, mischte Mr. Treevor sich ein. »Ob es noch da ist? Frag sie doch mal. Kann ich noch von den Bohnen in Tomatensoße haben?«

David nahm seinen Kaffee mit ins Arbeitszimmer, und Mr. Treevor ging nach oben. Janet schüttete so viel Scheuerpulver in die Spüle, daß eine Staubwolke hochstieg, und drehte den Hahn weit auf, so daß Wasser auf ihre Kittelschürze und auf den gefliesten Boden spritzte.

»Was ist denn?« fragte ich.

»Es wird gräßlich werden. Bei denen komme ich mir immer vor wie eine arme kleine Kirchenmaus. Wenn ich mit dem Bischof reden soll, fällt mir nie was ein. Er tut so, als ob er mich für unheimlich intellektuell hält, weil er ein paar von Mummys Übersetzungen gelesen hat, und versucht mit mir über das Thema der Erlösung in Dostojewskis Romanen und das Irrationale im Existentialismus zu diskutieren. Grauenhaft! Die Frauen gucken sich inzwischen meine Schuhe an und überlegen, warum sie nicht zu meiner Handtasche passen.«

»Geh einfach nicht hin«, sagte ich.

»Ich muß. David wäre sonst sehr verärgert. Der Bischof wünscht, daß ich komme, und der Wunsch des Bischofs ist ihm Befehl. Und was ist mit dir?«

»Mach dir um mich keine Gedanken. Ich fühle mich hier bedeutend wohler.«

Ich war nicht mit eingeladen – vielleicht wußte der Bischof damals noch gar nichts von meiner Existenz –, was mir sehr recht war. Rosie und Mr. Treevor brauchten Aufsicht. Außerdem warteten auf meinem Zimmer die Ginflasche und die von anstößigen Stellen nicht gereinigte *Lady Chatterley*. Was wollte ich mehr?

»Ich könnte das blaue Kleid anziehen, nur hat das diesen Fleck an der Schulter.«

»Ich leihe dir meine Stola, wenn du willst.«

Schließlich ging Janet dann doch nicht hin. Am Tag der Dinnerparty bekam sie Migräne. Sie hatte diese Anfälle seit ihrer Kindheit, meist unter Streß. Als ich mittags heimkam und sah, daß sie auf dem Sofa lag, schickte ich sie ins Bett und versprach, Rosie von der Schule abzuholen. David kam so spät, daß er vor dem Abendessen gerade noch Zeit zum Baden und Umziehen hatte. Ich berichtete ihm, was passiert war, und sagte, Janet könne auf keinen Fall mitgehen.

»Ich spreche mal mit ihr«, sagte er. »Vielleicht fühlt sie sich schon besser.«

»Bestimmt nicht. Und wenn du versuchst, ihr das einzureden, wird es nur noch schlimmer.«

»Das sind deutliche Worte.«

Ich spürte seinen Ärger und wich unwillkürlich so weit

zurück, daß ich mit dem Schenkel an die Kante des Dielentisches stieß. »Die sind bei uns in Yorkshire üblich. Es war nicht bös gemeint, David, aber ich weiß, wie sie sich fühlt, wenn sie Migräne hat. Und diesmal hat sie's wirklich schlimm erwischt.«

»Ich gehe jetzt zu ihr.«

»Aber bitte laß sie im Bett bleiben.«

Er sah mich an. In seinem Gesicht stand jetzt so viel Zorn, daß mich einen Moment schiere physische Angst packte. Wenn er mich jetzt erwürgt, dachte ich, könnte ihn niemand bremsen.

»Ich schau mal, wie's ihr geht«, sagte er gepreßt.

»Wenn du schon oben bist, könntest du vielleicht Rosie gute Nacht sagen. Sie hat nach dir gefragt.«

Der Hieb hatte gesessen. Ohne ein weiteres Wort ging er hinauf. Mir schlug das Gewissen, weil ich häßlich zu ihm gewesen war, und ich ärgerte mich über meine Angst. Wenn man mich in die Defensive drängt, werde ich leicht aggressiv. Ich sagte mir, daß meine Bemerkung wegen Rosie nicht unverdient war. David wußte so gut wie ich, daß Janet der Meinung war, er müßte sich mehr mit ihr beschäftigen. Er liebte die Kleine ebenso heiß und innig wie Janet, aber er war ein vielbeschäftigter Mann, überzeugt von der Bedeutung seiner Arbeit und im Grunde seines Herzens stockkonservativ. Kinderhüten war Frauensache, dazu waren Frauen schließlich da, genau wie für die Erfüllung der ehelichen Pflichten anderer Art, die ihnen aus seiner Sicht wohl seit undenklichen Zeiten von Gott und den Männern auferlegt waren. Später habe ich oft überlegt, ob David sich vielleicht ein bißchen vor kleinen Kindern fürchtete. Man hat das manchmal bei Erwachsenen.

Das Ende vom Lied war, daß Janet nicht mit zum Essen ging und daß David seiner Tochter nicht gute Nacht sagte. Als er aus dem Haus war, ging ich nach oben. Rosie war noch wach.

»Du dürftest eigentlich kein Licht mehr haben«, sagte ich.

Rosie sah mich wortlos an. Sie war ein Kind, das um die Macht des Schweigens wußte.

»Was liest du?«

Rosie hielt das Buch schräg. Es war ein großer bebilderter Band mit Geschichten aus dem Neuen Testament, untadelige Lektüre für eine Pfarrerstochter. Einer der Farbdrucke war aufgeschlagen. Er zeigte den Engel Gabriel im Gespräch mit der Jungfrau Maria. Die Bildunterschrift lautete: »Gegrüßet seist du, Holdselige! Der Herr ist mit dir, du Gebenedeite unter den Weibern.«

Rosies Augen funkelten erregt. »Er sieht aus wie Daddy. Der Engel sieht aus wie Daddy.«

»Da kannst du recht haben. Nur daß der Engel helles Haar hat und es ziemlich lang trägt.« Ich versuchte die Sache ins Scherzhafte zu ziehen. »Und natürlich hat Daddy kein weißes Kleid und keine Flügel.«

»In der Kirche hat er manchmal ein weißes Kleid an.«

»Ja, das stimmt wohl.«

»Opa hat gesagt, daß er einen Engel gesehen hat.«

»Wie bitte?«

»Er hat's mir erzählt. Er hat aus dem Fenster geguckt, und da ist der Engel im Garten spazierengegangen.«

»Wie spannend. Soll ich dir jetzt noch eine Geschichte vorlesen? Und danach legst du dich schön hin.«

Ich las die Geschichte von der Speisung der Fünftausend, weil sie kurz war und ganz ohne Engel auskam. Manche Kinder sitzen, wenn ihnen vorgelesen wird, gern auf dem Schoß oder kuscheln sich an. Ich solle mich auf den Stuhl am Fenster setzen, verfügte Rosie. Damit sie mein Gesicht beobachten könne, wie sie sagte.

Als die Geschichte zu Ende war, deckte ich sie zu und küßte ihren Scheitel.

»Tante Wendy?«

»Ja?«

»War Luzifer ein Engel?«

»Das weiß ich nicht.«

»Wenn ja, dann war er wohl ungezogen. Ein schlimmer Engel, der in der Hölle wohnt.«

»Da mußt du Daddy fragen, der wird es wissen.«

»Ja«, sagte Rosie. »Er weiß alles über den lieben Gott und so Sachen.«

Mr. Treevor hatte sich überraschend schnell in seinem neuen Zuhause eingelebt. Solange es keine allzu großen Abweichungen vom täglichen Trott gab, schien er einigermaßen zufrieden zu sein. Janet lebte ständig in der Angst vor einer Wiederholung seines gespielten Selbstmordversuchs, aber Zwischenfälle dieser Art gab es nicht mehr. (Janet hatte ihn mehrmals gefragt, warum er es getan habe. Zweimal hatte er geantwortet, er habe Rosie zum Lachen bringen wollen, einmal behauptete er, sich nicht mehr erinnern zu können, und beim letztenmal sagte er, er habe sehen wollen, wie sehr man ihn liebe.)

Rosie mochte ihn. Vielleicht auch deshalb, weil sie mit ihm, wenn ihr Vater nicht da war, immerhin so etwas wie einen Mann im Haus hatte. Manchmal ging er zum Gutenachtsagen zu ihr, und wenn Janet eine Stunde später hereinkam, waren sie beide eingeschlafen, Rosie in ihrem Bett und Mr. Treevor im Sessel am Fenster. Es war rührend, sie beisammen zu sehen, ob sie nun wach waren oder schliefen. Sie redeten nicht viel miteinander und stellten wechselseitig wenig Ansprüche, waren aber offenbar gern zusammen in einem Raum.

Als sich Janets Migräne am nächsten Tag gelegt hatte, erzählte ich ihr, was Rosie gesagt hatte.

»Ein Engel? Da hat Daddy wohl geträumt.«

»Die meisten Leute begnügen sich mit Gartenzwergen. Ein Engel ist doch mal was anderes.«

»Vielleicht war es der Milchmann, der hat meist einen weißen Kittel an.«

»Aber er kommt nicht an die Gartentür.«

»Daddy ist manchmal ein bißchen verwirrt«, sagte Janet. »Dr. Flaxman hat gesagt, daß das passieren könnte.«

Heutzutage wäre man in der Lage, die Diagnose einzugrenzen und das Fortschreiten der Demenz vielleicht mit Medikamenten hinauszuzögern. Mr. Treevor hatte möglicherweise eine relativ früh einsetzende Altersdemenz, entweder Alzheimer oder eine vaskuläre Demenz. Da er nicht trank, konnte es keine Alkoholdemenz sein. Druck aufs Gehirn, etwa durch einen Tumor, kann ebenso zu Demenz führen wie eine seltene Erbkrankheit, das Huntington-Syndrom zum Beispiel oder die Picksche Gehirnkrankheit. Aber Pick und Huntington befallen meist jüngere Menschen. Wäre es Huntington gewesen, hätte sich das herausgestellt, als Rosie im Erwachsenenalter Tests machen ließ, auch wenn sie kein Krankheitsträger war. Von Demenz als Folge von Creutzfeldt-Jakob und Aids spricht man erst seit neuerer Zeit.

Das Schlimmste sei, sagte Janet, daß er um seine Krankheit wisse. Nicht jederzeit, aber manchmal. Er war schließlich nicht dumm. Und weil er hin und wieder durchaus vernünftig handelte, nahmen wir ihn ernst, als er von dem Einbruch erzählte.

Er war allein im Haus gewesen. David war im Dienst, ich saß in der Bibliothek, und Janet holte Rosie von der Schule ab. Als sie zurückkam, versuchte Mr. Treevor gerade in heller Aufregung, die Polizei anzurufen.

Nach seiner Aussage hatte er in seinem Zimmer gesessen und gedöst, als er unten jemanden herumgehen hörte. Er dachte, es sei Janet, trat auf den Gang und rief nach unten, wann der Tee fertig sei. Er hörte Schritte und das Zuschlagen der Gartentür. Als er aus dem Fenster schaute, sah er, wie ein Mann rasch durch den Garten lief und durch die Mauerpforte auf die Domfreiheit trat.

»Er war schon mal hier«, sagte Mr. Treevor, als er die Geschichte beim Abendessen noch einmal zum besten gab. »Bestimmt. Er hat in den letzten Wochen das eine oder andere aus meinem Zimmer mitgehen lassen. Die braunen Socken, die Mummy gestrickt hat, du weißt schon, Janet, und meinen Druckbleistift.«

»Der Druckbleistift ist dir in die Sesselritze gerutscht«, wandte Janet ein.

Er tat den Einwand mit einer Handbewegung ab. »Aus meiner Brieftasche fehlt ein Zehn-Shilling-Schein. Den hat er heute geklaut.«

Janet warf mir einen Blick zu. Ich war gestern vormittag dabeigewesen, als er Janet einen Zehn-Shilling-Schein in die Hand gedrückt hatte, weil ihm plötzlich eingefallen war, daß er eine Schachtel Konfekt haben wollte.

»Wie sah der Mann denn aus?« fragte David.

»Ich hab nur seinen Rücken gesehen. Ganz flüchtig. Ein kleiner dunkler Mann.« Mr. Treevor sah David nachdenklich an. »Wie ein Schatten«, setzte er dann hinzu. »Ja, genau, sag das der Polizei, David. Er war wie ein Schatten.«

16

Anfang Mai wurde es wesentlich wärmer. Ich brauchte nicht mehr im Mantel und mit zwei Pullovern übereinander in der Bibliothek zu sitzen. Der große Saal war lichtdurchflutet. Die Karteikarten füllten einen Schuhkarton nach dem anderen, und wohin ich auch sah, entdeckte ich Spuren meiner Fleißarbeit. Auch sonst fühlte ich mich besser. Es gab Tage, an denen ich kaum mehr an Henry dachte.

An einem Dienstag hörte ich, als ich am Tisch saß, die Tür gehen. Es wird Kanonikus Hudson sein, dachte ich, oder Janet. Oder vielleicht auch der Mesner Gotobed, der unerwartet im Dom oder auf der Domfreiheit aufzutauchen pflegte. Ich drehte mich um – und sah zu David hoch.

»Hoffentlich störe ich nicht. Der Dekan sucht ein Modell des Oktogons und meint, es könnte hier sein.«

Ich schraubte meinen Füller zu. »Gesehen habe ich es nicht, aber schau dich ruhig um.«

Er ließ seinen Blick durch die Bibliothek wandern und lächelte. »Hier sieht es viel übersichtlicher aus als bei meinem letzten Besuch.«

»Das will ich sehr hoffen«, sagte ich. »Was ist mit diesem Modell?«

»Der Dekan meint, es könnte in einem der Schränke sein.«

Er nickte zu dem langen Schrank hinter meinem Arbeitstisch hinüber. Er war etwa zwei Meter hoch und aus dunkel gebeiztem Kiefernholz. Kanonikus Hudson hatte mir erzählt, daß der Raum vor dem Umbau zur Bibliothek als Sakristei für den Chor gedient und daß man den Schrank wahrscheinlich zur Unterbringung von Soutanen und Chorhemden gebaut hatte. Jetzt sei darin nur noch Trödel, und sobald Gotobed einen freien Nachmittag habe, würde er den Inhalt sichten. Ich hätte ganz gern mal hineingesehen, aber er war abgeschlossen.

David hatte einen Schlüssel und schloß die nächstgelegene Tür und dann die anderen beiden auf. Jetzt konnte er die drei Doppeltüren aufziehen, so daß Licht in den ganzen Schrank fiel. Das erste, was ich sah, war eine skelettierte Maus, die unten an einer Tür lag. Überall war weicher, körniger Staub. Ich sah einen Eimer, einen kleinen Berg aus Gebetbüchern, einen Schirmständer, einen Stapel Zeitungen, ein Gebilde, das aussah wie eine hölzerne Krinoline, über die ein zerrissenes Chorhemd drapiert war, ein Gewirr von Kerzenleuchtern, von denen manche größer waren als ich, ein Lesepult, leere Flaschen und einen gußeisernen Stiefelabstreifer. Ich nahm eine der Zeitungen in die Hand. Es war eine Nummer des *Rosington Observer* von 1937.

»Da ist es ja.« David nahm das zerschlissene Chorhemd von dem kirchlichen Kleiderständer. »Erstaunlich, nicht? Wer mag es wohl gebaut haben?«

»*Das* da?«

Er warf mir einen belustigten Blick zu. »Hast du es dir naturgetreuer vorgestellt? Hier findest du das, was du sonst nicht siehst – das Gerüst, das alles trägt.« Er staubte mit dem Chorhemd das Modell ein bißchen ab. »Eine sehr elegante Konstruktion, eine geometrische Figur in Holz. Könntest du mir helfen, es herauszuheben, wenn der Staub weg ist?«

Die Sache endete damit, daß ich das Modell selber abstaubte. Dann holten wir es aus dem Schrank. Wie das Skelett eines prähistorischen Tieres stand es auf dem Teppich der Bibliothek.

»Es sieht aus, als hätte es acht Beine«, sagte ich.

»Jedes ruht auf einer der Säulen darunter. Es sind Rippen, die fast das ganze Gewicht tragen. Verblüffend eigentlich: Fast zwanzig Meter lang, verjüngen sie sich von einer Stärke von etwas über einem Meter an der Basis bis zu dreißig Zentimeter an der Spitze, wo sie auf die Ecken der Laterne treffen.«

Seine langen Finger bewegten sich tänzelnd über den hölzernen Rahmen. Ich konnte seinen Ausführungen nicht folgen und versuchte es auch gar nicht, so sehr fesselten mich seine Handbewegungen und sein Gesichtsausdruck.

»Schau, wie sie die Laterne selbst so gedreht haben, daß ihre Seitenflächen über den Ecken des steinernen Oktogons liegen. Dadurch verteilt sich das Gewicht jeder Ecke des hölzernen Oktogons auf zwei Paare dieser Hauptstreben – der Beine, wie du sagst –, die zu dem Mauerwerk des steinernen Oktogons führen.« Unvermittelt brach er ab und runzelte die Stirn. »Eigentlich gehört noch eine Spitze dazu. Wo mag die hingekommen sein?«

Ich deutete auf das Gebilde im Schrank, das ich für einen etwas ungewöhnlich gebauten Schirmständer gehalten hatte und in dem auch tatsächlich ein kaputter Schirm steckte. Mit einem Jubelschrei holte David es heraus, ich staubte es ab, und dann stellte er es auf das Modell des Oktogons. Es paßte wie angegossen. Bewundernd traten wir ein paar Schritte zurück. Das komplette Modell war jetzt über zwei Meter hoch, davon maß allein der schlanke Rahmen der ebenfalls achteckigen Turmspitze fast sechzig Zentimeter.

»Vorbild ist das Oktogon von Ely«, sagte David. »Unseres ist fünf oder zehn Jahre später entstanden und etwas kleiner. Es scheint fast, als sei Ely eine Lehrlingsarbeit gewesen. Unser Exemplar ist viel leichter – physisch leichter –, und die Fenster in der Laterne sind größer. Und wir haben eine Turmspitze, die ganz in die Konstruktion integriert ist.«

Er freute sich wie ein Kind. Zum erstenmal erlebte ich, wie anziehend – und ansteckend! – Begeisterung sein kann.

»Was wollt ihr damit anfangen?« fragte ich.

»Wir bereiten eine Ausstellung vor. Der Dekan meint, daß wir mehr für den Tourismus tun müßten. Ohne das Geld, das die Touristen hierlassen, wäre es sehr schwierig, dies alles zu unterhalten. Dürfte ich das Modell wohl vorläufig in die Ecke dort stellen? Er wird es sich ansehen wollen. Wenn es dir nicht im Weg ist …«

Wir brachten das Oktogon an die Stelle, die er vorgeschlagen hatte.

David sah zu meinem Arbeitstisch unter dem Fenster hinüber. »Wie kommst du zurecht?«

»Fast die Hälfte ist geschafft, glaube ich. Über Ostern mußte ich eine Woche pausieren.«

»Gab es Überraschungen?«

»*Lady Chatterley's Lover.*«

Er sah mich groß an, dann warf er den Kopf zurück und lachte. »Was hast du mit dem Buch gemacht?«

»Ich habe es Kanonikus Hudson gegeben.« Daß ich es vorher gelesen hatte, behielt ich wohlweislich für mich. »Es ist offenbar die unzensierte Ausgabe von 1928 und vielleicht sogar ziemlich wertvoll.«

»Aber wir müßten es anonym verkaufen.« Er deutete auf meine Kartei. »Wenn ich darf, sehe ich mir die gelegentlich mal an.«

Meine Erregung verflüchtigte sich, das heißt, bis zu diesem Moment hatte ich gar nichts von Erregung gespürt, sondern mich einfach nur wohl gefühlt. Jetzt aber war mir die Freude verdorben. Plötzlich erschien es mir unwahrscheinlich, daß er sich für das, was sich in der Bibliothek befand, um ihrer selbst willen interessierte. Vielleicht hatte das alles etwas mit seinem Kampf um die Erhaltung der Theologischen Hochschule zu tun.

»Kanonikus Hudson hätte sicher nichts dagegen«, sagte ich.

»Ja, dann will ich dich nicht weiter stören.«

An der Tür blieb er stehen. »Übrigens möchte ich mich bei dir bedanken.«

»Zu einer Pause lasse ich mich immer gern verleiten.«

»Das meine ich nicht. Nicht nur. Ich weiß nicht, wie Janet ohne dich fertig geworden wäre. Besonders jetzt, wo sie ihren Vater im Haus hat.«

Ich spürte, daß ich rot geworden war. Dieser neue, rücksichtsvolle, begeisterte und vor allem – und das war das schlimmste! – dankbare David war schwer zu verkraften.

»Wie lange er bei uns bleiben wird, weiß ich allerdings nicht«, fuhr er fort, und da kam wieder der alte David zum Vorschein. »So wie die Dinge liegen, wohl nicht für immer.« Er lächelte und schaltete wieder in einen anderen Modus um. »Gott segne dich«, sagte er nach Priesterart und ging hinaus.

Ich bin der Meinung, daß Zufall oft ein Etikett ist, das wir bestimmten Ereignissen anhängen, um ihnen eine falsche Bedeutung zu verleihen. Aber eigenartig war es schon, daß ich am gleichen Nachmittag, wenige Minuten nachdem David die Bibliothek verlassen hatte, meine erste Begegnung mit Francis Youlgreave hatte.

Ich katalogisierte gerade die drei Bände von Kebles *Works of Richard Hooker.* Auf dem Vorsatzblatt des ersten Bandes stand gegenüber von dem Exlibris des Domkapitels der Name F. St. J. Youlgreave. Vermutlich hatte Youlgreave dieses Buch aus seinen eigenen Beständen der Bibliothek übereignet.

Im zweiten Band steckte ein Papierstreifen. Das obere Stück, an das Luft gekommen war, hatte sich braun verfärbt und war brüchig geworden, aber der größte Teil des Streifens lag zwischen den Seiten. Es schien sich um ein von einem größeren Blatt abgerissenes provisorisches Lesezeichen zu handeln. Die Längsränder waren ausgefranst. Eine Seite war leer. Auf der anderen standen mehrere handschriftliche Zeilen in einer zu einem dunklen Braun nachgedunkelten Tinte.

> ... ein wohlgestalteter etwa zwölfjähriger Knabe. Er sagte, er wolle seine Schwester und die verwitwete Mutter besuchen, die in der von der Bridge Street abgehenden Swan Alley wohnen. Er heißt Simon Martlesham und arbeitet im Bischofspalast, wo er die Stiefel putzt und Botengänge für den Butler macht. Sonderbar, daß Menschen aus dieser Schicht, selbst die jüngeren, immer unangenehm nach ran-

zigem Fett riechen. Aber als ich ihm Sixpence gab, weil er mir zum Haus zurückgeholfen hatte, bedankte er sich sehr artig. Er könnte brauchbar sein für...

Brauchbar wofür?

Ich notierte, wo ich den Streifen gefunden hatte, und legte ihn zur Seite, um ihn Kanonikus Hudson zu zeigen. Die Bemerkung über das ranzige Fett mißfiel mir. Was mochte der Junge seiner Mutter und Schwester erzählt haben, als er glücklich in der Swan Alley angekommen war? Ich vermerkte den Namen Youlgreave auf der Karteikarte für die *Works of Richard Hooker*.

Dann wandte ich mich wieder dem Bücherstoß auf meinem Tisch zu und arbeitete eine halbe Stunde weiter. Ich wollte gerade eine kurze Tee- und Zigarettenpause einlegen, als die Tür aufging und Janet hereinkam.

Sie war ziemlich blaß und atmete schwer. »Hilfe!« sagte sie. »Was glaubst du, was David angestellt hat? Das rätst du nie. Er hat Kanonikus Osbaston zum Essen eingeladen.«

17

Kanonikus Osbaston, Rektor der Theologischen Hochschule von Rosington, war der Mann, dessen Stellung David haben wollte.

Er hatte eine Vorliebe für Burgunder, und am Samstag vormittag begab sich David in die Spirituosenhandlung Chase & Cromwell in der High Street und ließ ziemlich viel Geld dort. Auch an den Speisen, die Janet dem Gast vorzusetzen gedachte, zeigte er sich ungewöhnlich interessiert. David versuchte offenbar, den Alten einzuwickeln, was ihm aber, wie ich glaube, selbst nicht bewußt war. Er konnte erstaunlich schwer von Begriff sein, besonders wenn es um etwas ging, was ihm wirklich wichtig war.

Zu Ehren von Kanonikus Osbaston wollten wir im Eßzimmer servieren. Am Vormittag brachte ich etliche Stunden damit zu, den Tisch zu polieren und das Silber zu putzen. Was wir für derlei kleine Handreichungen brauchen, dachte ich, ist ein wohlgestalteter kleiner Stiefelputzer.

Beim Mittagessen war Janet ungewöhnlich still – nicht verärgert, aber zerstreut, und auf ihrer Stirn standen steile Sorgenfalten. Sie macht sich wohl Gedanken wegen heute abend, dachte ich. Nach dem Essen ging David zum Tennisspielen ins Kolleg hinüber. Es war ein schöner Tag, und ich erbot mich, mit Rosie einen Spaziergang zu machen, damit Janet in der Küche freie Bahn hatte. Rosie sagte, sie sei einverstanden, wenn sie die Enten am Fluß füttern dürfe. Sie gehörte zu den Kindern, die ständig verhandeln und Bedingungen stellen müssen.

Wir gingen den River Hill bis Bishopsbridge und dann am Treidelpfad entlang, bis wir zwei Stockentenpaare mit ihrem

Nachwuchs erspäht hatten, die wir mit altem Weißbrot fütterten.

»Ob kleine Enten besser schmecken als erwachsene?« fragte Rosie.

»Das habe ich mir noch nicht überlegt.« Die Vorstellung, einen dieser kleinen Federbälle zu verspeisen, die wie kuschelige Plüschtiere aussahen, war geradezu grotesk. »Außerdem ist an ihnen nicht soviel Fleisch wie an den Alten.«

»Wir essen doch auch lieber Lamm statt Schaf und Kalb statt Rind«, sagte Rosie. »Deshalb hab ich gefragt.«

An ihrer Logik war nichts auszusetzen. Hätte ein Kannibale auf der Speisekarte zwischen mir und Rosie wählen können, hätte er sich bestimmt für Rosie entschieden. Ich wandte mich ab und suchte nach einem anderen Thema. Und da entdeckte ich den *Schwan*.

Es war ein in L-Form gebautes Wirtshaus aus bröckelndem Stein mit einem äußerst reparaturbedürftigen, halb eingesunkenen Ziegeldach. An einem der Giebel hing ein verwittertes Schild. Ich zog Rosie vom Fluß weg. Vor dem Pub lag ein an zwei Seiten von dem L begrenzter unkrautüberwucherter Hof. Auf einer Bank neben der Gasthaustür saß ein alter Mann mit seiner Pfeife, einen Blechbecher Tee in der Hand, und ließ sich von der Sonne bescheinen.

»Hallo«, rief ich. »Ein herrlicher Tag, nicht?«

Er zögerte einen Augenblick, dann nickte er.

»Gibt es hier in der Nähe eine Swan Alley?«

»Also wenn Sie so fragen«, sagte er in seinem breiten Fen-Dialekt, »sag ich mal: ja und nein.«

Himmel, dachte ich, bitte nicht noch ein alter Narr,der sich für einen Ausbund an Humor hält. »Wo ist sie denn?«

Er trank einen Schluck. »Direkt hinter Ihnen.«

Ich sah ein Stück Brachland, auf dem Autos parkten; von dem Treidelpfad war es durch einen rostigen Wellblechschuppen getrennt, in dem eine Autowerkstatt untergebracht war.

Ich drehte mich um. »Sie ist also nicht mehr da.«

»Ein Glück. Grauenhafte Verhältnisse. Ganze Familien in einem Zimmer und auf dem Hof eine Wasserstelle für alle.« Er schüttelte genüßlich schaudernd den Kopf. »Meine alte Mutter wollte mich nie hinlassen. Wegen dem Typhus. Da hat's Ratten gehabt, die waren so groß wie Katzen.« Er sah mich erwartungsvoll an.

»Nicht möglich! Das war bestimmt ein Rekord.«

»Rekord? Wieso?«

»Ratten in dieser Größe. Hoffentlich ist jemand auf den guten Gedanken gekommen, ein paar zu fangen und auszustopfen. Kann man sie in einem Museum bewundern?«

»Nein.«

»Jammerschade.«

Er begann die Pfeife anzuzünden, ein umständlicher Vorgang, der mir zeigte, daß das Gespräch zu Ende war. Ein wenig schlug mir das Gewissen, weil ich ihm den Spaß verdorben hatte – aber nicht sehr. Ich ging mit Rosie die Gasse hoch in Richtung Bridge Street.

»Ob Rattenbabys besser schmecken als erwachsene Ratten?« fragte Rosie, aber leider nicht so laut, daß der Alte es hätte hören können.

Wir überquerten die Bridge Street und betraten durch das schmiedeeiserne Tor das untere Ende von Canons' Meadow. Die Straße stieg stetig an bis zum Dom und dem links von ihm gelegenen baumbestandenen Erdhügel, dem einstigen Standort von Schloß Rosington. Wir gingen über den Kiesweg zu einem Tor, das zum Südende des Dombereichs führte. Dahinter, unter den Kastanien, stand Kanonikus Hudson und unterhielt sich mit dem Bischof.

Ich versuchte, mich an ihnen vorbeizumogeln, aber der Bischof hatte Rosie gesehen und winkte uns heran. Er war ein hochgewachsener, gepflegter Mann mit frischem, glattem Gesicht und hellem, gerade erst ergrauendem Haar. Seine purpurfarbene Soutane erinnerte mich an ein traumhaftes

Kleid, das ich in einem Schaufenster in der Bond Street gesehen hatte.

»Hallo, Rosie-Posie. Na, wie geht's uns heute?«

Sie strahlte ihn an. »Sehr gut, Sir, danke.«

Hudson machte mich mit dem hohen Herrn bekannt, der mir kurz zu meiner Arbeit in der Bibliothek gratulierte und sich dann wieder Rosie zuwandte.

»Und wie alt bist du, meine Kleine?«

»Vier, Sir, und bald werde ich fünf. Nicht nächste Woche, aber in der Woche danach.«

»Fünf! Donnerwetter, wie erwachsen. Und was wünschst du dir?«

»Bitte, Sir, ich hätte gern einen Engel.«

»Einen was?«

»Einen Engel.«

Der Bischof tätschelte ihr das glänzende Haar. »Mein liebes Kind.« Er streifte Hudson und mich mit einem raschen Blick und zitierte halblaut und mit einem Lächeln: »Der Himmel ist der frühen Kindheit noch so nah...« Dann beugte er sich wieder zu Rosie hinunter. »Du mußt mich mal mit deinen lieben Eltern besuchen kommen. Bei mir kannst du im Garten spielen. Er ist wunderschön und groß, es ist eine Schaukel darin und ein Teich mit dicken Goldfischen. Wenn du kommst, stelle ich sie dir vor. Tante Wendy darf auch mitkommen. Bestimmt würde sie auch gern meine Fischlein kennenlernen.«

Und so weiter. Der Bischof verfügte offenbar über einen unerschöpflichen Vorrat an Platitüden. In einem öffentlichen Wettkampf hätte er J. M. Barrie haushoch geschlagen. Hätte mir, als ich in Rosies Alter war, jemand gesagt, ich sähe aus wie die Feenkönigin, hätte ich mich gewunden vor Verlegenheit, Rosie aber fand das Kompliment offenbar nur recht und billig.

»Schön, daß wir uns treffen«, sagte Hudson, während das bischöfliche Blabla weiterplätscherte. »Eigentlich wollte ich gestern vorbeikommen. Läuft alles nach Plan?«

»Ja, danke.«

»Wie ich höre, hat David im Wandschrank erfolgreich nach einem Modell des Oktogons gesucht. Für die Ausstellung des Dekans.«

»Es war eine aufregende Entdeckung. Mal was anderes als Katalogisieren. Ohne ihn hätte ich wahrscheinlich gar nicht erkannt, was es war.« Die eine Erinnerung löste eine andere aus. »Übrigens habe ich einen beschriebenen Zettel gefunden. In einem Buch, das mal einem gewissen Youlgreave gehört hat.«

»Das muß Francis Youlgreave gewesen sein. Er war vor etwa fünfzig Jahren Dombibliothekar. Was stand denn drauf?«

»Es sah aus wie ein Fragment aus einem Brief oder Tagebuch. Er hatte einem Jungen Sixpence gegeben, weil der ihm geholfen hatte.«

»Kanonikus Youlgreave war ein sonderbarer Kauz. Er mußte nach einem Nervenzusammenbruch in den Ruhestand gehen. Falls Sie noch etwas von ihm finden, möchte ich es gern sehen. Wenn Sie bitte daran denken würden …«

Es war nicht so sehr was er sagte, sondern wie er es sagte. Hudson wirkte so sanft und harmlos, daß es mir bei den seltenen Gelegenheiten, bei denen ich ihn von einer anderen Seite kennenlernte, förmlich einen Ruck gab. Seine Stimme klang scharf, fast herrisch. Der letzte Satz war so etwas wie ein Befehl.

»Natürlich«, sagte ich. »Aber jetzt wollen wir Sie nicht länger aufhalten. Komm, Rosie, wir dürfen nicht zu spät zum Tee kommen.«

Ich eiste Rosie von ihren Bewunderern los, verabschiedete mich und ging weiter in Richtung Dom und Dunkle Herberge. Als ich die Pforte in der Mauer geöffnet hatte, lief Rosie voraus und erwartete mich zusammen mit David in der Diele.

David trug noch seine Tennissachen. Das Racket lag auf einer polierten Truhe an der Tür. Er hatte die Blumenvase angestoßen, und auf dem dunklen Eichenholz glitzerten Tropfen. Ungeschick läßt grüßen, dachte ich. Wenn wir das Wasser nicht bald abwischen, gibt es Flecken.

»Da bist du ja, Wendy.« Seine Stimme klang bemüht beiläufig. »Ich gehe mal mit Rosie nach unten und mache ihr Tee.«

Er muß mir die Überraschung angesehen haben, aber ich brachte ein Lächeln zustande. »Das ist aber nett von dir.«

Er ging, Rosie im Schlepptau, in die Küche hinunter. »Ach, übrigens«, unterbrach er Rosie, die ihm vom Bischof und den Fischlein erzählte, »Janet fragt, ob du kurz bei ihr vorbeikommen könntest. Sie ist im Schlafzimmer, glaube ich.«

Daß David für Rosie den Tee machte, war, solange ich im Haus war, noch nie vorgekommen. Ohne den Hut abzusetzen, ging ich rasch nach oben und klopfte bei Janet. Sie saß auf der gepolsterten Bank unter dem Fenster und sah zum Dom hinüber.

»Alles in Ordnung?«

Sie drehte sich um. Tränen standen in ihren Augen und quollen jetzt über. »Ich weiß nicht mehr ein noch aus, Wendy«, sagte sie.

Ich sah den Tränen nach, die ihr über die Wangen liefen. »Was ist denn?«

Sie schüttelte den Kopf.

Ich ging zu ihr, nahm ihre Arme und zog sie an mich. Sie legte den Kopf an meine Schulter, schluchzte und murmelte etwas vor sich hin.

»Ich verstehe dich nicht. Was hast du gesagt?«

Sie hob das tränennasse Gesicht. »Ich halte das nicht aus.« Sie schluckte. »Noch eins.«

»Was meinst du?«

Janet machte sich los und schnaubte sich die Nase. »Noch einmal ein Baby. Ich glaube, ich bin schwanger.«

18

Wein wirkte auf Kanonikus Osbaston wie Wasser auf eine welkende Pflanze. Nach zwei Glas Sherry und dem ersten Glas Burgunder begab er sich auf eine höhere und beschwingtere Daseinsebene. Als profunde Kennerin der Aus- und Nebenwirkungen alkoholischer Getränke verfolgte ich diesen Vorgang mit Spannung.

Osbaston hatte einen schweren plumpen Körper, einen langen hageren Hals und einen kleinen kahlen Kopf. Er war, wie Janet damals auf dem Turm gesagt hatte, einer Schildkröte wirklich sehr ähnlich, und zwar nicht nur wegen seines Aussehens, sondern auch wegen der Fortbewegungsart. Man fühlte sich versucht, ihn zu einem Winterschlaf in einem Pappkarton in der Garage zu überreden.

Bis die Kalbskoteletts auf dem Tisch standen, waren wir schon recht aufgeräumt. Wir waren nur zu viert. John Treevor, der eine akute Gefahr für jede Art von geselligem Zusammensein darstellte, hatte sich zum Glück davon überzeugen lassen, daß er es mit einem Tablett auf seinem Zimmer behaglicher hätte. David versprühte Charme, versuchte aber nicht, mit Osbaston zu konkurrieren, ganz im Gegenteil. Ich hatte mich mit einem Gläschen Gin gestärkt, so daß ich mich zurücklehnen und den Abend genießen konnte. Auch Janet entspannte sich nach dem Hauptgericht. Beim zweiten Glas Burgunder erzählte Osbaston einen Witz über Revuetänzerinnen, der zwar schon etwas angejahrt, aber immer noch gut war.

»Es ist eine Freude, so bezaubernde junge Damen auf der Domfreiheit zu sehen«, sagte er mit dröhnender Stimme zu David, der ihm gegenübersaß. »Das fehlt an der Hochschule –

der weibliche Einfluß. Mrs. Elstree gibt sich die größte Mühe, gar keine Frage, aber das reicht eben nicht. In der Dienstwohnung für den Rektor ist übrigens reichlich Platz für eine Familie.« Er nickte vielsagend. Der kleine Kopf schwenkte zu Janet herum. »Wobei mir einfällt – wie geht's Klein-Rosie?«

»Danke, sehr gut. Im Augenblick schläft sie hoffentlich.«

»Ein bezaubernder Name für ein bezauberndes Kind.« Er trank. »Erinnert mich immer an die Sache mit unserem lieben alten Winnington-Ingram, als er Bischof von London war. Kennen Sie die Geschichte?«

»Nicht daß ich wüßte«, sagte David.

»Ich habe sie von seinem Kaplan. Der Bischof war ein großer Befürworter kalter Bäder und hielt viel von ihrer moralischen Wirkung. Einmal sprach er im East End und versuchte, seinen Zuhörern ein tägliches Bad schmackhaft zu machen. Die meisten hatten nicht mal fließendes Wasser, aber das war dem alten Knaben wohl gar nicht in den Sinn gekommen. ›Und wenn ich dann aus der Badewanne steige‹, sagte er, ›fühle ich mich wie eine Rose im Tau.‹ ›Na, die Rose möchte ich mal sehn!‹ kräht daraufhin einer ganz hinten im Saal.«

Wir lachten herzhaft. David brachte das Gespräch auf Osbastons Vorgänger, einen Familienvater.

»Ja, eine der Töchter hat sich um die Bibliothek verdient gemacht. Wie hieß sie doch gleich ... Sibyl, glaube ich.« Osbaston wandte sich an mich. »So wie Sie hier in der Dombibliothek, Mrs. Appleyard. Glauben Sie, daß Frauen für die Arbeit in Bibliotheken eine besondere Anlage haben? Man könnte sagen, daß es eine auf Bücher angewandte Form der Hauswirtschaft ist. Sie erfordert Weitblick und Ordnungsliebe, Tugenden, über die Frauen in reichem Maße verfügen.«

»Völlig richtig«, sagte ich. »Nach meiner Erfahrung sind die meisten Männer kurzsichtige Chaoten.«

Die braunen Äuglein glitzerten im Kerzenlicht. »Nur zu wahr, Mrs. Appleyard, nur zu wahr.«

David stand auf und holte die zweite Flasche Burgunder von der Anrichte. Janet sah mich besorgt an. Ich prostete ihr zu und leerte mein Glas.

Osbaston beugte sich zu mir hinüber. »Vielleicht sollten wir Sie bitten, unsere Bibliothek auf Vordermann zu bringen, wenn Sie hier fertig sind.«

»Sie haben also auch unter Bibliothekaren gelitten?«

»Ich glaube, ein bißchen mehr Ordnung als in der Dombibliothek herrscht bei uns schon.« Er wandte sich wieder an David. »Als ich zum letztenmal in der Dombibliothek war, schlug ich zufällig *Liturgy and Worship* von Lowther Clarke auf, um einen Querverweis zu überprüfen, und mußte feststellen, daß der Band halb zerfressen war.« Aus den Tiefen seines Leibes kam ein Rumpeln. »Wahrscheinlich Mäuse. Auch für die wohl eine ziemlich unverdauliche Lektüre. Aber zweifellos erbaulich. Nein, Mrs. Appleyard, unsere Bibliothek ist lange nicht so einschüchternd.«

»Wenn die Bibliotheken zusammengelegt werden«, sagte David, »wäre Wendys Hilfe bestimmt sehr förderlich.«

»Hängt das nicht von Kanonikus Hudson ab?« fragte Janet.

Osbaston nickte. »Und von anderen. Wir sollten nicht das Fell des Bären vertrinken … und so weiter, nicht wahr?«

»Noch nichts Neues in dieser Sache?« fragte David und deutete mit der Flasche fragend auf Osbastons Glas.

»Nicht daß ich wüßte. Ich glaube, im Augenblick ist Peter Hudson vollauf mit der Ausstellung beschäftigt. Wieder so eine glorreiche Idee des Dekans.« Während David seinem Gast nachschenkte, wandte der sich an Janet und mich. »Trollope hatte leider völlig recht: Domfreiheiten sind Brutstätten der Exzentrik. Anwesende natürlich ausgenommen. Hoffen wir, daß der Dekan sich mit seiner Schau nicht negativ zur Schau stellt, haha.«

Janet lächelte höflich.

»Mir scheint, daß etliche der früheren Dombibliothekare ein bißchen wunderlich waren«, sagte ich. »Francis Youlgreave zum Beispiel.«

»Ach der.« Osbaston winkte David, er solle mir ebenfalls nachschenken. »Total plemplem. Aber er hat Gedichte geschrieben, das erklärt vieles. Haben Sie schon mal was von ihm gelesen?«

»Ich glaube nicht.«

»Eins ist sehr bekannt, ›Das Recht des Fremdlings‹. Wie geht es doch gleich?« Seine Stimme wurde tiefer. »›Dann senkte sich Dunkel; und Wispern befleckte das Urteil des Fremdlings, von Weib und Kind.‹ Oder so ähnlich.«

»Wovon handelt es?«

»Das weiß niemand so genau. Mein Vorgänger behauptete, die Vorlage sei eine Geschichte, die Youlgreave im Domarchiv gefunden habe. Von einer Ketzerin, die auf dem Scheiterhaufen brennen mußte. Mir ist sie nie untergekommen.« Osbaston nahm einen Schluck Wein. »Schade, daß er es nicht beim Dichten belassen hat, da hätte ihm nichts passieren können.«

»Wie meinen Sie das?« fragte Janet. »Was ist ihm denn passiert?«

»Er ist verrückt geworden und mußte sein Amt niederlegen. Vertuschen ließ es sich leider nicht, dabei haben sie es doch bestimmt kommen sehen. Wenn sie ihn nur dazu hätten überreden können, sich beurlauben zu lassen ... Allerdings soll der damalige Dekan ziemlich lasch gewesen sein. Hatte Angst vor seinem eigenen Schatten. Und wenn ich nicht irre, waren sie auch um einige Ecken verwandt. Jedenfalls hat man Youlgreave viel länger bleiben lassen, als vertretbar war. Natürlich gab es Beschwerden, aber einen Domherrn loszuwerden ist nicht so einfach, das Gesetz gibt uns Schutz. Zum Schluß litt der arme Kerl unter akutem Realitätsverlust und mußte einfach weg. Ich glaube, es gab damals einen ziemlichen Skandal.«

»Aber was hat er denn angestellt?« fragte ich.

»Er hat sich in einer Predigt für die Berufung von Frauen ins Priesteramt eingesetzt.« Aus den Tiefen stieg wieder ein rumpelndes Lachen auf. »Unfaßbar, was?«

Nach dem Essen ging David mit Osbaston ins Wohnzimmer und setzte ihm einen Brandy vor, während Janet und ich abräumten und Kaffee kochten.

»Es läuft ganz gut, nicht?« sagte Janet, während sie Teller in der Spüle stapelte.

»Wenn Osbaston noch mehr in sich hineinschüttet, müssen wir ihn nach Hause tragen«, sagte ich. »Wer hätte das gedacht?« Janet lehnte sich ans Abtropfbrett. Ich sah sie an. »Alles in Ordnung?«

»Nur müde.«

Ich überredete sie, sich an den Küchentisch zu setzen. Das viele Stehen war bestimmt nicht gut für sie, und sie war seit halb sieben auf den Beinen. Sie solle sich hinlegen, sagte ich, aber sie weigerte sich entschieden.

»Das wäre unhöflich.«

»Aber vernünftig.«

Sie schüttelte den Kopf. »Wenn ich mich ein bißchen ausgeruht habe, geht es schon wieder.«

Ich gab auf. Es war mir noch nie gelungen, Janet von etwas abzubringen, was sie für ihre Pflicht hielt. Vermutlich war die Frau, die auf dem Scheiterhaufen verbrannt wurde, ein ähnlicher Typ.

Ich nahm das Tablett, und wir gingen ins Wohnzimmer. Osbaston und David unterbrachen ihr Gespräch, als wir hereinkamen. Sie sahen aus wie Verschwörer. Hatten sie Pläne für ihr Kolleg ausgeheckt? David, ganz der kleine Gentleman, sprang auf und nahm mir das Tablett ab.

Osbaston ließ seinen Brandy im Glas kreisen. »Ich habe gerade zu David gesagt, daß meine Wirtschafterin noch Erinnerungen an Kanonikus Youlgreave hat.«

»Ach ja?«

Er beäugte mich auf eine seltsam abwägende Art, die mir bekannt vorkam. Der Blick war wie eine kalte Dusche. Als ich noch mit Henry zusammen war, hatte ich häufig Männer getroffen, die mich so beäugten wie Osbaston jetzt. »Was so erstaunlich nun auch wieder nicht ist«, fuhr er fort und rückte seine Brille zurecht. »Ich habe mich nie getraut, Mrs. Elstree nach ihrem Alter zu fragen, aber sie dürfte an die Siebzig sein. Youlgreave ist an die fünfzig Jahre tot.«

»Man kann sich kaum vorstellen, daß jemand, der heute noch lebt, ihn gekannt hat. Irgendwie kommt er einem schon wie eine historische Figur vor.«

Osbaston ließ wieder sein rumpelndes Lachen hören. »Sie müssen meine Perle kennenlernen. Kommen Sie doch morgen alle zum Tee. Mrs. Elstree macht sehr guten ...«

Über unseren Köpfen krachte es laut. Janet war als erste in der Diele, wir anderen folgten ihr auf dem Fuße.

Im ersten Stock stand Mr. Treevor an der Treppe. Er war barfuß, und der fettige Schopf stand ihm zu Berge. Die Pyjamajacke war aufgeknöpft, so daß man die verfilzten grauen Brusthaare sah, und die Hose war bis auf die Hüften hinuntergerutscht.

»Was ist, Daddy?« stieß Janet hervor.

»Ich hab ein Geräusch gehört«, sagte Mr. Treevor in kläglichem Winselton. »Genau wie neulich. Ich wollte nachsehen, ob bei Rosie alles in Ordnung ist, aber ich hab meine Brille nicht gefunden. Ich muß – muß irgendwas umgestoßen haben. Wo ist denn bloß meine Brille, Janie?«

Wie aufs Stichwort fing Rosie an zu weinen.

19

Ich gab mir einen Ruck und sprach mit David über Janet. Es war ihm peinlich und mir auch. Ich kam mir allmählich – und in mehr als einer Hinsicht – in dieser Ehe wie ein Störenfried vor.

Der nächste Tag – ein Sonntag – war mein fünfter Hochzeitstag. Außer mir hatte niemand daran gedacht, und ich bemühte mich nach Kräften, ihn zu vergessen. David war, erfüllt von den Freuden dieser und der nächsten Welt, aus der Frühmesse zurückgekommen. Während er zwei Tassen Kaffee trank, zwei gekochte Eier und mehrere Scheiben Toast verdrückte, knabberte Janet lustlos an einem Butterbrot herum. Nach dem Abwasch stellte ich ihn in seiner Studierstube, wo er in einem Buch las und sich Notizen machte.

»Janet fühlt sich nicht wohl«, sagte ich. »Sie braucht Ruhe.«

»Was hat sie denn?«

»Sie hat sich gestern übernommen mit all dem, was sie für unseren Gast aufgefahren hat, und sie war vorher schon erschöpft. Du mußt auch an ihren Zustand denken.«

Sein Blick wanderte wieder zu dem Buch, das auf seinem Schreibtisch lag.

»Sie ist schwanger, David. Die ersten drei Monate sind besonders heikel. Wenn sie weiter so schuftet, könnte sie das Kind verlieren.«

Jetzt horchte er doch auf. »Das habe ich nicht bedacht. Ich …« Er verstummte. Ich könnte wetten, daß er sagen wollte: *Ich hatte ganz vergessen, daß sie schwanger ist.* Er sah mich an. »Wozu rätst du?«

»Sie zieht sich gerade an, um zur Kirche zu gehen, aber ich

finde, sie sollte sich wieder hinlegen, sie braucht das. Ums Mittagessen kümmere ich mich, es sind genug Reste da.«

»Glaubst du, sie fühlt sich für den Besuch bei Kanonikus Osbaston wohl genug?«

»Sie ist nicht krank, David, sie ist nur müde und braucht einen freien Tag. Rosie und ich kommen mit, wenn du willst.«

Es lief recht gut. Janet blieb fast den ganzen Tag im Bett, und wir anderen schlugen uns tapfer. Im Rückblick ist mir, als ob Rosie ein bißchen in sich gekehrt war. Meist freute sie sich, wenn sie mit ihrem Vater etwas unternehmen konnte, aber auf dem Weg zum Kolleg ergriff sie meine Hand. Damals fand ich das völlig belanglos, und auch jetzt frage ich mich, ob ich dieser Tatsache zuviel Gewicht beimesse. Das passiert einem leicht, wenn man versucht, Erinnerungen zurückzuholen: Man biegt und zerrt so lange an der Vergangenheit herum, bis sie völlig unkenntlich geworden ist. Ich weiß einfach nicht, was am Abend zuvor passiert war. Wenn überhaupt etwas passiert war.

Aber ich weiß noch immer genau, daß an jenem Nachmittag herrliches Wetter war. Das Wohlgefühl warmer Sonne auf meinen Armen, als wir über die Domfreiheit zur Porta gingen, kann ich mir nicht eingebildet haben. Tintenschwarze Schatten hüpften über den Gehsteig. Wir kamen an Gotobed vorbei, der Stiefmütterchen in seinen Blumenkasten pflanzte. Er tat, als habe er uns nicht gesehen. Gotobed war groß, hielt sich aber so krumm, als wollte er sich kleiner machen. Er hatte ein schmales Gesicht mit kleiner Nase und kleinem Kinn. Und große Ohren. Ich fand, daß er Ähnlichkeit mit einer Maus hatte, und vielleicht fühlte er sich auch so. Wenn ich allein war, wechselte er ganz gern ein paar Worte mit mir, aber ich glaube, vor David fürchtete er sich ein bißchen.

Ausgesprochene Angst hatte er vor seinem Vorgesetzten, einem Mann mit dunklem Teint, der Mepal hieß und die Zähne nicht auseinanderkriegte, aber ich glaube, vor Mepal hatten alle einen Heidenrespekt, sogar der Dekan.

Unmittelbar vor der Porta lief die Minster Street an einer kleinen Grünfläche entlang und senkte sich dann über Back Hill zum Bahnhof und zum Fluß. Auf der anderen Seite der Grünfläche stand, von dürftigen Büschen umgeben, die eine gewisse Ähnlichkeit mit Stacheldrahtrollen hatten, der wuchtige Backsteinbau der Theologischen Hochschule.

David ging mit uns die Auffahrt hoch und nach hinten in den Garten. Vier gerötete junge Männer spielten Rasentennis, ein Stück weiter spielten vier Krocket. Die Wohnung des Rektors war in einem abgeschlossenen Flügel des Hauptgebäudes neben dem Krocketrasen.

Kanonikus Osbaston saß in einem Ohrensessel vor der geöffneten Terrassentür. Der Raum dahinter war hoch und lang und mit wuchtigen braunen Möbeln vollgestellt.

Er hatte wohl unsere Schritte auf dem Kies gehört, denn er schlug blinzelnd die Augen auf und kämpfte sich aus dem Sessel. »Muß eingenickt sein. Hab eigentlich schon längst den Kessel aufsetzen wollen. Haben Sie Janet nicht mitgebracht?«

»Sie fühlt sich nicht recht wohl«, sagte David.

»Nichts Ernstes, wie ich hoffe. Es war ein so reizender Abend.« Er grinste mich lüstern an. »Ob Sie mir wohl beim Tee ein bißchen zur Hand gehen könnten, Mrs. Appleyard? Im – äh – Eifer des Gefechts war mir gestern ganz entfallen, daß Mrs. Elstree am Sonntagnachmittag frei hat. Da besucht sie ihre verwitwete Schwester, soweit ich weiß.«

»Vielleicht kann Rosie auch mithelfen«, sagte ich. »Viele fleißige Hände machen der Arbeit rasch ein Ende.«

Schließlich gingen wir alle vier in die Küche. Ich kam mir vor, als hätte ich ein Dornröschen wachgeküßt, und überlegte krampfhaft, wie ich es anstellen sollte, es wieder einschlummern zu lassen. Es zeigte sich, daß Mrs. Elstree alles bereitgestellt hatte. Zehn Minuten später saßen wir in Liegestühlen auf dem Rasen.

Wir tranken Lapsang-Souchong-Tee und vertilgten fast einen ganzen Sandkuchen. Es war warm in der Sonne, und ich wurde angenehm müde. Osbaston brachte Rosie Papier und Bleistift, und sobald sie mit ihrem Kuchen fertig war, setzte sie sich unter eine Buche auf den Rasen und zeichnete.

Die jungen Männer bei ihrem Krocket- und Tennisspiel zu beobachten beschäftigte zumindest die oberste Schicht meines Denkens. Hin und wieder kam einer zu uns hinüber, wechselte ein paar Worte mit Osbaston oder David. Die Blicke, die sie mir zuwarfen, waren durchaus schmeichelhaft. Geistliche waren entschieden nicht mein Fall, aber nach dem trostlosen Ende meiner Ehe war es angenehm, wieder bewundert zu werden – und sei es auch nur von Theologiestudenten.

David und Osbaston besprachen den Lehrplan für das kommende Jahr, es ging um das Für und Wider einer Ausweitung des neutestamentlichen Griechisch auf Kosten der Pastoraltheologie. Es war eins dieser trägen, vornehmlich aus Halbsätzen bestehenden Gespräche, bei denen sich die Gesprächspartner so gut kennen, daß der eine meist schon weiß, was der andere sagen will. Ich beobachtete David durch halbgeschlossene Augen.

Unversehens ertappte ich mich bei einem Tagtraum, in dem ich mit ihm verheiratet und Rosie unsere Tochter war. Ich richtete mich mit einem Ruck auf. Es ist schlimm, wie schnell einem das eigene Ich Streiche spielt, wenn man nicht ständig auf der Hut ist. Ich ging ins Haus, um mir die Nase zu pudern. Als ich wieder in den Garten kam, waren das Krocket- und das Tennisspiel zu Ende, und es wurde Zeit zum Aufbruch. Die Männer beschäftigten sich in Gedanken schon mit dem Abendgottesdienst.

»Sie müssen noch mal vorbeikommen, um Mrs. Elstree kennenzulernen, Mrs. Appleyard«, sagte Osbaston. »Übrigens habe ich noch etwas gefunden, was Sie vielleicht interessiert.« Er watschelte durch die Terrassentür ins Wohnzimmer und kam mit einem Buch in blauem Leineneinband zurück. »Mir war, als hätte ich erst vor kurzem etwas über diesen Youlgreave gelesen, und ich habe mich nicht geirrt. Heute nach dem Frühstück habe ich es herausgesucht. Sie dürfen es gern mitnehmen, wenn Sie möchten. Ich habe ein Lesezeichen hineingelegt.«

Ich nahm das Buch und schlug automatisch die Titelseite auf. *The Journal of the Transactions of the Rosington Antiquarian Society 1904.*

»Möglich, daß ihn das auf die Idee für das bewußte Gedicht gebracht hat«, sagte Osbaston. »Die Geschichte über die Ketzerin auf dem Scheiterhaufen, von der ich sprach. Nehmen Sie es mit und lesen Sie es in Muße.« Er rückte ein Stück näher an mich heran. »Dann könnten wir uns darüber unterhalten, wenn Sie herkommen, um Mrs. Elstree zu besichtigen.«

»Vielen Dank.« Ich suchte verzweifelt nach einer Ablenkung – und fand Rosie. »Was für ein hübsches Bild. Darf ich mal sehen?«

Sichtlich widerstrebend gab sie es mir. David und Osbaston kamen dazu, und wir betrachteten das Blatt in meiner Hand. Es war eine Kinderzeichnung ohne Gefühl für Perspektive oder Proportionen. Rosie war schließlich noch nicht ganz fünf, wenn auch in mancher Beziehung sehr reif für ihr Alter. Die Figuren sahen aus wie Heuschrecken, denen man ein paar Requisiten beigegeben hat, aber was Rosie hatte darstellen wollen, war durchaus zu erkennen. Ein Mann in weißem Kleid und mit Flügeln schickte sich an, ein wie ein Kuchenmesser geformtes Schwert in eine kleine Gestalt mit langem Haar zu stoßen, die zu seinen Füßen kauerte.

»Laß mich raten«, sagte Kanonikus Osbaston. Sein Kopf bewegte sich schlenkernd zu Rosie hinunter. »Könnte es das Opfer Isaaks sein?« Er runzelte die Stirn und tippte mit einem dicken Zeigefinger auf den Mann mit dem Schwert. »Aber dann wäre das hier Abraham, trotz der Flügel. Der Engel des Herrn kann es ja schließlich kaum sein.«

20

Osbaston hatte einen der Briefe angestrichen, die am Schluß des Rechenschaftsberichts von 1904 abgedruckt waren. Ich las ihn nach dem Abendessen, als David sich in seine Studierstube zurückgezogen hatte. Janet versuchte, die Metzgerrechnung mit dem, was wirklich geliefert worden war, in Einklang zu bringen, und sagte, sie würde sich den Brief später ansehen.

BRIEFE AN DEN HERAUSGEBER

Von Hochwürden Kanonikus F. St. J. Youlgreave

Sir,
ich möchte Ihnen und anderen Mitgliedern der Gesellschaft Mitteilung von einem hochinteressanten Fund machen, auf den ich in meiner Eigenschaft als Dombibliothekar gestoßen bin. Ich hatte Anlaß, den Einband eines Exemplars der Predigten von Dr. Giles Briscow, Dekan von Rosington zur Zeit Königin Elizabeths, in Augenschein zu nehmen, das in einem sehr schlechten Zustand war, um zu entscheiden, ob es neu gebunden werden sollte. Auf dem rückwärtigen Schutzblatt des Buches fand ich eine handschriftliche Anmerkung, die nach meinem Dafürhalten aus der ersten Hälfte des 17. Jahrhunderts stammt. Der Text ist in lateinischer Sprache abgefaßt und scheint aus einem älteren Werk, vielleicht einer Mönchschronik über die Geschichte der Abtei Rosington, kopiert zu sein.

Hinweise auf dem Vorsatzblatt des Buches lassen vermuten, daß sich der Band einstmals im Besitz von Julius Farnworthy befand, der bekanntlich von 1619 bis 1628 das

Bischofsamt innehatte und dessen Grab sich im Gang des Südchors befindet. Es ist denkbar, ja, wahrscheinlich, daß der Vermerk auf dem rückwärtigen Schutzblatt von Bischof Farnworthy oder einem seiner Zeitgenossen stammt.

Ich habe fürs erste das Buch zu treuen Händen einem Bekannten überlassen, der einige Kenntnisse der Paläographie besitzt sowie Zugang zur Sammlung Farnworthy im British Museum hat. Vorsorglich habe ich zuvor den Vermerk zur Gänze abgeschrieben. Sobald das Ergebnis der paläographischen Untersuchung vorliegt und ich weitere Recherchen abgeschlossen habe, hoffe ich, der Gesellschaft einen Aufsatz zu diesem Thema vorlegen zu können, in dem ich über Echtheit und Herkunft des kuriosen Fundes referieren und auch den Hintergrund der darin beschriebenen Begebenheit skizzieren werde. Gestatten Sie mir bis dahin, den verehrlichen Mitgliedern mit der Übersetzung des Vermerks ins Englische Appetit zu machen.

»Im dritten Jahr der Herrschaft von König Heinrich wütete die Pest in unserer Gegend. Kaufleute und Pilger wagten es aus Angst vor Ansteckung nicht mehr, den Großen Damm zu überqueren. Häuser standen leer, Felder blieben unbestellt, und die Tiere verhungerten, weil sie nicht gefüttert wurden.

Die Menschen sagten unumwunden, daß im Lande der Teufel los sei.

Im Dorf Mudgley verstarb der Gemeindepfarrer unter großen Qualen. Seine Wirtschafterin stand am Kreuz und erklärte den Überlebenden, der Teufel habe seine Seele geholt, die ihre aber habe ein Engel beschützt. Und sie äußerte folgende Gotteslästerung: Der Engel habe ihr gesagt, sie sei unter allen Frauen auserwählt, SEINE erste Priesterin zu sein. Und der Engel weihte sie zur Priesterin und sprach zu ihr: ›Bin ich nicht mächtiger als jeder Bischof?‹

Danach führte die Frau das Volk zur Kirche und hielt die Meßfeier. Als der Abt, Robert von Walberswick, das hörte, ließ er sie nach Rosington bringen, wo sie der Blasphemie angeklagt wurde. Doch der Teufel mochte sie nicht verlassen. Sie weigerte sich, ihre Sünden zu bekennen und ihre Freveltaten zu bereuen, und wurde daraufhin auf dem Marktplatz verbrannt. Der Name der Frau war Isabella von Roth.«

Robert von Walberswick war von 1392 bis 1407 Abt. Das dritte Jahr der Herrschaft König Heinrichs muß sich auf Heinrich IV. beziehen, der Vorfall wird sich demnach 1402 zugetragen haben. Nicht ganz klar ist, ob es sich bei dem erwähnten Dorf um Mudgley Burnham oder Abbots Mudgley handelt. Das Latein zeigt keinerlei Renaissance-Einflüsse und enthält viele für das Mittelalter typische Kontraktionen und Satzstellungen. Vorerst können wir nur darüber spekulieren, warum der unbekannte Verfasser diesen Absatz kopierte. Auch der Verbleib des Originals bleibt rätselhaft.

Wenn ich abschließend noch eine persönliche Bemerkung anfügen darf: Bei dem Roth, von dem in obigem Text die Rede ist, dürfte es sich um das Dorf Roth in der Grafschaft Middlesex handeln. Es ist dies ein recht eigenartiger Zufall, denn just in dieser Gegend ist meine Familie seit mehr als vierzig Jahren ansässig.

Ich verbleibe mit dem Ausdruck meiner vorzüglichen Hochachtung

F. Youlgreave

Youlgreaves Gedicht »Das Recht des Fremdlings« stand in einer Anthologie viktorianischer Lyrik, die ich im Bücherschrank im Eßzimmer fand. Hätte ich den Brief nicht gelesen, wäre ich vermutlich aus dem Gedicht nicht schlau geworden. Wenn man aber davon ausging, daß es sich um die Geschichte der Isabella von Roth handelte, war alles durchaus folgerichtig. Das heißt, alles vielleicht doch nicht, denn manches war fast vorsätzlich verklausuliert, aber man konnte das Gedicht als anschaulichen Bericht über eine Frau lesen, die vor mittelalterlicher Kulisse ihrer Überzeugung wegen zur Märtyrerin wurde.

Ich las das Gedicht und den Brief noch einmal, als ich mit einem ziemlich großzügig bemessenen Schlummertrunk im Bett lag. Der Gin bescherte mir einen leichten Kater und vermutlich auch den Alptraum, aus dem ich am frühen Morgen schweißgebadet aufwachte. Ich hatte geträumt, daß ich auf dem Marktplatz von Rosington stand. Jemand verbrannte Müll neben dem Marktkreuz, und Menschen schrien auf mich ein. Kurz vor dem Aufwachen warf ich einen Blick in den Papierkorb an einem Laternenpfosten, aus dem eine Puppe ohne Arme mich anglotzte.

»Theologisch ist die Idee völlig unhaltbar, und das dürfte Youlgreave auch gewußt haben«, sagte David. »Die Vorstellung von Frauen im Priesteramt ist einfach grotesk.«

»Warum?« fragte ich, nicht weil es mich interessierte, sondern weil ich wollte, daß David weitersprach. Wenn er sich über ein Thema ereifern konnte, war er besonders attraktiv.

Er sah zur Domuhr hoch. »Das würde jetzt zu weit führen. Wir haben nicht genug Zeit, und es ist ein sehr kompliziertes Thema.«

»Komm, David, das ist keine Antwort.«

An der Tür zum Kreuzgang blieb er stehen. Wir waren beide auf dem Weg zur Arbeit. Eine fedrige Wolke hing hinter dem goldenen Wetterhahn an der Spitze des Oktogons. Das Maßwerk zeichnete sich in allen Einzelheiten klar und scharf ab. Hinter einer der Zinnen am Fuß der Turmspitze erschien eine Schwalbe, legte sich scharf in die Kurve und schoß über das ganze Langschiff weg zur Westfassade. Plötzlich lächelte er, und ich dachte – nicht zum erstenmal –, daß schöne Menschen etwas Grausames haben. Ihre Schönheit schafft Distanz zu uns ganz gewöhnlichen Erdenbürgern. Von Anfang an werden sie anders behandelt.

»Meiner Ansicht nach kann eine Frau ebensowenig das Priesteramt versehen wie sie Vater werden kann«, sagte er.

»Aber das Priesteramt ist ein Job wie jeder andere. Wenn eine Frau auf dem Thron sitzen darf, warum darf sie dann nicht auf der Kanzel stehen?«

»Weil es Gott gefallen hat, in einer patriarchalischen Gesellschaft Fleisch zu werden. Er entschied sich ausschließlich für männliche Apostel. So wie er entschied, daß eine Frau, die Jungfrau Maria, der höchsten menschlichen Berufung teilhaftig werden sollte.«

»Wir leben nicht mehr im Palästina des ersten Jahrhunderts unserer Zeitrechnung.«

»Ich glaube nicht, daß Gott Zeit und Ort zufällig gewählt hat. Es wäre widersinnig, wenn ein Christ davon ausginge. Nichts in der Heiligen Schrift stützt die Vorstellung von Frauen im Priesteramt. Wir können deshalb nur folgern, daß Gott sich Männer für das Priesteramt wünschte. Ginge es nur um menschliche Traditionen, könnte man das natürlich ändern. Aber es geht um eine göttliche Einrichtung.«

»Das muß ich dir wohl glauben. Aber kann die Kirche nicht auch mal zugeben, daß sie etwas mißverstanden hat? Es wäre nicht das erste Mal, daß sie sich eines Besseren besinnt. Ihr schickt ja auch keine Menschen mehr auf den Scheiterhaufen, nur weil sie nicht eurer Meinung sind.«

»Das ist nicht vergleichbar.«

Mit Fanatikern kann man nicht diskutieren, dachte ich. Wenn David in einer Märchenwelt leben wollte, in der Märchenbuchgesetze galten, war das seine Sache.

»Die Pflicht ruft«, sagte ich. »Besten Dank für die theologische Belehrung.«

Einen Augenblick kam es mir so vor, als sei er enttäuscht – wie ein Hund, dem man einen Knochen weggenommen hat. Vielleicht hatte er eine potentielle Konvertitin in mir gesehen, die verlorene Tochter kurz vor der Bekehrung. Wir verabschiedeten uns, und er ging in Richtung Porta und Kolleg davon.

Ich betrat den Kreuzgang und ging langsam zum Südportal. Dabei kam ich am Kapitelhaus vorbei, einem großen kargen Saal, in dem sich unter den Fenstern eine romanische Arkade entlangzog. Inzwischen verfügte das Domkapitel über komfortablere Räumlichkeiten für seine Zusammenkünfte. Der Saal wurde hauptsächlich für kleine Konzerte und größere Tagungen genutzt, und auch die Ausstellung sollte hier stattfinden. Ich sah Hudson, der mit dem Dekan sprach, und er winkte mir zu.

Ehe ich mich an meine tägliche Arbeit machte, suchte ich mir ein paar Chroniken von Rosington und eine Geschichte der Grafschaft heraus. Ich fand Hinweise sowohl auf Abbots Mudgley als auch auf Burnham Mudgley und auf Pestepidemien im 14. und 15. Jahrhundert, aber nichts über Isabella von Roth, Priesterinnen oder Engelserscheinungen.

Ich katalogisierte fünf, sechs Bücher, wurde aber so sehr von dem Gedanken an Francis Youlgreave, Isabella und dem von Youlgreave als »brauchbar« bezeichneten Simon abgelenkt, daß ich beschloß, meine Kaffeepause vorzuverlegen.

Statt aber Kaffee zu trinken, ging ich in die Stadtbücherei, die in einer umgebauten Nissenhütte in einer der auf den Marktplatz mündenden Straßen untergebracht war. Janet hatte mich vor ein paar Wochen mitgenommen, und ich hatte mir einen Leseausweis ausstellen lassen, bisher aber noch nie Gebrauch davon gemacht. Der Bibliothekar war ein stämmiger Mann mit traurigem Bluthundgesicht und einem dichten, fransigen Schopf, grau wie Stahlwolle. Ich fragte, ob die Bücherei etwas über Francis Youlgreave habe.

»Über ihn oder von ihm?«

»Beides.«

»Wir haben einen Band seiner Gedichte.«

»Sehr schön. Wo steht er?«

Leise schnaufend sah er mich an. »Tut mir leid, aber im Augenblick ist er ausgeliehen.«

Ich war enttäuscht wie ein Kind. »Kann ich ihn vorbestellen?«

Der Gedichtband hieß *Engelszungen*. »Gibt es eine Biographie?« fragte ich, als ich dem Bibliothekar die Vorbestellkarte und meine Sixpence gab.

Er sah nach meinem Namen auf der Karte. »Nicht daß ich wüßte, Mrs. Appleyard. Aber er steht im *Dictionary of National Biography*, und wir haben auch ein Buch über Honoratioren von Rosington, in dem Sie etwas über ihn finden. Kapitel neun, glaube ich. In der Abteilung für Nachschlagewerke.«

Ich war beeindruckt und sagte ihm das auch.

»Ehrlich gesagt habe ich letzte Woche zum erstenmal von ihm gehört, da hat jemand nach ihm gefragt.«

»Vielleicht Kanonikus Hudson?«

»Nein, der war es nicht. Niemand, den ich kannte.«

Noch ein kleines Rätsel, das mich aber eher irritierte als faszinierte. Ich merkte zu meiner Überraschung, daß mir der Gedanke, außer mir könne sich noch jemand für Francis Youlgreave interessieren, gegen den Strich ging. Ich fand, daß er mir gehörte. Ein Ersatz für Henry vielleicht, sicher aufgehoben unter der Erde und daher in der Lage, den Lockungen von Witwen mit mehr Mammon als Moral zu widerstehen.

Ich bedankte mich bei dem Bibliothekar, ging in die kleine Abteilung mit den Nachschlagewerken und wühlte nach dem Skelett von Youlgreaves Leben. Aber wie im Fall des Oktogonmodells, das wir in der Dombibliothek gefunden hatten, konnte man sich auch hier nach den Knochenfunden keine rechte Vorstellung von dem Mann aus Fleisch und Blut machen.

Francis Youlgreave wurde 1863 als jüngerer Sohn eines Baronet geboren. Der Band *Letzte Gedichte* erschien 1884, als er noch am St. John's College, Oxford, studierte. Nach Abschluß seines Studiums entschied er sich für eine geistliche Laufbahn. Soweit die Fakten, die jeder im *Dictionary of National Biography* nachlesen kann. Er war einer der ersten

Absolventen der Theologischen Hochschule Rosington. Es folgten Pfarrstellen in Gemeinden am westlichen Rand von London.

1891 wurde Francis der erste Gemeindepfarrer von St. Michael, einer neuerbauten Kirche am Beauclerk Place, westlich von Tottenham Court Road. (Francis, so nannte ich ihn jetzt bei mir – wie einen guten Bekannten.) 1896 veröffentlichte er seinen zweiten Gedichtband und dann *Die vier letzten Dinge*. Vier Jahre später wurde er Domkapitular in Rosington. Osbaston hatte recht gehabt: Es gab da verwandtschaftliche Beziehungen. Der um die Jahrhundertwende amtierende Dekan war ein Vetter von Francis Youlgreaves Mutter.

Sein letztes Buch, *Engelszungen*, erschien 1903. Im Jahr darauf zwang ihn seine angegriffene Gesundheit, in den Ruhestand zu gehen. Er zog ins Haus seines Bruders, Roth Park in Middlesex, wo er am 30. Juli 1905 starb. Heute kennt man ihn vor allem wegen des einen Gedichtes »Das Recht des Fremdlings«, von dem angeblich W. B. Yeats begeistert war.

Zum Mittagessen waren wir meist nur zu dritt. Rosie war in der Schule, und David aß im Kolleg. Janet hatte inzwischen Zeit gefunden, Youlgreaves Brief im *Journal of the Transactions of the Rosington Antiquarian Society* zu lesen. Bei kaltem Lammbraten und Salat erzählte ich ihr von meiner vergeblichen Suche nach weiteren Einzelheiten über Isabella, während Mr. Treevor stumm und zielstrebig erstaunliche Fleischmengen vertilgte.

»Warum machst du das?« fragte Janet.

»Es ist eine so eigenartige Geschichte. Und irgendwie tut mir die Frau leid.«

»Wenn sie je gelebt hat.«

»Das halte ich für sehr wahrscheinlich. Warum hätte Francis so etwas erfinden sollen?«

Janet sah mich an. »Frag mich was Leichteres. Du glaubst also, daß Isabella ihn zu dem Gedicht angeregt hat?«

»Natürlich. Hast du es gelesen?«

»Noch nicht. Ich sehe es mir nach dem Essen mal an.«

»Das Gedicht ist in drei Teile gegliedert.« Ich zählte sie an den Fingern ab. »Im ersten holen die Soldaten sie aus der Kirche, der zweite Teil schildert den Prozeß und der Schluß die Verbrennung auf dem Scheiterhaufen.«

»Wann ist es entstanden?« fragte Janet.

»Es steht in dem Band *Die vier letzten Dinge*, der 1896 herauskam. Und deshalb ...«

Ich zögerte, weil mir gerade aufgegangen war, was das bedeutete.

»Und wann hat er den Brief an die Antiquarian Society geschrieben?«

»1904. 1901 war er Domkapitular in Rosington geworden.«

Janet lächelte. »Dann leuchtet aber nicht ganz ein, daß er einer Entdeckung, die er angeblich in der Dombibliothek gemacht hat, die Anregung für ein mindestens fünf Jahre früher geschriebenes Gedicht verdankt.«

»Ist noch Fleisch da?« fragte Mr. Treevor mit einem Blick auf die Reste der Lammkeule.

Einen Augenblick war ich geradezu lächerlich deprimiert, dann aber hob sich meine Stimmung wieder. »Um 1880 war Francis hier am Kolleg, da könnte er auf das Buch gestoßen sein. Vielleicht durften die Studenten die Dombibliothek benutzen. Und als er nach Rosington zurückkam, hat er es wiedergefunden. Das klingt doch logisch, nicht? Er wird danach gesucht haben.«

Janet beschäftigte sich mit der Lammkeule. »Und warum ist dir das so wichtig?«

»Ich finde es einfach spannend. Besonders im Hinblick auf seine Predigt über Frauen im Priesteramt, durch die er seine Stellung verloren hat. Es muß da eine Verbindung geben.«

»Mehr«, bat Mr. Treevor.

Janet griff noch einmal zum Fleischmesser, und Francis Youlgreave verschwand wieder in dem Vakuum, aus dem er gekommen war. Wir sprachen über die Dienstwohnung im

Kolleg und ob sie familienfreundlicher war als die Dunkle Herberge.

Der Themenwechsel war mir sehr willkommen, ich mochte gar nicht so genau darüber nachdenken, warum Francis mich interessierte, und legte auch keinen Wert darauf, daß Janet sich näher mit meinen Motiven befaßte. Zugegeben, ich langweilte mich, ich brauchte Anregungen, aber ein weiterer Grund für mein Interesse ist mir jetzt leider nur zu klar. Damals allerdings, das kann ich glaubhaft versichern, habe ich nicht nur meinen Mitmenschen, sondern auch mir selbst Sand in die Augen gestreut.

Ich wollte David Byfield beeindrucken, wollte ihn zwingen, mich zur Kenntnis zu nehmen. Und wodurch hätte ich das besser bewerkstelligen können als durch eine wissenschaftliche Entdeckung? Wenn ich heute daran denke, winde ich mich vor Verlegenheit. Ich möchte nicht behaupten, daß ich in David Byfield verliebt war – das nicht. Meine Gefühle David gegenüber hatten viel mit Rache an Henry zu tun, aber das allein war es nicht. Ein hervorstechender Charakterzug von David – sein eigentliches Geheimnis vielleicht – war die Tatsache, daß er trotz seiner Arroganz und seiner gönnerhaften Art Frauen gegenüber sehr sexy war.

Da wir unter einem Dach lebten, konnte ich ihm nicht aus dem Weg gehen. Einmal habe ich ihn nackt gesehen. Das Haus hatte trotz seiner Größe nur ein Badezimmer. Als ich eines Morgens im Bademantel nach unten ging und die Tür aufmachte, stand er in der Badewanne. Das Wasser lief an seinem weißen Leib hinunter, und er streckte den Arm nach einem Handtuch aus, das über dem Waschbecken hing. Als die Tür aufging, hielt er mitten in der Bewegung inne und wandte den Kopf zur Tür – das Standbild eines Athleten, ein Stein gewordener junger Gott.

»Entschuldige bitte«, stieß ich hervor und flüchtete auf mein Zimmer. Es war eindeutig seine Schuld – wenn man denn von Schuld sprechen will –, denn üblicherweise schloß man hier im Haus ab, wenn man das Bad benutzte. Trotzdem schlug mir das Gewissen. Ich kam mir vor wie ein Spanner. Als wir uns zwanzig Minuten später beim Frühstück trafen, ließen wir uns beide nichts anmerken. Heute frage ich mich, ob der Vorfall David ebenso deutlich im Gedächtnis geblieben ist wie mir.

21

Die Ausstellung des Dekans im Kapitelhaus nahm allmählich konkrete Formen an. Der Plan war, wie Janet mir erzählte, zunächst auf beträchtlichen Widerstand gestoßen, weil man kommerzielle Interessen witterte. Ob die Opposition religiös oder gesellschaftlich begründet war, habe ich nie erfahren. Auf der Domfreiheit ließ sich oft schwer entscheiden, wo das eine anfing und das andere aufhörte.

Der Dekan hatte handfeste finanzielle Argumente auf seiner Seite. Im Dach des nördlichen Querschiffs saß ein Holzkäfer, die sogenannte Totenuhr, die Fenster in der Marienkapelle brauchten eine neue Bleifassung, und die Türmchen an der Westfassade drohten in die Minster Street zu stürzen. David hatte erzählt, daß das Budget kaum die laufenden Kosten deckte und für größere Reparaturen oder Notfälle keine Reserven vorsah. Die Öffnung des Kapitelhauses für eine Ausstellung konnte der erste Schritt zu einem ständigen Museum sein. Die Frage war natürlich, ob die Touristen bereit waren, für das Gebotene den geforderten Eintrittspreis zu zahlen. »Falls das klappt, möchte der Dekan ein Domcafé einrichten«, erzählte uns David eines Abends. »Finde ich gar nicht dumm. Warum sollen nur die Teestuben in der Stadt etwas vom Dom haben?«

»Und wo wollen sie das unterbringen?« fragte Janet.

»Wenn die Bibliothek geschlossen wird, gibt es Platz genug.«

»Aber das wäre ja direkt im Dom.«

Er zuckte die Schultern. »Sie könnten die Ausstellung in die Bibliothek verlegen und das Café im Kapitelhaus oder einem anderen Gebäude auf der Domfreiheit einrichten.«

Die Ausstellung umfaßte zahlreiche mittelalterliche Steinmetzarbeiten – Bruchstücke von Säulen, Grabsteinen und Plastiken –, etliche besonders prunkvolle Meßgewänder aus der großen Gewändertruhe, Fragmente von Buntglas und natürlich das Holzmodell des Oktogons, das David im Schrank der Bibliothek gefunden hatte. Kanonikus Hudson bat mich, in der Bibliothek Ausschau nach ansprechend gebundenen oder bebilderten Bänden zu halten, am liebsten natürlich solchen mit engen Bezügen zu Rosington. Ich flachste David gegenüber, sie könnten ja die *Lady Chatterley* ausstellen, die ich gefunden hatte, aber er erwiderte nur mit gußeiserner Miene, das wäre wohl kaum passend.

Das ganze Unternehmen durfte nicht viel kosten. Bis sich abzeichnete, ob ein Gewinn zu erwarten war, dachte der Dekan gar nicht daran, Geld für neue Schaukästen auszugeben oder die Sammlung zu erweitern. Auch gegen zusätzliche Hilfskräfte hatte man sich entschieden. Langsam, aber sicher wurden alle Damen der Domfreiheit für die Ausstellung zwangsverpflichtet. Im Juni sollte die feierliche Eröffnung mit dem Bischof stattfinden. Der *Rosington Observer* hatte versprochen, einen Fotografen zu schicken.

»Tut mir leid, daß sie dir das auch noch aufgehalst haben«, sagte Janet an dem Abend, als sie auch mich eingefangen hatten. »Ich finde es nicht richtig, daß David dich darum gebeten hat.«

»Laß gut sein. Außerdem kommt es ja vielleicht gar nicht soweit.«

»Wie meinst du das?«

»Womöglich bin ich dann gar nicht mehr da. Mein Job hier dauert nicht ewig.«

Janet sah mich erschrocken an. »Ich will nicht hoffen, daß du gehst. Noch nicht.«

»Vorläufig ist es ja noch nicht soweit«, beschwichtigte ich sie und wußte dabei ganz genau, daß ich nie ablehnen würde, wenn Janet mich um Hilfe bat. »Das Katalogisieren zieht sich hin. Man kann nie wissen, auf was man vielleicht noch stößt.«

Oder auf wen. Als ich am nächsten Tag nachmittags aus der Bibliothek kam, drückte sich Kanonikus Osbaston im Kreuzgang herum.

»Mrs. Appleyard? Nein, so ein Zufall! Daß Sie hier sind, war mir ganz entfallen. Ich habe mir gerade die Ausstellung angesehen.«

Leise keuchend hielt er mir die Tür auf. »Wollen Sie zurück in die Dunkle Herberge?«

»Ja.«

Er faßte neben mir Tritt. »Dann können wir ja ein Stück zusammen gehen. Ich wollte mir in der High Street Tabak kaufen.«

Eine Weile gingen wir schweigend nebeneinanderher.

Plötzlich stieß er hervor: »Youlgreave war verrückt, Mrs. Appleyard, das steht fest. Finden Sie es nicht recht warm für die Jahreszeit?«

»Es ist ein herrlicher Tag.«

»Hoffentlich bleibt es so. Am Samstag haben wir einen Basar für die Südamerikamission.«

Auf der sonnendurchglühten Domfreiheit kamen wir nur langsam voran. Immer wieder blieb Osbaston stehen, um sich mit einem großen Taschentuch das Gesicht zu wischen. Als Konzession an das Wetter trug er eine ausgebeulte Leinenjacke und einen Panamahut mit eingerissener Krempe.

»Verrückt? Was verstehen Sie darunter?« fragte ich.

»Meines Wissens galt Kanonikus Youlgreave schon bei seiner Ankunft in Rosington als wunderlich.« Osbaston schob sich näher an mich heran. »Hier wurde es dann immer schlimmer mit ihm, allerdings waren die Symptome der Art, daß es schwer hielt, ihn zu einer entsprechenden Behandlung zu zwingen. Als ich 1933 herkam, gab es noch viele Leute, die ihn gekannt hatten und das alles wußten.«

»Ja, aber was hat er denn gemacht?«

»Es war eine besonders bedauerliche Form geistiger Labilität.« Osbaston guckte mich an, als hätte er ein Pornofoto vor sich. »Ich vermute, daß sein Verhalten privat nicht über jeden Verdacht erhaben war. Und seine letzte Predigt hat hohe Wellen geschlagen, die Sache kam in die Zeitung. Sie mußten den Bischof einschalten, und ich glaube, auch Lambeth Palace wurde konsultiert. Zum Glück hat sich die Familie des armen Burschen sehr für ihn eingesetzt. Einen Skandal wünschte sich ja niemand.« Der kleine Kopf auf dem mächtigen Leib wackelte hin und her. »Dafür müssen wir noch dankbar sein, Mrs. Appleyard. Und wir dürfen ihn nicht zu streng beurteilen. Ich glaube, er war schon als Kind ein wenig kränklich.«

Wir standen vor der Mauerpforte, die in den Garten der Byfields führte.

»Ich muß mich verabschieden, Mr. Osbaston.«

Er fuhr sich mit der Zunge über die Lippen – genauso, wie am Samstag vor einem Schluck aus seinem Glas. »Ich wollte noch eine Tasse Tee im Crossed Keys Hotel trinken. Hätten Sie nicht Lust, mir Gesellschaft zu leisten?«

»Sehr liebenswürdig, aber Janet erwartet mich.«

Er lüpfte den Panamahut. »Dann ein andermal, Mrs. Appleyard. Hat mich sehr gefreut.« Er ging langsam weiter.

Janet kniete vor einem Blumenbeet an der Haustür und zupfte Unkraut. »Worüber amüsierst du dich denn so?« fragte sie.

22

»Wie schön, Sie wieder mal zu sehen, Mrs. Byfield«, sagte Mrs. Elstree. »Ist das nicht ein Pech mit dem Wetter?«

»Für so einen Tag ist die Besucherzahl nicht schlecht«, meinte Janet. »Das ist meine Freundin Mrs. Appleyard, wir waren zusammen im Internat. Wendy, das ist Mrs. Elstree.«

Ich schüttelte der Wirtschafterin von Kanonikus Osbaston die Hand. Sie war groß und so vergilbt, als sei sie einem alten Sepiafoto entstiegen. Sie sah auf meine Halsgrube, und ich fragte mich, ob da Schmutz saß oder ob ein Knopf aufgegangen war und man meinen BH sah.

Aber sie lächelte durchaus umgänglich und wandte sich dann wieder Janet zu. »Trinken wir einen Tee? Ich muß nachschauen, ob unsere Leute auch an alles gedacht haben. Manchen muß man mächtig auf die Finger sehen.«

Wir schoben uns durch die Menge zu der Teemaschine, die von der Köchin des Kollegs bedient wurde. Wegen des strömenden Regens fand der Basar im Speisesaal statt. Da man die Türen gerade erst geöffnet hatte, gab es an der Teemaschine noch keine Schlange. Die meisten Besucher waren Frauen im mittleren Alter, mit Schirmen bewaffnet und in Hut und Regenmantel, die auf Schnäppchen hofften.

Janet bestand darauf, uns zu dem Tee einzuladen.

Mrs. Elstree inspizierte die Zuckerschale, legte prüfend die Hand an die Tee-Urne und kontrollierte den Pegelstand des Milchkrugs. »Alles soweit in Ordnung«, sagte sie leise zu mir. Ihr harter Fen-Dialekt hatte sich durch jahrelangen Kontakt mit der vollmundigen klerikalen Redeweise abgeschliffen. »Aber die wissen eben, daß sie sich bei mir keinen Unfug erlauben können.« Sie lächelte in die Richtung von Janets

Rücken und senkte die Stimme noch weiter. »Eine reizende Dame, Mrs. Byfield. Es ist sehr angenehm, so eine Familie in Rosington zu haben.« Lauter fügte sie hinzu: »Sie arbeiten in der Dombibliothek, Mrs. Appleyard?«

»Nur vorübergehend. Wobei mir einfällt, daß Kanonikus Osbaston mir gesagt hat, daß Sie mir vielleicht einiges über Kanonikus Youlgreave erzählen können. Ich bin vor einer Woche in der Bibliothek auf etwas gestoßen, was er geschrieben hat.«

»Ein wunderlicher Herr, wirklich wahr.« Sie sah mich an. Die Pupillen waren groß und schwarz. »Sehr gut habe ich ihn natürlich nicht gekannt.«

»Wo hat er gewohnt?«

»In Bleeders Hall. Wo die Hudsons jetzt leben. Ich habe nebenan in der Dekanei gearbeitet. Damals war natürlich alles viel stilvoller. Der Dekan hatte einen Butler und seine eigene Kutsche.«

»Ach ja? Und wie sah es bei Kanonikus Youlgreave aus?«

»Das weiß ich nicht. Ich hatte ja dort nichts zu suchen. Als Junggeselle brauchte Mr. Youlgreave natürlich kein so großes Haus zu führen wie der Dekan. Aber ich weiß, daß er neu tapezieren ließ und solange in der Dunklen Herberge gewohnt hat.«

Janet kam mit dem Tee. »Wer hat in unserem Haus gewohnt?«

»Francis Youlgreave«, sagte ich. »Aber wohl nur kurz. Sonst hat er offenbar in dem Haus gelebt, das jetzt die Hudsons haben.«

»Beliebt war er nicht, das steht mal fest«, erklärte Mrs. Elstree. »Und zum Schluß ist er ja dann verrückt geworden, was uns allerdings nicht gewundert hat. Wir haben es kommen sehen.«

»Haben Sie die berühmte Predigt über Frauen im Priesteramt gehört?«

Sie schüttelte den Kopf und setzte hinzu, als wollte sie dieses Versäumnis wiedergutmachen: »Es heißt, daß er allzu vertraulichen Umgang mit dem Personal gepflegt hat. Und einige seiner Vorstellungen waren schon recht seltsam. Wußten Sie, daß er sich umgebracht hat?«

»Nein.«

Sie gab Zucker in ihren Tee.

»Ich dachte, er sei eine Weile krank gewesen und dann eines natürlichen Todes gestorben«, sagte ich.

»Das haben wir anders gehört. Von einem Pfarrer erwartet man ja so was eigentlich nicht. Es ist nicht hier passiert, zu der Zeit hatten sie ihn schon abgeschoben.« Sie trank einen Schluck, dann wandte sie sich wieder an Janet. »Ich sag's ja immer, Mrs. Byfield, ein paar faule Äpfel sind in jedem Faß.«

»Kannten Sie zufällig einen Simon Martlesham? Er hat im Bischofspalast gearbeitet.«

»Simon Martlesham? Ja, doch.« Sie zögerte und rührte überflüssigerweise wieder in ihrem Tee herum. »Ich glaube, er hat manchmal Botengänge für Kanonikus Youlgreave erledigt. Aber der ist vor Jahren von Rosington weggezogen und wohnt jetzt in Watford. Mein Bruder hat ihn mal im *Schwan* getroffen.«

»Dem Gasthaus am Fluß?«

Sie nickte. »Seine Leute lebten da, Mutter und Schwester. Als er beim Bischof gearbeitet hat, mußte er natürlich auch dort im Haus wohnen. Einen Vater gab's in der Familie nicht, soviel ich weiß. Wahrscheinlich wollte er, wenn er schon in der Gegend war, mal wieder nach seinem alten Zuhause sehen. Viel zu sehen gibt's da allerdings nicht mehr.«

Um uns herum drängten sich die Besucher. Jemand stieß gegen meinen Ellbogen, und Tee schwappte in die Untertasse und auf den Ärmel meines Regenmantels. Wir kamen mit anderen Besucherinnen ins Gespräch. Janet kaufte eine gestrickte Negerpuppe in blauem Overall zu Rosies Geburtstag und ich ein Fleißiges Lieschen fürs Küchenfensterbrett.

Als wir eingehakt unter einem Schirm nach Hause gingen,

sagte Janet: »Du interessierst dich also immer noch für Francis Youlgreave?«

»Nur zum Zeitvertreib.« Ich fürchtete, Janet könnte spüren, daß ich mich in Rosington langweilte, könnte mich für undankbar halten oder meine schnöden Gedanken wegen David ahnen, und schwatzte deshalb rasch weiter. »Mrs. Elstree kann vermutlich ein richtiger Drachen sein. Aber zu uns war sie sehr nett.«

»Sie gibt sich die größte Mühe, nett zu mir zu sein«, sagte Janet. »Weil sie hofft, daß wir sie behalten, falls David Osbastons Stelle bekommt.«

»Und hast du das vor?«

»Nicht, wenn es sich vermeiden läßt. Sie ist zu sehr daran gewöhnt, das Sagen zu haben. Bei Osbaston kann sie schalten und walten, wie sie will. Aber sie hat schon recht – das Haus macht bestimmt viel Arbeit.« Sie sah mich von der Seite an. »Ich glaube kaum, daß es sehr lustig wäre, die Frau des Rektors zu sein.«

Das letzte Stück rannten wir fast. David würde zu Hause über seinem Buch sitzen und – zumindest theoretisch – Mr. Treevor und Rosie im Auge behalten. Auf der Domfreiheit kam ein Auto an uns vorbei und bespritzte meine Schuhe und Strümpfe.

»Riechst du was?« fragte Janet, als wir in der Diele unsere Regenmäntel auszogen.

Ich schnupperte. »Nur Feuchtigkeit. Und vielleicht den Speck von heute früh.«

»Nein. Etwas, was tiefer sitzt, etwas Unangenehmes, glaube ich.«

Zum erstenmal erwähnte jemand den Geruch im Haus. Natürlich muß Janet ihn sich eingebildet oder etwas anderes als den späteren Geruch in der Nase gehabt haben. Eine andere Erklärung gibt es nicht.

David kam aus seinem Zimmer. »Wie war's?«

»Wie immer. Nur feuchter«, sagte Janet. »Wo ist Rosie?«

»Oben bei deinem Vater. Ich glaube, sie wollten Schnippschnapp spielen.« Er senkte die Stimme ein wenig. »Äh... Wendy?«

Ich wandte mich verblüfft von meinem Spiegelbild ab, überlegte, ob meine Nase ungewöhnlich rot war, sich womöglich zu einer »Säufernase« entwickelte, wie meine Mutter zu sagen pflegte, und meinte in Davids Blick etwas wie einen Vorwurf zu sehen.

»Ich habe heute vormittag einen Brief bekommen«, sagte er. »Von Henry.«

Ich sah ihn groß an. Mir wurde flau. Es war wie ein unerwarteter Schlag in den Magen. Aber David und Henry waren schließlich Freunde. Es war eine dieser unerklärlichen Männerfreundschaften, die auch dann weiterbestehen, wenn die Beteiligten sich jahrelang nicht sehen, selten Briefe wechseln und eine völlig unterschiedliche Lebenseinstellung haben. Hatten sie sich vielleicht gegen mich verschworen?

»Er hat angefragt, ob du hier bist«, fuhr David fort.

Ich schwieg.

»Natürlich muß ich das in meiner Antwort bestätigen.«

»Meinetwegen.«

»Er möchte dich sehen. Er schreibt...«

»Aber ich will ihn nicht sehen«, sagte ich laut. »Das kannst du ihm ausrichten. Und jetzt muß ich mich umziehen, ich bin klatschnaß.«

Ich lief nach oben, an Rosies Zimmer vorbei, aus dem ich es kichern hörte, und die nächste Treppe hoch zu meinem Zimmer. Dort putzte ich mir die Nase und mied den Blick in den Spiegel auf dem Ankleidetisch. Heute würde ich einen vorgezogenen Schlummertrunk brauchen.

Zwei Tage später, am Montag, stieß ich in der Bibliothek auf ein Kinderbuch aus der Zeit der Jahrhundertwende von einem gewissen G. A. Henry. Es hieß *Die Fahne des Vaterlandes.* Der Buchrücken war verschossen, aber die Farben auf dem Schutzumschlag leuchteten wie neu. Das Bild zeigte einen jungen Engländer in rotem Rock, der mit einem Säbel eine Schar verängstigter Zulus niedermachte. Ich schlug das Buch auf und sah die vertraute Handschrift auf dem Vorsatzblatt.

Für Simon Martlesham zu seinem dreizehnten Geburtstag mit guten Wünschen von F. Youlgreave. 17. Juli 1904.

23

Rosies fünfter Geburtstag war am Mittwoch, dem 14. Mai. Bis auf Mr. Treevor standen wir alle ein bißchen früher auf, um sie noch vor der Schule beschenken zu können.

Als ich die Treppe hinunterkam, stieg mir ein unangenehmer Geruch nach verdorbenem Fleisch in die Nase, und mir fiel ein, daß auch Janet am Samstag, als wir vom Basar gekommen waren, etwas gerochen hatte, aber als ich in der Diele stehenblieb und schnupperte, konnte ich nichts Ungewöhnliches feststellen. Es roch nach feuchtem altem Gemäuer und dem Gemüse von gestern.

Rosie war schrecklich aufgeregt und flatterte in der Küche herum wie eine Schwalbe ums Oktogon. Auf dem Tisch häuften sich Karten und Geschenke.

»Darf ich sie aufmachen?« fragte sie. »Bitte, darf ich?«

»Iß erst was«, sagte Janet.

»Ich will aber jetzt. Ich hab Geburtstag.«

»Ja, Schätzchen, aber selbst am Geburtstag muß man frühstücken.«

»Hinterher. Bitte, Mummy, darf ich?«

Sie sahen sich an. Janet wandte als erste den Blick ab und war drauf und dran nachzugeben.

Ich griff nach dem Päckchen, das ich auf den Tisch gelegt hatte, und nach einer Karte. »Das brauchst du dann ja nicht.«

Rosie sah zu mir hoch, neugierig und berechnend zugleich.

»Das ist nämlich für ein kleines Mädchen, das ihrer Mummy folgt.«

Schon tat es mir leid, daß ich mich eingemischt hatte. Für Rosie war eindeutig Janet zuständig. Gleich darauf setzte sich

Rosie an ihren Platz und ließ sich von ihrer Mutter Cornflakes in die Schüssel geben. Bei einem General hätte man so was einen taktischen Rückzug genannt.

Fünf Minuten später hatte Rosie ihre Cornflakes und eine Scheibe Toast vertilgt, ein Glas Milch getrunken, und jetzt arbeitete sie sich durch ihre Post. Erst machte sie die Umschläge auf, warf einen flüchtigen Blick auf die Geburtstagskarten und legte sie aufeinander. Die Umschläge kamen auf einen anderen Stapel. Zwei Postanweisungen und ein Scheck wurden, mit einer Gabel beschwert, beiseite gelegt.

Danach kamen die Päckchen. Sie erlaubte David gnädig, die Schnur mit der Schere durchzuschneiden. Aus dem Päckchen, das die Post gebracht hatte, kam ein brauner Pullover zum Vorschein.

»Wie nett von Granny Byfield«, sagte Janet matt.

Rosie äußerte sich nicht.

Die anderen Päckchen waren von den Erwachsenen im Haus. Zuerst machte sie das von Mr. Treevor auf. Der alte Herr hatte Rosie einen Apfel aus der Schale auf der Anrichte schenken wollen. Äpfel seien gesund für Rosie, hatte er gestern abend zu Janet gesagt, und außerdem etwas, was sie gern aß. Als Junge habe er sich oft einen Apfel gewünscht, habe aber nie einen zum Geburtstag bekommen. Ein sehr schönes Geschenk, hatte Janet gemeint, das habe er sich wirklich nett ausgedacht. Aber beim Einwickeln hatte sie die Negerpuppe mit dem blauen Overall dazugelegt, die sie auf dem Basar erstanden hatte.

Von David bekam Rosie Lambs *Geschichten nach Shakespeare*, eine illustrierte Ausgabe in vereinfachter Sprache. Janet hatte ihr ein modisches Kleid gekauft, marineblauer Feincord mit rosafarbenem Pferdchenmuster und rosa Spitze, Puffärmeln und Peter-Pan-Kragen. Rosie war hingerissen. Noch vor der Schule ging sie ins Schlafzimmer ihrer Eltern, um das Kleid anzuziehen und sich in dem hohen Spiegel zu bewundern.

Vorher aber machte sie noch mein Geschenk auf. Janet hatte in meinem Auftrag versucht, Rosies Wünsche zu ergründen. Sie wünschte sich einen Engel. Janet und ich einigten uns darauf, daß eine Puppe vielleicht ein annehmbarer Kompromiß war. Im Spielzeuggeschäft in der High Street fand ich ein ziemlich teures Exemplar mit langem blondem Haar, blauen Schlafaugen, beweglichen Armen und Beinen und drehbarem Kopf. Wenn man auf die Brust der Puppe drückte, quäkte sie »Mama«.

Sie war mit rosa Kleid, Unterwäsche, Söckchen und Schuhen ausstaffiert. Weil das für ein himmlisches Wesen natürlich nicht die passende Garderobe war, hatte ich ihr aus zwei alten Taschentüchern ein langes weißes Kleid genäht und mit blauem Garn ein A – für Angel – auf die Höhe des Herzens gestickt oder vielmehr dahin, wo das Herz gewesen wäre, wenn der Engel eins gehabt hätte. Wir zogen der Puppe das weiße Kleid an und packten die rosa Sachen in eine leere Zigarrenkiste.

»Das kann ihre Aussteuer sein«, hatte Janet gesagt.

»Oder ihre Verkleidung, wenn sie unter die Menschen geht«, meinte ich.

Als Rosie die Schachtel aufmachte und ihren Engel sah, blieb sie einen Augenblick stumm und regungslos stehen, dann hob sie ihn ganz langsam und vorsichtig heraus und bettete ihn in ihre Arme.

»Gefällt er dir?« fragte Janet. »Geh und bedank dich bei Tante Wendy.«

Ohne die Puppe loszulassen, stellte sich Rosie neben meinen Stuhl, um sich auf die Wange küssen zu lassen.

»Herzlichen Glückwunsch zum Geburtstag«, sagte ich. »Schön, daß sie dir gefällt.«

Janet erklärte die Sache mit der Aussteuer und daß ich ihr das Kleid genäht hatte und die Puppe »Mama« sagen konnte.

Rosie nickte. »Aber wo sind die Flügel?«

»Nicht alle Engel haben Flügel«, sagte ich.

»Doch«, widersprach Rosie.

»Frag deinen Vater, Schätzchen«, sagte Janet. »Er kennt sich in diesen Dingen aus. Und sicher möchte er sich auch gern mal deine Puppe anschauen.«

David war zwar vollauf mit der *Times* und seinem Toast mit Orangenmarmelade beschäftigt, riß sich aber von beidem lange genug los, um zu bestätigen, daß nicht alle Engel Flügel hatten, womit Rosies Zweifel zunächst zerstreut waren.

»Tante Wendy«, sagte sie, ehe sie sich mit Janet auf den Weg zur Schule machte, »der Engel ist mein Lieblingsgeburtstagsgeschenk.«

An Rosies Geburtstag ging ich nicht zur gewohnten Zeit nach Hause. Sie sollte mit Janet und David allein Tee trinken und den Geburtstagskuchen anschneiden, sollte an diesem Tag ihre Eltern ganz für sich haben. Deshalb hatte ich zu Janet gesagt, daß ich noch einkaufen wollte und ein bißchen später kommen würde.

Am späten Nachmittag fand ich noch ein Buch, das Francis Youlgreave gehört hatte, die *Religio Medici* von Sir Thomas Browne in einer Ausgabe von 1889. Ich trug alles, was mit Francis zu tun hatte, in eine besondere Liste ein und hatte das Gefühl, daß mir jeder Fund ein bißchen mehr von ihm enthüllte. Das Buch war in abblätterndes Leder gebunden, von dem krümelig-tote Reste an meinen Fingern haftenblieben, und der Rücken war gebrochen. Ich blätterte. Die Seiten raschelten wie Herbstlaub. Ein Absatz war am Rand mit einer zittrigen braunen Tintenlinie markiert.

> ... wir sind das, wofür wir doch alle einen Abscheu haben, nämlich Kannibalen und Menschenfresser, die wir nicht nur andere, sondern sogar uns selbst auffressen ... Den al unser Fleisch, das wir sehen, kam durch unseren Mund in uns ... Kurz, wir haben uns selbst aufgefressen.

Ich brauchte einen Augenblick, um zu begreifen, was der Autor hatte sagen wollen, und dann überlief es mich kalt. Ich dachte an diese Bilder von Schlangen, die ihre Schwänze im Mund haben.

»Pfui, Francis«, sagte ich laut. »Und warum hast du das angestrichen?«

In der Stille der Dombibliothek wartete der Satz auf eine Antwort. Ich fröstelte wieder. Hör auf, Selbstgespräche zu führen, ermahnte ich mich. Das ist ja lächerlich.

Ich stand auf und nahm mir den schweren Katalogband vor, in dem die Bücher aus Dekan Pellews Stiftung und einige spätere Zugänge aufgeführt waren. Der letzte Eintrag war aus dem Jahr 1899. Von *Religio Medici* keine Spur. Ich ging an den Schrank, in dem sich die späteren, nicht weniger lückenhaften Unterlagen befanden. Der erste Eintrag, ein Kommentar in deutscher Sprache zu den fünf Büchern Mosis, stammte aus dem Jahr 1904, und die saubere Schreibschrift hatte wenig Ähnlichkeit mit Francis Youlgreaves krakeligen Lettern.

Aus dem *Dictionary of National Biography* wußte ich inzwischen, daß Francis 1900 nach Rosington gekommen und irgendwann 1904 wieder weggezogen war. Es war denkbar, daß er Bücher in der Dombibliothek zurückgelassen hatte, aber in den Katalogen hatte ich keinerlei Spuren von ihm gefunden. Plötzlich fiel mir ein, daß der Eintrag vom November 1904 bedeuten konnte, daß mit diesem Zeitpunkt ein gewissenhafterer Bibliothekar die Sammlung übernommen hatte, und das wiederum legte den Gedanken nahe, daß Francis im Spätsommer oder Frühherbst jenes Jahres gezwungen worden war, sein Amt niederzulegen, was mir die Suche nach einem öffentlich zugänglichen Bericht über seine letzte Predigt erleichtern würde.

Bisher war ich noch gar nicht auf den Gedanken gekommen, danach zu suchen, aber – warum eigentlich nicht? Laut Osbaston war über die Predigt in der Presse, also sicher auch im *Rosington Observer,* berichtet worden.

Ich sah auf die Uhr. Ich hatte eine Dreiviertelstunde durch die Geschäfte bummeln wollen, aber nichts von dem, was auf meiner Liste stand, brauchte ich wirklich dringend.

Der *Rosington Observer* unterhielt ein Büro in der Market Street. Es war ein Wochenblatt mit ausführlichen Angaben über Märkte und Versammlungen, Auktionen, Geburten, Todesfälle und Trauungen. Über Beerdigungen wurde in liebevollen Einzelheiten berichtet. Prinzip der Redaktion war es, in den Artikeln die Namen möglichst vieler Ortsansässiger unterzubringen und im ersten Satz mindestens einmal Rosington zu erwähnen.

In einem Raum an der Straßenfront saßen zwei Frauen hinter einem langen spiegelnden Tresen. Sie unterhielten sich, während die eine mit zwei Fingern tippte und die andere strickte, über eine gewisse Edna. Ich fragte, ob ich alte Exemplare des Blattes einsehen könne, und die Strickerin ging mit mir in ein Hinterzimmer, an dessen Wänden sich tiefe Stahlregale entlangzogen. Unter dem Fenster stand ein Tisch mit einem Stuhl. Die Zeitungen waren chronologisch geordnet.

»Sie sind furchtbar schmutzig«, sagte die Frau warnend. »Viel Spaß. Wir schließen um fünf.«

Da ich meine Staubhandschuhe mitgebracht hatte, störte mich der Staub nicht. Ich arbeitete mich an den Regalen entlang bis zu dem Stoß, in dem die Ausgaben von 1904 sein mußten. Dort schöpfte ich sofort Verdacht.

Auf dem Stapel lag kein Staub, im Gegensatz zu seinen Nachbarn rechts und links und allen anderen in diesem Bereich des Regals. Der Stapel umfaßte die Jahre 1903 bis zur ersten Hälfte des Jahres 1906, so daß der Jahrgang 1904 eigentlich in der Mitte hätte sein müssen. Aber da war er nicht. Er lag ganz oben.

Ich nahm ihn mit an den Tisch und arbeitete mich vom November nach vorn durch. In einem kleinen Artikel auf der fünften Seite stieß ich zum erstenmal auf den Namen Francis Youlgreave.

Hochwürden J. Heckstall hält eine vierteilige Vortragsreihe über den Sinn des Advents. Beginn ist am Dienstag kommender Woche um 19.30 Uhr in der *Almosenstube*. Jedermann willkommen. Als Vortragender war zunächst Kanonikus Youlgreave angekündigt. Kollekte zugunsten der Church Empire Society.

Ich blätterte weiter. Im Oktober teilte das Blatt seinen Lesern mit, daß Kanonikus Youlgreave aus Gesundheitsgründen sein Amt aufgegeben und Rosington verlassen habe und daß Dekan und Domkapitel seinen Nachfolger wohl nicht vor Beginn des neuen Jahres ernennen würden.

Im September erwartete ich Einzelheiten der Predigt, die zu der Amtsniederlegung und ihren Folgen geführt hatte. Statt dessen fand ich etwas, was in gewisser Weise schlimmer als nichts war. Zwei Ausgaben waren verstümmelt. Alles in allem waren fünf Artikel – zwei davon vermutlich Leserbriefe – mit einem Federmesser herausgeschnitten worden. Die Klinge war mit solcher Wucht geführt worden, daß sie noch in zwei oder drei darunterliegende Seiten eingeschnitten hatte.

Ich ging mit den beiden Nummern ins Büro. Die beiden Damen unterbrachen ihr Gespräch und sahen mich an.

»Die dürfen nicht aus dem Zimmer genommen werden«, sagte die Strickerin. »Das ist Vorschrift.«

Ich legte die Zeitungen aufgeschlagen auf den Tresen. »Da ist etwas rausgeschnitten.«

»Heutzutage haben die Leute vor nichts mehr Respekt«, sagte die Tipperin. »Das sieht man ja an diesen Teddyboys.«

Die Strickerin steckte sich ein Pfefferminzbonbon in den Mund. »Wahrscheinlich zu faul, um sich was rauszuschreiben.«

»War in letzter Zeit jemand hier?«

»Das kann schon vor Jahren passiert sein.«

Ich hielt das für zweifelhaft; die Schnitte in dem vergilbten Papier wirkten zu frisch. »Mag sein. Aber ist jemand in letzter

Zeit – sagen wir in den letzten beiden Wochen – in Ihrem Hinterzimmer gewesen?«

»Mrs. Vosper«, sagte die Tipperin. »Die wollte nachsehen, wann ihre Schwiegereltern geheiratet haben.«

Die Strickerin lachte bellend. »Bißchen spät, was?«

»Und am Freitag war dieser Anwaltsgehilfe da«, fuhr die Tipperin fort.

»Aus welcher Kanzlei?« fragte ich.

»Keine Ahnung.«

»Jedenfalls hat er ausgesehen wie ein Anwaltsgehilfe«, erläuterte die Strickerin. »Ziemlich klein. Schwarzes Jackett und Nadelstreifenhosen.«

»Und was wollte er?«

»Hab nicht gefragt, es war zuviel Betrieb. Mehrere Leute wollten Anzeigen aufgeben, und einer hat sich über einen Beitrag vom Chefredakteur beschwert. Als ob wir was dafür könnten.«

»Und überhaupt«, ergriff die Tipperin mit erhobener Stimme wieder das Wort, »wozu wollen Sie das eigentlich wissen?«

»Ich finde es nur eigenartig.«

»Die Leute machen tagtäglich die eigenartigsten Sachen«, sagte die Strickerin. »Sie können sich nicht vorstellen, was wir für Geschichten hören. Uns kann nichts mehr erschüttern.«

»Das will ich gern glauben.«

»Es ist fast fünf«, sagte die Tipperin. »Wir machen gleich zu.«

Dadurch kam ich doch noch zum Einkaufen. Ich besorgte Stopfgarn für Janet, eine Tafel Schokolade für Rosie, eine Flasche Gin für mich. Mr. Cromwell aus der Weinhandlung sah mich ein bißchen komisch an, am liebsten hätte er wohl was gesagt. Die nächste Flasche würde ich in Cambridge kaufen.

Ich hatte alle Mühe, mich auf meine Einkäufe zu konzentrieren, denn ich überlegte die ganze Zeit, wer die Sachen aus dem *Rosington Observer* geschnitten hatte und warum und ob es etwas mit Francis Youlgreave zu tun hatte.

Es war fast sechs, als ich die Dunkle Herberge erreichte. Als ich aufschloß, kam Janet im Laufschritt in die Diele und machte ein enttäuschtes Gesicht, als sie mich sah.

»Was ist?« fragte ich rasch. »Wo ist Rosie?«

»Mit Rosie ist alles in Ordnung, sie ist in der Küche. Aber – du hast nicht zufällig Daddy gesehen?«

»Nein.«

»Er war mit Rosie im Garten. Ich hatte alles für den Tee zurechtgemacht, aber als ich rief, war nur noch Rosie da. Er sei weggegangen, hat sie gesagt. Und das war vor fast zwei Stunden. David sucht ihn.«

Mr. Treevor verließ selten Haus und Garten, und nie ohne Begleitung. Seit seinem Einzug in die Dunkle Herberge war er noch nicht allein weggewesen.

»Weit kann er nicht gekommen sein. Habt ihr die Polizei verständigt?«

»Nein. David meinte, wir sollten noch ein bißchen warten.«

Wir gingen in die Küche hinunter. Rosie schwatzte mit ihrer neuen Puppe und sah nicht auf, als wir hereinkamen. Die Reste des Geburtstagsmahls standen noch auf dem Tisch. In meiner Tasche klirrte es, als ich sie aufs Küchenbüfett stellte. Ob David gezögert hatte, zur Polizei zu gehen, weil er Aufsehen vermeiden wollte?

»Weißt du genau, daß Opa nicht gesagt hat, wohin er gegangen ist, Rosie?« fragte Janet.

Rosie sah kurz auf und schüttelte den Kopf. »Nein, er hat nicht gesagt, wohin.«

Weil sie das letzte Wort leicht betont hatte, hakte ich nach: »Aber hat er gesagt, warum er fortwollte?«

»Er wollte Flügel holen.« Rosie streichelte das Puppenhaar. »Für Angel. Engel brauchen Flügel, hat er gesagt.«

In diesem Moment hörten wir, wie ein Schlüssel an der Hintertür ins Schloß gesteckt wurde, die auf die High Street und den Marktplatz hinausging. Und dann fragte Mr. Treevor: »Ist noch nicht Teezeit? Ich hab schrecklichen Hunger.«

24

Daß David es manchmal faustdick hinter den Ohren hatte, merkte ich an der Sache mit dem Anruf.

Janet war Mitglied in einem Ausschuß, den Mrs. Forbury, die Frau des Dekans, leitete und der immer am Donnerstag nachmittag in der Dekanei tagte. Der Dom kam, wie Mrs. Forbury zu sagen pflegte, nicht ohne ein gewisses weibliches Element aus, und Janet und ich hatten deshalb die Mitglieder des Ausschusses die Weiberriege getauft. Die Damen übernahmen reihum den Blumenschmuck im Dom und überwachten Reinigung und Instandhaltung der Textilien von den Altardecken bis zu den Halskrausen der Chorknaben. Es gab sogar einen Unterausschuß für die komplizierte Frage der Herstellung, Instandhaltung und Entsorgung von Kniekissen, und in diesem Unterausschuß traf, wie Janet es ausdrückte, ein innerer Kreis alle wichtigen Entscheidungen.

Also hörte ich am Donnerstag nachmittag früher als sonst mit der Arbeit auf. Während Janet bei der Weiberriege war, machte ich Tee für Rosie und Mr. Treevor. Zwischen vier und halb sechs war ich gewöhnlich in der Dunklen Herberge die einzige vertrauenswürdige Erwachsene, und David wußte das.

Das Telefon läutete, als ich beim Abwaschen war. Rosie spielte am Küchentisch mit Angel, und Mr. Treevor saß, erschöpft von dem gestrigen Abenteuer, dösend in seinem Zimmer. David hatte ihn glücklich in der High Street gefunden. Er habe Enten füttern wollen, hatte Mr. Treevor gesagt. In der High Street gab es keine Enten, und er hatte auch kein Futter mitgenommen.

Ich ging in Davids Arbeitszimmer, wo das Telefon stand.

Das Zimmer war dunkel, karg und voller Bücher, und ich kam mir darin immer vor wie auf verbotenem Terrain. Ich nahm ab und nannte die Nummer.

»Wendy«, sagte Henry. »Ich bin's.«

Meine Stirn und die Hand, in der ich den Hörer hielt, waren mit einem Schlag schweißnaß.

»Bitte leg nicht auf, Wendy. Bist du noch da?«

Ich blickte auf das Kruzifix an der Wand über dem Kamin. Das Christusgesicht aus Messing war verzerrt, der arme Mann sah aus, als habe er wirklich Schmerzen.

»Wendy?«

»Mit dir bin ich fertig.«

»Es tut mir so leid«, sagte Henry. »Ich war ein Idiot. Du fehlst mir. Ich liebe dich.«

»Du kannst mich mal.«

Ich legte auf, blieb am Schreibtisch stehen und funkelte das Telefon wütend an. Ich zitterte, und Tränen trübten mir den Blick. Nach einer Weile lärmte das Telefon wieder los. Ich ließ es klingeln. Es schlug sechsunddreißigmal an. Ich kam mir vor wie ein Gummiband, das bei jedem Klingeln ein Stück mehr überdehnt wird. Das war ganz offensichtlich Davids Werk. David und Henry waren befreundet, und David hielt es wohl für seine Hirtenpflicht, einer angeschlagenen Ehe wieder auf die Beine zu helfen. Als das Klingeln endlich verstummte, war es, als habe jemand einen Preßluftbohrer abgeschaltet. Ich drehte mich um. Unter der Tür stand Rosie mit Angel im Arm.

Ich sah sie böse an. »Was machst du hier?«

»Das Telefon hat immerzu geklingelt.«

»Ja«, sagte ich.

»Und warum bist du nicht rangegangen?«

»Ich ... ich hatte zu tun.«

Rosie drückte auf die Brust der Puppe. »Mama«, sagte sie.

Das kleine schwarze Ungeheuer fing schon wieder an zu lärmen.

»Gehst du jetzt ran?«

Ich drehte mich um und hob ab.

»Wendy?« sagte Henry. »Können wir nicht miteinander reden? Bitte.«

Worüber sollen wir reden, hätte ich gern gefragt. Über die Scheidung? Über deine wabbelnden Hinterbacken auf der haarigen Witwe? Über das verschwundene Geld? Keine dieser Fragen konnte ich stellen, solange Rosie unter der Tür stand.

Er ließ nicht locker. »Ich muß dich sprechen. Egal, wann. Können wir uns zum Essen treffen? Ich hab noch Sachen von dir. Schmuck.«

»Ich staune, daß du ihn nicht verkauft hast«, sagte ich. »Aber vielleicht hattest du das ja nicht nötig.«

»Wenn du diese Frau meinst ... die hab ich seit dem Tag am Strand nicht mehr gesehen. Ehrenwort.«

Ich wandte mich ab. Rosie sollte nicht sehen, daß ich weinte.

»Wir könnten uns in Cambridge treffen«, sagte er. »Vielleicht ist das einfacher für dich. Bitte, Wendy.«

»London«, sagte ich.

»Na schön. Würde dir der Montag passen? Im Café Royal. Welche Zeit wäre dir recht?«

»Halb eins«, sagte ich. »Und wehe, du bist nicht da. Ich warte nicht. Gewartet hab ich lange genug.«

Ich legte auf, ging mit Rosie zurück in die Küche und beendete den Abwasch. Danach genehmigte ich mir auf meinem Zimmer einen vorgezogenen Schlummertrunk. Im Grunde hatte ich nichts zu verlieren. Es spielte keine Rolle mehr, ob ich mich lächerlich machte. Das hatte ich schon so ausgiebig besorgt, daß es auf einmal mehr oder weniger nicht mehr ankam.

Nachdem ich das Glas ausgespült und mir die Zähne geputzt hatte, ging ich noch einmal in Davids Arbeitszimmer hinunter und rief die Auskunft an. Sie fanden die Nummer auf Anhieb. Ich setzte mich auf die Schreibtischkante und horchte dem Telefonklingeln nach, das in einem fremden Haus in einer fremden Stadt läutete.

»Hallo«, sagte eine gepreßte, atemlose Frauenstimme. »Wer ist denn da?«

»Hallo«, sagte ich. »Könnte ich bitte Mr. Simon Martlesham sprechen?«

»Hier nicht. Wir haben das Haus von ihm gemietet.«

»Haben Sie eine Telefonnummer oder eine Nachsendeadresse?«

»Sind Sie eine Bekannte von ihm?«

»Nicht direkt, aber wir haben einen gemeinsamen Freund, und ich wollte ihm etwas zurückgeben.«

»Moment bitte.« Eine kleine Pause, dann das Rascheln von Papier. »Fertig?«

»Fix und fertig.«

Das brachte keinen Lacher, aber sie gab mir eine Telefonnummer.

25

Am Samstag vormittag kam eine Postkarte von der Stadtbücherei. Das Buch, das ich am Montag vorbestellt hatte, war jetzt da. Gleich nach dem Mittagessen ging ich hin.

Es war wieder recht warm. Der Bibliothekar, den ich schon kannte, schnaufte heftiger als neulich, und das drahtige Haar hätte das Bürsten nötig gehabt. Er saß am Tisch bei der Tür und arbeitete sich durch die langen Kästen mit den Bücherzetteln. Es war noch Mittagszeit, die Bücherei war fast leer. Er sah auf, und die Falten und Runzeln in dem traurigen Bluthundgesicht verzogen sich zu einem Lächeln.

»Ich wollte das Buch holen.« Ich legte die Postkarte auf den Tisch. »Das ging ja schnell.«

»Wir sind stets bemüht, unsere Kunden zufriedenzustellen«, sagte er melancholisch. »Mehr kann man ja in diesem Jammertal nicht machen.«

»Nein? Ich hätte da noch die eine oder andere Idee.«

Er griff hinter sich ins Regal nach einem kleinen grünen Buch mit festem Einband und stempelte die Leihkarte. Ich las das letzte Fälligkeitsdatum. Demnach hatte es der Leser vor mir Mitte letzter Woche ausgeliehen.

»Wer hatte es denn?« wollte ich wissen. »Der Mann, von dem Sie neulich sprachen, der nach Francis Youlgreave fragte?«

»Komisch, daß alle Welt sich plötzlich für Francis Youlgreave interessiert.«

»Warum ich mich für ihn interessiere, kann ich Ihnen verraten. Ich arbeite in der Dombibliothek und bin dort auf Bücher gestoßen, die ihm gehörten. Ich bin einfach neugierig.«

»Einfach neugierig?« So wie er es sagte, hörte es sich an, als ob er – wie ein Ingenieur in der Versuchswerkstatt – alles erst auf den Prüfstand stellen müßte. »Ich kann nur wiederholen, daß ich nicht weiß, wer der Mann war.«

»Stand denn der Name nicht auf dem Ausweis?«

»Doch, natürlich, aber den hab ich nicht zu sehen bekommen. Eine Kollegin hat das Buch ausgegeben, es war viel Betrieb, und sie konnte sich nicht an den Namen erinnern. Auch als er es zurückbrachte, war viel Betrieb. Brown vielleicht, sagt sie. Oder Smith. Kein ausgefallener Name jedenfalls.«

Demnach hatte er sich die Mühe gemacht, die Kollegin zu fragen. Auch er war offenbar neugierig geworden.

»Sie wissen also nicht, ob es dieselbe Person war?«

»Nein, aber es sieht ganz danach aus. Der Mann, mit dem ich gesprochen habe, war in mittleren Jahren. Klein, dunkel. Brillenträger, wenn ich mich recht erinnere. Er hatte eine kahle Stelle auf dem Kopf. Sehr korrekt gekleidet. Machte einen ausgesprochen seriösen Eindruck.«

»Schwarze Jacke und Hosen mit Nadelstreifen? Ein bißchen wie ein Anwaltsgehilfe?«

»So in der Art, ja, obgleich ich keine Anwaltsgehilfen kenne.«

Ich bedankte mich und steckte das Buch ein.

»Sind Sie zufällig mit Henry Appleyard verwandt?« fragte er.

Es war wie eine Ohrfeige. »Ja. Woher kennen Sie ihn?«

Der Bibliothekar schwenkte die stempelfarbenroten Hände. »Wir sind uns gelegentlich mal über den Weg gelaufen.«

Im Wettbüro? Im Pub?

Er wartete auf eine Erklärung. Auch eine Art von Neugier...

»Ich habe ihn schon länger nicht mehr gesehen«, sagte ich. »Schönen Dank für das Buch. Auf Wiedersehen.«

Auf dem Heimweg, den ich in strahlender Sonne zurücklegte, erstand ich ein Paar sehr dünne, sehr teure Strümpfe und einen Lippenstift. Der Weg zum Dombereich führte mich über den Markt. Um das Marktkreuz herum waren Stände aufgebaut, und auf dem Kopfsteinpflaster lagen Kartons und faulendes Gemüse. Ein an einem Laternenpfahl befestigter Abfallkorb erinnerte mich an meinen Traum, aber in diesem Korb war keine Puppe, sondern nur ein Damenschuh ohne Absatz, dazu fettig-zerknülltes Zeitungspapier, in dem Fish and Chips gewesen waren. Ob Isabella von Roth vor über fünfhundert Jahren wirklich hier gestorben war? Und gab es außer Francis Youlgreaves Brief in den *Transactions of the Rosington Antiquarian Society* noch weitere Spuren ihres Leidensweges? Leid ist wichtig, dachte ich, Leid und Kummer sind es wert, zur Kenntnis genommen, in Erinnerung behalten zu werden. Henry und seine haarige Witwe – war das ein Kummer, der zählte?

Vom Markt waren es nur ein paar Meter zur Hintertür der Dunklen Herberge in der High Street. Ich schloß auf. Das Haus war kühl und still. Ich ging nach oben, um Hut und Handschuhe abzulegen. Durchs Fenster sah ich David, Janet und Rosie im lichten Schatten des Apfelbaums sitzen. Sie boten das harmonische, in sich geschlossene Bild einer idealen Familie. Man sah sie nicht oft zusammensitzen.

Ich legte mich aufs Bett und widerstand der Versuchung, mich mit einem Schluck Gin dafür zu belohnen, daß es mir nichts ausmachte, keine ideale Familie zu haben. Statt dessen nahm ich mir die *Engelszungen* vor. Die Seiten rochen nach einem starken ausländischen Tabak, wie man ihn von französischen oder türkischen Zigaretten kennt. Ich versuchte, eins der Gedichte – »Die Kinder des Herakles« – zu lesen, konnte mich aber nicht konzentrieren. Schließlich legte ich das Buch in den Nachtkasten und ging nach unten zu den anderen.

David saß, ein Buch im Schoß, mit offenem Hemd und hochgekrempelten Ärmeln in einem Liegestuhl und sah aus wie ein sehr gut gelaunter Laurence Olivier. Janet saß auf einer Decke und bürstete Rosie das Haar. Rosie hatte ihr neues Kleid an – sie wollten nachmittags zu einer Kindergesellschaft – und bürstete Angels Haar genau im Takt von Janets Bürstenstrichen. Ich kam mir vor, als wäre ich auf verbotenes Terrain geraten, genau wie neulich in Davids Arbeitszimmer.

»Schön, daß du kommst«, sagte Janet. »Meinst du, daß diese Bänder zusammenpassen?«

David richtete sich auf. »Setz dich hierher, ich leg mich ins Gras.«

»Nein, bleib nur. Und die Bänder sehen sehr hübsch aus.« Ich kniete mich neben Janet auf die Decke und zündete mir eine Zigarette an.

»David hat gerade mit Gervase Haselbury-Finch telefoniert«, sagte Janet. »Sitz still, Schätzchen. Mit dem Kaplan des Bischofs.«

»In gewisser Weise betrifft es dich«, sagte David. »Und im übrigen besteht auch kein Anlaß, es zu verheimlichen. Der Bischof ist offenbar dafür, die Stiftungsmittel der Dombibliothek auf die Theologische Hochschule zu übertragen. Er hat in diesem Sinne an den Dekan und das Domkapitel geschrieben.«

»Wie schön.« Etwas Gescheiteres fiel mir nicht ein.

»Sitz doch still, Schätzchen«, sagte Rosie zu Angel.

»Gervase ist in dieselbe Schule wie David gegangen«, sagte Janet und bürstete weiter.

Ich schnippte Asche auf ein Blatt im Gras. »Die Welt ist klein.«

David wandte sich an mich. »Er hat keinen direkten Einfluß auf die Entscheidung des Domkapitels«, sagte er, »aber seine Meinung wird dort ernst genommen. Der springende Punkt ist, daß der Bischof sich nicht für die Übertragung der Stiftungsmittel einsetzen würde, wenn er nicht die Absicht hätte, die Theologische Hochschule beizubehalten.«

»Aber ich denke, du wußtest schon, daß er das will.«

»Ja, gesagt hat er es mir. Aber jetzt zeigt sich, daß er bereit ist, etwas in der Sache zu unternehmen. Es ist eindeutig ein Schritt nach vorn.«

Die Domuhr schlug die halbe Stunde.

Janet stand unvermittelt auf und klopfte sich den Rock ab. »Wir müssen gehen. Zeit zum Zähneputzen, Schätzchen.«

»Zeit zum Zähneputzen, Schätzchen«, sagte Rosie zu Angel.

»Mama!« antwortete die Puppe.

Sie gingen ins Haus. Es sei durchaus vorstellbar, sagte David, das Kolleg nicht nur weiterzuführen, sondern die Zahl der Studierenden noch zu erhöhen. Man müsse Anreize für geeignete Kandidaten schaffen, und dafür habe er schon einige Ideen. Die Unterbringung sei kein Problem, man könne das Dach ausbauen und dadurch Schlafräume für die Studenten gewinnen.

»Wir sind gegen fünf zurück«, rief Janet vom Haus her. Sie schnitt ein Gesicht. »Sie haben mich zur Hilfe bei den Spielen eingespannt.«

David erzählte mir von einer Vortragsreihe mit Gastdozenten, die er plante, von einer Umstrukturierung der Lehrpläne, um neue theologische Strömungen zu berücksichtigen, von Verbesserungen im gesellschaftlichen und sportlichen Bereich. Seine langen, anmutigen Hände redeten mit.

»Schließlich ist es ja kein Kloster«, sagte er. »Warum sollen sie nicht ein bißchen Spaß haben?«

»Eben«, sagte ich. »Der täte uns allen gut.«

Ich hörte zu, nickte, machte hin und wieder eine Bemerkung oder warf eine Frage ein, im Grunde aber war ich vollauf damit beschäftigt, seine Kinnlinie, seine Augenfarbe und die gepflegten, schön geformten Fingernägel zu bewundern. Ich überlegte, ob er solche Gespräche auch mit Janet führte, wenn sie allein waren. In meinem Beisein redeten sie nie viel.

Er beugte sich vor, um mir eine Zigarette anzubieten. »Übrigens wollte Henry sich bei dir melden.«

»Ja.« Ich setzte mich auf und schüttelte dankend den Kopf. »Er hat am Donnerstag angerufen.«

»Janet hat es mir erzählt. Sag mal, du bist doch nicht böse, weil ich ihm gesagt habe, wann du am besten zu erreichen bist?«

»Es ist nun mal passiert. Ich habe mich für Montag mit ihm verabredet.«

Er nickte. »Das freut mich.«

Plötzlich schlug ich alle Vorsicht in den Wind. »Ich weiß nicht, was ich denken soll. Die ganze Geschichte ist so blödsinnig verfahren ...«

»Wendy«, sagte er, »du weißt, daß ...«

In diesem spannenden Moment ging die Haustür auf. Wir fuhren herum, wie auf frischer Tat ertappt.

»Er ist draußen«, sagte Mr. Treevor mit dünner Zitterstimme.

»Wer?« David stand auf.

»Der Einbrecher. Er hat vor Chase & Cromwell's gestanden und zu meinem Schlafzimmerfenster hochgesehen.«

»Der Mann von neulich?« fragte ich. »Der wie ein Schatten aussieht?«

»Ja. Er beobachtet uns. Er wartet auf den günstigsten Augenblick, um wieder zuzuschlagen.«

»Das kann ich mir nicht vorstellen«, sagte David.

Mr. Treevor zog einen Flunsch. »Er ist da. Ich hab ihn gesehen.«

»Wir könnten ja mal nachschauen«, schlug ich vor.

Im Gesicht des alten Herrn zuckte es. »Laßt mich nicht allein.«

»Sie können ja mitkommen.«

David seufzte. »Das ist doch grotesk«, sagte er halblaut.

»Vielleicht. Aber es schadet auch nichts.«

»Was habt ihr da zu flüstern?« fistelte Mr. Treevor. »Immerzu flüstert hier jemand.«

»Wir haben nur gesagt, daß wir jetzt gehen«, beschwichtigte ich ihn.

Wir gingen über die Domfreiheit und durch das Sacristan's Gate zur High Street. Es war Samstag nachmittag, und auf den Gehsteigen drängten sich Passanten, die ihre Einkäufe machten, aber ein kleiner Mann in Schwarz war weder vor

Chase & Cromwell's noch sonstwo zu sehen. Mr. Treevor bewegte den Kopf ruckartig nach vorn, als wollte er mit der Nase in die Luft stechen.

»Spurlos verschwunden, wie?« fragte David.

»Aber er war da«, stieß Mr. Treevor hervor. »Bestimmt. Ich hab ihn gesehen.«

»Schon gut.« Er hatte sich bei mir eingehakt, und ich tätschelte seinen Arm. »Dann können wir ja wieder nach Hause gehen.«

Um den Dom herum war es ruhiger, und Mr. Treevors Erregung legte sich schnell. Wir gingen Arm in Arm, in einer Dreierreihe. Mr. Treevor hatten wir in die Mitte genommen wie einen Gefangenen. Aus der entgegengesetzten Richtung kam uns Kanonikus Hudson entgegen. Er winkte, und wir blieben vor der Pforte in der Mauer stehen, um ein paar Worte mit ihm zu wechseln.

»Ich wollte Sie eigentlich heute abend anrufen«, sagte ich, nachdem wir geklärt hatten, daß das Wetter für die Jahreszeit zu warm war und daß Mr. Treevor prächtig aussah. »Haben Sie etwas dagegen, wenn ich den Montag freinehme? Ich muß nach London.«

»Aber nein. Geschäftlich oder zum Vergnügen?«

»Geschäftlich«, sagte ich und mied Davids Blick.

Hinter uns klapperte es. Vom Nordtor her näherte sich Gotobed mit einem Eimer und einer kleinen Schaufel. Meist kam er so gravitätisch daher, als ginge er an der Spitze einer unsichtbaren Prozession, aber diesmal hatte er es eilig.

»Alles in Ordnung?« rief Hudson ihm zu.

Gotobed schwenkte um. »Bei mir schon, Sir, aber offenbar nicht überall.«

»Wie meinen Sie das?«

»Gucken Sie sich das mal an.«

Er winkte Hudson beiseite, drehte uns den Rücken und hielt den Eimer hoch.

Hudson rümpfte die Nase. »Kein erfreulicher Anblick, da

gebe ich Ihnen recht. Aber bei den vielen Tauben, die wir auf der Domfreiheit haben, muß man damit rechnen, daß die eine oder andere mal verendet.«

»Sie lag unter der Bank in der nördlichen Vorhalle, Sir.«

»Da hat sie wohl schon eine ganze Weile gelegen.«

»Steckte unter einem Bein der Bank. Ich hätte sie nicht gesehen, wenn ich nicht meine Schlüssel hätte fallen lassen. Zufällig kann sie da nicht hingekommen sein.«

»Vielleicht hat ein Besucher sie unter die Bank geschoben, um...«

»Mit dem Drunterschieben hat er's aber nicht bewenden lassen, Sir«, fiel Gotobed ihm ins Wort. Seine Hände zitterten, aber seine Schüchternheit war verflogen. »Gucken Sie mal genau hin.«

Hudson spähte in den Eimer. »Ja«, sagte er nachdenklich. »Ja, ich verstehe.«

»Ich will auch gucken.« Mr. Treevor befreite sich aus unserem Griff und hüpfte über den Weg zu Hudson hin. Er hatte uns überrumpelt, und wir gingen sicherheitshalber hinter ihm her. Ich warf einen Blick in den Eimer.

»Schauen Sie nicht hin, Mrs. Appleyard«, sagte Gotobed. Seine Nase zuckte. »Es sieht nicht schön aus.«

Es war eine sehr schmale verwesende Taube mit räudigem Federkleid. Das eine Bein war nur noch ein Stummel. Zunächst dachte ich, sie wäre eines natürlichen Todes gestorben.

Mr. Treevors Kopf ruckte herum. »Iih! Müssen wir nicht nach Hause? Wir kommen zu spät zum Tee.«

Der Eimer schwankte in Gotobeds Hand, und die Taube rollte auf die andere Seite. Sie fing schon an zu riechen. Dann begriff ich, warum sie so schmal war. An den Seiten hatte sie tiefe, schartige Wunden, so daß Fleisch, Knochen und Knorpel freigelegt waren. Jemand hatte der Taube die Flügel abgehackt.

26

Am Montag morgen kam ich mir einigermaßen dumm und albern vor, war aber gleichzeitig nervös und hibbelig wie vor einer Party.

Während der Zug Cambridge hinter sich ließ, ging ich durch den Gang zur Toilette. Dort zog ich meinen Trauring ab, was gar nicht so einfach war, und steckte ihn in die Handtasche. Wo er gesessen hatte, war die Haut heller. Damit war für die Welt aus einer Mrs. eine Miss geworden. So mochten Nattern sich fühlen, wenn sie eine alte Haut abstreifen – fröstelnd und plötzlich verletzlicher, aber gleichzeitig federleicht.

Im Spiegel überprüfte ich zum drittenmal, seit ich aus dem Haus gegangen war, mein Make-up und ging dann zu meinem Abteil zurück, das ich mit zwei Männern teilte. Der eine war in meinem Alter, der andere ein bißchen älter, und beide blickten auf, als ich hereinkam. Der Jüngere sah recht gut aus. Als ich die Beine übereinanderschlug, sah er diskret, aber sehr genau hin, und ich war froh, daß ich die neuen Strümpfe angezogen hatte.

Ich hatte zwei Bücher in meiner Einkaufstasche. Ich holte die *Engelszungen* heraus und überflog noch einmal die Gedichte. Inzwischen hatte ich in Davids Zitatenlexikon nachgeschlagen und wußte, woher Francis den Titel hatte. Neues Testament, Kapitel 13, Vers 1 des Ersten Korintherbriefes: »Wenn ich mit Menschen- und mit Engelszungen redete und hätte der Liebe nicht, so wäre ich ein tönend Erz oder eine klingende Schelle.«

Der Inhalt allerdings hatte – zumindest auf den ersten Blick – nicht viel mit Liebe zu tun. Die Gedichte waren in sieben Abschnitte unterteilt, über jedem stand der Name eines Erzengels: Uriel, Raphael, Raguel, Michael, Sariel, Gabriel und Remiel. Komischerweise kamen in den Gedichten weder Erzengel noch sonstige Engel vor, sondern hauptsächlich Kinder oder Tiere und manchmal beides. Ich hatte alle mindestens dreimal gelesen, wurde aber aus den meisten immer noch nicht schlau. Gut fand ich allenfalls, daß Francis mit dem süßlich-neckischen Geschwafel eines J. M. Barrie nichts im Sinn hatte – ganz im Gegenteil. In »Die Kinder des Herakles« wurden die Kleinen von ihrem Vater in Stücke gehauen, weil eine Göttin den Mann verzaubert hatte, so daß er in den Kindern seine Feinde sah. In einem anderen Gedicht lief ein Junge aus Sparta um sein Leben, während ein Fuchs sich an seinen edelsten Teilen gütlich tat, und opferte sich für sein Vaterland. Zum Schluß lief der Fuchs lachend davon. Ein drittes Gedicht handelte von einer Katze am ägyptischen Hof, die älter und geheimnisvoller war als die Sphinx und ungerührt zusah, wie die Kinder des Pharaos an der Pest starben.

Das längste Gedicht hieß »Breakheart Hill« – »Berg des gebrochenen Herzens«; es schilderte in altertümelnder Sprache unter großzügiger Verwendung von Ausdrücken wie »Sagt an!« und »Meiner Treu!« die Jagd auf einen Hirsch, den edelsten des Landes. Der König, seine Jäger und Hunde verfolgten ihn den ganzen Tag über viele Meilen. Schließlich dämmerte es, und der König befahl den Jägern, den Hirsch einen steilen Hang nahe der königlichen Jagdhütte hinaufzutreiben, denn die Zeit war gekommen, da das Tier sterben sollte.

Der Königssohn, dessen erste Jagd es war, bat den Vater, den Hirsch zu verschonen, der ihnen so viel Vergnügen bereitet hatte, doch der König schlug ihm die Bitte ab. Die Meute trieb den Hirsch den Hang hoch, und auf dem Gipfel brach sein edles Herz, er starb an Erschöpfung, ehe die Hunde ihm an die Gurgel gehen konnten. Der junge Prinz weinte.

Der König befahl seinen Jägern, die Hunde zurückzurufen, dann nahm er seinen Sohn bei der Hand und führte ihn zu dem Hirsch. Er zog sein Schwert, stieß es tief in die Brust des edlen Tieres und holte vor den Augen des Prinzen das gebrochene, bluttriefende Herz heraus. Der König strich dem Knaben Blut aufs Gesicht und küßte ihn auf die Stirn.

Sein Blut, sprach er, das junge Herz dir stärke.
Des Hirschen Tod – und das durch Gottes Werke –
macht, daß du jagen magst und frei seist immerdar.

Was hatte das mit Engeln zu tun? Vielleicht glaubte Francis, er hätte ihren Code geknackt und herausbekommen, worüber sie sprachen, wenn sie unter sich waren. Am liebsten, so schien es, erzählten sie sich Horrorgeschichten, in denen Kinder und Tiere vorkamen.

Vielleicht war es ja auch genau umgekehrt, und die Gedichte waren als klare christliche Botschaft gedacht. Herakles, der Fuchs, die Katze des Pharaos und der jagdbegeisterte König, sie alle waren dominante Persönlichkeiten, die entweder Distanz zur Menge hielten oder stets ihren eigenen Willen durchsetzten. Aber was, fragte Francis, nützte das ihnen oder ihren Mitmenschen, wenn die Liebe fehlte?

Sehr viel Sinn machte das nicht, aber daran war ich ja bei Francis schon gewöhnt. Gerade deshalb fühlte ich mich ihm in gewisser Weise verbunden, denn auch mein Leben machte zur Zeit nicht viel Sinn. Immerhin – ich war auf dem Weg nach London. Ich schlug erneut die Beine übereinander und merkte, daß der junge Mann mich beobachtete.

Der Zug verlangsamte die Fahrt, wir fuhren in den Bahnhof ein. Ich steckte das Buch in meine Tasche und betrachtete die Trümmergrundstücke und die Rückfronten rußiger alter Häuser und neuer Wohnblocks, die an unserem Abteilfenster vorbeizogen. Vor ein paar Wochen hatte ich das alles schon einmal gesehen, aber da hatte ich einen mordsmäßigen Kater gehabt und war so unglücklich gewesen wie noch nie in meinem Leben. Inzwischen sah die Welt wieder freundlicher aus. London war eine riesige Stadt voller Chancen und Möglichkeiten. Die Erregung, die sich in mir rührte, war wie eine Natter, die sich daranmacht, die nächste Haut abzustreifen.

Ich fuhr mit der U-Bahn nach Chancery Lane. Der Lärm, die Menschenmengen und die ständige Bewegung waren beängstigend und anregend zugleich – ebenso wie die Tatsache, daß niemand mich kannte. Ich kam mir vor, als sei ich nach monatelanger Abgeschlossenheit in einem Kloster, einem Krankenhaus oder einem Gefängnis – und all das war Rosington für mich – glücklich wieder freigekommen.

Vor dem Bahnhof mußte ich mich zur Fetter Passage durchfragen. Es war eine dieser Straßen, die alle Leute zu kennen glauben, was sie nicht daran hindert, einen in die falsche Richtung zu schicken. Endlich fand ich sie, ein schmales, bumerangförmig gekrümmtes Sträßchen nördlich von Holborn in dem Labyrinth zwischen Hatton Garden und Gray's Inn Road. Auf der einen Seite erstreckte sich eine Ansammlung von Büro- und Lagerhäusern, auf der anderen eine kleine viktorianische Häuserzeile. Das eine Eckhaus hatte eine Bombe weggerissen. In den meisten Häusern befanden sich Läden im Erdgeschoß. Das Haus neben dem Trümmergrundstück war das Blue Dahlia Café. Die Seitenwand stützten Balken, die aus einem Meer von Unkraut hochragten. Ich blieb kurz stehen und sah durchs Fenster.

Das Café war etwa halb voll. Die Gäste – Männer und Frauen – machten einen ordentlichen Eindruck. Büroangestellte, dachte ich, die hier vielleicht ihre Frühstückspause machten. Ob einer der Männer Simon Martlesham war? Ich ging hinein.

Rauchschwaden zogen träge durch den Raum. Hinten war ein bogenförmiger Durchgang, vor dem lange, bunte, in der Luft leise bebende Nylonstreifen hingen. Ich hörte gedämpfte Radiomusik. Geredet wurde nicht viel. Eine traurige Frau war an der Spüle hinter der Theke beim Abwaschen, und ein Mann machte belegte Brote. Sie nahmen mich zunächst nicht zur Kenntnis.

Ich trat an die Theke und wartete. Schließlich trocknete die Frau sich die Hände ab und kam angeschlurft. Sie hatte fahle Haut und strähniges schwarzes Haar.

»Mein Name ist Appleyard. Ich habe mich mit einem gewissen Mr. Martlesham verabredet, bin aber ein bißchen zu früh dran. Kennen Sie ihn?«

Sie nickte.

»Ist er schon da?«

»Setzen Sie sich. Darf's was sein?«

Ich bestellte Kaffee. Sie wies mich an einen freien Tisch und sagte etwas zu dem Mann, der die belegten Brote machte. Es hörte sich an wie Italienisch. Dann verschwand sie hinter den flatternden Bändern. Die Sohlen ihrer flachen Schuhe klatschten aufs Linoleum. Ein kleiner Mann im Regenmantel saß am Nebentisch und las Zeitung. Er sah durch den Rauch seiner Zigarette blinzelnd zu mir hin und rasch wieder weg, als ich seinen Blick erwiderte.

Ich vertrieb mir die Wartezeit mit dem zweiten Buch, das ich mitgebracht hatte, *Die Fahne des Vaterlandes*. Der junge Harry Verderer hatte kürzlich Vater und Mutter verloren, aber sein reicher Onkel wollte ihn nach Kapstadt schicken, wo eine gute Stelle in einer Bank auf ihn wartete, mit der sein Onkel in Geschäftsverbindung stand. Das schien mir sehr passend, denn der Mann am Nebentisch hatte eine kahle Stelle auf dem Kopf, die aussah wie der Umriß von Afrika. Harry war wütend, weil er Soldat und ein Held werden wollte wie sein Vater und Großvater. Statt dessen mußte er seiner Schwester Maud zuliebe klein beigeben und seine Pflicht in der Bank tun.

Die Frau brachte meinen Kaffee. Der Mann am Nebentisch rutschte auf seinem Stuhl herum und streifte sich Asche vom Schoß.

Wieder flatterten die Bänder, und ein Mann kam auf meinen Tisch zugehinkt. Er zog das linke Bein nach. Der linke Arm hing schlaff herunter, unter der Achsel klemmte der

Daily Telegraph. Er trug einen Kammgarnanzug und ging am Stock. Seine dunklen Augen waren auf das Buch und nicht auf mich gerichtet.

»Miss Appleyard?« Er hatte wohl vergeblich nach einem Trauring gesucht.

»Mr. Martlesham. Übrigens – Mrs. Appleyard.«

Wir gaben uns die Hand, und ich fragte mich, warum ich soviel Wert auf das »Mrs.« gelegt hatte, das ich doch so leicht zusammen mit dem Ring hätte abstreifen können.

Martlesham lehnte seinen Stock an den Tischrand und setzte sich mit einiger Mühe. Wenn er im Juli 1904 dreizehn geworden war, mußte er jetzt fast siebenundsechzig sein. Er hatte klare, harmonische Züge und war früher wohl ein gutaussehender Mann gewesen. Das hätte er auch jetzt noch sein können, nur war die linke Gesichtshälfte erkennbar schief. Der Anzug war sauber und frisch gebügelt, das Haar geschnitten und der Kragen fleckenlos. Er trug eine goldene Krawattennadel mit einem emaillierten Pferdekopf und roch nicht mehr nach ranzigem Fett, sondern nach Rasiercreme.

Als er sich zurechtgesetzt hatte, sah er die Bedienung an, und sie verschwand wieder hinter den bunten Bändern.

»Die haben Sie gut erzogen.«

»Wie bitte?«

»Die Bedienung. Holt sie Ihnen etwas?«

»Kaffee. Pardon, darf ich Ihnen etwas bestellen?«

»Nein, danke. Wohnen Sie jetzt hier in der Nähe?«

»Mehr oder weniger.« Er strich das silbrigweiße Haar zurück und nickte zu dem Buch hin. »Ist es das?«

»Ja.«

Martlesham war, als ich ihn am Donnerstag angerufen hatte, erkennbar mißtrauisch, aber so überrumpelt gewesen, daß er kaum Fragen gestellt hatte. Ich war nicht sicher, wie er reagieren würde. Manche Menschen – ich zum Beispiel – legen keinen gesteigerten Wert darauf, an ihre Kindheit erinnert zu werden. Aber das Buch, hatte er gesagt, würde er gern haben. Ich hatte einen Zeitpunkt vorgeschlagen, und als ich sagte, ich würde an der Liverpool Street Station ankommen, hatte er als Treffpunkt das Blue Dahlia Café genannt. Ich war davon ausgegangen, daß es in der Nähe seiner Wohnung oder seiner Arbeitsstätte lag, aber vielleicht hatte er es auch nur mir zuliebe gewählt.

»Ihr Anruf hat mich doch sehr überrascht.« Ich merkte, daß er sich um einen forschen Ton bemühte, aber der Schlaganfall hatte offenbar nicht nur das Gesicht und die linke Körperhälfte, sondern auch seine Stimme in Mitleidenschaft gezogen. »Sehr liebenswürdig, daß Sie sich die Mühe gemacht haben.«

»Ich mußte sowieso nach London.«

»Trotzdem ...«

»Ehrlich gesagt – ich war neugierig.«

»Warum?«

»Ich katalogisiere, wie ich Ihnen schon am Telefon sagte, die Dombibliothek.«

Er nickte ungeduldig. »Und dabei haben Sie das Buch gefunden.«

»Ja. Es ist kein sehr spannender Job, und da ist man froh um alles, was ein bißchen aus dem Rahmen fällt.«

»Darf ich mal sehen?«

»Ja, natürlich.« Ich schob das Buch über den Tisch. »Schließlich steht ja Ihr Name darin.«

Er schlug es auf und las, was Francis auf das Vorsatzblatt geschrieben hatte. Ich zog an meiner Zigarette. Ich war mir über die Eigentumsverhältnisse nicht im klaren und hatte Kanonikus Hudson nicht gefragt, ob ich es Simon Martlesham geben dürfte, denn dann hätte ich ihm die Widmung zeigen müssen, und er sah es bestimmt nicht gern, wenn ich versuchte, mich eingehender über Francis Youlgreave kundig zu machen.

Die Bedienung brachte den Kaffee für Martlesham und einen Teller mit vier Keksen – zwei verschiedene Sorten –, den sie zwischen uns stellte. Die beiden behandelten einander wie Luft.

Er blickte auf, und ich sah erschrocken, daß er Tränen in den Augen hatte. Was gab es hier zu weinen? Vielleicht hatte der Schlaganfall auch die Tränenkanäle geschädigt.

»Ich verstehe nur nicht, wie Sie mich aufgespürt haben«, sagte er. »Ich vergaß, Sie danach zu fragen. Ihr Anruf kam ja aus heiterem Himmel.«

»Mrs. Elstree sagte, daß Sie in Watford wohnen. Daraufhin habe ich mir von der Auskunft die Nummer geben lassen, und die Mieterin Ihres Hauses hat mir Ihre Londoner Nummer gegeben.«

»Wer ist Mrs. Elstree?«

»Wie sie vor ihrer Heirat hieß, weiß ich nicht, aber damals – zu der Zeit war sie im Haushalt des Dekans in Stellung – kannte sie einen Jungen namens Martlesham. Und sie hat erzählt, daß ihr Bruder Sie vor ein oder zwei Jahren in Rosington getroffen hat.«

»Das muß Alf Butler gewesen sein. Das erste und letzte Mal, daß ich wieder in Rosington war. Ich kam zufällig vorbei und wollte mich noch mal in der alten Heimat umschauen. Er stand unten vor dem *Schwan* und hat mich gleich erkannt.« Er strich mit der rechten Hand über den Stockgriff. »Damals sah ich noch anders aus.«

»Sie kannten sich, als Sie Kinder waren?«

»Alfs Eltern hatten einen kleinen Laden in der Bridge Street. Diese Mrs. Sowieso muß demnach Enid sein.« Martlesham lächelte schief. »Ich kann mich gut an sie erinnern. Miesepetrige Person.«

Ich gab das Lächeln zurück. »Jetzt ist sie die Wirtschafterin von Kanonikus Osbaston, der die Theologische Hochschule leitet.«

»Moment mal.« Er runzelte die Stirn. »Wie sind Sie und Mrs. Elstree überhaupt auf mich gekommen?«

»Ich hatte sie nach Kanonikus Youlgreave gefragt. Weil er Ihnen das Buch geschenkt hat.«

Er zuckte zusammen. Der Stock, der am Tisch lehnte, kam

ins Rutschen, und der Kaffee schwappte in den Tassen. »Und warum interessieren Sie sich für Kanonikus Youlgreave, Mrs. Appleyard?«

Ich konnte den Stock gerade noch auffangen. Ein Tropfen Kaffee hatte die Spitze von Martleshams Schuh getroffen. Es sah aus, als säße ein grauer Stern auf einem gewölbten schwarzen Spiegel.

»Er war eine Zeitlang Dombibliothekar«, sagte ich, »und einige der Bücher, auf die ich gestoßen bin, gehörten ihm. Er scheint eine interessante Persönlichkeit gewesen zu sein.«

Martlesham sah aus dem Fenster. »Im Vergleich zu den anderen bestimmt.« Dann wandte er sich wieder mir zu. »Wohnen Sie auf der Domfreiheit, Mrs. Appleyard?«

»Ja. Ich bin Gast in der Dunklen Herberge.«

»An die erinnere ich mich noch. Soviel ich weiß, hat da der Kantor gewohnt, als ich klein war. Und später ein paar Monate auch Kanonikus Youlgreave. Ist Ihr Mann Pfarrer?«

»Nein.« Ich sprach rasch weiter. »Die Domfreiheit muß sich seit Ihrer Zeit beträchtlich verändert haben.«

»Das glaube ich kaum. Allerdings war ich seit vielen Jahren nicht mehr da.« Er sah mich von der Seite an und fuhr rascher fort: »Ehrlich gesagt habe ich mich dort nie wohl gefühlt. In meiner Jugend gab es zwischen der städtischen Bürgerschaft und den Bewohnern der Domfreiheit keine großen Sympathien. Man gehörte entweder in das eine oder in das andere Lager, und damit waren wir Dienstleute immer in der Zwickmühle.«

»Das jedenfalls hat sich geändert.« Ich dachte an Janet, die eine Gefangene ihrer eigenen Küche war. »Heutzutage dürfte es auf der Domfreiheit nicht mehr viele Dienstleute geben.«

»Ich habe Glück gehabt.«

»Weil Sie eine Anstellung beim Bischof hatten?«

Er schüttelte den Kopf. »Da ging's besonders übel zu. Bei dem Butler dort hätte Stalin noch was lernen können. Nein, ich habe Glück gehabt, weil ich nicht sehr lange dort arbeiten mußte. Nicht viel mehr als ein Jahr. Und das verdanke ich Kanonikus Youlgreave. Aber an den erinnert sich inzwischen wahrscheinlich niemand mehr.« Und in schrofferem Ton setzte er hinzu: »Nicht so, wie er wirklich war. Schließlich ist das über fünfzig Jahre her.«

»Einige Leute erinnern sich sehr wohl.«

»Nicht an ihn als Person. Allenfalls an den Skandal. Die wollen Christenmenschen sein und sind doch genauso elende Klatschmäuler wie alle anderen.«

»Denken Sie an seine Gedichte?«

»Das auch, allerdings liegen mir so Sachen nicht besonders. Eigentlich denke ich mehr an das Gute, das er in aller Stille getan hat. Ich weiß, daß er als wunderlich galt, und da ist schon was dran, aber ohne ihn säße ich jetzt nicht hier.«

»Erzählen Sie.«

»Irgendwie hat er wohl gleich Gefallen an mir gefunden. Zum erstenmal begegnet sind wir uns auf der Domfreiheit, als er bei Glatteis gestürzt war und ich ihm nach Hause geholfen habe. Später hat er mir Bücher geliehen, hat mir gezeigt, daß es im Leben auch noch anderes gibt, als bei fremden Leuten den Stiefelputzer zu spielen.« Er holte ein silbernes Zigarettenetui hervor und mühte sich, ihm eine Zigarette zu entnehmen. »Damals gab es viele arme, wirklich arme Leute. Kann man sich jetzt kaum mehr vorstellen, was? Heutzutage hungert keiner mehr, und niemand stirbt, weil er sich keinen Arzt leisten kann.«

»Immerhin ein Fortschritt«, sagte ich.

Er nickte, schien aber mit seinen Gedanken weit weg zu sein. Bei seinen Erinnerungen wahrscheinlich. »Die von der Domfreiheit kümmerten sich einen Dreck um das, was vor ihrer Haustür passierte. Die griffen nur in die Tasche, wenn anderswo geholfen werden sollte – in Indien zum Beispiel oder allenfalls noch im East End. Aber vor dem, was sich nur hundert Meter entfernt von der Domfreiheit tat, machten sie einfach die Augen zu.«

»In der Swan Alley?«

»Vielleicht haben sie gedacht, daß Armut ansteckt. Wie die Pest. Oder vielleicht hätten sie dann erkennen müssen, daß es ihre Schuld war.« Bei diesen Worten schlug plötzlich der breite Fen-Dialekt durch. »Aber Mr. Youlgreave war nicht so.«

Endlich hatte er es geschafft, sich die Zigarette zwischen die Lippen zu schieben. Ich gab ihm Feuer.

Nach einer kleinen Pause fragte ich: »Haben Sie seine letzte Predigt gehört, um die es so viel Wirbel gegeben hat?«

»Welche?«

»So wie ich es verstanden habe, hat er gesagt, es gäbe keinen Grund, warum nicht auch Frauen das Priesteramt versehen sollten.«

Martlesham schüttelte den Kopf. »Da war ich schon in Kanada. Der Kontakt zu ihm war abgerissen. Über Swan Alley hab ich ihn mal predigen hören. Ein Schandfleck auf Gottes schöner Erde sei das, hat er gesagt. Das haben die Leute auch nicht gern gehört. Er war ein guter Mensch.«

Ein guter Mensch? Das klang anders als das, was ich bisher an Nachrufen auf Francis Youlgreave gehört hatte.

»Was für einen Skandal meinten Sie vorhin?«

»Skandal? Das ist es ja eben! Was für ein Skandal? Wenn Sie mich fragen, war da nur Rauch und kein Feuer. Er hat einfach nicht reingepaßt, und dafür haben sie ihn büßen lassen.«

Warum hätte er nicht »reinpassen« sollen? War nicht sein Vater Baronet und seine Mutter die Cousine des Dekans? Jetzt, fünfzig Jahre später, paßte auch ich nicht rein, aber ich kannte zumindest den Grund. Mein Lippenstift war zu knallig, und überdies war mir der Ehemann abhanden gekommen. Ich war nicht ganz bei der Sache, denn irgend etwas machte mir zu schaffen, etwas, was mit dem Blue Dahlia Café zu tun hatte.

»Mr. Youlgreave hat das Geld gegeben, damit ich auswandern konnte«, fuhr Martlesham fort. »Er hatte einen Freund im Vorstand der Church Empire Society, dieser Organisation, die Auswanderungswillige unterstützte. Wenn man denen gefiel, wenn man gute Referenzen hatte, übernahmen sie eine Hälfte der Kosten unter der Bedingung, daß jemand anders die andere Hälfte hinblätterte.« Er legte die rechte Hand, in der die Zigarette noch glühte, auf das Buch. »Deshalb freue ich mich so darüber. Besser spät als nie.«

»Sie haben das Buch also damals gar nicht bekommen?«

Er schüttelte den Kopf. »Wissen Sie, wo ich an meinem dreizehnten Geburtstag war? Auf dem Dampfer *Hesperides*. Volle Fahrt über den Atlantik. Wahrscheinlich wollte er es mir noch vor der Abreise schenken und hat den richtigen Zeitpunkt verpaßt. Aber wie ist es in die Bibliothek geraten?«

»Er war krank, als er aus Rosington wegzog, vielleicht hat er seine Bücher einfach vergessen. Die Bestände sind seit Jahren nicht gesichtet worden, ich habe alle möglichen merkwürdigen Dinge dort gefunden.«

Beispielsweise *Lady Chatterley's Lover*, unzensiert, aber enttäuschend langatmig. Mein Unbehagen hatte sich verstärkt. Ich sah mich um. Irgend etwas kam mir hier unerklärlich bekannt vor. Der Raum hatte sich geleert, vielleicht war es die Flaute vor dem Mittagessen. Die Bedienung begegnete einen Moment meinem Blick und sah dann rasch weg. Der Mann mit der kahlen Stelle auf dem Kopf, die wie eine Umrißkarte von Afrika aussah, blätterte in seinem *Daily Express*. Ich sah auf die Uhr. Wenn ich nicht aufpaßte, kam ich zu spät zu meiner Verabredung mit Henry. Geschah ihm recht!

»Er wollte mir die Chance verschaffen, etwas Anständiges zu werden«, sagte Martlesham. »In den Kolonien gab es keine Klassenunterschiede, da interessierte es keinen, was für Eltern man hatte. Die Church Empire Society sorgte dafür, daß man ein Handwerk erlernte.« Er sah auf seine Hände. »Ich bin Schreiner geworden. Ein guter Schreiner. In Toronto hatte ich es zu einem eigenen kleinen Geschäft gebracht, aber als der Krieg kam, der Erste Weltkrieg, meine ich, war damit Schluß.«

»Sie sind Soldat geworden?«

»Es ließ sich nicht vermeiden. Ich mußte zurück nach England, aber zumindest hatte ich ein Handwerk erlernt, und das hat mir wahrscheinlich das Leben gerettet. Die meisten meiner Kameraden sind gefallen. Ich war fast die ganze Zeit im Ausbildungslager auf Salisbury Plain und habe den künftigen Helden beigebracht, wie man Stützbalken für die Schützengräben zurechtsägt.«

»Sie haben sich sicher gefreut, Ihre Familie wiederzusehen.«

»Familie?«

»Mrs. Elstree hat von Ihrer Mutter gesprochen. Und von einer Schwester.«

Er drückte die Zigarette aus. »Mutter war schon tot, als ich nach Kanada gegangen bin. Und Nancy war in Toronto. Das hatten wir auch Mr. Youlgreave zu verdanken.«

»Sie ist mit Ihnen zusammen ausgewandert?«

»Ja. Die Gesellschaft betrieb auch ein Waisenhaus. Nancy wurde fast vom Fleck weg adoptiert. Das Beste, was ihr passieren konnte.«

»Für Sie muß das schwer gewesen sein. Ihre letzte Verbindung zur Heimat.«

Er zuckte die Schultern. »Das ist so lange her… Ich erinnere mich nicht mehr daran. Nach Rosington bin ich nicht zurückgegangen, das hätte mir nichts gebracht, aber ich bin in England geblieben.«

»Warum?«

»Ich hatte bei einem Tanzvergnügen in Winchester ein Mädchen kennengelernt.« Er sah mich an, ohne mich wahrzunehmen. »Am Tag des Waffenstillstands. Vera.« Er schluckte. »Sie ist im vorigen Jahr gestorben.«

»Das tut mir leid.«

»Danach habe ich das Haus in Watford vermietet und bin nach London gegangen. Ich habe eine kleine Wohnung über dem Café. Das also ist meine Lebensgeschichte.« Als er lächelte, erkannte ich, daß er als junger Mann viel Charme gehabt haben mußte. »Ich weiß wirklich nicht, warum eine hübsche junge Frau wie Sie sich das alles so geduldig anhört – aber trotzdem schönen Dank. Auch für das Buch.«

»Keine Ursache.« Ich sah – diesmal betonter – auf die Uhr. »Jetzt muß ich leider los. Ich bin verabredet.«

»Hoffentlich habe ich Sie nicht allzu lange aufgehalten.« Er schob seinen Stuhl zurück. »Bitte erlauben Sie, daß ich den Kaffee zahle, Mrs. Appleyard. Das ist das mindeste, was ich tun kann.«

»Sehr freundlich, vielen Dank. Bitte stehen Sie nicht auf.«

Wir gaben uns die Hand, und ich verließ fast im Laufschritt das Café. Aber nicht, weil es halb eins und ich sehr spät dran war, sondern weil ich plötzlich wußte, woher das unbehagliche Gefühl kam, das mich im Blue Dahlia Café beschlichen hatte.

Im Gastraum hatte jemand türkischen Tabak geraucht – vielleicht sogar Martlesham selbst. Er hatte – von der Krawattennadel bis zu den blankgeputzten Schuhen, von dem fleckenlosen Kragen bis zu dem silbernen Zigarettenetui – immer noch etwas von einem Dandy. Ich konnte mir gut vorstellen, daß auch Francis Youlgreave um die Jahrhundertwende solche Zigaretten geraucht hatte, ovale Sullivan Powells vielleicht oder Kyprinos aus Zypern.

Und so eine oder eine ähnliche Zigarettensorte hatte dafür gesorgt, daß das Blue Dahlia Café so roch wie Youlgreaves Gedichtband in meiner Tasche.

27

Am Piccadilly Circus verkaufte eine Zigeunerin Lavendel. »Ein Zweig, Sir«, sagte sie zu dem Mann vor mir. »Als Glücksbringer.«

Er tat einen Schritt zur Seite, um an ihr vorbeizukommen, aber sie ließ ihn nicht weg. »Nur ein Zweiglein«, winselte sie. »Und soll Ihnen Glück bringen alle Tage.«

Er schüttelte ihren Arm ab und ging rasch zum U-Bahn-Eingang.

»In der Hölle sollst du schmoren«, schrie sie ihm nach. Dann sah sie mich an, das wutverzerrte Gesicht glättete sich, und in ihren demütigen Winselton zurückfallend, sagte sie: »Ein Zweig Lavendel, Miss? Als Glücksbringer. Das hübsche Lärvchen allein macht's nicht bei der jungen Lady, ein Quentchen Glück gehört auch dazu.«

Die Verwünschungen einer Zigeunerin hatten mir gerade noch gefehlt. Schon jetzt war mir genug schiefgegangen. Das Treffen mit Martlesham hatte nichts geklärt, sondern alles nur noch mehr kompliziert. Und jetzt stand mir Henry bevor.

Ich griff in die Tasche und gab der Alten Sixpence. Eine Hand, verschrumpelt wie eine Affenpfote, schnappte das Geld und drückte mir den Lavendel in die Handfläche. Ihre Hand war feucht, auf meinem hellen Lederhandschuh blieb ein Schmierfleck zurück.

Ich hastete die Regent Street hoch. Es war zehn vor eins. Noch immer mit dem Lavendelzweig in der Hand, schob ich mich durch die Drehtür des Café Royal.

Falls Henry auf mich gewartet hat, sitzt er vermutlich in der Bar, dachte ich, aber dann stand er plötzlich – fast so geschniegelt wie Simon Martlesham, in einem dunkelblauen

Anzug mit feinen Nadelstreifen – vor mir in der Lobby. Im Knopfloch hatte er eine weiße Nelke, aus der Brusttasche lugte ein seidenes Einstecktuch. Einen Augenblick sah ich ihn so, wie man ihn in Rosington sehen würde. In den Augen von Mrs. Forbury und ihrer Weiberriege war er wohl so was wie ein Hallodri.

»Wendy.« Er stürzte auf mich zu. »Wie schön du bist!«

Ich konnte ihn nicht daran hindern, mich zu umarmen, drehte aber den Kopf zur Seite, so daß sein Kuß nur mein Ohr traf. Er roch vertraut, aber es war ein Geruch aus der Vergangenheit – wie ein Parfüm, das man früher einmal geliebt hat, als man ein anderer Mensch war.

»Das müssen wir feiern«, sagte er. »Trinken wir was. Warum trägst du den Lavendel mit dir herum?«

Ich hatte den Zweig so fest umklammert, daß der Fleck sich ausgebreitet hatte, der Handschuh war vermutlich nicht mehr zu retten.

»Ich habe ihn gerade einer Zigeunerin abgekauft.«

»Seit wann bist du abergläubisch?« Reaktionsschnell war Henry schon immer gewesen. »Macht das die Rosington-Atmosphäre?«

Ich schüttelte den Kopf und fragte, ob er nicht was von Drinks gesagt habe.

Wir gingen in die Bar. Ich wickelte den Lavendelzweig in ein Taschentuch und verstaute ihn in der Handtasche. Henry bestellte Dry Martinis.

»Genau wie bei unserer ersten Begegnung«, sagte er halblaut.

»Laß die Sentimentalitäten. Sie passen nicht zu dir.«

Aber ich war froh, daß es Dry Martinis waren, ich brauchte jetzt einen tüchtigen Schuß Alkohol.

»Wir können hier essen«, sagte er, »oder auch woanders, ganz wie du willst. Ich habe ans Savoy gedacht.«

»Wo kommt plötzlich das viele Geld her?« fragte ich. »Von deiner haarigen Witwe?«

»Ich habe dir schon am Telefon gesagt, daß ich sie seit … seit dem Tag, an dem wir uns getrennt haben, nicht mehr gesehen habe.«

Zum Glück kamen in diesem Moment die Drinks.

»Cheers«, sagte Henry. Wir tranken.

Ein paar Minuten waren wir beide ziemlich schweigsam. Wir rauchten, tranken und bestellten die nächste Runde. Henry fragte nach den Byfields, und ich sagte, es ginge ihnen sehr gut, und Janet und David ließen grüßen.

»Und Rosie?«

»Ist gesund und munter.«

»Hat sie nicht um diese Zeit Geburtstag?«

»Der war letzten Mittwoch.«

»Sie muß – äh …«

»Sie ist fünf geworden.«

»Ich sollte ihr vielleicht noch was schenken.«

Wieder versiegte das Gespräch.

»Wir müssen über die Scheidung reden«, sagte ich schließlich.

»Das, was ich am Telefon gesagt habe, war ernst gemeint. Ich liebe dich.« Er richtete sich auf und straffte die Schultern. »Ich war ein verdammter Idiot. Können wir nicht noch mal von vorn anfangen?«

»Sinnlos. Bald käme die nächste arme dicke Witwe mit wohlgepolstertem Bankkonto.«

»Bestimmt nicht. Weil …«

»Wo hast du überhaupt gesteckt? Dein Anwalt hat meinem Anwalt gesagt, du wärst einfach verschwunden.«

»Es war eine Geschäftsreise, und ich war ein bißchen klamm.« Henry sah auf seine Hände. »Ich habe ihm einen Brief für dich übergeben. Hast du ihn nicht bekommen?«

»Ich hab meinem Anwalt gesagt, er soll ihn in den Papierkorb werfen.«

Es war das einzig Nützliche, was der arme Fielder je für mich geleistet hatte. Seine unbezahlte Rechnung lag in meinem Zimmer in Rosington. Sie schien mir für das, was er zustande gebracht hatte, recht hoch.

»Ich spare für die Scheidung.«

»Gibt es einen anderen Mann?«

Ich musterte Henry. Er hatte ein Grübchen im Kinn, das ich eigentlich ganz liebenswert fand; er sah damit aus wie ein zu groß geratenes Baby. Was würde er wohl sagen, wenn ich antwortete: Ja, den gibt es. David.

»Das geht dich nichts mehr an.«

»Ich bin dir Geld schuldig.«

»Du bist vielen Leuten Geld schuldig.«

»Erinnerst du dich noch an Grady-Goldman Associates?«

»Und ob!«

Er nickte. »Als Grady bankrott ging, blieben mir etwa dreißig Prozent der Grady-Goldman-Aktien.«

Aloysius Grady lebte wie ein Krösus und redete auch so. Er hatte Henry beauftragt, ein europäisches Immobilienportfolio für ihn aufzubauen und zu verwalten. Henry hatte sich viel Arbeit damit gemacht. Außerdem hatte er Grady einen ziemlich hohen Betrag für seine Tochter geliehen, die in England studierte, und dafür Aktien der Firma als Sicherheit akzeptiert. Als es zum Crash kam, war unser Geld futsch, und die Aktien stürzten in den Keller.

»Kurz nachdem du … weggegangen bist«, fuhr Henry fort, »bekam ich ein Telegramm von Louis Goldman. Eine Tochterfirma von Unilever wollte die Firma kaufen, die Aktien waren irrsinnig gestiegen. Er war der zweite Großaktionär und meinte, wir sollten uns zusammentun, dann könnten wir sie noch höher treiben.«

»Komm, Henry…«

»Was ist?«

»Das hört sich ganz nach einem deiner Märchen an.«

»Ist es aber nicht, ehrlich. Deshalb mußte ich Hals über Kopf weg. Louis hatte mir das Ticket geschickt. In dem Brief hab ich dir das alles auseinandergesetzt.«

Ich kramte in meinem Gedächtnis nach Erinnerungen an das Gelände von Grady-Goldman. Ein weitläufiger Komplex mit Maschendrahtzaun und vielen Wellblechhütten. Ein schwarzer Wachmann, der uns Tee machte. Gradys Rover, der in einer Staubwolke auf uns zuschoß. Zigarrenrauch in einem kleinen heißen Büro, der mir beißend in die Kehle drang. Und Grady selbst, ein massiger Mann mit spärlichem, sorgfältig über den kahlen Schädel drapiertem rotem Haar, der versuchte, mich in den Po zu kneifen.

»Was hat die Firma produziert? Weshalb wollte Unilever sie kaufen?«

»Werkzeugmaschinen«, sagte Henry. »Deshalb erschien mir Grady-Goldman von Anfang an als ein guter Tip. Südlich der Sahara kannst du Werkzeugmaschinenfabriken mit der Lupe suchen. Louis konnte die Firma wieder in Schwung bringen. In der Gewinnzone war sie noch nicht, weil Grady so hohe Schulden hinterlassen hatte, aber sie hatten die ausgebildeten Arbeitskräfte, die Betriebsstätte und die Kunden.«

»Wenn du mir weismachen willst, daß dich dein Riecher für gute Geschäfte reich gemacht hat, nehme ich dir das einfach nicht ab.«

»Es war nicht mein Riecher, sondern der von Louis. Bei mir war es einfach Dusel.« Er zögerte. »Ein Dusel, der sich auf knapp über siebenundvierzigtausend Pfund beläuft.«

»Großer Gott.« Ich dachte an den Lavendelzweig in meiner Tasche. Es sah fast so aus, als habe er rückwirkend und der falschen Person Glück gebracht. »Und was wirst du damit machen?«

»Dir was abgeben.«

Ich sagte nichts.

»Ich habe in letzter Zeit über alles mögliche nachgedacht«, fuhr Henry fort. Er schien recht zufrieden mit sich zu sein.

»Das ist recht. Es ist eine große Verantwortung, wenn man so viel Geld zum Verprassen hat.«

»Eben. Ich bin zu dem Schluß gekommen, daß ich von Natur aus kein Spielertyp bin; ich denke daran, wieder als Lehrer zu arbeiten.«

Ich lachte.

»So dumm ist das gar nicht. Als wir uns kennenlernten, war ich Lehrer und hatte Freude an dem Beruf.«

»Hast du vergessen, was in der Chorschule passiert ist, Henry?« fragte ich. »Die haben dich dort mehr oder weniger rausgeschmissen. Ohne Referenzen nimmt dich niemand.«

»Daran habe ich schon gedacht, oder, um ehrlich zu sein, jemand anders hat für mich daran gedacht.«

»Louis Goldman etwa? Komm, sprich nicht ständig in Rätseln.«

»Erinnerst du dich, daß ich vor Rosington an einer anderen Schule war? Das Internat hieß Veedon Hall, und die Cuthbertsons wollen verkaufen. Ein Freund von mir, der dort im Kollegium ist, meldete sich aus heiterem Himmel bei mir und fragte an, ob ich jemanden kenne, der Interesse daran hätte, sein Teilhaber zu werden. Der Laden geht glänzend, ellenlange Warteliste, und bei dem alten Cuthbertson hatte ich immer einen Stein im Brett. Ein Schnäppchen, sage ich dir. Sie verlangen nicht mehr als dreißigtausend.«

»Und warum greifst du nicht zu?«

»Ich möchte, daß wir es gemeinsam machen, du und ich.«

Ich schüttelte den Kopf.

»Du brauchst keine Angst zu haben, daß wir uns in der finstersten Provinz vergraben müßten.« Ich übersah geflissentlich seine ausgestreckte Hand. »Es ist in der Nähe von Basingstoke, du wärst in Null Komma nichts in London.«

»Es ist zu spät, Henry.«

»Entschuldige. Ich hätte dich nicht damit überfallen dürfen. Willst du es dir nicht in Ruhe überlegen? Ein paar Tage, meinetwegen auch ein paar Wochen. Sprich mit Janet drüber. So, und jetzt gehen wir essen.«

Plötzlich schlug meine Stimmung um. Ob es am Alkohol lag oder an dem, was Henry gesagt hatte – jedenfalls war ich jetzt viel gelöster. Vielleicht hatte auch der Lavendel seine Schuldigkeit getan. Wir nahmen ein Taxi zum Savoy und aßen im Grillroom. Henry bestand auf Champagner.

»Bloß nicht Veuve Cliquot«, protestierte ich. »Mein Bedarf an Witwen ist gedeckt.«

Er bestellte eine Flasche Roederer. »Apropos Witwen«, sagte er und erzählte mir eine lange, verwickelte Geschichte von Gradys Witwe und ihren Bemühungen, für sich – oder notfalls auch für ihre Tochter – einen Manager von Unilever an Land zu ziehen. Und mit dieser Geschichte brachte er mich tatsächlich zum Lachen. Dann erzählte ich ihm von der Dunklen Herberge und von meinem Job. Wir tauschten unsere Erfahrungen über die Bewohner der Domfreiheit aus.

»Du brauchst diesen Job nicht länger zu machen, wenn du nicht willst«, sagte Henry, als wir beim Kaffee waren.

»Ich brauche einen Job, um leben zu können«, sagte ich möglichst leichthin.

Er nahm einen Umschlag aus der Jackentasche und legte ihn auf den Tisch zwischen uns. »Das kannst du entscheiden.«

»Was ist das?«

»Ein Scheck über zehntausend.«

»Du willst mich auszahlen?«

»Sei nicht albern, Wendy. Das Geld gehört dir. Ohne Wenn und Aber.«

»Eine Scheidungsregelung?« fragte ich jetzt ziemlich laut.

Er machte schmale Lippen. »Zumindest brauchst du dich nicht mit einer stumpfsinnigen Beschäftigung zu plagen, wenn du nicht willst, und du brauchst nicht in Rosington hocken zu bleiben.«

»Ich will die Aufgabe zu Ende bringen.«

»Warum? Laß einfach alles stehen und liegen und …«

»Das wäre Hudson gegenüber nicht fair.«

»Du bist ihm nichts schuldig, Wendy. Du hast für ihn gearbeitet, er hat dich bezahlt, aber wenn du nicht weitermachen willst, kann dich keiner dazu zwingen.«

»Ich weiß. Aber ich möchte es gern.«

Ich sah zu, wie sich Henry zwei Zigaretten zwischen die Lippen steckte, beide anzündete und eine an mich weitergab. Es war eine ganz selbstverständliche Geste. Er war, ohne zu fragen, davon ausgegangen, daß ich auch rauchen wollte.

»Ich habe noch einen anderen Grund«, sagte ich.

»Das dachte ich mir. Es gibt also doch einen anderen Mann?«

»Das geht dich nichts an. Nicht mehr.« Ich mußte lachen, weil er vor Zorn und Champagner einen roten Kopf bekommen hatte. »Okay, es gibt einen anderen Mann. Er heißt Francis Youlgreave.«

Er fuhr sich mit der Hand durchs Haar – wie immer, wenn er nicht recht wußte, woran er war –, so daß es ihm wie ein Hahnenkamm zu Berge stand. »Und wer ist dieser Youlgreave?«

»Vielleicht ist er dir in Rosington sogar schon mal begegnet.«

»Der Mistkerl«, sagte Henry halblaut.

»Er ist seit zweiundfünfzig Jahren tot. Anfang des 19. Jahrhunderts war er Domkapitular in Rosington und ein ziemlich unbedeutender Dichter. Als er einen Skandal auslöste, mußte er gehen.«

Henrys Gesicht erhellte sich. »Dann haben Francis und ich ja Gemeinsamkeiten. Abgesehen von dir, meine ich.«

»Es gibt da viele Unklarheiten. Zum Beispiel scheint niemand zu wissen, ob er eines natürlichen Todes gestorben ist oder Selbstmord begangen hat.«

»In Rosington?«

»Nein. Er ist gestorben, nachdem man ihn gezwungen hatte, sein Amt niederzulegen. Es hieß, man hätte ihn rausgemobbt, weil er sich in einer Predigt für Frauen im Priesteramt eingesetzt hat.«

Henry zog die Augenbrauen hoch. »Dafür könnte man in Rosington vermutlich auch heute noch geteert und gefedert werden.«

»Und das war nicht alles. Ich stoße ständig auf Spuren von ihm. Aber am sonderbarsten ist, daß da etwas läuft, was ich nicht verstehe.«

»Wie meinst du das?«

»Es gibt noch jemanden, der sich für Francis Youlgreave interessiert und Nachforschungen anstellt.«

»Warum auch nicht?«

»Zugegeben – aber dieser Jemand geht äußerst heimlich dabei vor.«

»Etwas Konkretes hast du aber nicht in der Hand?«

Ich seufzte. Genau da lag der Hase im Pfeffer. Niemand schien den kleinen Mann zu kennen, der wie ein Anwaltsgehilfe aussah, aber das bedeutete nicht unbedingt, daß er versuchte, seine Identität zu verschleiern. Sein Interesse an Francis konnte völlig harmlos sein. Und was beunruhigte mich sonst noch? Daß Mr. Treevor ständig kleine Männer sah, die sich um die Dunkle Herberge herumdrückten? Ein verwirrter Greis gibt keinen verläßlichen Zeugen ab. Oder die Taube mit den abgehackten Flügeln? Das konnte ein schlechter Scherz sein, oder ein Schuljunge interessierte sich ein wenig zu sehr für Biologie. All das war nicht unbedingt verdächtig, hatte nicht unbedingt etwas mit Francis zu tun. Der Geruch nach türkischem Tabak an dem *Engelszungen*-Gedichtband? Zufall.

»Schwamm drüber«, sagte ich. »Schönen Dank für das Essen. Jetzt muß ich langsam los.«

»Warum so eilig?«

»Ich wollte noch einkaufen.«

»Wo?«

»Ich dachte, ich fange in Piccadilly an, gehe die Bond Street hoch und dann über die Oxford Street, dann kann ich mit der U-Bahn oder dem Bus nach Liverpool Street zurückfahren.«

»Klingt anstrengend. Darf ich mitkommen? Päckchen tragen? Straßenräuber abwehren?«

»Nein, Henry. Mal von allem anderen abgesehen – es würde dich nur anöden.«

»Ich würde dir gern ein Geschenk kaufen.«

»Ich will kein Geschenk, danke. Ob ich selbst was kaufe, weiß ich auch noch nicht, vielleicht mache ich nur einen Schaufensterbummel. Du wirst das nicht verstehen, aber Rosington ist, was Einkaufsmöglichkeiten angeht, um Jahre zurück.«

»Paß auf: Du bekommst ein Paar Handschuhe von mir. Die hier sind ja total hinüber. Du brauchst Ersatz.«

»Na schön.« Ich lächelte. Wenn Geld keine Rolle spielte, mußte ich das ausnutzen. »Dann gehen wir zur Regent Glove Company. Aber ich warne dich: Billig kommst du dort nicht weg.«

»Das will ich hoffen.«

Henry zahlte, und wir gingen zum Strand hoch. Er wollte ein Taxi heranwinken, aber jetzt schlug mir doch das Gewissen.

»Hör zu, Henry, du nimmst ständig Taxis, du hast mich zum Essen ins Savoy eingeladen, du bist drauf und dran, mir die teuersten Handschuhe zu kaufen, die ich je besessen habe... Wenn du so weitermachst, ist dein Geld in ein paar Monaten futsch. Und wozu brauchen wir ein Taxi? Was hast du gegen einen Bus?«

»Seit du in Rosington bist, scheinst du nicht mehr zu wissen, was du deinem Stand schuldig bist...« Aber er nahm meinen Arm, und wir steuerten auf die Bushaltestelle zu. »Nach dem Einkaufen könnten wir noch was zusammen trinken. Oder zu Abend essen. Oder ins Theater gehen...«

»Hör auf, Henry. Dazu reicht schon mal die Zeit nicht.«

»Dann wenigstens einen Drink am Bahnhof.«

»Keine besonders gute Idee.«

»Warum nicht?«

Ich blieb so unvermittelt stehen, daß ein Mann von hinten in Henry hineinrannte und fluchte.

»Zwischen uns hat sich nichts geändert, Henry. Es ist vorbei. Ich habe gesagt, daß wir uns zum Essen treffen, und damit Schluß.« Ich dachte an die haarige Witwe und verhärtete mein Herz. »Das mit dem Drink kannst du dir aus dem Kopf schlagen.«

Er sah mich gekränkt und ärgerlich an. »Aber Wendy…«

»Nichts zu machen, tut mir leid.«

Ich entzog ihm meinen Arm, und wir gingen schweigend weiter.

Eine Minute später hatte ich es mir anders überlegt. Wir waren kaum an der Haltestelle, als der Bus kam. Es war ein Doppeldecker. Ich wollte nach oben, um mir die Londoner Straßen anzusehen, um Touristin zu spielen und um nicht mit dem Mann reden zu müssen, mit dem ich noch verheiratet war.

Henry folgte mir die Treppe hoch. Daß er mir so nah war, machte mich unruhig, bedrängte mich und weckte zugleich ein leises Glücksgefühl, gegen das ich mich wehrte. Ich drehte mich um, weil ich ihm einen bösen Blick zuwerfen wollte, und da sah ich es.

Die letzten Fahrgäste stiegen ein, und ich sah gerade noch einen kleinen dunklen Mann im Regenmantel, der unten einen Sitzplatz ansteuerte. Er war barhäuptig und hatte eine kahle Stelle auf dem Kopf.

Von der Treppe aus hatte ich freie Sicht: Die kahle Stelle sah aus wie der Umriß von Afrika.

28

Auf der Westfassade des Doms lag der honiggelbe Glanz der Abendsonne. Während ich vom Bahnhof zur Domfreiheit hochging, warf ich hin und wieder einen Blick auf meine neuen Handschuhe. Feinstes schwarzes Wildleder mit Seidenfutter. Es kam mir fast sündhaft vor, sie zu tragen.

Es war vielleicht ein Fehler gewesen, Henry zu treffen – so wie das Kratzen am Schorf, bis wieder Blut kam. Im Zug mußte ich ständig daran denken, wie er auf seiner haarigen Witwe herumgetobt war, sah den wabbelnden nackten Hintern und die strampelnden Beine der Witwe mit den ach so begehrenswerten dunkelblauen Stöckelschuhen. Es war derselbe Anblick wie auf dem Foto, das – nur in Schwarzweiß – in meinem Nachtkasten lag.

Langsam stieg ich zur Porta hoch. Es war mehr Glück als Verstand, daß ich weder betrunken noch verkatert war, andererseits war ich auch nicht ausgesprochen nüchtern, und das lag nicht nur am Alkohol. Auch Emotionen – sogar Traurigkeit – können einem zu Kopf steigen.

Die Traurigkeit, die auf schwer erklärliche Weise mit Henry zusammenhing, rührte zum Teil daher, daß ich wieder in Rosington war, und auch deshalb ging ich langsam, genauso langsam wie die Dreizehnjährige, die versucht hatte, den Augenblick der Rückkehr ins Internat möglichst weit hinauszuschieben.

Auf der Domfreiheit fiel mein erster Blick auf Mr. Gotobed. Er saß auf einer Bank vor seinem Haus, las die Sportseite des *Rosington Observer* und streichelte einen dicken gelben Kater. Er hatte noch seine Soutane an, die Amtskleidung, die er trug, wenn er als Mesner und Stabträger den Geistlichen im Dom voranging.

Als er die Schritte hörte, sah er über den Zeitungsrand. »Mrs. Appleyard!« Er stand rasch auf und jagte den Kater weg. »Was für ein schöner Abend.«

»Ja, das stimmt.« Der Kater rieb sich auffordernd an meinem Bein. Ich bückte mich und streichelte ihn. »Ein schönes Tier. Gehört er Ihnen?«

»Meiner Mutter.« Der Kater schnurrte wie ein weitentferntes Flugzeug. »Wie heißt er denn?«

»Purzel«, gestand Gotobed errötend. »Meine Mutter sagt, von Rechts wegen müßte er Schnurrzel heißen.«

Ich sah ihn einen Augenblick verständnislos an, und seine Röte vertiefte sich. Dann begriff ich, daß Gotobed sich ein Witzchen geleistet hatte. »Ach so – Schnurrzel, weil er so laut schnurrt. Sehr gut!«

»Mum ist dreiundneunzig«, vertraute Gotobed mir an, »aber ihren Humor hat sie nicht verloren, und geistig ist sie voll da. Übrigens – ich hab ihr von der Sache mit der Taube erzählt, Sie erinnern sich doch?«

»So was vergißt man nicht so schnell.«

»Entschuldigen Sie vielmals, vielleicht hätte ich nicht davon anfangen sollen ...«

»Doch, es interessiert mich. Was hat Ihre Mutter gesagt?«

»Daß auf der Domfreiheit vielleicht ein Verrückter herumläuft. Wie beim letztenmal.«

»Beim letztenmal?«

»Vor fünfzig, sechzig Jahren. Da hat jemand an Tieren rumgemacht. Es war sehr unschön.«

»Was war denn da passiert?«

Er verschränkte die Hände vor dem Bauch, und seine Nase zuckte. Er sah so unglücklich aus, daß ich versucht war, statt Schnurrzel ihn zu streicheln.

»Sie brauchen keine Angst zu haben, daß Sie mich schockieren«, sagte ich. »Das hat nämlich bisher noch keiner geschafft.«

Er lächelte schüchtern. »Ja, wenn Sie meinen ... Also, damals haben sie eines Morgens eine Ratte ohne Beine vor Bleeders Hall gefunden. Und eine Katze ohne Kopf in der nördlichen Vorhalle. Es könnte auch ein Vogel ohne Flügel dabeigewesen sein, meint Mutter, aber das weiß sie nicht mehr genau.«

»Und hat man herausbekommen, wer dahintersteckte?«

»Es stellte sich heraus, daß es einer der Domherren war. Er war nicht mehr ganz richtig im Kopf, der Ärmste.« Gotobed sah mich jetzt aus blanken, wachen Augen an. »Viele gibt's heute bestimmt nicht mehr, die sich dran erinnern, es ist schließlich lange her, aber wenn einer die alten Geschichten doch noch kennt, macht er sich vielleicht einen Jux mit uns. So, als wenn einer irgendwo Gespenst spielt.«

»Glauben Sie an Gespenster, Mr. Gotobed?«

»Ich? Wo denken Sie hin, Mrs. Appleyard.« Er klatschte sich so kräftig mit der flachen Hand auf den Schenkel, daß es von der Wand der Porta widerhallte. »Ich glaube nur an das, was ich sehen und anfassen kann.«

Ich rechnete rasch nach. Wenn Mrs. Gotobed jetzt dreiundneunzig war, mußte sie zu der Zeit, als man Francis aus Rosington vertrieben hatte, um die Vierzig gewesen sein. »Lebte Ihre Mutter damals auf der Domfreiheit?«

»Genau kann ich das nicht sagen. Ja, sie hat wohl etwa um diese Zeit Dad geheiratet, aber so, wie sie's erzählt, wußte jeder, was da los war.«

»Sie muß noch viel von den alten Tagen im Kopf haben.«

»An ihre Mädchenzeit erinnert sie sich besser als an das, was gestern passiert ist, Sie wissen ja, alte Leute haben das so an sich.« Gotobed strahlte wie ein stolzer Vater. »Nur manchmal ist sie natürlich ein bißchen durcheinander. Dann denkt sie, daß ich Dad bin.«

»Glauben Sie, ich könnte mich mal mit ihr unterhalten? Ich interessiere mich«, fügte ich schnell hinzu, »wegen der Dombibliothek und der Ausstellung des Dekans für die Vergangenheit.«

»Ich frag sie mal. Sehr scharf auf Besuch ist sie allerdings jetzt nicht mehr.«

Es sei nicht weiter wichtig, sagte ich und verabschiedete mich.

Die Domuhr schlug halb neun. Die Schwalben absolvierten ihre Abendakrobatik rund ums Oktogon. Langsam ging ich weiter. Erst jetzt merkte ich, wie müde ich war. In London hatte ich mich kaum auf meinen Einkaufsbummel konzentrieren können. Zum Teil lag das am Alkohol, aber auch die Begegnung mit Henry und – auf andere Art – das Gespräch mit Simon Martlesham und der Anblick des kleinen Schattenmannes im Bus hatten mich ein bißchen mitgenommen.

Zweifellos war es auf die Müdigkeit zurückzuführen, daß ich meinte, beobachtet zu werden. Das Gefühl verstärkte sich, als ich mich der Tür zum Kreuzgang näherte. Es war fast, als sei Francis hinter mir her, was natürlich grotesk war, denn im Grunde war es ja genau umgekehrt. Gespenster waren ebenso unglaubhaft wie Götter, und die Vorstellung, daß die einen oder die anderen – immer vorausgesetzt, es gab sie – sich für die Lebenden interessierten, war nicht minder lächerlich. Ich dachte an den Lavendelzweig in meiner Tasche und überlegte, warum ich so närrisch gewesen war, ihn zu kaufen.

Da war es doch besser, sich auf die Fragen des Hier und Jetzt zu konzentrieren. Was führte Simon Martlesham im Schilde? Hatte das Männchen mit der kahlen Stelle auf dem Kopf den Gedichtband in der Stadtbücherei ausgeliehen und Texte aus dem Jahrgang 1904 des *Rosington Observer* gestohlen? Und war es der nämliche Mann – ein kleiner dunkler Mann, der wie ein Schatten aussah –, den Mr. Treevor in und vor der Dunklen Herberge gesehen hatte?

Jetzt verdeckte der Dom die Sonne. Der Weg um das Ostende lag im Schatten. Ich beschleunigte den Schritt. Fünfzig Meter vor der Gartenpforte der Dunklen Herberge hörte ich die Schwingen.

Zuerst dachte ich, eine der Schwalben sei hinuntergestoßen, um nah am Boden Insekten zu jagen, und direkt an meinem Ohr vorbeigeflogen, aber die Flügelschläge waren schwerer und langsamer, und ich schwöre, daß ich einen Luftzug spürte. Andererseits war ich in einer hochsensiblen Stimmung, und es war ja bekannt, daß die Akustik auf der Domfreiheit fast so eigenartig war wie im Dom selbst. Die Domfreiheit war ein Gewirr steinerner Schluchten mit einer Fülle eigenwilliger Geräuscheffekte. David hatte mir erzählt, daß es vor dem Nordportal eine Stelle gab, von der aus man einen geflüsterten Satz glasklar bis zum Sacristan's Gate hören konnte.

All das schoß mir in kaum mehr als einer Sekunde durch den Kopf. Ich blickte auf und erwartete halb und halb, einen Vogel davonschwirren zu sehen. Ich sah nichts. Reine Einbildung, sagte ich mir. Du bist übermüdet.

Ich stieß die Pforte in der Mauer auf. Die Sonne schien auf die Fenster im Obergeschoß und ließ sie wie polierte Messingplatten funkeln. Der Garten lag im Schatten. Wie vor einem Vierteljahr fiel mir auf, daß er unglaublich sauber und ordentlich war. Das war allein Janets Werk, einen Gärtner konnten die Byfields sich nicht leisten. Wie schaffte sie das, besonders jetzt, während der Schwangerschaft? Und warum machte sie sich die Mühe? Sie war schon immer extrem ordentlich gewesen, sowohl was ihre Habe als auch was ihre eigene Person anging. Im Internat wurde uns ihr Garderobenschrank als leuchtendes Beispiel vorgeführt.

Als ich den Gartenweg hochging, nahm ich mir fest vor, in Zukunft wenigstens den Rasen zu mähen. Ich war ums Abendessen gekommen, und seit dem Mittagessen im Savoy war viel Zeit vergangen, aber ich hatte keinen Hunger.

Die Tür war wie gewöhnlich nicht abgeschlossen. Ich betrat die Diele. Im Haus war alles still. Der unangenehme Geruch war jetzt unverkennbar. Vielleicht waren es die Abflußrohre, oder eine Ratte war unter einem Dielenbrett verendet – nur gab es hier keine Dielenbretter, die Diele war mit Steinplatten ausgelegt. David würde mit der Domverwaltung reden müssen.

Einen Moment überkam mich die Angst, die Geschichte könne sich wiederholen, ich würde gleich von oben ein Kind schreien hören. Die Türen zum Wohnzimmer, zum Eß- und Arbeitszimmer standen offen. Ich legte meinen Hut auf den Dielentisch und ging in die Küche hinunter, um Janet meine neuen Handschuhe zu zeigen.

Sie saß am Tisch und hatte das geschlossene Rechnungsbuch vor sich liegen. Sie rauchte und war sehr blaß. »Hallo! Wie ist es gelaufen?«

»Bin froh, daß es überstanden ist.«

Sie wollte aufstehen. »Ich setze Wasser auf.«

»Laß sein.« Ich setzte mich neben sie. »Alles in Ordnung?«

»Ich war ein bißchen müde, da habe ich mal eine Pause gemacht.«

»Du müßtest liegen.«

»Ist gleich wieder gut.«

»Wo ist David?«

»Zu einer Sitzung im Kolleg.« Sie schob mir Zigaretten und Streichhölzer hin. »Und wie war es mit Henry?«

»Er hat mir hochvornehme Handschuhe geschenkt.«

Janet streichelte sie. »Wunderschön. Wieviel sie gekostet haben, frag ich lieber nicht.«

»Und außerdem das da.«

Ich zog den Umschlag aus der Handtasche und gab ihn Janet.

Sie öffnete ihn und machte große Augen. »Soll das ein Witz sein, Wendy?«

»Ich glaube nicht.« Ich erzählte ihr von Louis Goldman und Henrys Reise nach Südafrika. »Falls ich ihn einreiche, wird es sich bald genug herausstellen.«

»Falls?«

Ich zündete mir umständlich die Zigarette an. Dann sagte

ich: »Er möchte einen Anteil an einem Internat kaufen, an Veedon Hall, wo er unterrichtet hat, ehe er nach Rosington kam. Er hat mich gefragt, ob ich nicht zu ihm zurückkommen will, ob wir nicht noch mal von vorn anfangen könnten.«

»Und?«

»Ich weiß nicht.« Ich blies einen Rauchfaden. »Irgendwie habe ich das Gefühl, daß es nicht viel Sinn hätte. Du kannst die Vergangenheit nicht ungeschehen machen. Ich weiß nicht einmal, ob ich es möchte.«

Janet schwieg.

»Du meinst, ich sollte zu ihm zurückgehen, nicht?«

»Keine Ahnung.« Ihr Gesicht verfiel. »Ich weiß überhaupt nichts mehr.«

»Das ruckelt sich schon wieder zurecht. Mach dir keine Sorgen.«

Sie schniefte, und eine Träne fiel auf den Tisch, knapp neben Henrys Scheck. »Wahrscheinlich macht das die Schwangerschaft. Mir ist, als ob meine Gefühle plötzlich einer ganz anderen Person gehören.«

Ich beugte mich über den Tisch und legte einen Arm um Janet. Ihre Schultern zuckten.

»Entschuldige«, stieß sie hervor. »Entschuldige bitte. Ich bin sonst nicht so, aber das hat sich alles so in mir aufgestaut. David mag ich nicht damit behelligen, er hat zuviel am Hals.«

»Du kannst nichts dafür. Schieb es auf das Baby. Meine Mutter wollte immerzu Gras essen, als ich unterwegs war.«

Janet schmiegte sich noch einen Augenblick an mich, dann entspannte sie sich ein wenig. Wie hatte David sie in diesem Zustand allein lassen können?

»Du hast zuviel gearbeitet«, sagte ich streng.

»Sei nicht böse.«

»Dir bin ich nicht böse. Höchstens mir.«

»Unsinn!« Sie machte sich los und sah mich an. »Was hast du? War es das Wiedersehen mit Henry?«

»Ich hab gedacht, es ist vorbei. Ich hab gedacht, ich hätte das Schlimmste überstanden.« Ich drückte die Zigarette aus und stellte mir vor, der Aschenbecher wäre das Gesicht der haarigen Witwe. »Aber auf der Rückfahrt hab ich ständig an … an dieses Weib denken müssen. Zumindest hat David nicht …«

»David hat dafür seinen Gott.« Sie lächelte, um mir zu zeigen, daß es als Scherz gemeint war.

»Ich möchte das verdammte Weib umbringen«, sagte ich. »Und Henry foltern. Möglichst lange.«

»Das ist doch begreiflich.«

»Ich glaube, ich verliere den Verstand. Als ich heute abend über die Domfreiheit ging, ist mir was ganz Komisches passiert. Mir war so, als ob ich Schwingen hörte. Von einem Vogel, der hinter mir nach unten stieß. Keine Schwalbe. Etwas viel Größeres.«

»Das ist die Akustik. Und du bist müde.«

»Das hab ich mir auch gesagt.« Ich sah sie an. »Außerdem hab ich wohl in London ein bißchen viel getrunken.«

»Laß gut sein. Es ist eine schwierige Phase.«

»Welche Phase ist nicht schwierig?«

»Du mußt dich mal früh hinlegen. Das täte uns allen gut.«

Einen Augenblick schwiegen wir beide. Ich hatte zum erstenmal das Trinken erwähnt, obwohl sie bestimmt davon wußte. Aber Janet hat nie versucht, mich zu ändern, hat mich immer so genommen, wie ich war. Hat mich in dem Glauben gelassen, ich sei die Stärkere.

Schließlich sah sie auf die Uhr. »Ich muß nach Rosie sehen, ich hab versprochen, in zehn Minuten noch mal bei ihr vorbeizukommen, nur ist das schon eine halbe Ewigkeit her.«

»Laß mich das machen.« Ich wollte ihr zeigen, daß ich nicht völlig nutzlos war, und stand rasch auf. »Ich hab ihr ein paar Postkarten gekauft, und wenn sie noch wach ist, gebe ich sie ihr gleich. Ich muß sowieso meine Sachen nach oben bringen.«

Ich ging zurück in die Diele mit diesem seltsamen, deutlich stärker werdenden Geruch und stieg langsam die Treppe hoch. Die Sonne war jetzt hinter dem Dom verschwunden, und das ganze Haus lag im Schatten. Im ersten Stock hörte ich Rosie kichern, was ungewöhnlich war. Sie lachte selten, vor allem wohl auch deshalb, weil sie sich ihrer Würde so sehr bewußt war. Ich ging auf die geöffnete Tür zu. Die Vorhänge waren zurückgezogen, und durch das Fenster sah ich das Oktogon und die Turmspitze, die sich schwarz vor dem dunkler werdenden Himmel abzeichneten. Rosie kicherte wieder.

»Hallo, Rosie. Ich ...« Mehr brachte ich nicht heraus.

Das Zimmer lag in weichem grauem Licht, und auf dem Kissen waren deutlich zwei Köpfe zu erkennen.

»Mr. Treevor«, sagte ich.

Er setzte sich auf. Rosie lachte noch immer, ich hörte sie hecheln vor Aufregung. Mr. Treevor hatte seinen braungestreiften Schlafanzug an, aber kein Gebiß im Mund. Sein Haar sah aus wie eine Drahtbürste. Die Augen wirkten riesengroß in dem eingefallenen Gesicht.

»Was machen Sie denn hier?«

Er schob die Unterlippe vor. »Mir war kalt. Rosie wärmt mich.«

»Ich kitzle Opa«, verkündete Rosie, »und Opa kitzelt mich.«

»Jetzt ist mir schön warm«, sagte Mr. Treevor.

»Dann sollten Sie jetzt vielleicht ins Bett gehen«, meinte ich. »Rosie muß schlafen.«

Er befreite sich so mühsam aus dem Bettzeug, daß ich ihm helfen mußte. Dann tapste er aus dem Zimmer und über den Gang, ohne Rosie gute Nacht zu sagen. Auch sie sagte nichts. Seine Tür schloß sich mit einem leisen Klick. Die Postkarten, meinte ich jetzt, hatten Zeit bis morgen früh.

»Alles in Ordnung?« fragte ich Rosie, während ich sie zudeckte.

Sie nickte. Dann wandte sie mir den Kopf zu. Die Aufregung war verflogen. »Wo ist Mummy?«

»Unten. Sie kommt bald.«

»Aber warum ist sie *jetzt* nicht hier?«

»Sie kommt gleich, sie ...«

»Aber ich brauche sie.«

»Warum? Hast du einen bestimmten Grund?«

»Vorher ist sie immer gekommen.«

»Wann vorher?«

»Ehe du da warst.«

»Daran hat sich nichts geändert. Ich bin nur zufällig vorbeigegangen und habe dich und Opa gehört, und da ...«

»Du nimmst mir Mummy weg«, fiel sie mir ins Wort. »Du sagst ihr, daß sie unten bleiben soll.«

»Sei nicht albern, Rosie, du weißt genau, daß das nicht stimmt.«

Sie steckte einen Daumen in den Mund, als wollte sie ihn zustöpseln, damit nicht noch mehr Worte herauspurzelten. In dem schwindenden Licht war ihr Gesicht so weiß wie die Marmorfiguren auf den Grabmälern im Dom, und genauso hart. Ich strich ihr übers Haar. Sie drehte den Kopf weg, und meine Hand rutschte ab.

»Mummy«, sagte sie so leise, daß ich tun konnte, als hätte ich es nicht gehört. »Ich will meine Mummy.«

Begriff Rosie denn nicht, daß ich versuchte, Janet zu helfen? Glaubte sie wirklich, ich hätte ihr die Mutter weggenommen? Das Dumme bei Kindern ist, dachte ich, daß sie die Dinge anders sehen als Erwachsene und deshalb leicht etwas in die falsche Kehle kriegen.

Sie murmelte noch etwas, es war noch leiser, und diesmal verstand ich wirklich nicht, was sie gesagt hatte. Nicht genau. Geklungen hatte es wie: »Ich hasse dich.«

»Mummy kommt gleich. Mach dir keine Gedanken und schlaf schnell.«

Ich drückte Rosies Schulter und ging hinaus. Reden ist Silber, Schweigen ist Gold. Ich würde Janet Bescheid sagen, daß Rosie auf sie wartete, nahm ich mir vor, während ich die Treppe zu meinem Zimmer hochging, aber es war vielleicht besser, nichts von Mr. Treevor und der Kitzelei zu erzählen. Janet würde überlegen, ob Rosie sich vielleicht erschreckt hatte. Sie würde sich Sorgen um ihren Vater machen, weil man an dem Vorfall sah, daß sich sein Zustand verschlechtert hatte.

1958 waren wir noch naiver. Und auch Erwachsene können etwas in die falsche Kehle kriegen.

29

Am nächsten Morgen ging ich wieder zur Arbeit. Der Ausflug nach London wirkte offenbar als Energieschub nach, denn ich katalogisierte eine Rekordzahl von Büchern, obgleich ich dabei dreimal gestört wurde.

Mein erster Besucher war Kanonikus Hudson, der mich bat, den Entwurf für die Ausstellungsbroschüre auf Fehler durchzusehen.

Danach kam Mr. Gotobed, der unter der Tür stehenblieb und mit dem Domwappen spielte, das er als Zeichen seiner Mesnerwürde an einer Kette um den Hals trug. »Ich habe Mutter von unserem Gespräch erzählt«, schnatterte er so schnell, als müsse er die Worte loswerden, weil sie ihm sonst den Mund verbrannt hätten. »Sie würde sich freuen, wenn Sie morgen nachmittag auf eine Tasse Tee vorbeikommen, und sie hofft, daß es Sie nicht stört, wenn sie nicht angezogen ist. Wenn Sie natürlich keine Zeit haben …«

»Wie lieb von ihr. Bitte richten Sie ihr aus, daß ich sehr gerne komme.«

Mr. Gotobed wurde rot. »Mutter ist leider ein bißchen schwerhörig, Sie müssen ziemlich laut sprechen.«

»Das macht nichts. Sagen Sie ihr, daß ich mich freue.«

Nachmittags, als ich Schluß machen wollte, erschien Kanonikus Osbaston. Er hatte ein in braunes Papier gewickeltes und sorgsam verschnürtes großes flaches Paket unter dem Arm. »Guten Abend, Mrs. Appleyard. Ich hoffe, ich störe nicht an einem kritischen Punkt.«

»Ganz und gar nicht.«

Schwerfällig wie ein Tank kam er auf mich zu. »Mrs. Elstree wußte, daß ich hier vorbeikomme, und hat mir eine Besorgung aufgetragen.«

Jetzt ging ihm die Luft aus, und er kam ins Schnaufen. Ich rückte ihm einen Stuhl heran. Er setzte sich erleichtert hin und legte sein Paket auf den Tisch. Der Stuhl hatte einen breiten Sitz, aber für Kanonikus Osbaston war er nicht breit genug. Er holte ein Taschentuch heraus und tupfte sich die kahle Stelle auf seinem kleinen Kopf. »Es ist immer noch unglaublich warm für die Jahreszeit, finden Sie nicht, Mrs. Appleyard?«

»Einer der Vorteile dieser Arbeit ist es, daß die Temperatur den Gefrierpunkt nie sehr weit übersteigt.«

Er krähte wie ein Schuljunge. »Gut gesagt, Mrs. Appleyard. Sehr gut. Und wie kommen Sie mit Ihren Recherchen über Kanonikus Youlgreave voran?«

»Langsam«, sagte ich sicherheitshalber.

Er rückte mit seinem Stuhl ein Stück näher heran und beugte sich vor. »Inzwischen hat sich noch jemand nach ihm erkundigt. Komisch, nicht?«

»Bei Ihnen?«

Er schüttelte den Kopf. »Bei Mrs. Elstree. Ein Mann hat sie angesprochen, als sie aus dem Haus kam. Vormittags. Sie wollte zum Einkaufen. Er sei dabei, ein Buch über ihn zu schreiben, behauptete er. Laut Mrs. Elstree sah er durchaus achtbar aus, allerdings nicht so, wie sie sich einen Schriftsteller vorstellt.«

»Eigenartig. Was hat sie noch über ihn erzählt?«

»Das war eigentlich alles. Sie hat ihn mit leeren Händen weggeschickt.« Kanonikus Osbaston rückte seine Brille zurecht, um mich besser sehen zu können. »Es ist natürlich möglich, daß es ein Journalist war. Aber weshalb sollte sich ein Journalist für Kanonikus Youlgreave interessieren?«

»Ich habe keine Ahnung«, sagte ich wahrheitsgemäß.

»Bei Ihnen ist das natürlich etwas anderes, Sie sind ja gewissermaßen in seine Fußstapfen getreten. Was mich zu dem Anlaß meines Besuches bringt.« Er lächelte, und wenn Schildkröten Zähne haben, sehen sie bestimmt aus wie die von Kanonikus Osbaston. »Mrs. Elstree war neulich oben im Dach, weil wir überlegen, dort Zimmer für Studenten einzurichten, und zufällig fand sie dort etwas, was Sie interessieren dürfte. Und da sie wußte, daß ich praktisch an der Bibliothek vorbeigehe, hat sie mich gebeten, es abzugeben.«

Er schob mir das Paket zu und erwartete offenbar, daß ich den Inhalt an Ort und Stelle in Augenschein nahm. Das dauerte seine Zeit, weil der Domherr offenbar der Meinung war, Knoten seien Männersache. Das bedeutete, daß er sein Taschenmesser herausholen, die Schnur durchschneiden, das Messer zuklappen, die Schnur zu einem unordentlichen Knäuel aufwickeln und das braune Papier entfernen mußte, ein Vorgang, der langwieriger war, als er sich hier liest. Nach all diesen Mühen förderte er ein gerahmtes Foto im Format 30 × 40 cm zutage. Der Rahmen war breit und dunkel, der Lack stumpf, das Foto selbst stockfleckig. Zu sehen war darauf eine Gruppe von etwa zwanzig Personen vor einem Haus, in dem ich sehr schnell die Theologische Hochschule erkannte. Die Leute standen auf dem Krocketrasen vor den Terrassentüren der Rektorswohnung. Die Zweige ganz links gehörten offenbar zu der Buche, unter der Rosie den Engel mit dem Schwert gezeichnet hatte.

Einige Personen auf dem Foto waren kostümiert, drei Männer waren an ihrer Kleidung als Geistliche zu erkennen.

Kanonikus Osbaston kam noch ein Stück näher. Sein Atem roch säuerlich und nach Ingwer. Er tippte mit einem langen knochigen Zeigefinger auf einen der Geistlichen. »Laut Mrs. Elstree ist das Kanonikus Youlgreave.«

Endlich also bekam ich Francis zu Gesicht, allerdings nicht so deutlich, wie ich es mir gewünscht hätte. Er war der kleinste der drei Pfarrer und beugte sich vor, als hätte er unten am Stativ der Kamera etwas Interessantes entdeckt. Er trug einen Hut, und das, was ich von seinem Haar sehen konnte, war dunkel. Er hatte eine lange Nase, die Augen waren leere dunkle Höhlen.

Auch Kanonikus Osbaston beugte sich jetzt vor, um das Foto genauer erkennen zu können, und legte dabei seine rechte Hand wie Halt suchend auf mein linkes Knie. »Ist Ihnen die eigenartige Bekleidung aufgefallen, Mrs. Appleyard? Es sieht fast aus wie eine Theatervorstellung.«

»Entschuldigen Sie«, sagte ich. »Ihre Hand.«

Er streifte seine Hand und mein Knie mit einem erstaunten Blick, als sähe er beides zum erstenmal. »Du lieber Himmel! Ich bitte um Verzeihung.« Ohne besondere Eile nahm er die Hand weg und schenkte mir sein Schildkrötenlächeln. »Der Pfarrer in der Mitte muß Kanonikus Murtagh-Smith sein, einer meiner Vorgänger.«

Ich stand auf, ging um den Tisch herum und streckte mich. »Eingeschlafener Fuß«, erläuterte ich.

»Wie lästig. Ich glaube, dagegen helfen nur regelmäßige Übungen. Wer der dritte Geistliche ist, können weder Mrs. Elstree noch ich sagen. Vielleicht ist es der Hochschulpfarrer – damals gab es diesen Posten noch – oder ein Gastdozent.« Er erhob sich, indem er mit einer Hand nach der Stuhllehne griff und sich mit der anderen auf dem Tisch abstützte. »Aber ich darf Sie nicht länger von Ihrer Arbeit abhalten, Mrs. Appleyard.«

»Bitte sagen Sie Mrs. Elstree, daß ich ihr herzlich danke und daß ich das Foto auch Mrs. Byfield zeigen werde, die es bestimmt interessiert.«

»Gewiß.« Kanonikus Osbastons Augen blitzten verständnisvoll. Er wußte so gut wie ich, daß Mrs. Elstree das Foto für Janet herausgesucht hatte und nicht für mich. Schließlich war Janet die Frau des möglichen nächsten Rektors.

Er schlurfte zum Ausgang, winkte mir noch einmal zu und verschwand. Ich wandte mich wieder dem Foto zu, auf dem auch mehrere Kinder waren, unter anderem zwei weißgekleidete kleine Mädchen. Das eine stand neben Francis und wurde zum Teil von seinem rechten Arm verdeckt. Ich bemühte mich vergeblich, weitere Einzelheiten zu erkennen, dann fiel mir das Vergrößerungsglas ein, das zusammen mit meinen Federhaltern und Stiften in einer Schale lag. Jetzt konnte ich die einzelnen Personen genauer erkennen. Wenn ich nur in das Bild hineinsteigen könnte, dachte ich, dann würde sich alles aufklären. So aber entdeckte ich nur, daß die beiden kleinen Mädchen seltsame weiße Auswüchse an den Schultern hatten, die ich gleich darauf als Flügel identifizierte.

Die kleinen Mädchen waren als Engel verkleidet.

30

»Sie sind ein stattliches Mädel«, stellte Mrs. Gotobed fest. »Das gefällt mir.«

»Aber Mutter!« Mr. Gotobed stellte das Teetablett auf ein Messingtischchen zwischen meinem und seinem Sessel. »Sie weiß nicht immer so recht, was sie sagt«, bemerkte er halblaut.

»Genau wie ich«, fuhr Mrs. Gotobed fort. »Wilfreds Vater hat immer gesagt, daß ich eine königliche Figur habe.«

»Wie nett.« Mir hatte noch niemand gesagt, daß ich eine königliche Figur hätte. Schade eigentlich ...

Mrs. Gotobed nickte. Sie saß in einem Ohrensessel, die Füße dicht an einem schwach glimmenden Kohlenfeuer. Sie hatte einen Tweedmantel an und eine Häkeldecke über den Knien. Ihr Gesicht war lang und knochig, die Haut blaß und stumpf wie Seidenpapier.

»Milch, Mrs. Appleyard? Zucker?«

Unter dem wachsamen Blick von Schnurrzel, der auf dem Fensterbrett in der Sonne lag, stolperte Mr. Gotobed im vollgestellten Zimmer herum. Er trug eine Schürze über einem dunklen Anzug aus steifem, glänzendem Stoff, der aussah, als würde er, falls sein Träger sich plötzlich in Luft auflöste, aus eigener Kraft stehen können. Das Teegeschirr war aus Bonechina mit einem Röschenmuster, wir bekamen sorgsam gewaschene Servietten, die so alt waren, daß sie Dauerbügelfalten hatten, Apostel-Teelöffel, zwei Sorten Sandwiches und zwei Sorten Kuchen.

»Sie hätten sich meinetwegen nicht so viel Mühe machen sollen«, sagte ich und nahm mir ein Sardellensandwich.

»Das ist keine Mühe«, erwiderte Mrs. Gotobed. »Wilfred

macht es gern. Wer den mal heiratet, sag ich immer, kriegt einen richtig guten Hausmann.«

»Aber Mutter!«

Zunächst konzentrierten wir uns aufs Essen und Trinken. Das Haus der Gotobeds stand unmittelbar neben der Porta. Durch Schnurrzels Fenster sah man das Kolleg auf der anderen Seite der Grünfläche. Aus einem Himmel, der so grau war wie die Schieferplatten auf dem Dach des Kollegs, fiel stetiger Regen. In diesem Moment kamen zwei vertraute Gestalten aus der Einfahrt, die eine unter einem Regenschirm, den die andere trug.

»Da ist der Bischof«, sagte ich.

Mrs. Gotobed sah auf. »Und Mr. Haselbury-Finch. Der Dekan und Kanonikus Hudson sind kurz vor ihnen reingegangen.«

»Mutter kriegt alles mit, was passiert«, sagte Mr. Gotobed stolz. »Auf der Domfreiheit und auch draußen.«

Genau gegenüber von Schnurrzels Fenster war ein zweites, von dem aus man die Kastanien, den Eingang zu Canons' Meadow und die Straße zum Kreuzgang und Südportal sah.

»Sie wohnen also in der Dunklen Herberge bei Mr. und Mrs. Byfield?«

»Ganz recht.«

»Ein stattliches Paar. Und das Töchterchen ist eine kleine Schönheit. Ich hab gesehen, wie Sie und die Kleine neulich mit Seiner Lordschaft und Kanonikus Hudson gesprochen haben.«

»Mrs. Appleyard arbeitet für Kanonikus Hudson in der Dombibliothek«, sagte Mr. Gotobed in einer Lautstärke, die großen Druckbuchstaben entsprach.

»Ist bekannt, mein Junge. Ich bin schließlich nicht von gestern.«

»Nein, Mutter. Probieren Sie mal den Früchtekuchen, Mrs. Appleyard, den hat eine der Damen von der Frauenhilfe gebacken.«

»Nur ein kleines Stück«, sagte ich. »Ich darf mir den Appetit aufs Abendessen nicht verderben.«

Mr. Gotobed schnitt drei dicke Scheiben ab und verteilte sie. Wieder herrschte Schweigen. Essen und Reden waren hier offenbar unvereinbar.

»Nicht schlecht«, urteilte Mrs. Gotobed und wischte sich die Finger an ihrer Serviette ab. »Allerdings nicht so gut wie der von mir. Heutzutage geben sie nicht genug Früchte rein.«

»Mrs. Appleyard«, verkündete Mr. Gotobed, »interessiert sich sehr für die *alten Tage*.«

»Schrei nicht so, Wilfred.«

»Weil sie in der Bibliothek arbeitet und bei der Ausstellung hilft. Du weißt doch, daß der Dekan im Kapitelhaus eine Ausstellung vorbereitet.«

Sie rümpfte die Nase. »Nächstens schenken sie in der Marienkapelle Tee aus. Dein Vater hätte die Hände über dem Kopf zusammengeschlagen.«

»Das Domkapitel muß eben sparen, wie alle anderen auch.«

»Es ist nicht recht«, sagte Mrs. Gotobed. »Das ist der Anfang vom Ende.« Sie sah wie trostsuchend zur Decke. »Als gebildete Leute müßten sie eigentlich die Geschichte von Jesus und den Wechslern im Tempel noch im Kopf haben.«

»Das ist doch etwas ganz anderes, Mutter.«

»Warum?«

»Sie müssen hier im Lauf der Jahre viele Veränderungen miterlebt haben, Mrs. Gotobed«, sagte ich.

»Veränderungen?« Ich hörte sie schnaufen und würgen. Erst mit einiger Verspätung begriff ich, daß Mrs. Gotobed lachte. Sie wischte sich mit einem schmuddeligen Zeigefinger die Tränen aus den Augen. »Das sind so Städte, wo's ständig Veränderungen gibt, und trotzdem bleibt alles beim alten.«

»Ganz logisch ist das ja nicht, Mutter. Meinst du ...«

»Mrs. Appleyard weiß schon, wie ich's meine.«

»Denken Sie an die Taube, die Ihr Sohn gefunden hat?« fragte ich.

»Die auch. Unter anderem.«

»Vor fünfzig Jahren soll so was schon einmal passiert sein, haben Sie Ihrem Sohn erzählt.«

»Nicht mit Tauben, glaube ich.« Sie trank einen Schluck Tee und sah in die Glut. »Ich erinnere mich an eine Katze, die keinen Kopf mehr hatte. Die haben sie in der nördlichen Vorhalle gefunden. Und eine Ratte, die lag im Canons' Meadow. Und eine Elster ohne Füße. Aber keine Tauben.«

»Und dann hat sich herausgestellt, wer dahintersteckte, nicht?« half ich nach. »Einer der Domherren, der nicht ganz richtig im Kopf war.«

»Nein, nein.« Mrs. Gotobed streckte ihrem Sohn die Tasse hin. »Mehr.«

Er nahm ihr die Tasse ab. »Aber du hast doch gesagt, Mutter...«

»Du bringst wieder mal alles durcheinander, Wilfred.«

Sie wandte sich an mich. »Manchmal sagt er, daß ich was durcheinanderbringe, Mrs. Appleyard, aber meist ist er schuld an dem Kuddelmuddel.«

»Du hast gesagt, daß es einer der Domherren war, das weiß ich genau.«

»Ich hab gesagt, daß es angeblich einer der Domherren war, Wilfred, und das ist ein großer Unterschied. Es hat eine Menge Klatsch gegeben, das weiß ich noch, eine Menge bösartiges Gerede.«

»War der Domherr Mr. Youlgreave?«

»Ja, so hieß er. Woher wissen Sie das?«

»Es war nur eine Vermutung. Er war mal Dombibliothekar, und deshalb bin ich ein paarmal auf seinen Namen gestoßen.«

»Geradeheraus gesagt, Mrs. Appleyard, sie konnten ihn nicht leiden. Er hat versucht, an der festgefügten Ordnung zu rütteln, und solche Leute sind nicht beliebt.«

»Wo hat er denn gerüttelt?«

»Damals gab es in Rosington ein paar schlimme Ecken. Unten am Fluß. Er hat Krach geschlagen, damit was unternommen wird.«

»Die Swan Alley zum Beispiel.«

»Was wissen Sie über die Swan Alley?« fuhr sie mich an.

»Man hat mir erzählt, daß da unten ein Elendsquartier war.«

»Der Grund und Boden gehörte dem Domkapitel. Natürlich hatten sie es verpachtet, aber trotzdem war es ihnen sehr peinlich, daß er die Sache an die große Glocke gehängt hat, ist ja klar. Im Domkapitel saßen schließlich auch nur Menschen. Wohlgemerkt, komische Ideen hatte er schon, der Kanonikus Youlgreave. Sie sind ihn schließlich losgeworden. Hatten sich wohl allesamt gegen ihn verschworen. Er war nicht ganz gesund.« Sie schüttelte betrübt den Kopf. »Aber ein ganz reizender Herr.«

Mr. Gotobed sah sie ein wenig ratlos an. »Also war der das gar nicht?«

»Was?«

»Der Mann, der Vögel und so Sachen zerstückelt hat.«

»Wie denn? Schließlich ist er seit fünfzig Jahren tot.«

»Nicht jetzt, Mutter. Damals.«

»Wenn ihr mich fragt, haben wir's hier mit einem dieser … wie nennt man die … mit einem dieser Nachahmungstäter zu tun.« Sie starrte einen Augenblick versonnen in ihre Teetasse, dann sah sie mich an. »Hierherum wird nie was anders, Mrs. Appleyard, das hab ich neulich erst zu Dr. Flaxman gesagt.«

»Aber wer käme auf die Idee, so etwas nachzuahmen?« fragte ich. »Und wer weiß überhaupt noch davon?«

»Sie würden staunen! Fünfzig Jahre sind keine Zeit.«

»Jedenfalls nicht in deinem Alter, Mutter«, sagte Mr. Gotobed nervös lächelnd und streifte sich die Krümel von der Schürze. »Ehe wir's uns versehen, ist das Telegramm von der

Königin da, und dein Foto ist im *Observer.* Darauf freue ich mich schon.«

Sie wedelte seinen Einwurf weg wie eine lästige Fliege. »Fünfzig Jahre sind in Rosington keine Zeit.« Sie deutete auf das Fenster mit dem Blick auf die Domfreiheit. »Besonders da draußen.«

»Es wird ein dummer Junge gewesen sein«, sagte Mr. Gotobed, »der mit seinem Taschenmesser rumgespielt hat. Wahrscheinlich hat er's nicht bös gemeint.«

Mrs. Gotobed rümpfte die Nase, trank langsam ihren Tee und zog erneut die Nase kraus. »Der ist zu Tode gekocht, Wilfred. So was bietet man seinem Besuch nicht an. Könntest du nicht frischen machen?«

Sekunden später war Mr. Gotobed auf den Beinen, entschuldigte sich, nahm uns die Teetassen weg, ließ die Teelöffel auf den Teppich fallen, versicherte hoch und heilig, es mache ihm nicht die geringste Mühe, frischen Tee zu brühen, griff sich das Tablett und merkte erst dann, daß er keine Hand mehr frei hatte, um die Tür aufzumachen. Ich stand auf und war ihm behilflich. Er schob sich aus dem Zimmer und hielt dabei zu mir soviel Abstand wie möglich.

»Machen Sie die Tür zu«, sagte Mrs. Gotobed zu mir. »Es zieht.«

Vor dem Kaminsims, auf dem das Foto eines Jungen in Chorhemd und Rüschenkragen stand, blieb ich stehen.

»Ist das Wilfred, Mrs. Gotobed?«

Sie nickte. »Als er in den Stimmbruch kam, hat er geweint. Er war schon immer ein dummer Kerl, aber ein gutes Herz hat er, das muß man ihm lassen.«

Ich setzte mich wieder. Allein mit mir wirkte sie jünger, als sei das Alter eine Tarnung, hinter der sie sich im Beisein ihres Sohnes verbarg.

»Wohnen Sie schon lange hier?« fragte ich.

»Manchmal hat's auch sein Gutes, wenn alles beim alten bleibt. Seit hundert Jahren haben Gotobeds auf der Domfreiheit gewohnt, und als Wilfreds Vater starb, hat sich keiner getraut, daran zu rühren. Konnte mir nur recht sein. Wir hätten ja nicht gewußt, wohin.«

Es gab eine unbehagliche kleine Pause. Schnurrzel wachte auf und musterte erst Mrs. Gotobed und dann mich. Die Kohlen im Kamin fielen in sich zusammen, und das Glas des Fensters, das auf die Domfreiheit hinausging, schepperte, als ein Regenschauer dagegenschlug.

»Wenn nicht Kanonikus Youlgreave die Tiere verstümmelt hat«, sagte ich, »wer war es dann? Ist das jemals herausgekommen?«

Sie bedachte mich mit einem durchdringenden, wissenden Blick. »Nicht richtig.«

»Aber Sie konnten es sich denken?«

»Es gab da einen Jungen ...«

»Wissen Sie noch, wie er hieß?«

»Simon. Ja, Simon, glaube ich.« Ihr Kopf sank auf die Brust, und die Augen fielen ihr zu. »Denken Sie sich nichts dabei, wenn ich einnicke«, brummelte sie. »Und gehen Sie nicht. Wenn Wilfred den Tee bringt, wache ich schon wieder auf.«

»Simon. Und weiter?«

»Simon«, wiederholte sie. »Gutaussehender Junge. Ist weggezogen.«

Die Tür ging auf, und Mr. Gotobed schob sich mit dem Tablett in der Hand rückwärts ins Zimmer. Danach beschränkte sich das Gespräch auf kurze, abgerissene Sätze und verstummte, wenn Mrs. Gotobed kurz einnickte.

Sie fragte nach Mr. Treevor. Daß er in der Dunklen Herberge wohnte, hatte sie schon gehört.

»Neulich hab ich einen gesehen, das könnte er gewesen sein«, sagte sie. »Ein alter Herr mit großem Kopf und nicht sehr sicher auf den Beinen. Ist in Richtung Canons' Meadow gegangen. Ganz allein.«

»Mr. Treevor geht nicht viel aus dem Haus«, sagte ich. »Nicht ohne Begleitung.«

Nur an Rosies Geburtstag war er allein unterwegs gewesen. Angeblich zum Entenfüttern.

»Typisch Mutter«, flüsterte Mr. Gotobed mir zu, als er mich hinausbegleitete. »Sie will immer über alles und alle im Bilde sein.«

Erst als ich über die Domfreiheit zurückging, wurde mir klar, daß Mrs. Gotobed mir nur wenige persönliche Fragen gestellt hatte, daß sie weder hatte wissen wollen, was mich zu den Byfields geführt hatte, noch wo mein Mann steckte. Sie mußte gewußt haben, daß man Henry an der Chorschule entlassen hatte. Sie hatte meinen Nachnamen gehört. Wenn sie keine Fragen gestellt hatte, war anzunehmen, daß sie die Antworten bereits kannte.

Janet, Rosie und Mr. Treevor waren in der Küche. Rosie und Mr. Treevor aßen Käsetoast. Rosies Puppe saß auf dem Stuhl neben ihr.

»Wie war's?« fragte Janet.

Rosie drückte der Puppe auf die Brust. »Mama!« sagte sie.

»Angel will mehr«, dolmetschte Rosie.

»Gleich, Schätzchen«, sagte Janet mechanisch.

»Sehr interessant.« Ich setzte mich an den Tisch. »Und Wilfred ist offenbar ihr ein und alles.«

»Wilfred?«

»Mr. Gotobed. Mrs. G. kam mir vor wie eine Henne mit einem Küken. Ich glaube, sie wollte einfach mal sehen, was von mir zu halten ist.«

»Als einer künftigen Mrs. Gotobed?« Zum erstenmal seit Tagen hörte ich Janet lachen.

»Ich glaube nicht, daß die jetzige Mrs. Gotobed mit einer Frau wie mir einverstanden wäre«, sagte ich möglichst beiläufig, aber Janet ließ sich nicht hinters Licht führen. Sie wurde sofort wieder ernst.

»Hast du etwas über Francis Youlgreave erfahren?« wollte sie wissen.

»Nur daß Mrs. Gotobed auf seiner Seite ist. Ein reizender

Herr, sagt sie, und sie glaubt, daß er auf der Domfreiheit unbeliebt war, weil er wegen der Slums am Fluß zu vielen Leuten auf die Zehen getreten hat. Offenbar gehörte der Grund und Boden dem Domkapitel.«

Von Simon sagte ich nichts. David hatte Janet von der Taube erzählt, die Mr. Gotobed gefunden hatte, aber Mr. Gotobeds Information, daß jemand sich schon vor fünfzig Jahren einen Spaß daraus gemacht hatte, kleine Tiere auf der Domfreiheit zu zerstückeln, hatte ich noch nicht weitergegeben. Die Byfields hatten im Augenblick andere Sorgen. Janet würde mir nicht dafür danken, und David wäre es nicht recht. Damals hatte ich häufig das Gefühl, daß er nach einem Anlaß suchte, mir sein Mißfallen zu zeigen.

»Kanonikus Youlgreave bleibt also geheimnisumwittert«, sagte Janet und schnitt einen Toast durch, eine Hälfte für Rosie, die andere für Angel.

»Und was ist mit mir?« fragte Mr. Treevor.

»Gleich, Daddy.«

Ihr Ton machte mich hellhörig. »Wie ist es dir denn ergangen?«

Janet strich sich das Haar aus der Stirn. »Ganz gut. Ich bin nur ein bißchen müde.«

Unsere Blicke trafen sich. Sie war müde, sie mußte ruhen – aber wie konnte sie das mit all diesen Menschen im Haus?

»Wenn es aufgeklart hat«, sagte ich, »mähe ich den Rasen.«

Janet wollte etwas sagen, aber da schlug die Haustür. Sie richtete sich auf, und die Müdigkeit schien von ihr abzufallen. »David ist früh dran«, sagte sie. »Das ist fein, nicht wahr, Püppchen?«

Rosie nickte.

»Du hast Krümel am Kinn«, fuhr Janet fort. »Wisch sie mit deiner Serviette ab und sitz gerade.«

Rosie gehorchte.

Gewöhnlich kam David in die Küche hinunter, um uns wenigstens kurz zu begrüßen.

Janet nahm Toast aus dem Grill, streute eine Schicht geriebenen Käse darauf und schob ihn wieder zurück. »Ich schau nur mal schnell, ob er eine Tasse Tee möchte.«

»Ich passe auf den Toast auf«, versprach ich.

Ich hörte, wie Janet langsam die Treppe zur Diele hochging. Dann gab ich Mr. Treevor seine zweite Scheibe Käsetoast.

»Danke, Mummy«, sagte er und griff mit beiden Händen zu.

Er hatte seinen Toast schon fast verdrückt, als Janet wieder nach unten kam. Ich sah ihr an, daß etwas schiefgelaufen war.

»Janet...«

»Der Verwaltungsrat hat heute nachmittag getagt«, sagte sie tonlos und lehnte sich an den Tisch. »Sie wollen das Kolleg jetzt doch schließen.«

31

Am Donnerstag vormittag, als das Päckchen kam, war meine Wut noch nicht verraucht. Ich war im Wohnzimmer beim Staubwischen, als der Briefträger an der Hintertür klopfte. David machte auf und brachte mir das Päckchen. Als symbolischen Ölzweig gewissermaßen. Ich erkannte die Handschrift sofort, und ihm war es wohl nicht anders gegangen.

»Ich muß mich entschuldigen, Wendy«, sagte er, als er mir das Päckchen aushändigte.

»Wofür?«

»Für gestern abend. Ich war nervös, aber ich hätte es nicht an dir auslassen dürfen.«

»Und an Janet und Rosie«, ergänzte ich, Salz in die Wunde reibend. Ich hatte keine Lust, mir Entschuldigungen anzuhören. Wenn David sich schon als Geistlicher auf einen Sockel stellte, hätte er um so mehr Grund gehabt, fand ich, wie ein zivilisierter Christenmensch zu handeln.

»Du hast ja recht«, sagte er milde, aber die Laurence-Olivier-Nüstern weiteten sich kurz. Ich hatte also wieder mal eine unsichtbare Grenze nicht beachtet – was mir allerdings herzlich gleichgültig war. »In jedem Fall«, fuhr er fort, »war es unverzeihlich.«

Plötzlich machte es mir keinen Spaß mehr, auf ihm herumzuhacken. »Schon gut. Im übrigen geht es hier ja nicht um mich, sondern um Janet.«

Er nickte kurz und ging. Ich merkte, daß er eingeschnappt war, aber schließlich hatte auch er mich geärgert. Daß er Janet gestern beim Abendessen angeschrien hatte und türenknallend aus der Küche gerannt war, gehörte sich einfach nicht.

Wäre David nicht Pfarrer und überdies ein Mann gewesen,

der normalerweise seine Gefühle fest im Griff hatte, hätte uns das nicht so erschreckt. Als er draußen war, hatte Janet in ein Geschirrtuch geschluchzt, Rosie hatte sich mit Angel in ihre Ecke neben dem Küchenbüfett verzogen, und Mr. Treevor konnte in aller Stille sämtliche Teller leer essen.

Ich setzte mich aufs Sofa und drehte und wendete Henrys Päckchen hin und her. Am Montag hatte er eigentlich noch ein Geburtstagsgeschenk für Rosie kaufen wollen, war aber dann nicht mehr dazu gekommen und hatte die Frechheit besessen, mich zu fragen, ob ich es für ihn besorgen würde. Natürlich hatte ich empört abgelehnt.

Es war ein seltsames, fast ein wenig unheimliches Gefühl, meinen Namen in Henrys Schrift zu sehen – als ob mir der Briefträger einen adressierten Rückumschlag gebracht hätte. Ich entfernte Schnur und Packpapier. Drei Bücher und ein Brief kamen zum Vorschein. In zwei Bücher, *Noddy Goes to Toyland* und *Hurrah for Little Noddy* von Enid Blyton, hatte er Rosies Namen geschrieben, aber in gewisser Weise waren sie für mich bestimmt. Das dritte Buch war ein dünner grüner Band, der mit dem Buch, das ich mir aus der Stadtbücherei geholt hatte und das oben in meinem Nachttisch lag, fast identisch war: ein Exemplar von Francis Youlgreaves *Engelszungen*.

Ich machte den Brief auf, der auf einem Kopfbogen von Brown's Hotel geschrieben war. Offenbar bemühte Henry sich noch immer nach Kräften, seine 47 000 Pfund so schnell wie möglich unter die Leute zu bringen.

Liebe Wendy,
ich hoffe, die Noddy-Bücher gefallen Rosie. Ich finde ja, daß Noddy ein widerlicher kleiner Wicht ist, aber vielleicht kann ich das nicht so beurteilen.

Jetzt zu Youlgreave. Ich habe ein bißchen recherchiert. Im Katalog der Bibliothek des British Museum gibt es eine Sammlung Farnworthy, die hauptsächlich aus theologischen Werken besteht. Die Predigten von Dr. Giles Briscow sind nicht drin, die Bibliothek hat aber ein Exemplar aus dem späten 17. Jahrhundert, demnach kann es nicht das sein, das Youlgreave hatte – wenn es denn je existierte.

Nun aber eine große Neuigkeit. Als ich am Dienstag ins Blue Dahlia kam, trat dein kleiner Kahlkopf gerade aus der Tür. Ich bin ihm nach Holborn gefolgt. Er hat ein Büro über einem Tabakladen. Harold Munro, Exsergeant der Londoner Kriminalpolizei, private Ermittlungen und vertrauliche Recherchen, so steht es auf seiner Visitenkarte im Schaufenster des Tabakladens. Daß er es ist, weiß ich deshalb, weil er sich in dem Laden Zigaretten geholt hat, als ich da war, und der Tabakwarenmensch ihn Mr. Munro nannte.

Munro hat den Mann gebeten, am nächsten Tag, dem Dienstag, Nachrichten für ihn anzunehmen, weil er verreisen müsse. Der Tabakmensch fragte, wohin er denn wolle, hoffentlich in eine nette Gegend, und Munro sagte, er müsse nach Roth, einen Ort themseaufwärts bei Shepperton.

Ich hörte Schritte auf der Diele und sah auf. Mr. Treevor war von der Küche gekommen und ging auf die Toilette zu.

»Mr. Treevor?« rief ich.

Er blieb stehen, die Hand auf der Klinke. »Ja?«

»Ich wollte Sie etwas fragen. Kennen Sie den Mann, den Sie dabei erwischt haben, wie er das Haus von der High Street aus beobachtet hat?«

»Ich hab ihn schon mal gesehen«, sagte Mr. Treevor. »Und ich bin ziemlich sicher, daß er ein Gespenst ist.«

»Hatte er eine kahle Stelle auf dem Kopf?«

»Kann sein.« Mr. Treevor drehte den Türknauf. »Ja, ich glaube schon.«

»Und wissen Sie noch, was für eine Form die kahle Stelle hatte? Das müssen Sie von oben erkannt haben, wenn er auf der High Street stand.«

»Sie war nicht nett anzusehen. Er war kein netter Mann.«

»War sie dreieckig? Ein bißchen wie der Umriß von Afrika?«

»Schon möglich«, sagte Mr. Treevor entgegenkommend. Dann verschwand er in der Toilette und schloß ab.

Ich las weiter.

Also fuhr ich am nächsten Morgen mit dem Zug von Waterloo Station nach Shepperton – Roth ist so klein, daß es keinen eigenen Bahnhof, ja eigentlich wenig mehr hat als eine Kirche, ein Buswartehäuschen und ein Gasthaus. Es ist eins dieser Dörfer, die von den Londoner Vororten geschluckt worden sind, und abgesehen von einem riesigen Stausee und ein, zwei Feldern, die der Aufmerksamkeit der Bauträger entgangen sind, sieht man weit und breit nur Häuser.

Übriggeblieben ist eine Art Dorfanger, der mehr oder weniger die Ortsmitte darstellt und an dem das Wartehäuschen und das Gasthaus stehen. Ich sagte mir, daß Munro, wenn er in Roth war, früher oder später hier auftauchen würde, und hielt mich erfolglos eine Stunde an einer Tasse Kaffee in einem scheußlichen kleinen Lokal mit viel Chintz und noch mehr Pferdegeschirren fest. Als das Pub aufmachte, ging ich hin, und zum Glück war unser Harold auf die gleiche Idee gekommen. Er unterhielt sich mit einem alten Knaben, also holte ich mir am Tresen was zu trinken und machte lange Ohren.

Es würde mich nicht wundern, wenn er deshalb Exsergeant wäre, weil sie ihn wegen Unfähigkeit bei der Kriminalpolizei geschaßt haben. Hinter meiner Zeitung versteckt, kriegte ich einiges von dem Gespräch mit. Munro fragte nach den Youlgreaves. Von einer gewissen Lady Youlgreave war die Rede, die nur ein paar Schritte weiter im Herrenhaus wohnt. Leider kamen in dem Moment weitere Gäste, und ich konnte nicht mehr alles hören, weil sich neben mir ein paar Leute laut unterhielten.

Der Name Francis Youlgreave fiel mehrmals. Der Alte schwatzte was von einem Carter's Meadow. Ich habe den Eindruck, daß Youlgreave mit einem Nachbarn über Kreuz war, weil er dort mit einer Katze etwas angestellt hatte.

Kurz darauf zog Munro ab, und ich sah ihn rasch in Richtung Bahnhof gehen.

Ich wollte ihm nicht folgen, weil das zu sehr aufgefallen wäre, und sah mir statt dessen das alte Kirchlein an. Francis Youlgreave ist dort beerdigt, an der Kanzel ist eine Gedenktafel für ihn angebracht. Sehr diskret – nur das Familienwappen, sein Name und wann er geboren und gestorben ist.

Und dann bin ich noch auf die Gedichte gestoßen. An der Tür stand eine Kiste mit alten Büchern, Threepence das Stück, zugunsten der Kirchenrenovierung. Der Gedichtband von Francis Youlgreave dürfte Dich interessieren. Ich habe auf der Rückfahrt mal hineingesehen, bin aber aus dem Zeug nicht schlau geworden. Total trallala, wie Deine Mutter zu sagen pflegte.

Am Donnerstag will ich versuchen, Näheres über Martlesham in Erfahrung zu bringen, und rufe Dich abends an. Wenn wir Glück haben, hast Du das Päckchen dann schon in Händen.

All das, was ich am Montag gesagt habe, war ernst gemeint. Ich weiß, daß ich mich blödsinnig benommen habe, aber laß es uns noch einmal versuchen. Bitte löse den Scheck ein – falls Du es noch nicht getan hast.

Viele liebe Grüße
Henry

Als ich fertig war, hätte ich heulen mögen, ohne recht zu wissen, warum. Vielleicht, weil der Brief mir zu Bewußtsein brachte, wie weit es mit Henry und mir seit unserer Heirat gekommen war – besonders natürlich, nachdem ich ihn mit seiner haarigen Witwe am Strand erwischt hatte.

Ich ging mit dem Päckchen auf mein Zimmer, weil ich die Bücher für Rosie als Geschenk einpacken wollte. Im Haus war es sehr still. Janet hatte Rosie zur Schule gebracht, David war in seiner Studierstube und Mr. Treevor in seinem Zimmer. Als ich die Bücher auf meinen Nachttisch legte, sah ich den Lavendelzweig, der auf Henrys Scheck neben der Ginflasche lag. Bisher hatte er mir kein Glück gebracht. Ich war todtraurig.

Ich zündete mir eine Zigarette an und hatte es nicht eilig, zur Arbeit zu gehen. Ich betrachtete das Foto, das Kanonikus Osbaston mir geliehen hatte. Es lehnte an einem alten Waschtisch in der Ecke hinter der Tür. Die Vergangenheit, für die es stand, war mir ebenso unverständlich wie die Gegenwart. Was zum Teufel führten Martlesham und Munro im Schilde? Warum konnten sie ihre Nachforschungen nicht offen betreiben, wenn sie sich für Francis interessierten? Vielleicht gab es eine ganz naheliegende Erklärung, die mir nur deshalb nicht in den Kopf wollte, weil ich zu sehr damit beschäftigt war, mein Leben an die Wand zu fahren und zuzusehen, wie Janet und David es genauso machten. Was hatte die verstümmelte Taube zu bedeuten? Und was war mit dem kleinen Schattenmann, den Mr. Treevor gesehen hatte und der möglicherweise identisch war mit Harold Munro, seines Zeichens Privatdetektiv, mit dem Umriß von Afrika auf dem Kopf?

Ich trat mit dem Foto ans Fenster, wo das Licht besser war. Laut Mrs. Elstree stand in der Gruppe auch Francis Youlgreave. Held oder Schurke? Irrer oder Heiliger? Könnte ich in die unscharfe monochrome Welt des Fotos steigen und fünf Minuten mit ihm sprechen, würden sich zumindest diese Fragen erledigen. Und auch andere, die das Hier und Jetzt betrafen.

Ich drückte die Zigarette aus. Es wurde Zeit für die Bibliothek. In der Diele stand David in Hut und Mantel vor der Eichentruhe und stocherte mit seinem Schirm zwischen Truhe und Wand herum.

»Hast du was verloren?« fragte ich.

»Der Geruch wird immer stärker.« Er stieß mit dem Schirm heftig nach unten. »Ich wollte wissen, ob sich hier was eingeklemmt hat. Ich spüre etwas.«

»Wir könnten die Truhe abrücken.«

»Vielleicht ist es kein erfreulicher Anblick. Eine tote Ratte zum Beispiel. Und ist die Truhe nicht zu schwer für dich?«

»Wohl kaum«, sagte ich. »Aber meinst du, daß du es schaffst?«

Die Nüstern blähten sich, aber er nahm sich zusammen und nickte nur. Die Truhe hatte Griffe an beiden Seiten. Zu zweit war es ein Kinderspiel, sie anzuheben und ein paar Zentimeter von der Wand wieder hinzustellen, für einen allein allerdings wäre es schwierig gewesen, sie wegzurücken, ohne die Steinplatten zu zerschrammen.

Zwischen Wand und Fußboden lag ein Häufchen Federn und Knochen. Der Geruch war mit einem Schlag noch penetranter.

»Was zum Teufel ...« setzte David an.

Ich faßte ihn am Arm. »Wir müssen es wegschaffen, ehe Janet es sieht.«

Wie aufs Stichwort schlug die Küchentür, und wir hörten Janets Schritte auf den Stufen zur Diele.

32

»Er muß aus dem Haus«, sagte David. »Begreif das doch, Janet.«

Sie kaute an der Unterlippe. »Wir wissen nicht, ob er es war.«

»Wer denn sonst?« Er stieß einen reichlich theatralischen Seufzer aus. »Rosie etwa?«

»Nein, natürlich nicht.«

»Es ist ein Symptom für eine schwere psychische Störung. Er braucht fachkundige Betreuung.«

»Aber es wäre schrecklich für ihn, wenn wir ihn in ein Heim stecken würden.«

Unvermittelt hörten wir Wasser rauschen und einen Riegel zurückschurren. Mr. Treevor bewegte sich rücklings, wie nach einer königlichen Audienz, in die Diele, warf noch einen Blick in die Toilette und schloß dann gewissenhaft die Tür. Erst dann drehte er sich um und sah uns und die noch immer von der Wand abgerückte Truhe.

David und Janet wechselten über die Truhe hinweg einen Blick. Ich hatte mich hingehockt und nahm mit Kohlenschaufel und Handfeger den üblen Haufen auf. Der Geruch war penetrant, ich atmete durch den Mund und vermied es, mir die Flügel allzu genau anzusehen; womöglich waren Maden drin.

Mr. Treevor hatte die *Times* in der Hand. »Guten Morgen«, sagte er und tippte mit wichtiger Miene auf das Blatt. »Kann mich leider nicht aufhalten, muß nach meinen Kursen sehen.«

»Daddy...« begann Janet.

Den Fuß schon auf der ersten Stufe, blieb er stehen. »Ja, Kind?«

»Nichts.«

Er lächelte uns zu. »Tja, ich muß los.«

Wir horchten auf seine Schritte und warteten, bis die Tür zu seinem Zimmer zugeschlagen war. Ich kippte die Flügel auf ein Stück der gestrigen *Times* und wickelte sie darin ein. Ich konnte das Bündel in Packpapier einschlagen, verschnüren, frankieren und zur Post geben. Adressiert an Henry? An seine haarige Witwe? Ich schüttelte den Kopf, um meine verrückten Gedanken zu vertreiben. Vielleicht war Verrücktheit ansteckend, und die Keime flogen im ganzen Haus herum.

David sah auf die Uhr. »Wir sprechen heute abend darüber«, sagte er zu Janet. »Aber so leid es mir tut – hier kann er nicht bleiben.«

»Es kann sonstwer gewesen sein«, brach es aus Janet heraus. »Wir schließen tagsüber nicht ab, jeder kann ins Haus.«

»Die Mühe macht sich doch niemand.« David griff nach seiner Aktentasche. »Ich muß los. Kanonikus Osbaston erwartet mich.«

Die beiden wollten beraten, ob nicht doch noch eine Möglichkeit bestand, die Entscheidung zur Schließung des Kollegs rückgängig zu machen. Der Sinneswandel des Kuratoriums war auf einen überraschend pessimistischen Bericht des Diözesanarchitekten über den baulichen Zustand der Theologischen Hochschule zurückzuführen. Offenbar wären für die Reparaturen Tausende nötig, ganz abgesehen von den Kosten für das vorgesehene Modernisierungsprogramm. Aber es gab eine Reihe von Erwägungen, die nicht berücksichtigt worden waren, hatte David gestern abend doziert. Da war zum Beispiel die Frage, ob die Kuratoren wirklich berechtigt waren, das Kolleg zu schließen und das Stiftungsvermögen anderen Zwecken innerhalb der Diözese zuzuführen. Und sollte man nicht in Betracht ziehen, bei einem objektiveren Gutachter eine zweite Meinung einzuholen? Im übrigen hatte einer der Kuratoren bei der entscheidenden Sitzung gefehlt. Man mußte versuchen, zusätzliche Mittel von außerhalb zu bekommen. Der Bischof allerdings hatte David schwer enttäuscht. Statt sich hinter das Kolleg zu stellen, wie es seine bisherige Haltung hatte erwarten lassen, hatte er sich der Stimme enthalten. Vielleicht konnte man ihn aber, falls es zu einer zweiten Abstimmung kam, dazu bringen, seine Meinung zu ändern.

»Das eigentliche Problem sind der Dekan und Hudson«, hatte David uns – nicht zum erstenmal – erläutert. »Der Bericht dient ihnen nur als Vorwand. Aber es ist ihnen gar nicht klar, was sie damit zerstören. Wenn die Theologische Hochschule erst einmal geschlossen ist, bekommt man sie nie wieder in Gang.«

Ich sah ihm durch die verglaste Tür nach, wie er über den Gartenweg zu der Mauerpforte ging, die zur Domfreiheit führte. Der Regen trommelte auf seinen Schirm. Was gestern abend nicht zur Sprache gekommen war, was Janet und ich aber klar sahen, war die Tatsache, daß er mit seiner Karriere kläglich Schiffbruch erlitten hatte. Der Rektorenposten wäre für ihn ideal gewesen und hätte ihm, wie Janet sagte, sehr wahrscheinlich den Weg zu höheren Weihen geebnet.

Diese Möglichkeit war ihm jetzt verbaut. Was sollte er machen? Er konnte sein Leben nicht als kleiner Domherr in Rosington beschließen. Falls nicht ein freundlich gesinnter Bischof dazu gebracht werden konnte, ein wohlgenährtes Kaninchen aus dem Zylinder zu zaubern, hatte er bestenfalls eine Stellung als Internats- oder Hochschulpfarrer zu erwarten, schlimmstenfalls eine Pfarre in der finstersten Provinz.

Ich warf den Zeitungspapierpacken in den Mülleimer und trank, ehe ich mich auf den Weg in die Bibliothek machte, noch eine Tasse Kaffee mit Janet. Nur so konnte ich sie dazu bringen, sich mal zehn Minuten hinzusetzen.

»Es tut mir leid, daß David so grob war«, sagte sie. »Er ist völlig durcheinander, er weiß nicht mehr, was er tut.«

»Kein Wunder.«

»Aber er dürfte es nicht an seiner Umgebung auslassen.«

»Ich würde mich an seiner Stelle wahrscheinlich auch nicht besser benehmen. Wenn einem ein Job durch die Lappen geht, der...«

»Es geht nicht nur um den Job, sondern auch um Peter Hudson.«

»Wieso?«

Janet runzelte die Stirn. »Er ist der einzige aus dem Domkapitel, zu dem David aufsieht. Er hat einen erstklassigen Kopf, sagt er.«

»Wie schön für ihn.«

»David hat große Achtung vor ihm und möchte gern, daß Peter ihn mag.«

»Und deshalb hat es ihn noch mehr getroffen, daß Hudson auf die Schließung des Kollegs hingearbeitet hat?«

Sie nickte. »Ich glaube, er hat gehofft, Peter würde es sich im letzten Moment anders überlegen, auch wenn die Chancen dafür nie sehr gut standen.«

»Männer können manchmal schrecklich kindisch sein.« Ich brachte die Tassen und Untertassen zur Spüle.

»Trotzdem habe ich den Eindruck, daß Peter Hudson viel für David übrig hat. June hat sich mal in diesem Sinn geäußert. Laß den Abwasch, Wendy, du mußt zur Arbeit.«

Janet wurde fast böse, wenn ich helfen wollte, also überließ ich sie in der Küche ihrem Schicksal und einer Spüle voller Seifenschaum. In der Bibliothek machte ich mich an die Korrektur der Druckfahnen für die Ausstellungsbroschüre. Das war schnell erledigt. Ungeachtet seiner Gedichte hatte Francis keinen Platz auf der Ehrenliste des Dekans gefunden. Mit den korrigierten Fahnen ging ich zum Kapitelhaus. In dem großen Raum dirigierten Kanonikus Hudson und Mr. Gotobed zwei Arbeiter mit Schauvitrinen herum. Mr. Gotobed lächelte mir schüchtern zu.

»Ich möchte mich noch sehr für den Tee gestern bedanken«, sagte ich. »Schön, daß ich jetzt auch Ihre Mutter kennengelernt habe.«

Hudson warf mir einen scharfen Blick zu. Ich wollte ihm gerade die Fahnen in die Hand drücken, als ich sah, daß noch jemand im Kapitelhaus war. Wie ein kleiner schwarzer Vogel hockte Mr. Treevor in einer der Fensternischen. Neben ihm stand das Modell des Oktogons, das er fasziniert betrachtete.

»Vielen Dank für Ihre Mühe.« Hudson überflog die Seiten. »Keine großen Probleme?«

»Nein. Was ist mit Mr. Treevor?«

»Uns stört er nicht.« Hudson sah auf. »Er ist vor ein paar Minuten gekommen.«

»Normalerweise geht er nicht mehr allein weg.«

»Dann wäre es nett, wenn Sie ihn nach Hause bringen könnten. Ich möchte nicht, daß Mrs. Byfield sich Sorgen macht.«

Ich ging zu Mr. Treevor hinüber, legte ihm eine Hand auf den Arm und sagte freundlich, wir müßten jetzt gehen. Er nickte und hakte sich bei mir ein. Unter dem Torbogen, der zum Kreuzgang führte, blieb er stehen und winkte den Männern im Kapitelhaus zu. Sie winkten zurück.

Es regnete noch, und ich spannte meinen Schirm auf. Langsam gingen wir über die Domfreiheit.

»Ich hab ihn ins Kapitelhaus gehen sehen«, sagte Mr. Treevor vertraulich.

»Wen?«

»Den Schattenmann. Erst war er im Garten, und ich bin ihm bis ins Kapitelhaus nachgeschlichen, aber er muß sich davongemacht haben, als ich grad nicht hingesehen hab. Als wir gegangen sind, war er nicht mehr da.«

»Sehen Sie ihn oft?«

Mr. Treevor überlegte. An seiner Nasenspitze zitterte ein Tropfen, der vermutlich nicht aus Regenwasser bestand, und ich wartete ungeduldig darauf, daß er endlich herunterfiel.

»Ja, er ist oft da. Was meinen Sie, könnte es mein Bruder sein?«

»Ich wußte gar nicht, daß Sie einen Bruder haben.«

»Ich auch nicht, aber vielleicht hat man es mir ja verheimlicht. Das wäre doch einleuchtend, nicht?«

In der Dunklen Herberge wischte Janet die Küche. Daß ihr Vater das Haus verlassen hatte, war ihr noch gar nicht aufgefallen.

»So was darfst du jetzt nicht machen«, sagte ich. »Überlaß das der Putzfrau.«

»Das wollte ich auch«, sagte Janet, »aber Daddy hat seinen Porridge verschüttet, und Rosie ist in den Brei getreten.«

»Dann hättest du es mir sagen sollen.«

»Ich kann dir nicht alles aufladen, das ist nicht fair.«

»Unsinn. So eine Schwangerschaft dauert schließlich nicht ewig. Jetzt muß ich los. Wir sehen uns mittags.«

»Denk dran, daß ich heut nachmittag bei der Weiberriege bin.«

Mr. Treevor kam in die Küche, schob mit wichtiger Miene den Jackenärmel zurück und sah auf seine Armbanduhr. »Mittagszeit. Ich hab mir schon die Hände gewaschen.«

»Hast du gestern abend vergessen, deine Uhr aufzuziehen?« fragte Janet. »Es ist erst Viertel elf.«

»Aber ich habe Hunger.«

»Schon gut, Daddy. Du kannst ein Schmalzbrot haben.«

Mr. Treevor sah erneut auf die Uhr. »Ich hab wirklich gedacht, es ist eins.«

»Was hast du da am Handgelenk?« Janet trat einen Schritt näher. »Hast du dich geschnitten?«

Er streckte den Arm aus. Janet schob die Uhr zurück. Er ließ die Untersuchung geduldig und mit gesenktem Kopf über sich ergehen. Unter dem Uhrarmband kam eine leicht gekrümmte, etwa fünf Zentimeter lange Schramme zum Vorschein, die an manchen Stellen offenbar so tief ging, daß sie geblutet hatte. An der Innenseite von Mr. Treevors Manschette sah man angetrocknete Blutspuren. Der Sekundenzeiger der Armbanduhr bewegte sich noch, Stunden- und Minutenzeiger standen auf siebzehn Minuten nach zehn.

»Wie hast du denn das angestellt?« fragte Janet.

»Muß an einem Nagel hängengeblieben sein, als ich meinen Verdauungsspaziergang gemacht hab.«

Janet und ich wechselten einen Blick. Mr. Treevor setzte sich an den Küchentisch und fragte, wie viele Schmalzbrote er haben könne. Ich ging in die Bibliothek. Zwei Stunden katalogisierte ich Bücher, ohne – abgesehen von einer gebundenen Ausgabe des *Punch* von 1923 – auf Überraschungen zu stoßen. Ich langweilte mich, aber das kam mir nicht ungelegen. Lieber langweilte ich mich, als mir Gedanken über Janet zu machen, über Mr. Treevor und seinen schattenhaften Bruder oder über Simon Martlesham und das, was er im Schilde führen mochte.

Viertel vor eins schloß ich ab und ging zum Mittagessen in die Dunkle Herberge zurück. Es gab Suppe und Brot, danach Käse und Obst. Mr. Treevor aß stumm, aber auf Teufel komm raus. Janet und ich versuchten sporadisch, ein Gespräch anzufangen, aber unsere Gedanken gingen in unterschiedliche Richtungen, und nach einer Weile gaben wir es auf.

Nach dem Essen wusch ich ab, und Janet legte sich eine halbe Stunde hin. Ich brachte ihr eine Tasse Tee, aber sie schlief so fest, daß ich es nicht übers Herz brachte, sie zu wecken, und auf Zehenspitzen wieder nach unten ging.

Ich trank meinen Tee allein im Wohnzimmer und holte mir als Lektüre das Exemplar von *Engelszungen*, das Henry mir geschickt hatte. Vielleicht gelang es mir ja, den früheren Besitzer des Buches aufzuspüren, der Francis möglicherweise gekannt hatte. Oder es fanden sich Randnotizen. Oder es stellte sich heraus, daß das Exemplar Francis selbst gehört hatte.

Doch weder Francis noch sonstwer hatte dieses Buch gelesen – die Seiten waren noch nicht aufgeschnitten. Ich holte mir das Papiermesser von Janets Schreibtisch und machte mich an die Arbeit, wobei ich beim Umblättern immer wieder den einen oder anderen Vers las. Da waren meine alten

Bekannten Uriel, Raphael, Raguel und Co. Da waren die von ihrem verzauberten Vater zerstückelten Kinder. Da war die Katze, die zusah, wie die Kinder des Pharaos starben, und da war der verendete Hirsch auf Breakheart Hill.

Ich blätterte zurück zum Anfang und las das Motto, das ich vorhin übersehen hatte und das mir nur zu bekannt vorkam:

> Wir sind das, wofür wir doch alle einen Abscheu haben, nämlich Kannibalen und Menschenfresser, die wir nicht nur andere, sondern sogar uns selbst auffressen ... Den al unser Fleisch, das wir sehen, kam durch unseren Mund in uns ... Kurz, wir haben uns selbst aufgefressen.

Genau dieser Absatz war in der *Religio Medici* angestrichen, die Francis gehört hatte. Es war eine seltsam intime Entdeckung, als hätte ich mir durch einen Schnitt mit Janets Papiermesser Zugang zu Francis Youlgreaves Denken verschafft und etwas zu sehen bekommen, was bislang vielleicht nur er selbst gesehen hatte.

Ich blätterte weiter und überflog das Inhaltsverzeichnis. Einen schwindelnden Augenblick hatte ich das Gefühl, ins Leere zu stürzen – wie an jenem Nachmittag, als David Janet und mich auf dem Westturm des Doms mitgenommen hatte. Diesmal aber gab es keine Janet, die mir die Hand auf den Arm legte und leise sagte, wenn Schildkröten watscheln könnten, würden sie haargenau so aussehen wie Kanonikus Osbaston. Ich machte die Augen zu und schlug sie gleich wieder auf.

Alles war wie vorher. Ich hatte mir nichts eingebildet. An dem Inhaltsverzeichnis stimmte etwas nicht. Auch hier waren die Gedichte der Sammlung zu Unterabteilungen zusammengefaßt, die je einem Engel zugeordnet wurden, aber es waren nicht, wie in dem Exemplar in der Stadtbücherei von Rosington, sieben Unterabteilungen, sondern acht. Die achte – »Der Sohn des Morgens«, ein durchaus einleuchtendes Pseudonym für einen Engel – stand am Schluß und enthielt nur ein Gedicht, »Eine Messe für die Toten«.

Im Rückblick war das Sonderbarste wohl meine heftige Reaktion. Das Gedicht schockierte mich, noch ehe ich es gelesen hatte, noch ehe ich wußte, warum es schockierend war. Die Sache war genauso rätselhaft wie der unerfreuliche Geruch in der Diele, der mir in die Nase gestiegen war, ehe Mr. Treevor die Taubenflügel dort versteckt hatte. Manche Dinge verstehe ich bis heute nicht.

Ich blätterte zurück zur Titelseite, und endlich sah ich, was mir hätte ins Auge springen müssen, sobald ich Henrys Päckchen aufgemacht hatte. Ich war davon ausgegangen, daß das Buch *Engelszungen* hieß. Schließlich glich es genau den *Engelszungen*, Henry hatte gesagt, es seien die *Engelszungen,* und der größte Teil des Inhalts war identisch mit dem der *Engelszungen.*

Doch das Buch, das ich in der Hand hielt, hieß *Engelsstimmen* und war nicht bei Gasset & Lode erschienen, sondern »als Privatdruck im Auftrag des Autors«. Ansonsten war alles, soweit ich das beurteilen konnte, identisch – Datum, Schriftbild, sogar das Papier.

Ich blätterte bis zum Schluß. Der neue Abschnitt hatte ein eigenes Motto, das der vierten Sektion der *Himmlischen Hierarchien* eines gewissen Dionysius Areopagitus entnommen war:

> Sie vor allen anderen verdienen den Namen Engel, weil sie als erste des Himmlischen Lichtes teilhaftig werden, und durch sie werden uns die Offenbarungen übermittelt, die über uns sind.

Das Gedicht war lang und selbst für Francis Youlgreaves Verhältnisse sehr obskur; es bediente sich der qualvoll archaischen Ausdrucksweise, die er offenbar so geliebt hatte. Ich überflog es und erfaßte zumindest so viel, daß es sich um ein Gespräch zwischen dem Dichter und einem durchreisenden

Engel handelte. Der Engel erläuterte Francis, warum er sein Reich verlassen hatte und zu den Söhnen und Töchtern der Menschen hinabgestiegen war. Die Engel hatten die Gabe des ewigen Lebens und wollten sie mit einer Handvoll geeigneter Menschenwesen teilen. Damit, sagte der Engel, hätten er und seine Freunde praktisch alles getan, was in ihrer Macht stand.

Das Gedicht ging mir gegen den Strich. Ich hatte beim Lesen – ganz davon abgesehen, daß es mir unverständlich blieb – ein ungutes Gefühl. Vielleicht war es aber auch nur eine neue Version des christlichen Gewäschs vom Tod als Tor zum ewigen Leben. War denn das Leben so begehrenswert, daß man nie genug davon bekommen konnte?

Ich klappte das Buch zu und pfefferte es wütend auf den Sofatisch. Es schlitterte quer über die polierte Fläche und blieb erst knapp vor der Tischkante liegen. Warum hatte Francis sich die Mühe gemacht, einen Privatdruck der Gedichte in Auftrag zu geben? Gab es in »Eine Messe für die Toten« Verse, die der Rest der Welt nicht lesen sollte? Und welche mochten das sein? Oder hatte Gasset & Lode sich geweigert, das Gedicht in die *Engelszungen* aufzunehmen, weil es so miserabel war?

Weil der Regen endlich aufgehört hatte und eine blasse Sonne sich durch die Wolken drängte, beschloß ich, ein Stück spazierenzugehen, ich brauchte frische Luft. Ich setzte den Hut auf und betrat die Domfreiheit. Hinter dem Kolleg war ein Bauernhof. Wenn der Boden nicht zu naß war, konnte ich der Stadt eine halbe Stunde den Rücken kehren und vorbei an den Deichen und Hecken, die sich zu den Fens hin senkten, über die Felder gehen.

Aber ich kam nicht weit. An der Porta hörte ich eine Handglocke schellen – es war fast erschreckend, wie ähnlich im Klang sie der Glocke war, die wir in der Dunklen Herberge schwangen, wenn das Essen fertig war –, dann folgte ein Klappern und Scheppern. Ich sah zum Haus der Gotobeds hinüber. Im Obergeschoß stand ein Fenster offen, und im Zimmer dahinter bewegte sich eine Hand.

Ich trat näher heran. »Guten Tag, Mrs. Gotobed. Wie geht's?«

Ich sah kein Gesicht, aber die Hand winkte mir. »Es ist nicht abgeschlossen. Kommen Sie!«

Ich hob die Glocke auf, die auf den Plattenweg gefallen war, und stieg die Treppe zu dem kleinen Wohnzimmer hoch. Mrs. Gotobed saß diesmal nicht vor dem Kamin, sondern an dem Fenster, das auf die Domfreiheit hinausging, Schnurrzel hockte auf dem Sims zwischen ihrem Sessel und dem Spiegel. Mrs. Gotobed war heute sichtlich nicht auf Besuch eingerichtet: Die Reste des Mittagessens standen auf einem Tablett neben ihrem Sessel, der Nachtstuhl war nicht versteckt, ihr Haar nicht gebürstet.

»Kann ich etwas für Sie tun?« fragte ich.

»Haben Sie ihn gesehen?« zischelte sie.

»Mr. Gotobed? Nein, jetzt nicht, ich ...«

»Nicht Wilfred. Den Mann, der versucht hat, hier reinzukommen.«

»Was war das für ein Mann?«

»Ein Mann in schwarzer Jacke.«

Ihre Stimme bebte, und sie wirkte älter als gestern. »Ich hab ihn zwar nur von oben gesehn, und er hatte einen Hut auf, aber ich kenne ihn nicht, soviel steht fest.«

»Erzählen Sie, Mrs. Gotobed ...«

»Er hat geklopft. Ich war nach dem Essen eingedöst und hab ihn erst nicht gehört. Dann hab ich rausgeguckt, und da stand er. Er hatte schon die Klinke runtergedrückt und wollte rein, hat mich wohl im Schlaf ermorden wollen. ›Was fällt Ihnen denn ein?‹ hab ich runtergerufen, da hat er hochgeguckt und ist weg. Durch die Porta und auf und davon. Wär ich ein paar Jahre jünger gewesen, hätt ich schnell vom anderen Fenster aus gucken können, in welche Richtung er gegangen ist.«

»Es ist ja nichts passiert.« Ich zog mir einen Stuhl heran, setzte mich und umfaßte mit beiden Händen Mrs. Gotobeds

Hand. Sie war kalt wie die einer Toten. »Soll ich Mr. Gotobed holen? Oder die Polizei?«

Sie schüttelte heftig den Kopf. »Gehn Sie nicht weg.«

»Keine Angst, ich lasse Sie nicht allein. Was ist Ihnen von dem Mann sonst noch in Erinnerung geblieben?«

Sie umkrampfte meine Finger. »Schwarzer Hut, schwarzer Mantel. Ziemlich klein, glaub ich, aber genau kann ich das nicht sagen, weil ich ihn von oben gesehen hab.« Sie holte tief Luft. »So eine Unverschämtheit! Am hellichten Tag und mitten auf der Domfreiheit. In meiner Jugend wär das nicht möglich gewesen, das sag ich Ihnen. An manchen Tagen kommt's knüppeldicke, Mrs. Appleyard. Wo ich mich heut sowieso schon so aufgeregt hab ...«

»Soll ich Ihnen eine Tasse Tee machen?«

»Später.«

»Er kommt bestimmt nicht noch mal her, den haben Sie erfolgreich in die Flucht geschlagen.«

»Woher wollen Sie das wissen?«

Eine gute Frage. Gegen nackte Angst richten Vernunftgründe nichts aus.

»Vielleicht ein Landstreicher? Was meinen Sie?«

»Vielleicht sogar ein Pfarrer, was weiß denn ich! Wie gesagt, ich hab nur den schwarzen Hut und den schwarzen Mantel gesehn.« Sie unterbrach sich und sah mich groß an. »Aber nein, er hatte blankgeputzte Schuhe. Müßte schon 'n komischer Landstreicher gewesen sein.«

Eine andere Möglichkeit war, daß Mrs. Gotobed die Situation verkannt hatte. Vielleicht war es ein Vertreter, der ihr einen völlig harmlosen Besuch abstatten wollte und womöglich nicht weniger erschrocken war als sie.

»Das war mal 'n Tag«, sagte Mrs. Gotobed. »Erst die Sache mit dem armen Schnurrzel und jetzt das.«

Wir sahen zu dem Kater hin, der sich bequem auf dem Fensterbrett ausgestreckt hatte, ohne Notiz von uns zu nehmen.

»Wie der Teufel ist er heut hier reingeschossen«, sagte Mrs. Gotobed. »Durchs Küchenfenster, das lassen wir immer einen Spaltbreit für ihn offen, und Wilfred sagt, daß er 'ne Vase runtergeworfen hat, so eilig hat er's gehabt. Dann ist er mir geradewegs auf den Schoß gesprungen. Das macht er eigentlich nur, wenn er was will. Katzen sind nicht dumm.«

Sie legte ihre Hand auf Schnurrzels Fell. Er drehte den Kopf weg und blinzelte aus dem Fenster. Erst jetzt sah ich, daß sein linkes Ohr blutverkrustet war.

»Was ist ihm denn passiert?«

»Er wird gerauft haben. Der andere hat ihm fast das Ohr abgerissen.«

Ich kraulte den Kater mit einer Hand behutsam unter dem Kinn und strich mit der anderen das verfilzte Fell um das Ohr herum weg. Es sah aus, als hätte dort eine einzelne Kralle die Haut aufgeschlitzt. Eine Kralle – oder ein Messer? Inzwischen war das Blut geronnen, und wenn sich die Wunde nicht infizierte, heilte sie vermutlich schnell. Schnurrzel zog den Kopf unter meiner Hand weg und sah mich aus bernsteingelben Augen an.

»Armer Kerl«, murmelte Mrs. Gotobed. »Dabei war er als junger Kater nicht mehr als 'ne Handvoll. Klein und murklig. Wie ein Baby.« Sie bewegte unruhig die Hände im Schoß. »Sie haben keine Kinder, Sie und Mr. Appleyard?«

»Nein.«

»Noch nicht«, verbesserte sie. »Warten Sie nicht zu lang. Ich hab Wilfred erst mit vierzig bekommen, und dann war es zu spät für Geschwister.« Ihr Kinn mahlte. »Ich hab nicht viel übrig für Kinder, aber bei den eigenen sieht man das natürlich anders. Und das verliert sich auch nicht. Manchmal guck ich meinen Wilfred an und denk, daß er wieder ein Baby ist.«

»Er ist bestimmt ein guter Sohn.«

»Ja, aber benehmen tut er sich manchmal wie ein dummer Junge. Was mal werden soll, wenn ich mich nicht mehr um ihn kümmern kann, ist mir ein Rätsel. Denkt mit dem Herzen statt mit dem Verstand. Wenn er eine nette Frau finden würde, könnt ich ruhig sterben.«

Ob das eine Warnung war, weil sie mich im Verdacht hatte, mit ihrem Sohn zu flirten? Einen Augenblick saßen wir schweigend beieinander. Ich streichelte den Kater, der mich mit einem Schnurren belohnte.

»Die Wunde sieht fast nach einem Messerschnitt aus«, sagte ich.

Mrs. Gotobed verzog das Gesicht. »Sollte mich nicht wundern. Sie sind überall.«

»Wer?«

»Die Verrückten. Gehören alle weggesperrt.«

»Erinnert Sie das an die Geschichte von damals?«

»Meinen Sie die Taube, die Wilfred gefunden hat?«

Ich nickte.

»Wissen möcht ich, wo die Flügel hingekommen sind.«

»Und Sie denken wahrscheinlich nicht nur an die Taube. Sondern an all das, was vor fünfzig Jahren passiert ist.«

Ihre Schultern zuckten. »Nur daß es diesmal jemand anders war.«

»Damals war es ein Junge, haben Sie gesagt. Ein gewisser Simon.«

»Hab ich das gesagt?«

»Der könnte es jetzt aber wohl nicht sein, oder?«

Sie schüttelte den Kopf. »Der ist weggezogen. Vor Jahren schon.«

»Und wenn er zurückgekommen wäre?«

»Kann ich mir nicht vorstellen. Was sollte er hier schon wollen?«

»Das weiß ich allerdings nicht. Hieß er Martlesham mit Nachnamen?«

»Kann sein. Warum?«

»In der Dombibliothek habe ich einen Zettel gefunden, auf dem auch davon die Rede war, daß er Kanonikus Youlgreave kennengelernt hatte. Gab es hier mal einen Jungen namens Martlesham?«

»Ja, gewiß.«

»Wer war das?«

»Er hat beim Bischof die Schuhe geputzt und so.«

»Wo haben Sie damals gewohnt?«

»Unten am Fluß.«

»In der Swan Alley?«

Sie stieß einen langgezogenen Seufzer aus. Es klang wie das Knistern von brüchigem Zeitungspapier. »Nein. Bridge Street. Über einem Laden.«

»Nicht weit weg also. Kannten Sie die Martleshams?«

»Jeder kannte die Martleshams.« Sie fuhr sich mit der Zunge über die Lippen. »Besonders die Mutter. Nannte sich Mrs. Martlesham, aber sie war genausowenig verheiratet wie ich damals.«

»Simon war der Älteste, habe ich das richtig verstanden? Er arbeitete im Bischofspalast. Und dann gab es noch eine Schwester?«

»Simon hatte immer Rosinen im Kopf, er wollte was Besseres werden. Nancy muß fünf, sechs Jahre jünger gewesen sein. Sonderbares kleines Ding, glattes schwarzes Haar, immer am Lauern und Beobachten, sehr wortkarg. Ich hab sie nie lachen hören – aber in der Swan Alley gab's ja auch nichts zu lachen.«

»Was ist aus den Martleshams geworden?«

»Die Mutter ist im Kindbett gestorben. Vom Vater weiß ich nichts. Danach ist der Simon ein bißchen komisch im Kopf geworden, aber Kanonikus Youlgreave hat ihn wieder hingekriegt.«

Ich wartete. Schnurrzel schlug mit der Pfote nach einer Fliege an der Fensterscheibe. Die Sonne hatte sich durch die Wolken gekämpft. Vor den Kastanien stand eine große Pfütze, und zwei Schuljungen in kurzen Hosen versuchten, sich gegenseitig vollzuspritzen.

»Er hatte erfahren, daß die Mutter gestorben war, und sorgte dafür, daß der Simon auswandern und ein Handwerk lernen konnte. Und für Nancy hat er Adoptiveltern gefunden.«

»Nancy ist also auch ausgewandert?«

»Kann sein.« Die blaugeäderten Lider senkten sich. »Weiß ich nicht mehr.«

Die Haustür ging auf. Ich drehte mich um, halb fürchtend, halb hoffend, daß der kleine Mann in Schwarz wiederauftauchen würde. Aber Mrs. Gotobed rührte sich nicht. Auf der Treppe hörte man schwere, sichere Schritte, dann kam Mr. Gotobed herein. Als er mich sah, entfuhr ihm ein überraschter kleiner Quiekser.

»Keine Sorge«, sagte ich. »Ihre Mutter hat einen Schrecken bekommen, aber jetzt ist alles wieder in Ordnung.«

»Den Leuten solche Angst einzujagen, ist überhaupt nicht in Ordnung«, sagte Mrs. Gotobed.

33

Je später es wurde, desto mehr ärgerte ich mich über Henry. Wir hatten zwar keine bestimmte Zeit für seinen Anruf ausgemacht, aber ich war davon ausgegangen, daß er sich, wie in der Vorwoche, melden würde, solange Janet bei ihrer Weiberriege war. Bisher wartete ich vergebens.

Ich machte für Rosie und Mr. Treevor weiße Bohnen auf Toast, knallte die Teller auf den Tisch, was die beiden allerdings nicht störte, und kriegte einen kleinen Koller, weil ich das Gemüsemesser nicht fand. Auch davon nahmen sie keine Notiz. Es war vielleicht albern – aber ich konnte es kaum erwarten, mit Henry zu sprechen. Vielleicht wurde er aus den *Engelsstimmen* und aus dem, was Mrs. Gotobed gesagt hatte, eher schlau als ich.

Nachdem ich abgewaschen und Gemüse geputzt hatte, holte ich mir den Band und nahm mir noch einmal »Eine Messe für die Toten« vor. Sie enthielt ein paar sehr makabre Stellen, die mich an »Die Kinder des Herakles« und »Breakheart Hill« erinnerten – Messerklingen schnitten durch Fleisch, Knochen brachen knirschend auseinander. In einer besonders abstoßenden Strophe ging es um ein blutendes Herz. Ich versuchte gerade herauszufinden, was der Dichter auf Weisung des Engels damit tun wollte, als Mr. Treevor in die Küche getapst kam.

»Bin ich Francis Youlgreave?« fragte er.

»Nein. Sie sind John Treevor.«

»Bestimmt?«

»Ganz bestimmt.«

»Mir war so, als ob jemand gesagt hätte, daß ich Francis Youlgreave bin. Aber wenn Sie meinen, daß das nicht stimmt, bin ich wohl doch John Treevor.«

»Wer hat gesagt, daß Sie Francis Youlgreave sind?« fragte ich.

»Einer, dem ich heut früh begegnet bin. Als ich spazieren war.«

»Im Kapitelhaus, meinen Sie?«

»Ja. Der kleine Mann neben dem Dingsdingerich.«

»Dem was?«

»Dem Dings, das ein bißchen wie ein steifer Pimmel aussieht.« Er sah mich erschrocken an. »O Gott, hätte ich das nicht sagen dürfen?«

»Schwamm drüber. Und denken Sie immer daran: Sie sind John Treevor.«

»Ja«, sagte Mr. Treevor. »Ja, ich weiß.«

Er ging wieder nach oben, und ich rief mir die Szene im Kapitelhaus ins Gedächtnis, sah das Modell des Oktogons vor mir, das keinem mir bekannten Pimmel ähnelte. Außer Mr. Treevor waren dort nur Mr. Gotobed, Kanonikus Hudson und zwei Arbeiter gewesen. Mr. Gotobed und die Arbeiter waren groß und stämmig. Kanonikus Hudson war klein, aber nicht eigentlich dunkel. Ich wollte das Rätsel gerade als unlösbar ad acta legen, als die Gartentür aufging.

Janet war wieder da, rief einen Gruß nach unten und kam dann zu mir in die Küche. »Du, das war schon merkwürdig heute«, sagte sie. »Rate mal, worüber die Weiberriege gesprochen hat.«

»Henry?«

»Francis Youlgreave.« Sie ließ an der Spüle Wasser in den Kessel laufen und hob die Stimme, um das Rauschen zu übertönen. »Mrs. Forbury sagt, daß sie ihn den Roten Domherrn genannt haben.«

»Woher weiß denn die das?«

»Weil sie in Rosington aufgewachsen ist. Ihr Vater war Pfarrer von St. Mary's.«

»Persönlich dürfte sie Youlgreave aber kaum gekannt haben, sie kann doch nicht viel älter als fünfzig sein.«

»Nein, aber sie erinnert sich noch an das, was in ihrer Jugend so geredet wurde. Wußtest du, daß er Opium geraucht hat?«

»Sie wollte dich auf den Arm nehmen, Janet.«

»Nein, bestimmt nicht. Sie glaubt fest daran und die anderen Frauen auch.«

»Der Rote Domherr ... War er Sozialist?«

Janet zuckte die Schultern. »Vielleicht hatte er ein paar leicht linke Vorstellungen, die uns vermutlich heute gar nicht mehr besonders radikal vorkommen würden. Da war die Sache mit den Elendsquartieren am Fluß. Youlgreave hat sich unbeliebt gemacht, indem er bei Sitzungen des Domkapitels immer wieder davon anfing. Viel schlimmer aber war sein zwangloser Umgang mit dem Dienstpersonal. Er habe sich Kinder aus der Arbeiterklasse eingeladen, sagt Mrs. Forbury, und sie auf unpassende Ideen gebracht.«

»Und was meint sie damit?«

»Zimperlich, wie sie ist, hat sie das nicht rausgelassen. Aber sie hat auch von seinen Experimenten mit Tieren erzählt. Angeblich hat er mal eine Katze seziert, und prompt redeten die Leute von Schwarzer Magie und beschwerten sich beim Dekan. Den brachte das in eine recht peinliche Lage, weil Youlgreave ein entfernter Vetter von ihm war. Aber er mußte was unternehmen, weil die Polizei eingeschaltet war. Nicht offiziell, glaube ich, aber der Polizeipräsident hatte wohl einen diskreten Wink bekommen.«

»Ganz schön heftig«, sagte ich. »Ein Junkie und ein Revolutionär, der sich nebenher mit Schwarzer Magie beschäftigt.«

»Und obendrein fast ein Ketzer. Mit dieser Predigt zugunsten von Frauen im Priesteramt hat er seinen Gegnern einen großen Gefallen getan. Sie sei so verdreht gewesen, sagt Mrs. Forbury, daß damit seine Position unhaltbar geworden war.«

»Typische Rosington-Logik«, sagte ich. »Drogen und Zauberei hätten sie ihm noch verziehen, aber einen Ketzer konnten sie nicht dulden.«

»Er gehörte wohl zu den Menschen, die zur falschen Zeit geboren wurden.«

»Und am falschen Ort, vergiß das nicht.«

Ich war plötzlich deprimiert. Was immer Francis sich auch hatte zuschulden kommen lassen – er war nicht allein mit seiner Schuld. Ich dachte an die Mitglieder der Weiberriege, die in der Dekanei zungenschnalzend am Teetisch gesessen hatten. Aber wie bemißt man Schuld? Wie wägt man eine Schuld gegen eine andere ab? »Sind auch Namen gefallen? Haben sie vielleicht von einem Simon Martlesham gesprochen?«

»Nicht daß ich wüßte. Ich meine, Mrs. Forbury hätte etwas von einem kleinen Mädchen gesagt.«

Dann kam Rosie in die Küche, und wir sprachen über andere Dinge. Unter anderem über Mr. Treevor. Ich erzählte Janet nichts von der Sache mit dem Pimmel und dem Dinsgdingerich, das hätte sie nur noch mehr beunruhigt. Die Tatsache, daß er heute vormittag wieder allein aus dem Haus gegangen war, machte ihr schon genug Sorgen. Ich schlug vor, die Türen zur Straße abzuschließen, auch wenn wir im Haus waren, so daß er uns nicht unbemerkt entwischen konnte.

Es schwang viel Ungesagtes in unserem Gespräch mit. Wegen der Flügel, die wir heute vormittag gefunden hatten, trieb alles auf eine Entscheidung zu. Ausnahmsweise – obwohl ich das nie zugegeben hätte, am wenigsten Janet gegenüber – war ich diesmal mit David einer Meinung. Mr. Treevor gehörte in ein Heim – zu seiner und unserer Sicherheit.

Natürlich würde er dort unglücklich sein, aber auch hier fühlte er sich ja nicht besonders wohl und machte mindestens noch zwei weitere Menschen unglücklich. Bei fortschreitender Demenz mußte man damit rechnen, daß er noch Ärgeres anstellte, wenn er nicht – und diesen Gedanken wurde ich nicht los – schon Ärgeres angestellt hatte, als eine Taube zu töten und ihr die Flügel abzuschneiden.

»Es könnte schwierig werden, wenn das Baby kommt«,

sagte Janet gerade. »Ein paar Tage muß ich dann wohl oder übel ins Krankenhaus.«

»Wenn du willst, halte ich solange hier die Stellung«, erbot ich mich.

Ich sah, wie Janet erschrak. Sie blickte über meine Schulter, und ich drehte mich um. Rosie saß in ihrer Ecke am Küchenbüfett und hatte Angel auf dem Schoß. Sie begegnete meinem Blick, und ich begriff, daß sie gehört hatte, wie wir über das Baby sprachen, und daß sie genau wußte, was das bedeutete. Rosie war nicht dumm. Janet und David hatten ihr erst nach dem dritten Monat davon erzählen wollen.

»Ach, da bist du, Schätzchen«, sagte Janet. »Ich hab dich gar nicht gesehen. Mußt du auf dem Boden sitzen? Dein Schulkleid wird ganz schmutzig.«

Rosie stand schmollend auf und ging, den Daumen im Mund, um den Tisch herum.

»Wo willst du hin?« fragte Janet.

»In mein Zimmer.«

Unter der Tür setzte Rosie sich in Trab, wir hörten sie die Treppe hinaufrennen.

»Das hat uns gerade noch gefehlt«, sagte Janet.

Es wurde noch schlimmer. David kam nach Hause, gab nur ein Knurren von sich und vergrub sich in seinem Arbeitszimmer. Rosie bekam einen Wutanfall, warf sich mit hochrotem Gesicht auf den Boden und schrie aus Leibeskräften. Mr. Treevor legte sich ins Bett und zog sich die Bettdecke über die Ohren. David kam aus dem Arbeitszimmer und rief nach oben: »Kannst du sie nicht im Zaum halten, Janet? Ich versuche zu arbeiten.« Inzwischen machte ich einen Schinkenauflauf, in dem nicht genug Eier und zuwenig Schinkenstücke waren.

Danach ging ich nach oben, um mich mit einem Schluck Gin zu stärken. Ich hatte die Flasche seit der Fahrt nach London am Montag nicht angerührt, aber dies war ein Notfall. Als ich in Rosies Zimmer Stimmen hörte, blieb ich stehen und machte lange Ohren.

»Kriegen wir wirklich ein Baby?« fragte Rosie mit piepsiger Kleinkinderstimme.

»Ja, Schätzchen«, sagte Janet. »Ist das nicht fein?«

»Mädchen oder Junge?«

»Das steht noch nicht fest. Wir müssen warten, bis es da ist. Und ganz genau wissen wir auch noch nicht, ob es kommt, deshalb haben Daddy und ich dir auch noch nichts gesagt. Wünschst du dir einen kleinen Bruder oder eine kleine Schwester?«

»Rosie will kein Baby«, sagte sie, immer noch in diesem albernen Kleinkinderton. »Und Angel will auch keins. Nienienienie.«

Beim Abendessen sah dann alles ein bißchen freundlicher aus. Vielleicht bewirkte das bei mir nur der Gin. Die Aussicht auf Essen lockte Mr. Treevor aus dem Bett. Rosie war vor lauter Erschöpfung schließlich eingeschlafen. Sogar Davids Laune hob sich ein bißchen, nachdem er vor dem Essen zwei Glas Sherry getrunken hatte. Nur Janet wirkte unverändert gelassen. Sie war die einzige, die es sich nicht erlauben durfte, deprimiert zu sein, Wutanfälle zu bekommen, sich wunderlich zu benehmen oder sich mit Gin zu stärken. Einen Menschen im Haus mußte es geben, an dem man sich festhalten konnte – und diese Rolle hatten wir ihr aufgeladen.

Nach dem Abendessen ging sie nach oben, um nach Rosie zu sehen und Mr. Treevor gute Nacht zu sagen. Ich wusch ab, kochte Kaffee und brachte ihn ins Wohnzimmer. David las in den *Engelsstimmen*. Ich schenkte Kaffee ein.

Er sah auf, als ich ihm die Tasse reichte. »Danke. Gehört das dir?«

»Ja. Henry hat es mir geschickt. Er hat es in einer Kiste mit alten Büchern gefunden.«

»Blühender Unsinn, nicht?« Er lächelte mich an, um mir zu bedeuten, daß die Kritik nicht mir galt. »Daß Youlgreave wunderlich war, wußte ich, aber daß er so miserable Gedichte geschrieben hat, habe ich nicht geahnt.«

»Ich glaube, er war sehr unglücklich«, sagte ich.

»Mag sein. Aber ist das eine Entschuldigung?«

Einerseits ärgerte ich mich über Davids Kritik an Francis, andererseits entzog ich mich schnöde jeder Verantwortung und bekam herrlich weiche Knie, weil er mich angelächelt hatte. Ich setzte mich und zündete mir eine Zigarette an.

David klappte den Band zu und legte ihn behutsam auf den Beistelltisch neben seinem Sessel. Er behandelte Bücher immer wie zerbrechliche Gegenstände. »Warum beschäftigst du dich so intensiv mit Youlgreave?«

»Er interessiert mich.« Ich stieß Rauch durch die Nase wie ein zorniger Drachen. »Er war eine aufregende Persönlichkeit.«

David lächelte erneut und wollte etwas sagen, aber da kam Janet herein. Ich trank meinen Kaffee aus und sagte, ich müsse oben etwas erledigen. Ob es, wenn ich die beiden allein ließ, zu einem Streit oder einer Versöhnung kommen würde, war völlig offen, aber ich mußte ihnen eine Chance geben.

In Rosies Zimmer war es dunkel und still. Mr. Treevors Tür war zu. Ich ging nach oben und holte die Ginflasche aus dem Nachtkasten, der nach Lavendel roch. Das Licht spielte über das grüne Glas wie das Lächeln über das Gesicht eines guten Freundes. Ich schenkte mir reichlich zwei Fingerbreit ein, setzte mich aufs Bett und ließ das flüssige Feuer durch die Kehle in den Bauch rinnen. Wer braucht schon Babys, wenn er London Dry Gin hat?

Zum Teufel mit Henry.

Trotz aller guten Vorsätze griff ich wieder nach dem Foto von Henry und seiner haarigen Witwe, sah auf die strampelnden Beine und den bibbernden Hintern, und das Ende vom Lied, dachte ich, ist wahrscheinlich, daß ich dringend ein zweites Glas brauche. Um diesen Augenblick hinauszuzögern, legte ich das Foto zur Seite und suchte nach einer Ablenkung.

Mein Blick fiel auf das Gruppenfoto vor der Theologischen Hochschule. Ich holte es vom Waschtisch und hielt es unter die Nachttischlampe. Francis, der kleine Mann mit der langen Nase und den schwarzen Höhlen an den Stellen, wo seine Augen hätten sein müssen, sah mich an.

Ich rieb mit dem Finger über das Glas, um ihn besser erkennen zu können. Wieder wünschte ich mir, es gäbe eine Möglichkeit, in das Foto hineinzusteigen, um in Erfahrung zu bringen, was die Leute machten und wer sie waren. Und dann sagte ich mir, als hätte der Gin mich inspiriert: Es gibt diese Möglichkeit.

Ich drehte den Rahmen um. Das Foto war durch eine dünne Sperrholzplatte verstärkt, die mit Stiften gehalten wurde. Ich bog einige der Stifte mit einer Nagelfeile zurück und nahm die Sperrholzplatte weg. Dann drückte ich das Glas von unten hoch, zog Pappe, Passepartout und Foto auf einmal heraus und schälte Foto und Passepartout von der Pappe ab. Das Foto war auf der Rückseite beschriftet. Ich hatte die gläserne Grenze überwunden.

»Lebende Bilder bei der Gartenparty des Rektors. Erster Preis: Oberon, Titania und Feen. 6. August 1904.«

Also doch keine Engel.

Darunter standen in der gleichen verblaßten braunen Tintenschrift die Namen. »Hochwürden Kanonikus Murtagh-Smith, Direktor. Hochwürden J. R. Heckstall, Stellvertr. Direktor. Kanonikus Youlgreave...« Und dann ein Name, der mir förmlich einen Ruck gab. »N. Martlesham.«

Als ich das Foto wieder umdrehte, stieß ich an mein Glas, und Gin schwappte auf den Rahmen. Das kleine Mädchen, das buchstäblich in Francis Youlgreaves Schatten stand, war also Nancy. Was hatte ein Kind aus der Swan Alley mit Flügeln an den Schultern auf einer Gartenparty der Theologischen Hochschule zu suchen?

Da war noch etwas, was mir in seiner ganzen beunruhigenden Bedeutung nur ganz allmählich aufging. Ich griff nach meinem Glas. In diesem Moment läutete unten das Telefon.

Ich trat vor die Tür und beugte mich übers Treppengeländer. Das Telefon hörte auf zu läuten, und David kam aus seinem Zimmer und rief leise nach mir. Als ich in die Diele kam, war er zu Janet ins Wohnzimmer gegangen und hatte taktvoll die Tür zugemacht.

»Wendy, Liebling«, hörte ich Henry sagen.

»Eine Figur aus Peter Pan.«

Es war ein alter Witz, der noch aus unserer Verlobungszeit stammte und später eher zu einer Art Trostspruch geworden war, mit dem wir uns Mut machten, wenn einer von uns nicht gut drauf war. Alles wird gut, wollten wir damit sagen, manches ändert sich nie. Ich weiß nicht, warum mir die Worte gerade in diesem Moment rausgerutscht waren, und hätte sie am liebsten wieder zurückgenommen, denn damit brachte ich Henry natürlich auf ganz falsche Ideen.

»Wie geht's dir, Schatz? Hast du mein Päckchen bekommen?«

»Heute früh. Hör zu, Henry, ich muß dich sehen. Kann ich morgen nach London kommen?«

»Wunderbar. Warum nicht heute abend? Ich leih mir einen Wagen und hol dich ab.«

»Es ist nicht so, wie du denkst ... Ich habe ein paar Dinge zu erledigen.«

»Geht's um deinen Freund Francis?«

»Ja. Das Buch, das du mir geschickt hast, war sehr aufschlußreich. Es ist nicht das gleiche wie das aus der Stadtbücherei. Es hat einen anderen Titel und enthält ein zusätzliches Gedicht. Ich nehme denselben Zug wie neulich. Kannst du mich auf Liverpool Street Station abholen?«

»Ja, natürlich. Aber ...«

»Ich will unbedingt mit Simon Martlesham sprechen, wir müssen also ins Blue Dahlia Café. Aber vorher möchte ich ...«

»Moment! Warum willst du noch mal mit Martlesham sprechen?«

»Weil er mir gesagt hat, daß er seinen dreizehnten Geburtstag auf dem Dampfer *Hesperides* mitten auf dem Atlantik gefeiert hat.«

»Ja, und?«

»Er hat behauptet, daß seine Schwester Nancy dabei war, und aus dem Kinderbuch, das Francis ihm geschenkt hat, wissen wir, daß der bewußte Geburtstag im Juli 1904 war.«

»Und weiter?«

»Ich habe ein Foto gefunden, auf dem Nancy auf dem Rasen der Theologischen Hochschule steht. Es ist vom 6. August datiert. Warum hat Simon gelogen? Und wo ist Nancy geblieben?«

34

Ich wünschte, ich wäre nicht nach London gefahren. Nicht an jenem Freitag.

Das Geschrei begann kurz nach sechs. In meinem Schwebezustand zwischen Schlaf und Wachen glaubte ich zunächst, es sei Teil meines Traums. Ich war mit Simon Martlesham an Bord der *Hesperides,* vor uns waren Eisberge aufgetaucht, er und alle anderen behaupteten, das Schiff würde sinken, und ich sagte, aber es ist doch Juli, es können gar keine Eisberge sein.

Dann war ich mit einem Ruck hellwach. Ich hatte die ganze Nacht schlecht geschlafen, vor Aufregung wahrscheinlich und weil die Neugier mich nicht ruhen ließ. Und auch im Hinblick auf das bevorstehende Wiedersehen mit Henry, das ich halb herbeisehnte und halb fürchtete.

Als mir nach ein, zwei Sekunden klargeworden war, daß ich das Geschrei nicht geträumt hatte, stieg ich aus dem Bett und fuhr in meinen Morgenrock. Noch konnte ich weder einzelne Worte verstehen noch erkennen, wer da so schrie. Ich trat vor die Tür.

»Du widerlicher alter Kerl.« Davids Stimme. »Du scherst dich sofort in dein Zimmer, und da bleibst du.«

Ein Klagelaut, als wenn Wind im Schornstein winselt. Mr. Treevor?

Hastende Schritte, nackte Sohlen, die aufs Linoleum klatschten. »Was ist denn?« hörte ich Janet fragen. »Was ist denn?«

Oben an der Treppe blieb ich stehen. Die da unten konnten mich jetzt nicht gebrauchen.

»Was hat er denn gemacht?« fragte sie.

»Weiß der Himmel«, fauchte David. »Er hat mit Rosie im Bett gelegen. Mit ihr geschmust.«

»Er hat sich wohl einsam gefühlt oder gefroren. Du weißt doch, wie gern …«

»Da gibt es nichts zu diskutieren. Er muß fort.«

Das klagende Gewinsel wurde lauter.

»David, ich …«

»Es geht nicht nur um sein Wohl, sondern um das der ganzen Familie. Auf lange Sicht ist allen am besten gedient, wenn er in ein Heim kommt.«

»Was habt ihr denn nur?« jammerte Mr. Treevor.

»Halt den Mund und scher dich in dein Zimmer«, donnerte David.

Die Tür knallte zu.

»Das kannst du nicht machen«, sagte Janet.

»Ach nein? Warum nicht?«

Ich ging zurück in mein Zimmer und machte sehr leise die Tür zu, stieg wieder ins Bett, zündete mir eine Zigarette an und sagte mir, daß Janet ihren David liebte. Wenn ich eine wirkliche Freundin sein wollte, durfte ich mich, so gut ich es auch meinte, nicht zwischen die beiden stellen. In einer Ehe sind Dritte überflüssig – das hatte mich die haarige Witwe gelehrt.

Was David tatsächlich gesehen hat, weiß ich nicht, ich habe mich weder damals noch später getraut, ihn danach zu fragen. Daß es zwischen Mr. Treevor und Rosie so etwas wie sexuelle Kontakte gegeben haben könnte, kam mir erst Jahre später in den Sinn. Damals dachte ich, daß er nur irgendwelchen Unsinn angestellt und damit gezeigt hatte, daß er noch kindischer geworden war. Jetzt, über vierzig Jahre später, hätte ich so einem Vorfall automatisch eine sexuelle Bedeutung beigemessen. Ob das die richtige Erklärung gewesen wäre, ist eine andere Frage. Was sich damals in Rosies Zimmer abgespielt hat, weiß ich nicht. Ich weiß nur, daß ich David schreien hörte und daß man sich in der Rückschau ebenso vertun kann wie in der Gegenwart.

Und deshalb stellte ich mich blind und taub. So reagiert

man eben, wenn man ein wohlerzogener Gast, ein feiger Mensch, eine gute Freundin ist – und all das war ich ja, wenn auch nicht gleichzeitig. Ich blieb im Bett, bis mein Wecker klingelte. Als ich nach unten kam, fand ich in der Küche nur Janet und Rosie vor.

»Gut geschlafen?« fragte Janet.

»Ja, danke. Wie ein Murmeltier. Und du?«

»Nicht schlecht.« Janet klopfte auf ihr Bäuchlein. »Ein flaues Gefühl, aber mehr nicht. Im Gegensatz zu gestern. Ob das ein Fortschritt ist?«

»David ist noch nicht auf?«

»Er ist früh aus dem Haus gegangen, weil er etwas im Kolleg zu erledigen hatte. Heute will er zum Diözesanarchitekten.«

»Es ist nicht einfach für ihn«, sagte ich.

»Ach, irgend etwas ergibt sich sicher. David hat schon seine Fühler ausgestreckt.«

Das Frühstück verlief wie sonst auch. Janet brachte Mr. Treevor ein Tablett nach oben, fragte, ob ich für die Fahrt belegte Brote haben wollte, und trug mir Grüße an Henry auf. Sorgfältig vermied sie jede Bemerkung, der ich hätte entnehmen können, daß sie noch immer auf unsere Versöhnung hoffte. Und ich vermied sorgfältig jeden Hinweis auf die lautstarke Szene am frühen Morgen. In unserer Freundschaft war das Ungesagte ebenso wichtig wie das gesprochene Wort.

»Unbedingt müßte ich nicht nach London«, sagte ich beim Abwaschen. »Ich kann auch nächste Woche noch hin. Das Wetter ist nicht schlecht, ich könnte dir im Garten helfen.«

»Der hat Zeit. Fahr du nach London und mach dir einen schönen Tag. Hast du Kanonikus Hudson schon Bescheid gesagt?«

»Nein, noch nicht. Ich rufe ihn nach dem Frühstück an. Aber wäre es nicht wirklich besser, wenn ich den Rasen mähen würde?«

Janet sah durchs Küchenfenster. Wenn man sich weit genug vorbeugte, konnte man über den Dächern auf der anderen Seite der High Street ein Stück Himmel erkennen. »Es sieht nach Regen aus, da hätte es wirklich keinen Sinn, wenn du hierbleibst.«

»Dann laß mich wenigstens Rosie zur Schule bringen. Ich habe noch reichlich Zeit.«

Damit war sie einverstanden. Sie sei ein bißchen müde, meinte sie. Heute frage ich mich, ob sie mich besser kannte als ich mich selbst und mich mit Rosie zur Schule schickte, um mein Gewissen zu beruhigen.

Als ich zurückkam, rief ich Simon Martlesham an und verabredete mich für halb drei mit ihm im Blue Dahlia Café. Seine forsche Stimme ließ keinerlei Überraschung erkennen. Als er fragte, warum ich ihn sprechen wolle, sagte ich, daß ich etwas gefunden hätte, was mit seiner Schwester zu tun habe und ihn interessieren würde. Dann legte ich auf. Reichlich melodramatisch, ich weiß – aber ich fühlte mich von Simon Martlesham reingelegt und wollte mich rächen.

Ich lieh mir von Janet eine Notenmappe, um das Foto, die *Engelszungen* und die *Engelsstimmen* hineinzulegen. Im Zug las ich die Gedichte noch einmal, aber je öfter ich sie las, desto unverständlicher wurden sie. Ich überlegte sogar, ob Francis unter einer »Messe für die Toten« eine Art Kirmes oder Jahrmarkt der Toten verstanden hatte und damit auf die gruslig-grotesken Szenen des Gedichtes hatte anspielen wollen. Aber wenn der Mann nicht nur seelisch gestört war, sondern auch Opium genommen hatte, konnte das Gedicht ebensogut purer Nonsens sein.

Die Zeit im Zug verging schnell. Fast kam die Fahrt mir schon vor wie eine liebe Gewohnheit. Wie auch immer die Sache mit Henry weitergehen mochte – ich wußte nun, daß ein Leben außerhalb von Rosington möglich war.

Henry erwartete mich an der Sperre. Ich staunte, denn in Sachen Pünktlichkeit hatte er sich noch nie hervorgetan. Er nahm meinen Arm und bestand darauf, die Notenmappe zu tragen.

»Was möchtest du machen?« fragte er. »Vielleicht erst mal eine Tasse Kaffee trinken?«

»Ich möchte zur Church Empire Society.«

»Was ist denn das, um Himmels willen?« Wir blieben stehen, um einen Gepäckträger mit seiner Karre vorbeizulassen.

»Die Organisation, die Simon Martlesham mit freundlicher Unterstützung von Francis Youlgreave nach Toronto geschickt hat. Wie er behauptet, ist seine Schwester dort in ein Waisenhaus gekommen.«

»Könnten wir da nicht anrufen?«

Ich hatte die Church Empire Society in Davids *Crockford's Clerical Directory* nachgeschlagen und eine Anschrift in Westminster, aber keine Telefonnummer gefunden.

»Ich glaube, es wäre günstiger, persönlich hinzugehen.« Ich lächelte ihn an. »Und ich habe mir gedacht, es würde dir Spaß machen, einen Mann zu spielen, der nach Onkel und Tante sucht.«

Er lächelte zurück. »Und wen spielst du?«

»Dein kleines Frauchen natürlich. Das sich wohl oder übel den krausen Einfällen ihres lieben Mannes fügt.«

»Klingt gut.«

Wir sahen uns an. Diesmal lächelte keiner von uns beiden.

Wir nahmen ein Taxi. Auf der Fahrt erzählte ich Henry, was ich über die Auswanderung von Simon und Nancy Martlesham wußte.

Als wir die Blackfriars entlangfuhren, sagte Henry: »Gestern nachmittag war ich im Senate House.«

»Sagt mir nichts.«

»Es ist die Bibliothek der London University in Bloomsbury. Ich habe gedacht, daß ich dort vielleicht etwas über Isabella von Roth finde. Leider Fehlanzeige.«

»Das wundert mich nicht. Wahrscheinlich hat Francis sie erfunden.«

»Dafür stand etwas vielleicht Wesentliches in *Englische Vorläufer des Protestantismus im späten Mittelalter.*« Er sah fast ein bißchen gönnerhaft auf mich herunter. »Murtagh-Smith und Babcock, London 1898. Vielleicht sollte ich den Lehrerberuf an den Nagel hängen und wissenschaftlich arbeiten.«

»Wie hieß der erste Autor?«

Er wurde ernst. »Murtagh-Smith. Kennst du ihn?«

»Er war zu Youlgreaves Zeiten Rektor der Theologischen Hochschule. Und was schreibt er?«

»Leider nicht allzuviel Brauchbares. Aber Ende des 14. Jahrhunderts hat offenbar die Lollardenbewegung versucht, die Kirche zu reformieren. Sie hatten sehr umstürzlerische Ideen, zum Beispiel, daß das Volk die Bibel in ihrer eigenen Sprache lesen sollte und daß Kriege unchristlich sind. Ach ja, und den Papst konnten sie auch nicht leiden. Jeder Christ, fanden sie, hätte das Recht, sich durch Lektüre und Meditation über seinen eigenen Glauben klarzuwerden. Laut Murtagh-Smith und seinem Freund hatte der Bauernaufstand etwas mit den Lollarden zu tun. Die Regierung war natürlich strikt gegen sie, und 1401 wurde das erste englische Gesetz verabschiedet, das die Verbrennung von Ketzern zuließ.«

»Soweit paßt das ja. Aber waren die Lollarden denn auch für Frauen im Priesteramt?«

»Wohl kaum. Dafür aber gegen den Zölibat.« Er feixte. »Behaupteten, daß er zu unnatürlichen Lüsten führte. Aber der springende Punkt ist der: Murtagh-Smith schreibt, daß mehrere Menschen auf dem Scheiterhaufen verbrannt wurden, weil sie in Rosington lollardische Ketzereien verbreitet hatten.«

»Wann?«

»1402.«

»Das Jahr stimmt. Aber über Frauen im Priesteramt schreibt er nichts?«

Henry schüttelte den Kopf. »Vielleicht war das auch wieder nur so eine fixe Idee von Francis. Eine kleine Geschichtsklitterung, die sogenannte dichterische Freiheit.« Dann wechselte er unvermittelt das Thema. »Meinst du wirklich, wir müssen zu dieser Gesellschaft? Was willst du eigentlich beweisen?«

»Daß Simon Martlesham gelogen hat.«

»Vielleicht hat er sich nur vertan. Aber wozu überhaupt die Vergangenheit aufrühren? Das hilft doch jetzt niemandem mehr.«

Ich sah aus dem Fenster, ohne zu antworten. Wir fuhren am Victoria Embankment entlang. Vor uns erhob sich Big Ben. Wie sollte ich Henry erklären, daß mir Francis, als ich zu versinken drohte, eine Rettungsleine zugeworfen, meine Wißbegier geweckt hatte? Aber das war nicht alles. Ich empfand für Francis das, was ich vor vielen Jahren für Janet in Hillgard House empfunden hatte. Er war schwach, und ich wollte ihn beschützen.

»Entschuldige«, sagte der neue, geläuterte Henry. »Ich wollte nicht aufdringlich sein. Es geht mich nichts an.«

Die Church Empire Society residierte in einem heruntergekommenen kleinen Haus in einer Nebenstraße der Horseferry Road. Im Vorgarten standen zwei Mülltonnen und ein Fahrrad. Ich klingelte, und an der Tür erschien eine hochgewachsene, hagere, in Tweed gewandete Dame. Nase und Kinn waren spitz, die Backen aber so dick, als wären sie mit verbotenen Süßigkeiten vollgestopft.

Henry zog den Hut. »Guten Morgen. Entschuldigen Sie die Störung, aber wir hätten gern eine Auskunft.«

Plötzlich waren Henry und ich wieder ein Team wie damals bei seinen Kunden. Ich konnte mich zurückhalten, denn das Reden besorgte weitgehend Henry. Mir fiel die Rolle der nörgelnden Ehefrau zu, die nicht begreifen kann, warum ihr Mann so viel Zeit damit vertrödelt, nach einem schwarzen Schaf der Familie zu fahnden. Damit war ihm die Sympathie der Tweedlady gleich zweifach sicher.

Sie hieß Miss Hermione Findhorn und war derzeit die einzige Mitarbeiterin der Gesellschaft. Ihr Büro im Vorderzimmer war etwa vier mal vier Meter groß und bot kaum Platz genug für zwei, geschweige denn für drei Personen, vor allem deshalb, weil das Zimmer, und soweit ich sehen konnte das ganze Haus, voller Möbel und großformatiger Bilder war.

»Tut mir wirklich leid, Mr. Appleyard«, näselte Miss Findhorn, »aber das Dumme ist, daß wir ausgebombt sind. Wir hatten ein größeres Haus in der Horseferry Road. Wie Sie sehen, haben wir einiges retten können.« Die Geste der rissigen Hand mit den angeknabberten Fingernägeln umfaßte das Zimmer und zugleich auch das ganze Haus. »Bis auf unsere Unterlagen, die waren alle auf dem Dachboden gelagert und sind verlorengegangen.«

Henry ließ nicht locker. Es sei gut denkbar, sagte Miss Findhorn, daß die Gesellschaft 1904 eine Passage für zwei Waisenkinder nach Toronto arrangiert hatte. Damals ließ man die jungen Leute noch ein nützliches Handwerk lernen. Ja, sie hatten seinerzeit ein Waisenhaus in Toronto, das aber 1920 geschlossen wurde. Immerhin hatten sie die Alben retten können, in denen damals die Gesellschaft Berichte und Meldungen über ihre Errungenschaften gesammelt hatte. Miss Findhorn holte den dicken Lederband für 1904 hervor und schlug zusammen mit Henry die Seiten um. Ich merkte an Henrys Haltung, daß er nichts gefunden hatte, daß wir hier nur unsere Zeit verschwendeten – aber plötzlich gab es ihm einen Ruck. Er deutete auf einen Zeitungsausschnitt. Ich reckte den Kopf, und ein Name sprang mir in die Augen: *Sir Charles Youlgreave*.

»Es gab einen Youlgreave in Rosington«, sagte Henry beiläufig. »Einen Kanonikus Youlgreave, wenn ich mich recht erinnere. Ob die beiden verwandt waren?«

»Durchaus möglich.« Miss Findhorn rückte ihre Brille zurecht. »Sir Charles war bei uns im Verwaltungsrat. Meist haben die Mitglieder dieses Amt drei Jahre inne, und ich glaube, damals interessierten sie sich häufig persönlich für die jungen Leute, die von uns unterstützt wurden. Vielleicht hat Kanonikus Youlgreave Ihren Onkel und Ihre Tante als passende Bewerber vorgeschlagen.«

»Höchstwahrscheinlich«, sagte Henry.

Wir verabschiedeten uns und winkten in der Horseferry Road wieder ein Taxi heran. Henry wollte mich zum Essen ins Ritz führen, aber ich sträubte mich. Schließlich landeten wir in einem Restaurant in einer Nebenstraße des Strand mit gedämpftem Licht, niedriger Decke und Alkoven, in denen man sich in Ruhe unterhalten konnte.

»Wohnst du immer noch im feudalen Brown's Hotel?« fragte ich.

»Ich ziehe heute aus.« Henry bot mir eine Zigarette an. »Dann suche ich mir eine nette kleine Privatpension mit einer Wirtin, die mich bemuttert.« Er beugte sich mit dem Feuerzeug zu mir herüber. »Heute trägst du ja deinen Trauring.«

Das gehörte zu meiner Tarnung in Rosington. »Den habe ich für Miss Findhorn gebraucht«, sagte ich schnell. »Weil wir da als Ehepaar auftreten mußten.«

»Was wir ja schließlich auch sind. Hast du den Scheck eingereicht?«

»Nein.«

»Warum nicht?«

»Ich weiß nicht, ob ich das Geld haben will.«

»Aber es sind zehntausend Pfund. Wo ist er?«

»In meinem Nachtkasten.« *Mit einem Lavendelzweig als Duftverbesserer.*

»Bei dir ist das Geld gut aufgehoben, Wendy, dann kann ich es nicht ausgeben. Und es steht dir zu.«

»Ich denke, du wolltest dich in das Internat einkaufen.«

»Das ist schon alles eingeleitet. Aber diesen Betrag habe ich übrig und würde ihn sonst nur zum Fenster rauswerfen.«

Ich lächelte. »Soso ...«

»Du hast dich verändert.«

»Wundert dich das?«

Und plötzlich drohte ein Streit, den wir beide nicht wollten. Auch er hatte das wohl gespürt, denn er fragte unvermittelt nach Janet und David. Ich erzählte ihm von dem Leben in der Dunklen Herberge, von Davids enttäuschten Hoffnungen, von Mr. Treevors seltsamem Benehmen.

Später zeigte ich ihm die beiden Bücher – die *Engelszungen* und die *Engelsstimmen* – und das Foto. Henry las »Eine Messe für die Toten«, während er eine Portion Steak-and-Kidney-Pie vertilgte.

»Kommt mir vor wie pervertiertes Christentum.« Er lehnte sich zurück und wischte sich mit der Serviette den Mund. »Du ißt den Leib und das Blut, und zur Belohnung kriegst du das ewige Leben. Oder das Geheimnis ewiger Jugend oder so was. Schwer zu entscheiden, was er wirklich damit sagen wollte.« Er schlug eine Seite um. »Und was soll der Unsinn von dem Engel, der bei ihm sitzt und ihm sagt, was er zu schreiben hat? Hört sich an, als hätte er seinen eigenen Verkündigungsengel gehabt. Der Mann war total daneben.«

»Ach, ich weiß nicht. Wunderlich war er natürlich ...«

»So kann man's auch sagen!«

»Aber fest steht auch, daß er viel Gutes getan hat. Mit manchen Ideen war er eben seiner Zeit voraus.«

»Und unserer auch«, ergänzte Henry. »Wie David über Frauen im Priesteramt denkt, kann ich mir lebhaft vorstellen.«

»Das kleine Mädchen geht mir nicht aus dem Kopf.« Ich deutete auf die Kindergestalt neben Francis. »Was ist aus ihr geworden? Warum hat Martlesham gelogen?«

»Wahrscheinlich gibt es eine völlig harmlose Erklärung. Und vielleicht hat er sich wirklich nur geirrt.«

»In der Frage, ob seine Schwester mit ihm nach Kanada gegangen ist oder nicht?«

»Es ist fünfzig Jahre her, Wendy. Und du darfst nicht vergessen, daß er einen Schlaganfall hinter sich hat.«

Henry bestellte noch eine Runde Bier, und in stillschweigendem Einverständnis sprachen wir über andere Dinge, vor allem über seine Pläne für Veedon Hall, wobei wir beide die Rolle, die mir dabei zugedacht war, soweit wie möglich aussparten. Zehn Minuten nach zwei gingen wir zurück zum Strand und nahmen ein Taxi zum Blue Dahlia Café.

Als wir ausgestiegen waren, tippte Henry an meinen Arm. »Schau mal«, sagte er und deutete zur Fetter Passage hinüber. Ich sah kein bekanntes Gesicht.

»Ganz hinten«, sagte Henry. »Er verschwindet gerade um die Ecke.«

»Wer?«

»Ich wette, das war Munro.«

»Ob er uns in Martleshams Auftrag folgt?«

»Schon möglich.«

»Aber woher weiß er ...?«

»Wenn Martlesham ihm gesagt hat, daß er dich heute nachmittag erwartet, brauchte Munro nur zur Liverpool Street Station zu gehen und auf Züge aus Rosington zu warten.«

Die Fetter Passage wirkte nach dem Gedränge in Holborn sehr still. Beobachtete uns jemand? Munro oder ein Kollege? Ich sah zu den Fenstern über dem Café hoch. Welches gehörte wohl zu Martleshams Wohnung?

»Dann weiß er, daß wir in der Church Empire Society waren«, sagte Henry.

»Vielleicht war er auch in dem Restaurant. Wenn er im nächsten Alkoven saß, hat er womöglich was gehört.«

»Nicht zu ändern.« Henry musterte die Reihenhauszeile. »Ziemliche Bruchbuden.«

»Aber nicht so schlimm wie Swan Alley.«

Ich machte die Tür zum Café auf. Die Bänder vor dem Durchgang zu den Hinterräumen wogten wie Seetang. Wir waren in der toten Zeit zwischen Mittagessen und Tee gekommen, es waren kaum Gäste da. Die traurige Frau schnitt hinter dem Tresen Brot und sah nicht auf.

»Ich möchte zu Mr. Martlesham«, sagte ich.

»Ich sag's dem Chef.«

Ohne mich anzusehen, legte sie das Messer aus der Hand

und schlurfte durch den Bogengang. Gleich darauf teilte sie die Bänder und winkte uns.

Hinter dem Türbogen war ein kleiner Anrichteraum, gegenüber sah man durch eine offene Tür in die Küche. Sie deutete auf eine zweite Tür zu unserer Linken.

»Klopfen Sie.«

Ich klopfte. Martlesham bat uns herein.

Das Zimmer war als Büro eingerichtet, die Möbel kamen mir vor wie vom Kriegsministerium ausgemustert. Martlesham saß am Schreibtisch. Hinter ihm stand ein Fenster offen, das auf einen sonnenbeschienenen Hof voller Fahrräder und Mülltonnen hinausging.

Er stand nicht auf, sondern sah an mir vorbei zu Henry hin. »Wer ist das?«

»Mein Mann, Henry Appleyard. Henry, das ist Mr. Martlesham.«

Henry streckte ihm über den Schreibtisch hinweg lächelnd die Hand hin, die Martlesham so kurz wie möglich schüttelte.

»Ich bitte um Nachsicht, daß ich nicht aufstehe. Bitte setzen Sie sich.«

Ich entschied mich für einen Stuhl mit gerader Lehne vor dem Schreibtisch und kam mir vor wie bei einem Bewerbungsgespräch. »Gehört das Lokal Ihnen?« fragte ich.

»Die ganze Häuserzeile gehört mir«, sagte er gelangweilt.

Henry schnappte hörbar nach Luft.

»Das macht sicher viel Arbeit«, sagte ich, wohl wissend, daß das keine besonders intelligente Bemerkung war, aber mir fiel nichts Besseres ein.

»Nicht so schlimm. Ich habe jemanden, der sich um den Kleinkram kümmert. Es ist eine langfristige Investition.«

»Sie wollen hier bauen?« fragte Henry.

»Ja. Die Leute haben alle befristete Mietverträge, bis auf zwei am Ende der Häuserzeile, bei denen kann ich nur warten, daß sie wegsterben oder ausziehen.« Er lächelte schief. »Und wahrscheinlich hoffen sie bei mir auf dasselbe.«

Ein Aschestäubchen verunzierte das strahlende Weiß seiner linken Manschette. Er legte die Zigarette aus der Hand und streifte es behutsam ab. In der Brusttasche seines Sakkos steckte ein frisch gebügeltes Taschentuch, die Hände waren gepflegt. Wer mochte sich jetzt, nach Veras Tod, um ihn kümmern? Vielleicht hatte er Fetter Passage als Altersversorgung für den gemeinsamen Lebensabend gedacht. Ob es mit Veras Tod zusammenhing, daß er auf die Idee gekommen war, Munro zu engagieren? Möglicherweise wollte er in Erfahrung bringen, ob er noch lebende Verwandte hatte. Man trägt schwer an der Einsamkeit. Ich konnte ein Lied davon singen.

»Weshalb wollten Sie mich sprechen?«

»Wegen Nancy. Es könnte doch sein, daß sie sich an Kanonikus Youlgreave erinnert.«

Er zuckte die Schultern. »Schon möglich. Aber dazu müßten Sie Nancy erst mal finden.«

»Ihre Adresse haben Sie nicht?«

»Nein. Sie ist gleich nach unserer Ankunft in Toronto adoptiert worden. Das Ehepaar wollte in die Staaten ziehen, und die Dame im Waisenhaus meinte, es wäre besser für sie, alle Kontakte zu ihrem früheren Leben abzubrechen.«

»Das muß schlimm für Sie beide gewesen sein.«

Schwere Lider senkten sich über die dunklen Augen. »Allemal besser als Swan Alley, Mrs. Appleyard, das dürfen Sie mir glauben. Sie kam in ein schönes Zuhause, zu guten Menschen, und ich hatte eine Stellung, ein Dach über dem Kopf, Aussicht auf eine bessere Zukunft. Viel Zeit, darüber nachzudenken, hatten wir beide nicht. In den sechs Wochen nach der Landung hab ich sie vielleicht noch zweimal gesehen. Dann nicht mehr.«

»Wie schade«, sagte ich.

»Warum?«

»Wenn Sie ihre Adresse hätten, könnte sie uns vielleicht das hier erklären.« Ich legte Janets Notenmappe auf den Schreibtisch, holte das Foto heraus und deponierte es auf seiner makellosen grünen Schreibunterlage. »Aber vielleicht können Sie mir weiterhelfen.«

Er setzte umständlich die Brille auf und betrachtete schweigend das Bild. In seinem Gesicht regte sich nichts. Henry kramte in seiner Tasche und zündete sich eine Zigarette an. Als sei das Aufflammen des Streichholzes ein Signal, hob Martlesham den Kopf.

»Ja und?«

»Haben Sie erkannt, wo die Aufnahme gemacht worden ist?«

»Nein.«

»An der Theologischen Hochschule von Rosington. Auf dem Rasen hinter dem Haus.«

»Mag sein. Ich war nie dort. War das nicht der rote Backsteinkasten an der Porta?«

»Erkennen Sie jemanden aus der Gruppe?«

»Kanonikus Youlgreave natürlich, und der ältere Herr war auch Pfarrer, glaube ich. Einige der Damen kommen mir bekannt vor, aber Namen habe ich nicht mehr im Kopf.«

»Und die Kinder?«

Zum erstenmal blickten die dunklen Augen leicht irritiert. »Warum fragen Sie?«

»Schauen Sie sich mal das Mädchen neben Kanonikus Youlgreave an.«

Er sah kurz hin und betrachtete dann wieder mich, ohne zu antworten.

»Ist das Ihre Schwester?«

»Könnte sein«, sagte er mühsam. »Schwer zu sagen.«

»Sie trägt ein Kostüm, Mr. Martlesham. Mit Flügeln, wie es scheint. Fällt Ihnen dazu etwas ein?«

»Vielleicht haben sie ein Theaterstück aufgeführt. Kanonikus Youlgreave war sehr fürs Künstlerische, schließlich war er Dichter. Oder nein, vielleicht kein Stück, einen Tanz oder so was, zu dem sie ein kleines Mädchen brauchten.«

»Nach dem Text auf der Rückseite ist es tatsächlich Ihre Schwester.«

Er sah mich an, als hätte ich ihn geschlagen. Dann drehte er mit der gesunden Hand unbeholfen das Foto um und las die Namen. »Sie wußten also die ganze Zeit, daß es Nancy war, Mrs. Appleyard.« Er funkelte mich so böse an, daß ich froh war, Henry neben mir zu wissen. »Warum belästigen Sie mich mit dieser Sache?«

»Wegen der Jahreszahl.« Ich wartete, bis er sie gelesen hatte, und fuhr dann fort: »Sie hatten am 17. Juli Geburtstag und haben mir erzählt, daß Sie und ihre Schwester an jenem Tag an Bord der *Hesperides* auf dem Atlantik waren. Was macht dann Nancy zwei Wochen später mit Flügeln an den Schultern auf dem Rasen der Theologischen Hochschule?«

Martlesham nahm die Brille ab, klappte sie zusammen und verstaute sie in einem Futteral. Erst dann sah er mich wieder an. »Ich muß mich im Datum geirrt haben.«

»Das läßt sich leicht feststellen«, schaltete Henry sich plötzlich ein. »Die Abfahrten der Schiffe wurden in der Zeitung bekanntgegeben.«

Martlesham überhörte die Bemerkung. »Oder derjenige, der die Namen auf die Rückseite geschrieben hat, irrte sich oder hat sich einfach verschrieben.«

»Das kommt mir ziemlich unwahrscheinlich vor, Mr. Martlesham. Sie halten das Mädchen für Nancy, und es gibt viele Leute in Rosington, die sich noch an sie erinnern und die wir fragen können, Mrs. Elstree zum Beispiel. Und notfalls läßt sich gewiß noch in Erfahrung bringen, wo der Rektor seine Gartenpartys veranstaltet hat.«

Seufzend griff Martlesham nach seinem Zigarettenetui. »Ich könnte Sie bitten, jetzt zu gehen«, sagte er halblaut, fast so, als spräche er mit sich selbst.

»Und dann könnte Ihr Privatdetektiv uns folgen und feststellen, was wir machen.«

»Was reden Sie da?«

»Harold Munro, Ex-Sergeant bei der Londoner Kriminalpolizei.«

»Nie gehört.«

»Wer sonst sollte auf die Idee kommen, uns einen Detektiv auf den Hals zu hetzen?«

»Keine Ahnung.« Er schüttelte eine Zigarette aus dem Etui und schob sie zwischen die Lippen. »Was hat er denn angestellt?«

»Er war in den letzten Wochen mehrmals in Rosington. Er hat aus alten Nummern des *Rosington Observer* Artikel über Francis Youlgreave ausgeschnitten und gestohlen. Er hat eins von Youlgreaves Büchern in der Stadtbücherei ausgeliehen. Er hat versucht, mehrere Leute, unter anderem auch Mrs. Elstree, auszuhorchen, und eine alte Dame fast zu Tode erschreckt. Er ist gesehen worden, wie er die Dunkle Herberge beobachtete, möglicherweise war er sogar im Haus. Er ist mir gefolgt, nachdem ich mich am Montag mit Ihnen getroffen hatte, und er hat ein Büro in Holborn. Mein Mann hat ihn vor zehn Minuten am anderen Ende von Fetter Passage gesehen.«

»Sehr mysteriös, Mrs. Appleyard. Das scheint mir ein Fall für die Polizei zu sein, besonders wenn Sie der Ansicht sind, der Mann sei in ein Haus eingedrungen.«

Ich verstaute das Foto wieder in der Notenmappe. Seine Hand zuckte. Wollte er mich daran hindern, es mitzunehmen?

»Was würden Sie an unserer Stelle denken, Mr. Martlesham?« fragte Henry.

»Daß es höchste Zeit ist, die Schnüffelei einzustellen.«

»Sie haben keine Kinder?«

Martlesham schüttelte den Kopf.

»Und Wendy hat mir erzählt, daß Ihre Frau kürzlich gestorben ist«, fuhr Henry fort. »Es wäre nur zu verständlich, wenn Sie den Wunsch hätten, Familienmitglieder aufzuspüren.«

»Diesen Wunsch habe ich keineswegs. Wozu?«

»Liegt das nicht auf der Hand?« sagte Henry behutsam. »Es ist nicht schön, allein zu sein.«

Martlesham mühte sich mit seinem Feuerzeug. Dann sah er mich an und seufzte wieder. »Sie sind auf der falschen Fährte. Aber warum soll ich es Ihnen nicht sagen? Ich will Nancy heute ebensowenig aufspüren wie ich es wollte, als ich 1917 nach England zurückkam, und zwar aus dem gleichen Grund: Ich will sie nicht in Verlegenheit bringen. So einfach ist das.«

»In Verlegenheit bringen?« wiederholte ich. »Das verstehe ich nicht.«

Seine Lippen zuckten. »Das letzte, was ich von ihr hörte, war: ›Du hast mich verkauft. Ich hasse dich.‹«

»Im Waisenhaus?«

»Dieses Waisenhaus hat es nie gegeben, Mrs. Appleyard. Sie war auch nie in Kanada. Sie ist in England geblieben. Deshalb ist sie auf dem Foto.«

Endlich hatte er es geschafft, die Zigarette anzuzünden, und paffte heftig. Die Zugluft vom Fenster her trieb Rauchschwaden über den Schreibtisch. Ich schnupperte.

Kein türkischer Tabak. Virginia.

35

»Glaubst du ihm?« fragte Henry.

»Ich weiß nicht.« Ich strich über das kühle Glas, das vor mir stand. »Einiges stimmt sicher. Die Frage ist, wieviel.«

Henry hatte ein besonderes Talent, hübsche kleine Lokale ausfindig zu machen. Heute hatte er mich in der Nähe von Liverpool Station in ein Pub mit gravierten Spiegeln, blankgeputzten Messingbeschlägen, spiegelndem Holz und bunt verglasten Fenstern geführt. Unten drängten sich die Angestellten aus den Büros, die vor der Heimfahrt noch schnell etwas trinken wollten. Henry und ich saßen in dem kleinen Raum im ersten Stock, wo es viel ruhiger war. Wir hatten einen Tisch am Fenster und konnten uns unterhalten, ohne Lauscher fürchten zu müssen. Harold Munro war weit und breit nicht zu sehen.

»Der Mann ist meiner Meinung nach eine Spielernatur«, sagte Henry. »Du wirst nicht in der Swan Alley geboren und bist fünfzig Jahre später Besitzer einer Häuserzeile in Holborn, wenn du nicht bereit bist, was zu riskieren.«

»Wie meinst du das?«

Henry zuckte die Schultern. »Daß er es vielleicht auch bei uns einfach riskiert hat, einiges zuzugeben, um den Rest weiter verschweigen zu können. Nur um die Daten auf dem Foto kam er nicht herum. Du hast ihm eine Falle gestellt, und er ist prompt hineingetappt. Genaugenommen läßt sich von dem, was er uns erzählt hat, wenig beweisen. Zeitzeugen gibt es nicht mehr.«

»Bis auf die Schwester vielleicht.«

Henry zog eine Augenbraue hoch. Ich hatte früher zugesehen, wie er das Kunststück vor dem Spiegel einübte. »Du glaubst, sie lebt noch? Nach dem, was Martlesham uns erzählt hat?«

Martlesham hatte sich mit seiner Geschichte schwergetan. Er schien sich wie im Zeugenstand zu fühlen, lieferte die gewünschten Informationen nur widerwillig, gab aus freien Stücken nichts preis und überließ die meiste Arbeit dem Anwalt, der ihn ins Kreuzverhör genommen hatte. Mrs. Martlesham war im Kindbett gestorben. Zu der Zeit lebte kein Mann im Haus. »Die Schwangerschaft hat sie vertrieben, schätze ich«, sagte Simon. »Außerdem wurde sie auch immer kränklicher.« Mr. Martlesham sen. war damals offenbar schon seit Jahren verschwunden, und Simon ließ durchblicken, daß seine Eltern womöglich nicht verheiratet gewesen waren, ja, daß er und Nancy vielleicht keinen gemeinsamen Vater hatten.

Simon hatte Francis Youlgreave im Winter vor dem Tod seiner Mutter kennengelernt. Eine offenbar unschuldige, ja löbliche Beziehung bahnte sich an. Francis lieh Simon Bücher und schickte ihn zu Abendkursen in englischer Literatur und Arithmetik. Er lud Simon und Nancy zum Tee in die Dunkle Herberge ein, wo er damals wohnte. Francis wurde von zwei älteren Dienstboten betreut, einer Wirtschafterin und einem Dienstmädchen, aber beide hatten für die Martlesham-Kinder nichts übrig.

»Für mich und Nancy«, sagte Martlesham, »war es wie ein Blick ins Paradies. Bequeme Sessel in einem sauberen Haus. Nachmittagstee mit Sandwiches und Kuchen, soviel wir wollten. Youlgreave schenkte mir ein Taschenmesser und ließ mich meine Initialen in einen Nußbaum im Garten schnitzen, als Beweis dafür, was für schöne Buchstaben ich machen konnte. Er hat Nancy auf den Schoß genommen und uns Geschichten vorgelesen. Ist der Nußbaum noch da?«

»Nein«, sagte ich. »Nur ein Apfelbaum.«

Als die Mutter gestorben war – »Ich hab sie schreien hören«, bemerkte Martlesham ganz sachlich –, blieb den Kindern nur noch eine Tante in Rosington, die ältere Schwester der Mutter, die bei einer Putzmacherin in der High Street arbeitete. »Von der Swan Alley aus gesehen war das für Tante Em ein Riesenschritt nach oben«, sagte Martlesham. »Wir Kinder waren ihr nur eine Last. Sie ging mit einem Burschen, den sie heiraten wollte, einem sehr achtbaren Menschen mit einem Haus und allem Drum und Dran. Da wollte sie sich von uns natürlich nicht das Konzept verderben lassen. Eine harte Frau, aber ich mache ihr keinen Vorwurf.«

Und da hatte Francis sich eingeschaltet. Er hatte schon die Beerdigung der Mutter bezahlt und unterbreitete Tante Em eines Abends einen Vorschlag. Er würde dafür sorgen, daß Simon nach Kanada gehen, dort ein Handwerk erlernen und noch einmal neu anfangen konnte. Und für Nancy hatte er ein noch verlockenderes Angebot. Ein Ehepaar, das in der Nähe seines Bruders in Middlesex wohnte und keine Kinder bekommen konnte, wollte ein kleines Mädchen adoptieren und eine feine Dame aus der Kleinen machen. Nancy wäre ideal für die beiden. Sie hatte eine rasche Auffassungsgabe, war intelligent und hübsch und hatte genau dieselbe Augenfarbe wie die Dame, die sie adoptieren wollte. Sie würde in einem Haus mit großem Garten leben und ein Pony und ein eigenes Zimmer bekommen.

»Tante Em freute sich natürlich und meinte, ich sei alt genug, um meine Entscheidung selber zu treffen. Nancy sagte, sie wollte bei mir bleiben, aber ich hätte ja nichts für sie tun können. Jedenfalls nicht, bis ich selbst festen Boden unter den Füßen hatte, und das konnte Jahre dauern. Nein, es war schon richtig so.«

»Sie haben erzählt, daß Ihre Schwester Ihnen vorgeworfen hat, Sie hätten sie verkauft«, sagte ich. »Wie haben Sie das gemeint?«

Sein Gesicht verdüsterte sich. Wahrscheinlich hatte er uns das gar nicht erzählen wollen, es war ihm wohl rausgerutscht. Dann merkte ich, daß er nicht böse, sondern eher verlegen war. »Vor meiner Abreise«, sagte er, »hat Mr. Youlgreave mir fünfzehn Pfund gegeben.« Er zögerte und wählte seine Worte sehr sorgfältig. »Für den Neuanfang in Kanada. Aber Nancy war noch klein, sie hat das wohl mißverstanden.«

Als wir jetzt im Pub zusammensaßen, sagte Henry: »Wir haben nur Martleshams Wort dafür, daß Nancy adoptiert wurde. Er könnte auch aus einem anderen Grund nicht versucht haben, sich mit seiner Schwester in Verbindung zu setzen, als er wieder nach England kam. Weil ihm klar war, daß es sinnlos gewesen wäre.«

»Wie meinst du das?«

»Wenn er nun wußte, daß sie tot war?«

»Das ist ja fürchterlich.«

»Wenn du mich fragst, läuft alles darauf hinaus.« Henry zündete zwei Zigaretten an und gab mir eine. »Francis Youlgreave war in mancher Beziehung sehr sonderbar, das merkt man an den Gedichten. Und Martlesham hat sich ziemlich aufgeregt, als du ihn nach den Tieren gefragt hast.«

Bei diesem Thema hätte er dann doch beinah die Fassung verloren. Das sei typisch für all das, was ihm an Rosington so zuwider sei, erklärte er. Dort hieß es, Kanonikus Youlgreave sei verrückt, er mache sich ein Vergnügen daraus, Tiere zu zerstückeln, weil er ein Sadist sei. Aber er, Simon Martlesham, hatte es besser gewußt, und viele andere auch, einschließlich Youlgreaves Dienstboten. Mr. Youlgreave interessierte sich für Tierphysiologie. Ein- oder zweimal hatte Simon Martlesham ihm beim Sezieren von Kleintieren geholfen. Einmal hatte Simon eine tote Katze im Fluß treiben sehen und sie für Youlgreave rausgefischt, der ihm zur Belohnung einen halben Sovereign geschenkt hatte. Die Leute aber hatten mit ihrem ewigen Mißtrauen diese völlig harmlose wissenschaftliche Forschungstätigkeit zu einem Vorgang umgedeutet, bei dem es nicht mit rechten Dingen zuging.

»Und solche Typen wollen Christenmenschen sein«, hatte Martlesham gesagt – wie bei unserer ersten Begegnung und wie Janet vor ein paar Stunden. »Die waren nicht christlicher als der Schreibtisch, an dem ich sitze. Und ich hab den Eindruck, daß sich daran bis heute nichts geändert hat.«

»Vielleicht hat er Gewissensbisse«, sagte ich zu Henry und überlegte, ob noch Zeit für einen zweiten Drink blieb. »Er hatte einen Schlaganfall, er hat seine Frau verloren, er hat keine Kinder. Angenommen, er hat zum erstenmal in seinem Leben in aller Ruhe darüber nachdenken können, was er seiner Schwester angetan hat. Ich glaube, er will unbedingt herausfinden, ob sie noch lebt.«

»Weil er sie wiedersehen will?«

»Nicht unbedingt. Vielleicht, um sicherzugehen, daß Francis die Wahrheit gesagt hat, daß sie wirklich adoptiert wurde und eine feine Dame geworden ist. Er hat ein schlechtes Gewissen, weil er nicht weiß, was aus ihr geworden ist.«

Henry zupfte sich einen Tabakskrümel von den Lippen. »Das würde vieles erklären. Den Privatdetektiv, der sich in Roth und in Rosington herumdrückt und sich für uns interessiert. Es geht nicht nur um Youlgreave.«

»Wenn sie 1904 gestorben ist, könnten wir ja vielleicht aus den *Engelsstimmen* etwas über die Todesart erfahren, was meinst du?«

»Großer Gott, Wendy!« Henry riß die Augen auf. »Du willst doch nicht behaupten, daß Youlgreave diesen Mumpitz wörtlich gemeint hat?«

Ich zuckte die Schultern und schob mein leeres Glas weg. »Ich muß langsam los.«

Mit einiger Genugtuung nahm ich zur Kenntnis, daß es mir gelungen war, Henry zu schockieren, denn meist war es umgekehrt. Er ging mit mir zum Bahnhof, aber seine Begleitung auf den Bahnsteig verbat ich mir. An der Sperre blieb ich stehen, um mich zu verabschieden. Plötzlich beugte er sich vor und umarmte mich, und zwar ziemlich unbeholfen, was ihm nicht ähnlich sah. Er versuchte, mich auf die Lippen zu küssen, aber ich drehte den Kopf zur Seite, so daß der Kuß auf meinem rechten Ohrläppchen landete. Ich machte mich los und trat einen Schritt zurück.

»Wann sehen wir uns wieder, Wendy?«

»Keine Ahnung. Früher oder später komme ich sicher mal wieder nach London.«

»Können wir nicht was verabreden? Ich komme auch nach Rosington, wenn das günstiger für dich ist.«

Wenn Henry sich in Rosington sehen ließ, hatte die Weiberriege einen echten Grund zum Klatschen, und er riskierte, auf Schritt und Tritt geschnitten zu werden.

»Nein, das finde ich nicht gut.«

»Und ich dachte, der Trauring bedeutet vielleicht...«

»Falsch gedacht.«

»Bitte, Wendy...«

Plötzlich packte mich die Wut. Ich drehte mich auf dem Absatz um, ließ an der Sperre meine Fahrkarte lochen und ging am Zug entlang bis zu den vordersten Wagen. Ich wußte, daß Henry mir immer noch nachsah, machte aber keine Anstalten, zu ihm hinzusehen oder gar zu winken.

Bildete er sich wirklich ein, ich käme eilfertig angerannt, sobald er mit den Fingern schnippte? Zum Teufel mit Henry, dachte ich, als ich mich in ein schon von Pendlern überfülltes Abteil zwängte, zum Teufel mit Francis, zum Teufel mit allem.

Zwischen Cambridge und Rosington machte ich Henry im Geist nach Strich und Faden nieder. Ich sagte ihm, daß ich seinen Freund David viel aufregender fand als ihn, daß David viel besser aussah und eine tolle Figur hatte. Davids Hintern wabbelt nicht, sagte ich zu Henry, und seine Haut schlägt nicht so viele Falten, daß man sie am liebsten aufbügeln möchte. Dabei wußte ich natürlich, daß ich so etwas nie über die Lippen bringen würde, und allein daß ich solche Gedanken hatte, war mir hinterher schrecklich.

In Rosington angekommen, ging ich rasch den Hügel hoch und betrat durch die Porta die Domfreiheit, ohne Mr. Gotobed oder sonstigen Bekannten zu begegnen. Ich war heilfroh, denn mir war nicht nach höflichem Geplauder zumute.

Ich stieß die Pforte in der Mauer auf. Rosies Dreirad stand auf dem Rasen. Weil Janet sich immer aufregte, wenn Spielzeug über Nacht draußen blieb, stellte ich es in den kleinen Verschlag in der Ecke beim Jelängerjelieber.

Die Haustür war nicht abgeschlossen. Ich betrat die Diele.

»Sind Sie das, Schwester?« rief eine Männerstimme aus dem ersten Stock.

Dr. Flaxmans Kopf erschien über dem Geländer. Als er mich sah, runzelte er die Stirn. »Kommen Sie rauf«, blaffte er, »und machen Sie sich nützlich.«

36

Es war nicht allein der Verlust des Babys. Janets Fehlgeburt war der Wendepunkt.

Bis dahin hatte ich nie groß über Fehlgeburten nachgedacht. Sie waren etwas, was Königinnen in Geschichtsbüchern widerfuhr, deren Ehemänner sich sehnlichst einen Erben wünschten. Oder Romanfiguren. Oder verhuschten kleinen Frauen, die man kaum kannte, weil sie selten ausgingen. Eine Fehlgeburt, dachte ich – soweit ich mir überhaupt darüber Gedanken gemacht hatte –, war schlimm für alle Beteiligten, aber nicht das Ende der Welt.

Erst nach ein, zwei Tagen erfuhr ich genauer, wie sich alles abgespielt hatte. Als ich am Freitag vormittag nach London gefahren war, hatte Janet erst die Hausarbeit erledigt und war dann zum Rasenmähen in den Garten gegangen. Nachmittags setzten die Schmerzen ein und verschlimmerten sich bis zum frühen Abend stetig. David war noch nicht zu Hause, Rosie und Mr. Treevor verlangten nach Essen und Zuwendung, und ich konnte ihr nichts abnehmen, weil ich nicht da war. Janet versuchte, sich zwischendurch hinzusetzen, aber ehe sie dazu kam, wollte schon wieder jemand was von ihr.

»Ich dachte, es sind nur harmlose Krämpfe«, klagte sie, als ich sie am Samstag vormittag im Krankenhaus besuchte. »Wenn du deine Tage hast, machst du ja auch einfach weiter, und früher oder später gehen die Schmerzen wieder weg. Aber diesmal sind sie eben nicht weggegangen, sondern schlimmer geworden.«

Als Janet auf der Toilette war, begriff sie, daß es etwas Ernstes war. Nicht einmal jetzt konnte sie sich dazu durchringen, David Bescheid zu sagen. Statt dessen rief sie in Dr. Flaxmans

Praxis an. Sie hatte Glück: Er hatte gerade nach Hause gehen wollen. Das war der einzige Lichtblick an diesem dunklen Tag.

»Es ist alles meine Schuld«, sagte sie im Krankenhaus. »Ich habe ihn umgebracht.«

»Unsinn«, sagte ich beklommen. »Du kannst nun wirklich nichts dafür. Und eigentlich war es ja auch noch gar kein richtiges Baby. Du weißt ja nicht mal, ob es tatsächlich ein Junge war.«

»Natürlich war es ein richtiges Baby«, fuhr sie mich an. »Und ich hab von Anfang an gewußt, daß es ein Junge wird. Er sollte Michael heißen.«

Einen Augenblick sah es so aus, als ob sie mir an die Kehle gehen wollte, dann fing sie wieder an zu weinen und streckte trostsuchend die Arme nach mir aus.

Später erzählte sie mir, was Dr. Flaxman vormittags bei der Visite gesagt hatte. »Ich soll einen Schlußstrich ziehen und schnell wieder schwanger werden. Der hat gut reden! Er hat so getan, als ob mir anstelle eines gezogenen Zahns ein neuer nachwachsen würde.«

Ich konnte ihr noch so oft sagen, sie solle nicht albern sein, ich konnte ihr noch so oft sagen, an der Fehlgeburt habe niemand schuld, sie konnte mir noch so oft versichern, ich hätte ja völlig recht – auf einer Ebene, die für mich nicht erreichbar war, gab sie sich wohl nach wie vor die Schuld. Zum Schluß konnte sie dort niemand mehr erreichen.

Ich war in diesen Tagen in meinem Element und sonnte mich in dem Gefühl, daß die anderen mein Krisenmanagement bewunderten. Ich bemühte mich nach Kräften, Janet zu trösten, betreute Rosie und Mr. Treevor, deren Bedürfnisse fast identisch waren, hielt die Dunkle Herberge leidlich in Schuß – und hörte David zu, wenn er reden wollte.

»Ich habe heute nachmittag ein paar Zeilen vom Bischof bekommen«, erzählte er mir am Samstag abend. »Er hat sich nach Janet erkundigt und so weiter und schreibt, daß Ende des Sommers eine Doppelpfarrstelle vakant wird. Er will wissen, ob ich interessiert wäre.«

»Wo?«

»Tattisham und Ditchford. Etwa dreißig Meilen von hier. Bei Wisbech.«

»Also direkt in den Fens?«

Er nickte. »Viel entlegener geht's kaum. Auch finanziell würde es knapp werden, das Gehalt ist nicht besonders, und man braucht dort unbedingt einen Wagen. Ich weiß nicht, wie Janet zurechtkommen würde, sie hätte niemanden zum Reden.«

Und du auch nicht, dachte ich. David gehörte zu den Männern, die sich, wo immer sie leben, nie ganz von der Uni lösen können.

»Aber vielleicht täte ihr eine Veränderung gut«, fuhr er fort. »Es wäre ein Neuanfang. Wie geht es Rosie? Für sie muß das doch sehr beunruhigend ein.«

»Ich glaube, sie kommt gut zurecht«, sagte ich mit der Zuversicht der Kinderlosen. »Sie ist ja noch klein, und in dem Alter sind Kinder vor allem mit sich selbst beschäftigt.«

»Weiß sie von dem Baby?«

»Ich habe ihr gesagt, daß Mummy ins Krankenhaus mußte und nun doch kein Baby bekommt.«

»Wie hat sie reagiert?«

»Sehr gelassen.«

Das war ziemlich genau die Wahrheit. Sie hatte mich angestrahlt und »Gut!« gesagt. Das behielt ich für mich, weil ich dachte, es könnte David weh tun. Jetzt bin ich alt, die Zeiten haben sich geändert, ich sehe manches anders und finde es ziemlich lächerlich, daß Janet und ich, zwei erwachsene Frauen, so viel Zeit und Mühe darauf verwandten, uns Gedanken über David zu machen. Wir haben ihn behandelt, als ob sein Herz aus Eierschalen wäre.

Am Sonntag vormittag wurde Janet entlassen – mit der Weisung, sich unbedingt noch ein paar Tage zu schonen. Sie war matt und deprimiert. Flaxman meinte, wir sollten versuchen, sie aufzuheitern. David und ich machten mit – und das war das Schlimmste, was Janet passieren konnte. Wenn David oder Flaxman ihr einredeten, alles sei nun vorbei und abgetan, sie könne ja wieder schwanger werden und ein Baby bekommen, hieß das im Klartext, daß sie um das Kind, das sie gerade verloren hatte, nicht trauern durfte. Auch in ihrem Umfeld trauerte niemand. Wir waren gnadenlos heiter. Deshalb mußte Janet ihren Kummer für sich behalten, und eingesperrter Kummer frißt sich fest.

»Ich mache mir Gedanken wegen David«, sagte Janet am Sonntag nachmittag zu mir.

»Wegen Tattisham und Ditchford?«

»Nein. Weil ich krank bin. Weil ich... ja, weil er eine Weile darauf verzichten muß.«

»Er wird's überstehen.« Das Wort Sex hätten wir beide nicht über die Lippen gebracht.

»Bei Männern ist es wohl anders.«

»Jeder nach seiner Fasson«, sagte ich und überlegte, ob Henry wohl zur Zeit darauf verzichtete und warum er sich nicht meldete. Ich hatte versucht, ihn am Samstag in Brown's Hotel zu erreichen, aber er hatte schon gezahlt und war ausgezogen. Eine Nachsendeadresse hatte er nicht hinterlassen. Vielleicht hatte er genug von mir.

Der Sonntag fand ein schlimmes Ende. Mr. Treevor hatte sich zeitig hingelegt, Janet bekam ihr Abendessen ans Bett, und David und ich aßen in der Küche. Anschließend holte David Janets Tablett von oben. Als ich ihm nachging, weil ich vergessen hatte, Janet eine Tasse Kaffee zu bringen, schleifte David einen wimmernden Mr. Treevor über den Flur. Ohne die Zahnprothese wirkte sein Gesicht völlig verfallen.

»Was gibt's?« fragte ich.

»Er war wieder in Rosies Zimmer.« David funkelte mich an, als sei es meine Schuld. »Das sehe ich mir nicht mehr mit an.«

Plötzlich warf sich Mr. Treevor auf die Knie und umschlang Davids Beine. »Schickt mich nicht weg«, jammerte er. »Bitte steckt mich nicht in ein Heim.«

Ich versuchte, ihn hochzuziehen, aber er klammerte sich an David.

»Kommen Sie, Mr. Treevor«, redete ich ihm zu. »Wenn Sie sich brav hinlegen, bringe ich Ihnen eine Wärmflasche und einen schönen Becher Kakao.«

»Schickt mich nicht weg.«

Ich sah, daß Rosie von ihrem Zimmer aus die Szene beobachtete. Es konnte nur noch Sekunden dauern, bis Janet auf der Bildfläche erschien.

David, der kalkweiß geworden war, bückte sich, packte Mr. Treevors Handgelenke, löste die Umklammerung und zerrte ihn hoch. Davids Augen glühten. Mir war, als sähe mich ein Fremder an.

»Ab in dein Zimmer! Du hast schon genug angerichtet«, sagte er leise und umkrampfte die dünnen Greisengelenke so fest, daß Mr. Treevor aufschrie.

Er stieß den alten Mann von sich, und der wäre hingefallen, wenn ich nicht einen Arm ausgestreckt und ihn gestützt hätte. Er starrte David an, als sähe er ihn zum erstenmal, was ja in gewisser Weise richtig war.

»Ich wünschte, ich wäre tot«, sagte Mr. Treevor. »Bitte bringt mich um. Ich will nicht mehr leben.«

»Das ist doch Unsinn!« Ich zog ihn sanft zu seinem Zimmer. »Wir haben Sie sehr lieb, Mr. Treevor, nur sind jetzt alle ein bißchen durcheinander, weil es Janet nicht gutgeht. Morgen früh sieht alles ganz anders aus.«

Unvermittelt erlosch seine Gegenwehr. Er ließ sich widerstandslos ins Bett bringen, und ich deckte ihn zu.

»Gute Nacht«, sagte ich. »Bleiben Sie schön liegen. Ich komme später noch mal vorbei.«

Er hob mir sein Gesicht entgegen. »Küssen!« verlangte er.

Ich küßte ihn auf die Stirn. Seine Haut war wie altes Zeitungspapier. Draußen war alles still. Ich sah kurz bei Rosie hinein. Sie lag im Bett, hatte Angel neben sich auf dem Kissen und tat, als ob sie schliefe. Rosie hatte noch nie den Kopf zu mir hochgehoben und mich um einen Kuß gebeten. Die Tür zu Janets und Davids Zimmer war geschlossen, ich hörte Stimmen.

Ich tat mir sehr leid. Im Wohnzimmer mixte ich mir einen ordentlichen Gin mit Angostura, legte mich aufs Sofa, zündete mir eine Zigarette an und sagte mir wider besseres Wissen, daß sich alles wieder einrenken würde. Davids Verhalten war empörend. Nur hätte ich mich in so einer Situation womöglich nicht anders benommen.

Nach einer Weile kam er herunter. Ich nahm weder die Füße vom Sofa, noch versteckte ich das Glas.

Er setzte sich an den kalten Kamin. »Tut mir leid, daß ich die Nerven verloren habe«, sagte er. »Das ist in jedem Fall unverzeihlich, aber bei dem armen John ganz besonders.«

Ich zündete mir die nächste Zigarette an und ließ ihn zappeln.

»Du wirst das nicht wissen, aber ich habe ihn schon einmal bei Rosie erwischt. Das ist ... ähm ... nicht normal und natürlich ein Symptom der Altersverwirrtheit.«

»Aber es war doch harmlos, nicht? Er hat ihr nichts getan.«

»Wir brauchen das wohl nicht näher zu erörtern. Es ist eine Sache für die Ärzte. Übrigens hatten Janet und ich schon darüber gesprochen, daß er eigentlich in ein Pflegeheim gehört. Jetzt ist das natürlich keine Frage mehr. Morgen früh rufe ich Flaxman an.«

Stille. Ich suchte verzweifelt nach Worten. »Glaubst du wirklich, daß es das Beste ist?«

»Soll das heißen, daß du anderer Meinung bist?« Seine Stimme war schärfer geworden, und aus seinen Augen sah mich wieder der Fremde an. »Mit John kann es nur schlimmer werden. Er braucht fachkundige Betreuung. Und Janet und ich müssen auch an Rosie denken.«

Ich nickte. »Ich weiß. Und du hast natürlich recht. Aber es wird ihn sehr treffen.«

»Man muß versuchen, die für alle Beteiligten beste Lösung zu finden«, sagte David jetzt milder. »Natürlich werden wir ihn regelmäßig besuchen, aber vermutlich erkennt er uns bald sowieso nicht mehr, und dann spielt es keine Rolle, wo er ist.«

Diesmal dehnte sich die Stille länger.

»Ich habe gar nicht gefragt, wie es Henry geht. Du warst doch neulich mit ihm zusammen?« fragte er unvermittelt.

»Alles in Ordnung. Er läßt grüßen.«

»Und hat er dir bei deinen Recherchen weiterhelfen können?«

Es war sonderbar – aber David konnte meine Ermittlungen in Sachen Francis nie erwähnen, ohne einen gönnerhaften Ton anzuschlagen, auch wenn er versuchte, nett zu sein.

»Ja, doch«, sagte ich steif. »Aber jetzt sind wir auf ein weiteres Rätsel gestoßen. Da ist noch jemand, der sich für ihn interessiert.«

»Für Youlgreave?«

»Ja. Ein Privatdetektiv, ein gewisser Harold Munro; der Mann hat offenbar den Auftrag, in dem Fall herumzuwühlen.«

David runzelte die Stirn. »Aber das ist doch lächerlich. Wer setzt denn auf einen toten Poeten einen Privatdetektiv an.«

»Das hat Henry am Freitag abend auch gesagt.«

»Er weiß es also?«

Wenn Henry von Harold Munro wußte – so Davids Gedankengang –, konnte man den Privatdetektiv nicht als Phantasievorstellung einer leichtgläubigen Frau abtun.

»Henry ist Munro nachgegangen und hat rausbekommen, wer er ist«, sagte ich.

»In London?«

»Ja. Aber Munro war auch in Rosington. Möglicherweise hat er neulich die Dunkle Herberge beobachtet. Erinnerst du dich, daß Mr. Treevor von einem Mann erzählt hat?«

»Meinst du, er könnte sich mehr für dich als für Youlgreave interessieren?«

»Er hat eins von Youlgreaves Büchern in der Stadtbücherei ausgeliehen. Er hat aus alten Exemplaren des *Rosington Observer* Artikel über ihn ausgeschnitten. Er hat sogar Mrs. Gotobed und Mrs. Elstree belästigt.«

»Sehr sonderbar. Vielleicht sollten wir mit der Polizei darüber sprechen.«

»Worüber? Schließlich hat ja niemand ein Verbrechen begangen.«

David zuckte wieder die Schultern. Ich merkte, daß er in Gedanken schon an anderes dachte, und zwar eher an sein Kolleg oder an seine glanzvolle Karriere als an Mr. Treevor, Janet oder das tote Kind. Ich hielt mich an meinem Glas fest und überlegte, ob vielleicht doch jemand ein Verbrechen begangen hatte – nicht im Jahre 1958, sondern über fünfzig Jahre früher.

David hätte gesagt, daß ich mir etwas einbildete. Aber Nancy Martlesham, die am 6. August 1904 noch auf dem Rasen der Theologischen Hochschule gestanden hatte und danach wie vom Erdboden verschluckt war, hatte ich mir nicht eingebildet.

37

Am Wochenende hatte ich mit Kanonikus Hudson gesprochen, und er sagte, ich könne so lange wie nötig freinehmen. Am Montag vormittag brachte ich Rosie zur Schule. David war schon zum Dienst gegangen, so daß ich Janet in der Dunklen Herberge mit Mr. Treevor allein lassen mußte.

»Kommst du zurecht?« fragte ich.

»Ja, natürlich. Ich bleibe gern bei Daddy.«

Mr. Treevor hatte sich geweigert aufzustehen. David hatte schon mit Dr. Flaxman wegen eines Pflegeheims telefoniert.

Es war ein schöner Vormittag. Auf meine Versuche, mit Rosie ein Gespräch anzufangen, bekam ich nur einsilbige Antworten. Sie wollte nicht, daß ich sie aufs Schulgelände begleitete, aber sie vertraute mir Angel an, sah aufmerksam zu, wie ich sie in der mitgebrachten Einkaufstasche verstaute, und erlaubte mir gnädig, ihr einen Kuß auf das glänzende Haar zu hauchen. Ich beobachtete, wie sie über den Spielplatz ging, auf dem viele Kinder herumstanden oder in Gruppen miteinander spielten. Sie sprach mit niemandem, sondern schob sich an den anderen vorbei zum Eingang.

Auf dem Rückweg – es war fast eine Meile – war ich in Gedanken vor allem mit meiner Einkaufsliste und dem Speisezettel für die nächsten Tage beschäftigt. Daneben überlegte ich, wie sonderbar es mir vorkommen würde, mich in der Küche zu Tisch zu setzen, ohne am anderen Ende John Treevor in seinem Windsorsessel zu sehen.

Ich ging über die Hauptstraße, an St. Mary's vorbei und zum Palace Square. Unmittelbar vor mir lag die Minster Street, auf der anderen Seite erhob sich die Westfassade des Doms. Dort lief mir Mrs. Elstree über den Weg.

»Hallo, wie geht's?«

»Danke der Nachfrage.« Sie wollte rasch weitergehen. Nicht einmal nach Janet erkundigte sie sich. Ich hatte sie seit einigen Tagen nicht mehr gesehen und fand, daß der Sepiaton sich verstärkt hatte und zunehmend alle anderen Farben an ihrer Person verdrängte.

»Ich wollte Sie etwas fragen«, sagte ich.

»Tut mir leid, ich habe es ziemlich eilig...«

»Es ist wegen Simon und Nancy Martlesham. Ich habe gehört, daß sie eine Tante hatten, die bei einer Putzmacherin arbeitete.«

»So?«

Sie war schon an mir vorbei und ging rasch weiter in Richtung High Street.

Ich machte kehrt und lief neben ihr her. »Wissen Sie vielleicht noch irgend etwas über diese Tante?«

»Es ist sehr lange her, Mrs. Appleyard. Leider kann ich Ihnen nicht helfen. Wenn Sie mich jetzt bitte entschuldigen...«

Sie hastete weiter, und ich hätte sie höchstens mit Gewalt festhalten können. Wahrscheinlich fand sie jetzt, da die Theologische Hochschule endgültig geschlossen werden sollte, daß es sich nicht mehr lohnte, Zeit und Mühe an die Byfields, geschweige denn an mich als Janets Freundin zu verschwenden. Oder steckte mehr dahinter? War Mrs. Elstree es aus irgendeinem Grunde leid, sich zu Francis Youlgreave zu äußern?

Aber es gab noch eine Frau, die sich vielleicht an die Tante der Martleshams erinnerte. Ich ging die Minster Street entlang und betrat durch die Porta die Domfreiheit. Vor dem Haus der Gotobeds stand Dr. Flaxmans Riley. Ich war schon auf dem Weg zu den Kastanienbäumen, um mir den Weg durch den Kreuzgang abzukürzen, als ich hinter mir eine Tür schlagen hörte.

Ich sah mich um.

Dr. Flaxman kam – wie üblich anderthalbmal so schnell

wie gewöhnliche Sterbliche – um seinen Wagen herum auf mich zu. »Ich habe etwas für Mr. Treevor gefunden.« Er tippte mit einem Zeigefinger an den Hut. »Würden Sie das bitte Mrs. Byfield ausrichten? Im *Zedernheim*, das ist geeignet, denke ich.«

»Wo liegt es?«

»Am Stadtrand, ein paar hundert Meter hinter der Vorschule. Allerdings wird das Zimmer erst Anfang nächster Woche frei, die Byfields müßten sich mit der Heimleiterin in Verbindung setzen. Vielleicht sollten wir ihn bis dahin ins Krankenhaus bringen, da könnte ich ihn gründlich untersuchen, und Mrs. Byfield wäre eine Sorge los.«

»Soll ich ihr das auch sagen?«

»Ja, bitte. Vielleicht will sie es auch erst mit ihrem Mann besprechen. Sie möchte mir bitte so bald wie möglich in der Praxis Bescheid geben.«

Er wandte sich wieder seinem Wagen zu.

»Wie geht es Mrs. Gotobed?« fragte ich rasch. »Ich wollte eigentlich heute vormittag mal bei ihr vorbeischauen.«

»Das würde ich lieber lassen.« Er klimperte mit den Wagenschlüsseln. »Ich war gerade bei ihr. Sie hatte in der Nacht einen Schwächeanfall.«

Ich ging zurück in die Dunkle Herberge. Mr. Treevor war noch auf seinem Zimmer, aber Janet hatte sich in die Küche gequält, saß am Tisch und starrte das schmutzige Frühstücksgeschirr an, das ich noch nicht hatte abwaschen können.

»Du gehörst ins Bett«, sagte ich. »Wenigstens solltest du dich hinlegen.«

»Es wäre so viel zu tun.«

»Das erledige ich. Ist alles organisiert.« Ich setzte den Kessel auf. »Komm, leg dich ins Wohnzimmer, ich mache uns Kaffee.«

Die Zeit, bis das Wasser kochte, nutzte ich zum Abwaschen, dann brachte ich ihr den Kaffee und richtete ihr aus, was Dr. Flaxman gesagt hatte.

»Eigentlich würde ich ihn lieber noch ein bißchen hierbehalten«, sagte sie. »Ich hätte ein furchtbar schlechtes Gewissen, wenn ich ihn jetzt wegschicken müßte. Wenn mir noch ein, zwei Wochen bleiben würden, um ihn vorzubereiten...«

»Das hat doch keinen Sinn.« Ich zündete mir eine Zigarette an und setzte mich mit meinem Kaffee auf das gepolsterte Bänkchen unter dem Fenster. »Wir werden ja jetzt schon nicht mehr mit ihm fertig.«

Janet legte sich zurück und spielte mit ihrem nassen Taschentuch. Ich hatte das Gefühl, daß ich sie hatte fallenlassen, und sie hatte das Gefühl, daß sie entweder ihren Vater oder David und Rosie fallenlassen müßte. Eins war so lächerlich wie das andere. Gefallen – wirklich tief gefallen – war nur Mr. Treevor, und der konnte nichts dafür.

»Glaub mir, Janet, es ist die richtige Entscheidung. In ein, zwei Wochen wirst du mir recht geben. Du fühlst dich im Augenblick nur wegen des Babys so elend.«

Die Tränen flossen wieder. Ich kniete mich ans Sofa und nahm sie in die Arme. Daß Janet sich hin und wieder ausweinen mußte, war etwas, was Flaxman und David nicht begriffen. Ein werdender Mensch, an dem ihr Herz hing, war tot. Die Tatsache, daß dieser werdende Mensch noch nicht einmal drei Monate alt war und sie ihn nie gesehen hatte, spielte dabei keine Rolle.

Nach einer Weile machte Janet sich los und schnaubte sich die Nase. »Ich hasse Leute, die sich bei jeder Gelegenheit in Tränen auflösen.«

»Wein du nur.« Ich wandte mich ab. Sie sollte nicht sehen, daß ich auch Tränen in den Augen hatte. Ich trank einen Schluck kalten Kaffee. Meine Zigarette war im Aschbecher am Fenster verschmort. Ich griff nach der Packung und klopfte eine neue heraus. In diesem Moment hörte ich den Riegel des Gartentors klicken und sah aus dem Fenster. Die Frau des Dekans kam von der Domfreiheit her über den Gartenweg zum Haus.

»Verdammter Mist«, sagte ich und richtete meine ganze angestaute Wut auf die Frau dort unten. »Es ist diese ekelhafte Mrs. Forbury. Soll ich sie abwimmeln? Ich sag ihr, daß du dich hingelegt hast.«

Janet schüttelte den Kopf. »Nein, laß sie bitte herein. Es ist sehr nett von ihr, daß sie mich besuchen kommt.«

»Nett? Ich tippe eher auf Neugier.«

»Früher oder später muß es doch sein. Um so schneller habe ich es hinter mir.«

Ich glättete meine Gesichtszüge und ging zur Tür.

Mrs. Forbury stürmte an mir vorbei in die Diele. »Guten Morgen. Mrs. Appleyard, wenn ich nicht irre?«

»Ganz recht. Und Sie müssen Mrs. Forbury sein. Janet hat von Ihnen erzählt.«

Sie streifte schon die Handschuhe ab. Ich brachte sie ins Wohnzimmer. Janet bat mich, frischen Kaffee zu machen. Als ich wieder ins Zimmer kam, erzählte Mrs. Forbury, wie lässig ihre Mutter mit Fehlgeburten umgegangen sei. Eine bedauerliche Angelegenheit, habe sie gesagt, aber nicht weiter tragisch. Janet zuckte nicht mit der Wimper. Die Atmosphäre kühlte sich etwas ab, als sie sagte, sie würde wohl am Donnerstag nachmittag nicht zur Sitzung kommen und möglicherweise nächste Woche auch nicht den Blumenschmuck in der Marienkapelle übernehmen können.

Erstaunlicherweise hatte es Janet sichtlich gutgetan, mit Mrs. Forbury die Klingen zu kreuzen. Sie behandelte die Frau des Dekans fast so wie früher Miss Esk, die Leiterin unseres Internats – scheinbar mit Ehrerbietung, aber darunter verbarg sich die eiserne Entschlossenheit, soweit wie möglich ihren Willen durchzusetzen. Mrs. Forbury nahm ihr das auch nicht übel – ganz im Gegenteil. Ich begriff, daß Janet hier am rechten Platz war. Mrs. Forbury mochte sie. Bei Janet konnte sie sicher sein, daß sie sich immer an die Spielregeln der Domfreiheit halten würde. Janet fügte sich in Rosington so ein, wie mir das nie gelungen wäre.

Mrs. Forbury taute geradezu auf und griff sogar zu, als ich ihr eine Zigarette anbot. »Gewöhnlich rauche ich vormittags nicht, aber heute habe ich richtig Lust, ein bißchen über die Stränge zu schlagen.«

Sie lehnte sich zurück, stieß Rauch aus den Nasenlöchern und schenkte mir ein huldvolles Lächeln. »Janet hat mir erzählt, daß Sie in der Dombibliothek auf Spuren des Roten Chorherrn gestoßen sind.«

»Auf etliche Bücher, ja, das stimmt. Wie ich höre, hat man in Ihrer Kindheit noch von ihm gesprochen?«

Sie lachte leise. »Was nicht verwunderlich ist, Mrs. Appleyard. Er hat damals für ziemlich viel Wirbel gesorgt. Nicht nur wegen seiner sozialistischen Einstellung, die war schlimm genug, aber auch seine theologischen Ideen wurden immer exzentrischer. Mein armer lieber Vater sagte oft, man hätte ihn nie so lange gewähren lassen dürfen. Besonders nach der Sache mit den Tieren.«

»Die er zerstückelt hat?«

Mrs. Forbury zog die Augenbrauen hoch. »Sie sind bemerkenswert gut informiert. Wenn ich mich recht erinnere, war die Frage nur, ob er das selber besorgt oder einen Jungen aus der Stadt dazu angestiftet hat. Es war alles recht unerfreulich. Er hat mit diesen Kindern viel zu vertraulichen Umgang gepflegt.«

»Mit welchen Kindern?«

»Da war auch noch ein kleines Mädchen.« Sie sah mich kurz an. »Die Schwester des Jungen. Kanonikus Youlgreave hat sie richtig gehätschelt. Ein bißchen so wie Lewis Carroll die Kleine aus Oxford, die angeblich die Alice in seinem Buch war. Aber da lagen die Dinge natürlich etwas anders, schließlich war Alice eine Professorentochter.«

»Wo sind die Kinder geblieben?«

»Keine Ahnung.« Mrs. Forbury drückte ihre Zigarette aus. »Vermutlich sind sie wieder da gelandet, wo sie herkamen.« Sie lachte prustend, aber ihr Gesichtsausdruck war durchaus nicht heiter. »Wenn ich ungezogen war, hat meine Kinderfrau immer gedroht, der Rote Domherr würde mich holen. Es wurde viel geklatscht damals.« Sie nahm einen der Teekekse, die ich ihr zu Ehren auf den Tisch gestellt hatte. »Schließlich hat sich Mr. Youlgreave dazu bewegen lassen, sein Amt aufzugeben und Rosington zu verlassen. Danach kehrte wieder Ruhe ein.«

Vielleicht war also die Predigt, in der er sich für Frauen im Priesteramt einsetzte, nur ein Vorwand gewesen, um ihn loszuwerden, ein gern aufgegriffener theologischer Skandal als Tarnmanöver. Aber hatte er Rosington mit oder ohne Nancy verlassen?

Mrs. Forbury sah zu der kleinen silbernen Standuhr auf dem Kaminsims, die Janet aus der Habe ihres Vaters gerettet hatte. »Jetzt muß ich aber los. Ich habe noch keinen Handschlag fürs Mittagessen getan.«

Ich brachte sie hinaus. Auf der Schwelle bedeutete sie mir, noch einen Schritt mit in den Garten zu kommen. »Ich bin sehr froh, daß Sie da sind, Mrs. Appleyard«, sagte sie leise, obwohl keine Gefahr bestand, daß Janet uns hören konnte. »Wenn Janet je eine Freundin brauchte, dann jetzt.«

Ich blinzelte verblüfft. »Ich tue, was ich kann.«

»Ja, ich weiß. Sie hat es nicht leicht, zumal jetzt, wo sie ihren Vater auf dem Hals hat und die Hochschule geschlossen wird.« Sie verzog das Gesicht. Fältchen sprangen auf, und sie sah jetzt aus wie eine rosafarbene Walnuß. »Ich hatte selbst drei Fehlgeburten und weiß, wovon ich rede. Man bemüht sich sehr, vergnügt zu sein, aber es ist hart. Geben Sie gut auf Janet acht.«

Sie tätschelte meinen Arm und ging zum Gartentor. Ich sah ihr ziemlich fassungslos nach. Für mich war Mrs. Forbury bislang eine eingebildete, herrschsüchtige, taktlose Kuh gewesen, und das war sie wohl auch – aber jetzt hatte ich sie plötzlich von einer anderen Seite kennengelernt, und das verunsicherte mich. Warum mußte es von Mensch zu Mensch immer so unordentlich und verworren zugehen?

Im Wohnzimmer fand ich Mr. Treevor vor. Er hatte versucht, sich selbst anzuziehen. Der Hosenschlitz stand offen, den untersten Knopf seiner Strickjacke hatte er durch das oberste Knopfloch geschoben. Er hockte in dem Sessel, in dem die Frau des Dekans gesessen hatte, und seine Hosenbeine hatten sich hochgeschoben, so daß ich sah, daß er nur eine Socke anhatte. Er guckte mich erwartungsvoll an. »Gibt's jetzt Mittag, Mummy?«

»Nein, noch nicht.«

Janet und ich wechselten einen Blick. »Daddy«, sagte sie, »ich möchte etwas ...«

»Daddy?« Er blickte sich verwundert um. »Wo?«

Janet sah mich erneut an und schüttelte leicht den Kopf.

»Ich hab schon gedacht, du meinst mich.« Mr. Treevor runzelte die Stirn und nagte, genau wie Janet manchmal, an der Unterlippe. »Aber ich bin nicht Daddy, nicht? Ich bin Francis.«

38

Ein paar Stunden später, kurz vor Davids Rückkehr, war es Janet schließlich gelungen, ihrem Vater beizubringen, daß er ins Krankenhaus mußte. Das kam nicht gut an. Ich bin nicht einmal sicher, ob er begriff, was sie ihm sagte, aber er muß ihre Verzweiflung gespürt haben.

»Ich komme mir vor wie eine Mörderin«, sagte Janet hinterher zu mir. »Wie können wir ihm das antun?«

Als David kam, gab er sich die größte Mühe, sowohl Janet als auch Mr. Treevor zu beschwichtigen, was ihm in beiden Fällen nicht gelang. Rosie spürte die Spannung und machte Theater, sie ließ ihre Milch auf den Küchentisch schwappen und verfiel in eine für sie ganz untypische lispelnde Babysprache. Ich brachte sie nach oben, badete sie und las ihr aus einem der Noddy-Bücher vor, die Henry mir geschickt hatte.

In *Hurrah for Little Noddy* geht es um eine Handpuppe, die im Spielzeugland lebt. Im Lauf der Handlung stiehlt eine Bande böser Kobolde sämtliche Autos aus einer Garage. Noddy wird verdächtigt, die Tat begangen zu haben, und kommt hinter Gitter. Zum Glück kann sein bester Freund, ein Gnom namens Großohr, Noddys Unschuld beweisen. Nach der Verhaftung der Kobolde bekommt Noddy zum Lohn einen eigenen Wagen. Schön wär's, dachte ich mir, wenn im wirklichen Leben alles so einfach wäre.

Während ich vorlas, schmuste Rosie mit Angel und sah mich groß an. Als ich fast fertig war, hörte ich Janet mit Mr. Treevor die Treppe hochkommen. Er schluchzte leise. »Ich wünschte, ich wäre tot«, sagte er. »Ich wünschte, ich wäre tot.«

Ich las ein bißchen lauter und schneller.

»Ist doch dummes Zeug«, sagte Rosie, als ich fertig war.

»Was ist dummes Zeug?«

»Das ganze Buch. Wieso haben die gedacht, daß er alle Autos gestohlen hat? Auf dem Bild sind mindestens sechs. Die konnte er doch nicht alle auf einmal wegfahren.«

»Vielleicht haben sie gemeint, daß er sie nacheinander weggeschafft hat. Oder daß er sich von Freunden hat helfen lassen.«

»Dumm.« Rosie schlug das Buch verärgert zu. »Dumm und unsinnig. So was mag ich nicht.«

»Wer mag das schon?« Ich stand auf und zog die Vorhänge vor. »So, jetzt leg dich schön hin. Ich sag Mummy und Daddy, daß sie dir noch gute Nacht sagen sollen.«

»Warum will Opa sterben?«

Ich blieb an der Tür stehen. »Ich glaube nicht, daß er das wirklich will.«

»Aber er sagt es andauernd. Ist es schön, wenn man tot ist?«

Rosie war nicht mein Kind, deshalb behielt ich meine wahre Meinung für mich. »Wenn man tot ist, kommt man in den Himmel. Mummy und Daddy glauben daran.«

»Ja, ich weiß. Aber ist es da schön?«

»Sehr schön vermutlich.«

Viel schlimmer als das Leben, das manche Menschen hinter sich ließen, konnte es nicht sein. Wie das der armen Isabella von Roth – wenn es sie denn gegeben hatte –, die auf dem Marktplatz von Rosington verbrannt wurde, weil sie zur falschen Zeit mit dem falschen Glauben einer Sache angehangen hatte, die es überhaupt nicht gab.

»Kriegt man im Himmel schöne Sachen zu essen?« fragte Rosie und legte sich im Bett zurecht.

»Bestimmt. Nur das Beste.«

»Aber die Engel doch auch, nicht? Oder nur die toten Leute?«

»Da mußt du Daddy fragen, er ist der Fachmann. Jetzt schlaf schön, wir sehen uns morgen früh.«

Ich beugte mich vor, um ihr einen Kuß zu geben. Rosies Nachthemd und das Engelskleid der Puppe wurden eins mit dem Kopfkissenbezug und dem Bettuch. Einen Augenblick sah es in dem gedämpften Licht so aus, als lägen auf dem Kissen, Kopfjägertrophäen gleich, zwei blonde körperlose Häupter. Eine Erinnerung wurde wach. An eine Party in Durban, an den Vater von irgendwelchen Bekannten, der über Kopfjäger und die Gründe für die Kopfjägerei gesprochen hatte.

Das Telefon läutetete. Ich hörte Janets Stimme in Mr. Treevors Zimmer, hörte Davids Schritte auf der Diele. Ich ging ins Wohnzimmer.

Gleich darauf steckte David den Kopf zur Tür herein. »Es ist Henry.«

Ich ging ins Arbeitszimmer. Zu schade, daß ich keine Zeit gehabt hatte, einen Schluck Gin zu trinken, eine Zigarette zu rauchen oder auch nur mal kurz den Lavendelzweig zu berühren. Henry wiederzusehen war nicht leicht gewesen. Inzwischen hatte ich mich schon daran gewöhnt, daß er nicht mehr da war.

»Wendy!« Ich hörte förmlich, wie sehr er sich freute. »Wie geht es dir, mein Schatz?«

»Danke, gut.« Ich war so froh, seine Stimme zu hören, daß ich vorerst auf den Hinweis verzichtete, daß ich nicht mehr sein Schatz war. »Was treibst du so?«

»Erzähl ich dir gleich. Was ist mit David?«

»Entschuldige«, sagte ich. »Ich hab versucht, dir Bescheid zu sagen.«

»Bescheid? Weswegen? Ist was passiert? Geht's dir wirklich gut?«

»Mir schon. Aber Janet hat am Freitag das Kind verloren.«

Henry stieß einen leisen Pfiff aus. »Ein Unglück kommt selten allein ...«

»Das ist noch nicht alles. Mr. Treevor kommt morgen früh ins Krankenhaus und nächste Woche dann in ein Pflegeheim. Auf Dauer.«

»Klingt ganz vernünftig. Eigentlich müßte das für alle eine Befreiung sein.«

»Es ist vernünftig und früher oder später sicher auch eine Befreiung, aber Janet fühlt sich trotzdem elend. Und Mr. Treevor hat es auch sehr getroffen.«

»Warum hat David mir nichts gesagt? Ich denke, ich bin sein Freund.«

»Du kennst ihn ja. Seine Vorstellung von einer offenen Aussprache ist es, zu fragen, ob der Regen aufgehört hat.«

Einen Augenblick schwiegen wir beide. Es war ein Ferngespräch, und ich überlegte, wie teuer unser Schweigen Henry wohl zu stehen kam.

»Wendy?«

»Ja?«

»Ich hätte das auf dem Bahnhof nicht sagen dürfen. Es tut mir leid.«

»Schon gut.« Ich empfand ein plötzliches Glücksgefühl, über das ich nicht näher nachdenken mochte. »Ich bin auch ein bißchen ausgerastet.«

Wieder eine Pause. Ich hörte ein Streichholz ratschen; Henry zündete sich eine Zigarette an.

»Bei euch ist es jetzt bestimmt ziemlich ungemütlich. Du müßtest da mal raus.«

»Schön wär's. Aber erst, wenn es Janet bessergeht.«

»Hast du den Scheck schon eingelöst?«

»Nein.«

»Himmel noch mal! Warum denn nicht?«

»Ich hatte keine Zeit.«

»Soll ich es für dich machen?«

Ich lachte. »Es sieht dir nicht ähnlich, so gewissenhaft mit Geld umzugehen.«

»Ich habe mich in einen sparsamen Hausvater verwandelt. Übrigens wohne ich nicht mehr im Brown's Hotel.«

»Ist bekannt. Ich hab am Samstag versucht, dich dort zu erreichen.«

Die nächste kostspielige Pause.

»Ich hab auch überlegt, ob ich mich melden sollte«, sagte Henry schließlich, »aber ich war mir nicht sicher, ob du noch was von mir wissen willst.«

»Wo wohnst du jetzt?«

»Deswegen rufe ich an. Um dir Bescheid zu sagen. Ich hab ein Zimmer im Queen's Head.«

»Wo ist das?«

»In Roth. Der Gasthof dort.«

»Was um Himmels willen machst du denn da?«

»Ich schnüffle. So heißt doch der Fachausdruck, nicht? Irgendwo mußte ich ja unterkommen Es ist spottbillig – jedenfalls im Vergleich zu Brown's Hotel –, das Essen ist nicht übel, und auch der Weinkeller ist ganz gut bestückt. Gestern war ich in der Kirche – der Pfarrer ist ungefähr neunundneunzig und nicht zu verstehen – und habe in dem Café am Dorfanger, das von zwei beängstigend kultivierten Damen betrieben wird, Tee getrunken.«

»Wie lange bleibst du?«

»Weiß ich noch nicht genau. Warum?«

»Ich habe nur überlegt –«

»Du siehst, mein Schatz«, fiel mir Henry ins Wort, »ohne dein Organisationstalent bin ich verloren. Ich brauche dich, um Entscheidungen zu treffen. Ich wünschte, du wärst hier.«

»Ich auch«, entfuhr es mir. Damit er sich nichts Falsches dabei dachte, fuhr ich rasch fort: »Bist du schon ein Stück weitergekommen? Mit dem Schnüffeln, meine ich.«

»Heute vormittag wollte ich eigentlich ins Herrenhaus. Ich hatte mir schon alles zurechtgelegt und wollte mich als Kunstgeschichtler ausgeben, der einen Artikel über interessante Häuser in der Gegend schreibt. Aber ich kam gar nicht dazu, mein Sprüchlein aufzusagen. Eine Frau mit Kittelschürze machte auf und sagte, Lady Youlgreave sei nicht zu Hause. Und zwei Hunde waren auch da.« Das klang ziemlich kläglich. »Gefährliche Köter, der eine war ein Schäferhund. Er hat ständig versucht, mich zu beißen.«

Ich glaube, außer mir wußte niemand, daß Henry Angst vor Hunden hatte. Als er klein war, hatte ihn ein Langhaarcollie an einer heiklen Stelle erwischt.

»Danach war ich in der Bibliothek, und das hat ein bißchen was gebracht. Auf einem Tisch ganz hinten lag ein Stoß alter Zeitungen. Das Lokalblatt, der *Courier.*«

»Laß mich raten. Jahrgang 1904 oder 1905?«

»Beide. Die Bibliothekarin sagte, daß ein Interessent sie dort liegengelassen hat.«

»Munro?«

»Vermutlich. Ausgeschnitten war allerdings nichts. Wahrscheinlich ist er nicht dazu gekommen. Ich habe mal kurz geblättert. Alles mögliche über die Youlgreaves und Roth Park, vor allem im Zusammenhang mit Wohltätigkeitsveranstaltungen, aber nichts über Francis Youlgreaves Abschied aus Rosington.«

»Wahrscheinlich sind die Youlgreaves an dem Blatt beteiligt.«

»Und haben die Affäre in Rosington nach Kräften vertuscht? Kann sein. Im Dezember 1904 war er auf einer Liste von Honoratioren, die Geld für die Dorfschule gespendet haben. Danach nichts mehr über ihn, nur die Mitteilung von seinem Tod im Sommer darauf.«

»Immerhin! Wie ist er denn nun wirklich gestorben?«

»Es kam zu einer gerichtlichen Untersuchung, aber nach offizieller Lesart war es ein Unfall. Youlgreaves Zimmer war ziemlich weit oben, und da ist er offenbar eines Nachts aus dem Fenster gefallen. Ein Dienstmädchen hat ihn am nächsten Morgen gefunden. Tod durch Unfall. Der Coroner meinte, er habe sich wohl zu weit rausgelehnt, um frische Luft zu schöpfen. Es war eine sehr warme Nacht.«

«Wann fährst du zurück nach London?«

»Wahrscheinlich morgen früh. Daß du in den nächsten Tagen mal kommst, ist wohl nicht drin?«

»Kaum. Hier ist einfach zuviel zu tun.«

»Und wenn ich zu euch käme?«

Ich wollte meinen Ohren nicht trauen. »Nach Rosington? Die Stadt hat ein langes Gedächtnis. Wenn Oliver Cromwell sich hier sehen ließe, würden sie ihm wahrscheinlich eine Rechnung wegen Beschädigung der Holzschnitzereien im Jahre sechzehnhundertundtobak präsentieren.«

»Stört mich nicht. Morgen bin ich zwar mit den Cuthbertsons verabredet, aber das kann ich verschieben. Wir könnten im Crossed Keys Hotel essen.«

»Den Cuthbertsons?«

»Das sind die Besitzer von Veedon Hall. Ich wollte eigentlich hinfahren, um mir die Schule anzusehen und so weiter. Aber sie haben sicher nichts dagegen, wenn –«

»Das darfst du nicht sausenlassen.«

»Gut, dann komme ich am Mittwoch und führe dich zum Essen aus. Züge habe ich mir schon rausgesucht. Einer kommt um zwölf Uhr fünfunddreißig in Rosington an.«

»Aber Janet ...«

»Kann mitkommen, wenn sie mag. Und David natürlich auch. Obgleich ich viel lieber mit dir allein wäre.«

Ich gab nach, hauptsächlich, wie ich mir einredete, weil ich mich dann nicht ums Mittagessen zu kümmern brauchte.

»Du, ich freu mich«, sagte er. »Und hinterher gehen wir zur Bank und lösen deinen Scheck ein.«

Ich mußte lachen. Henry war wie ein Terrier – aber einer mit Humor. Er brachte mich zum Lachen, und er ließ nie los.

Er räusperte sich. »Tja, dann koch nur schön Kakao oder was du sonst um diese Zeit machst, um dir die Zeit zu vertreiben. Ich liebe dich. Und jetzt lege ich auf, dann brauchst du nicht zu antworten.«

Es klickte, und die Leitung war tot. Ich starrte einen Moment den Hörer an, ehe auch ich auflegte. Ich war so glücklich wie seit Monaten nicht und schalt mich eine dumme Gans. Als ich Janets Schritte auf der Treppe hörte, ging ich ihr entgegen, weil ich ihr sagen wollte, daß Henry uns für übermorgen zum Essen eingeladen hatte. Sie hatte inzwischen offenbar gebadet, denn sie trug unter dem Morgenrock schon ihr Nachthemd. Es war ein flanellenes Winternachthemd, beigefarben mit einem rosa Schleifchenmuster. Demnach hatte sie wohl nicht mal im Bad aufgehört zu frieren. Als ich ihr sagte, daß Henry sich angesagt habe, erhellte sich ihr Gesicht.

»Wie schön! Ich freue mich sehr.«

»Das heißt nicht, daß etwas anders geworden ist«, bremste ich. »Aber warum sollen wir uns schließlich nicht wie zivilisierte menschliche Wesen benehmen?«

»Eben.«

»Morgen ist Dienstag«, sagte ich rasch, denn ich merkte, daß ich rot geworden war, und suchte nach einem geordneten Abgang. »Ich stelle den Müll raus.«

Als ich mich abends hinlegte, war ich immer noch glücklich. Vor dem Einschlafen las ich bei einer letzten Zigarette noch einmal »Eine Messe für die Toten«.

Genug! rief ich. Verzehr den besten Teil,
Nicht mehr, denn darin liegt das höchste Heil ...

Der Vers beschwor wieder die Erinnerung herauf, die bei meinem Gespräch mit Rosie wachgeworden war. Oder vielmehr Bruchstücke einer Erinnerung an eine Unterhaltung mit dem Vater von irgendwelchen Bekannten in Durban, dem Mann, der sich mit Kopfjägern auskannte.

Es war auf einer von Gradys Partys gewesen, kurz vor dem Bankrott, durch den Henry sein Geld verlor. Daß die Erinnerung nur noch in Bruchstücken vorhanden war, lag daran, daß die Party sogar für Gradys Verhältnisse außergewöhnlich feucht-fröhlich verlaufen war.

Der pensionierte Kolonialbeamte fiel mir sofort auf, weil er so anders war als die übrigen Partygäste. Er war der Vater eines der Eingeladenen und aus England auf Besuch, ein gebeugtes Männchen mit gelbfaltigem Gesicht. Ich sah ihn zu Beginn des Abends mit einem Glas Orangensaft in einer Ecke stehen, wo er zusah, wie wir uns zum Narren machten. Weil ich Mitleid mit ihm hatte, wie er da so einsam herumstand, und außerdem Grady entkommen wollte, ging ich zu ihm hin und fragte, ob er sich langweilte.

»Nein. Es ist faszinierend.«

»Was?«

Er lächelte und deutete mit seinem Glas auf die Gäste, die sich im Zimmer und auf der Terrasse und im Garten am Pool drängten. »All das. Rituelle Verhaltensweisen sind mein Steckenpferd.«

Ich lachte. »Wollen Sie mich auf den Arm nehmen?«

Er schüttelte den Kopf und erklärte, daß er durch seine Arbeit angefangen habe, sich für Anthropologie zu interessieren.

»Ja, aber da geht es doch um Wilde. Um primitive Völker, meine ich.«

»Alle menschlichen Gesellschaften, Mrs. Appleyard, so fortschrittlich sie auf den ersten Blick auch sein mögen, haben ihre Rituale. Denken Sie an die rituelle Trauer, der wir uns hingegeben haben, als der König gestorben ist. Und schauen Sie sich das hier an – Trunkenheit, formalisierte sexuelle Manifestationen und kindische, häufig aggressive Spiele. Ich könnte Ihnen in westafrikanischen Stammeskulturen zahlreiche Parallelen aufzeigen.«

»Aber das ist doch nicht vergleichbar«, sagte ich. »Dort verhält man sich doch bestimmt aus ganz anderen Gründen so.«

»Warum?«

»Weil wir Europäer und sie Afrikaner sind.«

»Völlig unwichtig. Genau das ist ja so fesselnd an der Anthropologie. Auf ritueller Ebene sind sich menschliche Gesellschaften in vieler Hinsicht erstaunlich ähnlich. Nehmen Sie zum Beispiel den Kannibalismus.«

Ich schnitt eine Grimasse. »Nein, danke.«

»Ich meine natürlich nicht Kannibalismus aus Notwendigkeit oder Neigung, wo es beim Verzehr von Menschen ums Überleben oder eine Ergänzung der Nahrung geht. Nein, ich meine rituellen Kannibalismus, der nichts mit Ernährung zu tun hat. Häufig geht er mit der Kopfjägerei Hand in Hand, auf die ich in Westafrika und auch in Ostindien häufig gestoßen bin. Kannibalismus hat unterschiedliche Gründe, aber in den meisten Kulturen geht es vor allem darum, daß man sich, wenn man Teile eines Menschen ißt, seine Seele aneignet oder vielleicht etwas, was man an dem betreffenden Menschen besonders schätzt. Seinen Mut, zum Beispiel, oder seine Kampfkraft.«

»Aber doch nicht in Europa. Zumindest nicht seit der Zeit, als wir alle in Höhlen lebten und einander mit Steinen die Köpfe einschlugen.«

»Die Praxis hat sich nachweislich in England und Schottland bis zum Mittelalter erhalten. Und in anderen europäischen Ländern gab es noch viel später mehrere Fälle. Einen im Jahre 1912 auf dem Balkan, in Montenegro. Und in abgeschwächter Form ging das noch viel länger. Denken Sie zum Beispiel an Menschenhaar.« Er lächelte grimmig. »Das man nicht unbedingt ißt, jedenfalls nicht heutzutage. Aber ich weiß noch, daß meine Tanten Trauerbroschen und Ringe trugen, in denen Locken vom Haar des teuren Verstorbenen waren. In Wirklichkeit trugen sie damit ein Stück von der Seele des Menschen mit sich herum, den sie verloren hatten. Nicht viel anders als die Kopfjäger in Teilen von Borneo. Kultivierter, als sich sein Gehirn einzuverleiben, wie sie es in einer anderen Zeit oder an einem anderen Ort vielleicht getan hätten – aber im Prinzip genau dasselbe.«

Der Rest seiner Ausführungen verlor sich in den Dry Martinis oder im blauen Dunst der Zigaretten und tat auch nichts zur Sache. Die Frage war: Was hatte Francis haben wollen, was ein Kind möglicherweise besaß? Jugend, Gesundheit und Leben? Hatte Francis geglaubt, der Zweck toter Kinder sei es, den Lebenden frisches Leben zuzuführen? Und wie verhielt es sich mit dem Lavendelzweig, den man einer häßlichen Alten als Glücksbringer abkaufte? Ich blätterte in den *Engelsstimmen* bis zu »Breakheart Hill«:

Sein Blut, sprach er, das junge Herz dir stärke.
Des Hirschen Tod – und das durch Gottes Werke –
macht, daß du jagen magst und frei seist immerdar.

Zeitlicher Abstand verklärt alles, von den schlimmsten Grausamkeiten einmal abgesehen. Die Vorstellung, ein Priester der Church of England könne ernsthaft erwogen haben, sich Teile von Kindern einzuverleiben in dem irrwitzigen Glauben, sein Leben damit zu verlängern, war natürlich grotesk. Aber es war ja nur eine Spekulation, und die Tatsache, daß Francis vor über fünfzig Jahren gestorben war, rückte sie noch ein Stück weiter vom Hier und Jetzt ab. Und deshalb war ich eigentlich recht zufrieden mit mir. Ich freute mich sogar darauf, Henry morgen von meiner Idee zu erzählen.

Ich drückte die Zigarette aus und legte mich hin, dachte noch kurz an Henry und daran, daß er auch seine guten Seiten hatte, dann schlief ich tief und fest. Sicher hatte ich auch Träume, aber ich erinnere mich an keinen, ich weiß nur, daß es schöne Träume gewesen sein müssen, denn noch im Aufwachen war ich froh.

Es war einer dieser Tage, an denen zwischen Schlafen und Wachen nur eine ganz kurze Spanne liegt – als wenn man vom Boden eines Pools emportaucht, um so schnell wie möglich aus einem Element in das andere zu wechseln.

Es war hell im Zimmer, aber es muß noch früh gewesen sein, denn das Licht hatte diese weiche, fast farblose Beschaffenheit, wie man sie nur in den ersten Stunden nach Tagesanbruch kennt. Ich schlug die Augen auf und sah Janet unter der Tür stehen. Sie trug ein langes hellblaues Nylonnachthemd, die Haare hingen locker und ungebürstet herunter.

»Wendy«, sagte sie. »Wendy.«

Ich setzte mich auf. »Was ist?«

Es war, als habe sie mich nicht gehört. Sie wirkte unheimlich kalt. Eine Eiskönigin. Durch den Stoff sah man den Umriß ihres Körpers. Mit einem Anflug von Neid überlegte ich, ob sie das Nachthemd angezogen hatte, um sich für David schön zu machen.

»Was ist denn, Janet?«

»Wendy.« Sie kam noch einen Schritt näher, dann blieb sie stehen und blinzelte. »Daddy ist tot.«

39

Die Farbe von Blut ist wie ein Schrei.

Wir schwiegen beide, als wir unter der Tür standen und auf den toten John Treevor hinuntersahen, aber das war der Gedanke, der mir in diesem Moment durch den Kopf schoß: Die Farbe von Blut ist wie ein Schrei. Er hatte nichts Logisches, nichts Rationales. Ich konnte nicht schreien, denn dann hätte ich Rosie geweckt.

Wer hätte gedacht, daß so viel Blut in seinem Körper gewesen war?

Bettzeug und Kopfkissenbezug gehörten schleunigst in kaltes Wasser. Blutflecken muß man in kaltem Wasser einweichen, pflegte meine Mutter, ein wandelndes Hausfrauenlexikon, zu sagen. Aber das Bettzeug hatte sich so mit Blut vollgesogen, daß ich Zweifel hatte, ob man es je wieder sauber bekommen würde. Und mit der Matratze war sowieso nichts mehr zu machen, das Blut war ja nicht nur außen, sondern es war bestimmt tief in die Roßhaarfüllung eingedrungen.

Ich sah auf den ersten Blick, daß Janet recht hatte: Ihr Vater war tot. Er lag ganz still, und das Blut hatte aufgehört zu fließen.

Auf dem Bettvorleger waren rote Spritzer. Den würden wir auch wegwerfen müssen. Mr. Treevors Gebiß, für immer fest geschlossen, war in einem Glas auf dem Nachttisch. Er lag mit angezogenen Knien auf dem Rücken, und es sah aus, als habe er zwei offene Münder, von denen einer röter war als der andere.

Auf dem Bettvorleger lag das Gemüsemesser, das wir schon seit langem vermißten. Immerhin etwas, dachte ich. Von den anderen Messern in der Küchenschublade war keins so gut zum Kartoffelschälen geeignet. Mr. Treevors Augen standen offen. Er sah zur Decke hoch, wo Davids Himmel sein mochte. Nur war David viel zu intellektuell, um an einen gewöhnlichen Feld-, Wald- und Wiesenhimmel zu glauben.

Janet regte sich wieder. »Wenigstens hat er jetzt seinen Frieden gefunden.«

Das nennst du Frieden? »Mir wird schlecht.«

Ich drängte mich an ihr vorbei ins Badezimmer und schloß ab. Als ich herauskam, wartete Janet auf dem Gang. Sie hatte einen Schlüssel in der Hand, und die Tür zu Mr. Treevors Zimmer war zu. Ohne ein Wort zu wechseln, gingen wir in die Küche.

Ich ließ Wasser in den Kessel laufen und setzte ihn auf. Dann lehnte ich mich an die Spüle, während Janet das Geschirr auf das Teetablett stellte. Ich sehe sie noch vor mir, wie sie die Tassen und Untertassen holte und auf dem Tablett zurechtrückte, die Teelöffel mit einem Geschirrtuch polierte, den Milchkrug füllte und ein Spitzendeckchen darüberlegte, das die Fliegen abhalten sollte. Ich erinnere mich an ihre schnellen, sicheren Bewegungen, die in all dem Chaos eine kleine Insel der Ordnung bildeten, und an ihre Schönheit, auch wenn sie immer noch blaß war, das Gesicht vom Schock gezeichnet.

Sie hatte wohl gespürt, daß ich sie beobachtete, denn sie sah auf und lächelte. Es war, als habe sie hinter ihrem Gesicht ein Streichholz angerissen, das aufflammte, kurz die frostige Luft erwärmte und dann erlosch.

Ich brühte den Tee auf, Janet goß ihn in die Tassen und gab in jede drei Teelöffel Zucker.

»Es ist meine Schuld«, sagte sie nach dem ersten Schluck.

»Unsinn.«

Sie schüttelte den Kopf. »Er konnte sich nicht damit abfinden, daß er weggeschickt wurde. Wir wollten ihn vor die Tür stellen wie Sperrmüll. Meinen eigenen Vater.«

»Die Einweisung ins Krankenhaus war ja nicht nur in eurem, sondern auch in seinem Interesse.« Ich streckte die Hand nach ihr aus. »Du weißt doch, wie er in der letzten Zeit war. Er hätte es jederzeit tun können, aus jedem beliebigen Grund. Oder auch ohne jeden Grund. Dein Vater war nicht mehr er selbst.«

Janet schluchzte einmal hart und trocken auf. »Wer war er dann?«

»Unter anderem hat er geglaubt, er wäre Francis Youlgreave. Ich will damit nur sagen, daß ein Teil von ihm schon gestorben war. Der wichtige Teil, der deinen Vater ausmachte.«

Janet holte tief Luft. »Ich muß irgendwo anrufen. Am besten bei Dr. Flaxman.«

Ich tippte auf den Schlüssel, der zwischen uns auf dem Tisch lag. »Du hast abgeschlossen?«

Sie nickte. »Für den Fall, daß Rosie ...«

»Und David?«

Janet blinzelte, runzelte die Stirn und sah auf die Uhr am Küchenbüfett. »Er wird gleich aufstehen. Er muß die Frühmesse halten.«

»Warum bist du zu ihm gegangen, Janet?«

»Ich war aufgewacht und konnte nicht wieder einschlafen. Ich ... ich wollte nur mal nach ihm sehen. Er war so durcheinander. Wann, glaubst du ...«

»Ich habe keine Ahnung.« Ich dachte an die Stille in Mr. Treevors Zimmer, dachte daran, wie tief das Blut in das Bettzeug eingedrungen, wie dunkel es gewesen war. »Wahrscheinlich schon vor Stunden.«

»Was für ein Ende ...«

»Wäre er noch fähig gewesen, klar zu denken, hätte er sich vielleicht sogar bewußt dafür entschieden. Ich würde lieber auf diese Weise Schluß machen, als immer seniler zu werden.«

In einem Abflußrohr rauschte Wasser. Janet schob den Stuhl zurück. »Das ist David.«

Ich überlegte, warum sie, nachdem sie ihren Vater gefunden hatte, zu mir und nicht zu ihm gegangen war.

Ich hatte noch keine Übung im Umgang mit dem Tod und wußte nicht, was in so einem Fall zu tun ist. Ich überlegte, daß Mr. Treevor durch seinen Selbstmord dem Tod ein Schnippchen geschlagen hatte. Ein Teil von mir, das selbstsüchtige kleine Kind, das in uns allen steckt, war froh, daß er tot war. Auf lange Sicht blieb damit allen viel Kummer erspart.

Schade nur, daß es ein so unappetitlicher Abgang war. Warum hatte er nicht diskret und vernünftig irgendwo hinter den Kulissen unseres Lebens abtreten können? Mit einer kleinen Überdosis vielleicht, so daß sein Tod von einem natürlichen kaum zu unterscheiden gewesen wäre, oder zumindest so, daß Janet an einen Unfall hätte glauben können – wenn er sich zum Beispiel von einem Bus hätte überfahren lassen. Nur gut, daß man den Menschen nicht in die Köpfe sehen kann. Mit solchen Gedanken hätte die Welt mich als Psychopathin abgestempelt.

Janet ging nach oben, um mit David zu sprechen, ich ging auf mein Zimmer und zog mich an. Später setzte ich mich mit einer zweiten Tasse Tee und einer Zigarette ins Wohnzimmer. David telefonierte.

Die Tür stand offen, und ich hörte ihn sagen: »Nein, ein Zweifel ist nicht möglich, leider… Geht es nicht früher?«

Ich sah durch ein Fenster in den betauten Garten. Der Kirchturm glänzte im frühen Morgenlicht. Francis mußte einst in diesem Zimmer gestanden, aus diesem Fenster gesehen, diesen Blick gehabt haben.

»Ich bin Ihnen sehr dankbar«, sagte David. »Ja, gut. In Ordnung. Ich rufe gleich an. Auf Wiederhören.«

Er legte auf und kam zu mir. »Flaxman kann nicht vor halb neun dasein.«

»Soll ich Rosie zur Schule bringen?«

»Ja, danke.« Ich war nicht sicher, ob er meine Frage überhaupt gehört hatte. »Arme Janet. Als ob die Fehlgeburt nicht schon genug wäre.«

»Ich finde, sie gehört ins Bett.«

»Sagst du ihr wegen Flaxman Bescheid? Ich muß die Polizei und den Dekan verständigen.«

Ich überredete Janet, sich wieder hinzulegen, dann weckte ich Rosie, machte Frühstück und ging mit ihr zur Schule. Es kam mir unnatürlich vor, mich so normal zu benehmen. Aus Achtung vor Mr. Treevors Tod hätte eigentlich alles anormal sein müssen. Aber Rosington ignorierte ganz einfach, daß er nicht mehr da war. Die Stadt war heute genauso wie gestern, und das war nicht in Ordnung.

Im Gehen sah ich Rosie von der Seite an. Sie hatte Angel unter dem Arm und lutschte am Daumen. Die Puppe trug ihre rosa Sachen, weil sie sich verkleidet unter den Menschen bewegte, und paßte deshalb besonders gut zu Rosies rosafarbener Schuluniform. Rosie war blasser als gewöhnlich, fand ich. Auch sie hatte Mr. Treevor sehr gern gehabt.

Beim Frühstück hatte David ihr eröffnet, daß Opa in der Nacht in den Himmel gegangen war.

»Kommt er wieder?« hatte sie gefragt.

»Nein.«

Rosie hatte genickt und weiter Cornflakes gelöffelt.

Am Schultor fragte ich Rosie, ob es ihr gutginge.

»Mir schon. Aber Angel hat Bauchschmerzen.«

»Arge Bauchschmerzen?«

»Ein bißchen schon.« Rosies Gesicht erhellte sich. »Heut näh ich Angels Schal fertig, der paßt schön zu ihrem Kleid, das wird sie aufheitern.«

»Ja, bestimmt.«

»Wir sind jetzt Schwestern«, sagte Rosie. »Beide in Rosa.«

Sie gab mir die Puppe und ging auf den Spielplatz. Mir schien, als ob sich die Kinderschar vor ihr teilte wie das Rote Meer. Ich suchte die Schulleiterin in ihrem Büro auf, erzählte ihr, was geschehen war, und bat sie, Rosie im Auge zu behalten.

»Ein Todesfall in der Familie ist immer schlimm für ein Kind«, sagte sie.

Als ich in die Dunkle Herberge zurückkam, saß Dr. Flaxman im Wohnzimmer und sprach mit David und Janet.

»Den Schlüssel nehme ich am besten mit«, sagte er. »Wenn Sie nichts dagegen haben.«

David runzelte die Stirn. Janet klopfte einladend aufs Sofa, und ich setzte mich neben sie.

»Das verstehe ich nicht«, sagte David.

»In solchen Fällen ist das üblich, Mr. Byfield.«

»In solchen Fällen?«

»In denen der Coroner verständigt werden muß.«

»Das ist mir natürlich klar, aber –«

»Und besonders, wenn bei der Todesursache ein gewisser Unsicherheitsfaktor besteht.«

»Liegt die nicht auf der Hand?«

Flaxman sah rasch zu mir hin und dann wieder zu David. »Wenn ich Sie mal kurz unter vier Augen sprechen dürfte ...«

»Was Sie meinem Mann zu sagen haben, können Sie genausogut vor Mrs. Appleyard und mir sagen«, erklärte Janet.

David nickte. »Selbstverständlich.«

»Nun gut.« Flaxman richtete das Wort weiterhin ausschließlich an David. Janet und ich waren Luft für ihn. »Es ist möglich, daß Mr. Treevor Selbstmord begangen hat, aber bei derlei Todesfällen ist eine genaue Untersuchung unumgänglich.«

»Sie wollen doch nicht etwa behaupten ...«

»Ich behaupte gar nichts. Ich tue nur meine Pflicht. Darf ich mal telefonieren?«

Im Lauf des Vormittags kamen und gingen alle möglichen Leute und taten ihre Pflicht, und wir saßen dabei und sahen zu. Dr. Flaxman wartete, bis zwei Polizeibeamte in Uniform eingetroffen waren. David brachte sie zu Mr. Treevor. Sie blieben nicht lange und sagten sehr wenig. Aber als sie aus dem Zimmer kamen, ging nur der eine weg, der andere drückte sich wie ein Gespenst auf dem Gang vor Mr. Treevors Tür herum.

Ich brachte ihm eine Tasse Kaffee und einen Keks. Er sah mich an, als käme ich vom Mars, und wurde rot. Dann bedankte er sich und pupste hörbar, was ihm peinlicher war als mir.

Als nächstes kamen die Herren von der Kriminalpolizei. Inspektor Humphries war ein großer, gebeugter Mann mit kurzem hellem Haar, das einen babyweichen Eindruck machte. Sein Sergeant hieß Pate, hatte eine gebrochene Nase, grobe Knochen und gewaltige Muskelpakete. Später erfuhr ich, daß Pate Stürmer in der städtischen Rugby-Mannschaft war. David stellte mich vor und sagte, seine Frau habe sich hingelegt.

Humphries brummte vor sich hin. »Wenn Sie uns bitte nach oben bringen würden, Sir. Wer hat den Toten gefunden?«

»Meine Frau. Danach hat sie Mrs. Appleyard und mich geweckt.«

»Soso.« Der Inspektor hatte einen Midland-Akzent und nuschelte, als hätte er Brei im Mund. »Und wann wurde Mr. Treevor zum letztenmal lebend gesehen?«

»Gestern abend gegen halb elf. Meine Frau hat ihm gute Nacht gesagt.«

Humphries brummte wieder. Wir standen auf dem Gang. Der Inspektor nickte dem wachestehenden Constable zu, und der schloß auf. Ich hörte Pate nach Luft schnappen. Dann gingen die beiden Kriminalbeamten hinein und machten uns die Tür vor der Nase zu. Danach klingelte es, und David und ich gingen nach unten und öffneten gemeinsam.

Es klingelte den ganzen Vormittag. Erst kam der Polizeiarzt, dann Peter Hudson, der wissen wollte, ob er etwas tun könne, und versprach, David im Dom zu vertreten. Später fanden wir im Briefkasten ein Schreiben des Dekans, das an Janet gerichtet war und in dem er ihr höflich, aber gestelzt zum Tod ihres Vaters kondolierte.

Kanonikus Osbaston kam persönlich. Er wirkte plötzlich gebrechlich, der kleine Kopf schwankte wie eine welkende

Blüte auf einem langen Stengel. David führte ihn ins Wohnzimmer, und ich brachte ihm einen Brandy.

»Arme Janet«, sagte er. »Es ist sehr schwer für sie. Manchmal sucht man vergeblich nach einem Sinn.«

»Ja«, sagte David.

»Es ist alles so absurd«, sagte Osbaston halblaut. »Man fragt sich wirklich …« Er sah auf die Uhr, trank seinen Brandy und rappelte sich auf. »Bitte grüßen Sie Janet, und lassen Sie mich wissen, ob ich etwas tun kann. Aber ich komme morgen wieder vorbei, wenn ich darf. Vielleicht sehe ich Sie bei der Abendandacht, David.«

In diesem Moment fand ich ihn richtig sympathisch.

June Hudson kam, als Osbaston gerade gehen wollte. Sie hatte eine große irdene Schüssel mitgebracht. »Nur ein ganz einfacher Auflauf«, sagte sie und drückte mir die Schüssel in die Hand. »Sie haben vielleicht keine Zeit, ein richtiges Essen zu kochen.« Sie trat von einem Fuß auf den anderen. »Und wie geht es Janet?«

»Sie ist begreiflicherweise sehr erschüttert«, sagte David, »sie hat sich hingelegt.«

»Bitte sagen Sie Bescheid, wenn Sie meinen, daß ein Besuch ihr guttun würde.«

»Sehr freundlich von Ihnen.« Das klang fast vorwurfsvoll.

June lächelte uns beiden zu und ging rasch durch den Garten auf die Pforte zur Domfreiheit zu. Es sah aus wie eine Flucht.

Kurz darauf wurde die Leiche abgeholt. Sie fuhren den Krankenwagen auf die Domfreiheit und rückwärts in den Garten. Ein paar Schaulustige blieben stehen, und die Menge vergrößerte sich schnell, als die Polizei Sichtwände aufstellte. Sergeant Pate meinte, es sei besser, wenn wir uns nicht sehen ließen, und wir setzten uns alle drei ins Elternschlafzimmer und widerstanden nach Kräften der Versuchung, einen Blick aus dem Fenster zu werfen.

Wir hörten schwere Schritte auf der Treppe. Sie nahmen nicht nur die Leiche, sondern auch die Matratze und das

Bettzeug mit. Und etliche von Mr. Treevors Habseligkeiten. David bekam eine Quittung. Janet wollte sich von ihrem Vater verabschieden, aber David hielt sie zurück. Es würde noch andere Gelegenheiten geben. Wenn der Leichenbestatter ihn hergerichtet hatte – so meinte er es wohl.

»Ich versuche, ihn so in Erinnerung zu behalten, wie er früher war«, sagte Janet brav wie ein Kind, das eine Lektion aufsagt. »Vor Mummys Tod.«

Dann wurde es Zeit, Rosie abzuholen. David bot mir den Wagen an, aber ich lehnte ab, denn er stand in einer Garage im Kolleg, und um ihn zu holen, hätte einer von uns über die Domfreiheit gehen müssen. Außerdem dachte ich, für Rosie sei es besser, wenn ihr Alltag so normal wie irgend möglich verlief.

Als ich mit Angel zur Schule ging, traf ich keine Bekannten. Von den Müttern und Großmüttern, die am Tor warteten, sprach mich keine an. Ein paar warfen mir neugierige Blicke zu, aber das machten sie sonst auch. Als Rosie herauskam, gab ich ihr die Puppe.

»Der Schal ist fertig«, sagte Rosie. »Ich hab ihn in meiner Mappe. Wo ist Mummy?«

»Sie hat sich zu Hause ein bißchen hingelegt.«

»Aber es ist heller Tag.«

»Du weißt doch, daß es ihr in der letzten Zeit nicht so gut gegangen ist. Und natürlich ist sie jetzt sehr traurig. Wegen Opa.«

»Opa ist im Himmel«, verkündete Rosie mit der Andeutung eines Fragezeichens am Satzende.

»Ja, das hat Daddy auch gesagt.«

Sie nahm meine Hand, weil es leichter für sie war, wenn ich sie den Hügel hinaufzog. »Angel sagt, daß er vielleicht in der Hölle ist.«

»Warum denn das?«

»Wenn du schlimme Sachen machst, kommst du in die Hölle.«

»Hat Opa schlimme Sachen gemacht?«

Rosie beriet sich wortlos mit ihrer Puppe. »Angel weiß es nicht. Was gibt's zum Tee?«

»Das weiß ich nun wieder nicht. Aber wir finden schon was.«

Den Rest des Weges legten wir schweigend zurück. In der High Street war ein Herrenausstattergeschäft mit einem großen Schaufenster, und wie immer blieb Rosie einen Augenblick davor stehen, um ihr Spiegelbild zu bewundern. Der Besitzer nahm gerade für einen Kunden, der einen knappen Meter hinter ihm stand, ein Gestell mit Krawatten aus der Auslage. Der Kunde war der Dekan. Sekundenlang trafen sich unsere Blicke, dann wandte er sich einer Glasvitrine mit Manschettenknöpfen und Krawattennadeln zu.

Wir betraten die Domfreiheit durch das Sacristan's Gate. Mr. Gotobed scheuchte mit flatternder Soutane eine Gruppe von Schuljungen von dem geheiligten Rasen am Ostende des Doms.

Als er unsere Schritte auf dem Kies hörte, drehte er sich um, ließ die Kinder Kinder sein und lief rasch und unbeholfen auf uns zu. »Mrs. Appleyard.«

Ich lächelte.

»Mutter und mir tut das mit Mr. Treevor sehr leid, das soll ich Ihnen ausrichten.«

»Danke. Ich gebe es an die Byfields weiter.«

Er sah uns verlangend an, aber ich sagte, daß Rosie auf ihren Tee warte und ich mich beeilen müsse.

Rosie ging gleich nach oben zu ihrer Mutter. Ich war noch in der Diele, als es an der Gartentür klopfte. Ein kleiner Mann ohne Kinn und mit riesigem Adamsapfel stand auf der Schwelle und winkte mir durch die Glasscheibe zu. Als ich aufmachte, kam er lächelnd näher, und ich trat automatisch in die Diele zurück.

»*Rosington Observer*, Miss. Jim Filey mein Name. Ich komme wegen des bedauerlichen Todesfalles.«

»So?«

»Wie ich höre, wird es eine gerichtliche Untersuchung geben. Sehr unangenehm für die Familie.« Er zog ein Notizbuch heraus. »Und Sie sind …?«

Die Art, wie er mich anstarrte, gefiel mir nicht. Der Bursche war jünger als ich, spielte aber den hartgesottenen Reporter und war mir von den brillantineglänzenden Haaren bis zu dem albernen kleinen Muster auf den blankgeputzten schwarzen Halbschuhen schlicht und einfach widerlich.

»Das geht Sie gar nichts an.« Ich versuchte, die Tür zu schließen. »Leben Sie wohl.«

»Hey, Miss, warten Sie doch. Stimmt es, daß Mr. Treevor sich die Kehle durchgeschnitten hat?«

»Bitte gehen Sie jetzt, Mr. Filey.«

Aber er sah mich gar nicht mehr an. Er sah über meine Schulter in die Diele.

»Raus!« sagte David ganz ruhig.

Ich trat beiseite. David ging auf Filey zu. Einen Augenblick dachte ich, er würde zuschlagen. Filey wich ein paar Schritte zurück. David knallte die Tür zu und schloß ab. Filey sah uns durch die Glasscheibe finster an und ging dann rasch davon.

»Danke«, sagte ich. »Er wurde lästig.«

»Es ist schlimm, daß du dich mit solchen Dingen plagen mußt.«

Er hatte sich wieder beruhigt. Die ganze Szene hatte nicht länger als eine Minute gedauert. Ich war sehr betroffen – aber nicht wegen des unappetitlichen kleinen Reporters, sondern wegen der Wut, die kurz bei David zum Vorschein gekommen war. In ihm war so viel Zorn. Vielleicht brauchte er deshalb den Glauben an Gott, brauchte etwas, was größer war als er selbst, um das, was in ihm wühlte und rumorte und einen Weg nach draußen suchte, zu zügeln und zu unterdrücken.

»Das läßt nichts Gutes ahnen.«

Er zog die Augenbrauen hoch. »Wie meinst du das?«

Ich hatte, genau wie er, die Stimme gesenkt. »Der Fall kommt bestimmt in die Zeitung.«

»Da kannst du recht haben. Ich muß meine Mutter anrufen.«

Er verschwand in seiner Studierstube, um mit Granny Byfield zu telefonieren, und ich ging in die Küche. Ich hatte das Bedürfnis, mit einem Menschen zu sprechen, der nicht zu Rosington, nicht in die kleine Welt der Domfreiheit gehörte. Nein, das war nicht die ganze Wahrheit: Ich hatte das Bedürfnis, mit Henry zu sprechen.

Ich machte den Speiseschrank auf und überlegte, was ich Rosie zum Tee geben sollte. Als Abendessen hatten wir zum Glück den Auflauf der Hudsons. Plötzlich fand ich die Vorstellung, in Henrys Internat zu leben, durchaus verlockend. Zumindest gab es da Personal, das sich ums Kochen und Putzen, Waschen und Bügeln kümmerte.

Mit einem Laib Brot in der Hand drehte ich mich um. Sekundenlang meinte ich, Mr. Treevor in dem Windsorsessel am Ende des Tisches sitzen zu sehen. Die Erkenntnis, daß er nie mehr dort sitzen, nie mehr eine zweite Portion verlangen würde, noch ehe wir uns an die erste gemacht hatten, trieb mir plötzlich die Tränen in die Augen.

40

Unser erster Besuch am Mittwochvormittag war Mrs. Forbury. Sie kam durch die Tür zur Domfreiheit und sah wie ein Dieb über die Schulter, ehe sie in den Garten schlüpfte.

»Die Königin der Weiberriege«, meldete ich Janet, die im Wohnzimmer auf dem Sofa lag. »Ich schicke sie weg.«

»Nein, tu das nicht«, sagte Janet. »Es ist lieb von ihr, daß sie gekommen ist.«

Man erlebt eben immer wieder Überraschungen. Als Mrs. Forbury Janet im Morgenrock auf dem Sofa liegen sah, lief sie hin, nahm sie in die Arme und drückte sie an sich. Janet erwiderte die Umarmung und fing an zu weinen.

»Schon gut«, sagte die Königin der Weiberriege. »Das wird schon wieder.«

»Möchten Sie einen Kaffee?« fragte ich.

Mrs. Forbury sah mich über Janets Kopf hinweg an. »Nein, danke, ich kann mich nicht lange aufhalten. Ich bin ganz spontan vorbeigekommen. Dennis weiß nicht, wo ich stecke … für den Fall, daß er etwas von mir will …«

Im Klartext: Sie hatte ihrem Mann nichts von diesem Besuch erzählt. Sie blieb nicht lange und verließ das Haus so verstohlen, wie sie es betreten hatte. Als sie sich verabschiedete, hielt Janet ihre Hand fest. Damals habe ich das nicht verstanden, jetzt aber denke ich mir, daß die toten Kinder ein Bindeglied zwischen Janet und Mrs. Forbury waren.

»Es war wirklich lieb von ihr«, sagte Janet, als ich zurückkam.

Ich nickte flüchtig. Daß Mrs. Forbury mich zeitweise von meiner Position als Haupttrösterin verdrängt hatte, schmeckte mir nicht. »Ich muß heute vormittag noch ein bißchen einkaufen«, sagte ich. »Du hast doch nicht vergessen, daß Henry kommt?«

»Geh du allein mit ihm essen, es tut dir gut. David bleibt solange bei mir.«

»Und was ißt du?«

»Ich finde schon was, ich hab sowieso keinen Hunger.«

»Aber Janet…«

»Ich bin nicht krank. Bitte hör auf, mich zu bemuttern.«

Es klingelte wieder. Inspektor Humphries und Sergeant Pate standen mit dem Rücken zur Haustür und schienen den besonnten Garten zu bewundern. Als ich aufmachte, drehten sie sich so synchron um, als hätten sie es eingeübt.

»Guten Morgen, Mrs. Appleyard«, brummelte Humphries, fast ohne die Lippen zu bewegen. »Ist Mr. Byfield da?«

»Sie haben ihn verfehlt. Er ist schon ins Kolleg gegangen.«

»Dürfen wir hereinkommen?«

Ich trat beiseite und ließ die beiden ein.

»Wer ist es denn?« rief Janet.

»Polizei.«

Humphries trat noch einen Schritt vor und sah durch die Tür ins Wohnzimmer, wo Janet auf dem Sofa lag. »Dürfte ich Sie wohl kurz sprechen, Mrs. Byfield?«

Die Polizeibeamten setzten sich in die Sessel rechts und links vom Kamin. Ich begnügte mich mit der Armlehne des Sofas. Pate holte ein Notizbuch heraus und mühte sich mit dem Gummiband, das die Seiten zusammenhielt.

Humphries räusperte sich. »Ich muß mich leider noch mal in Mr. Treevors Zimmer umsehen, Mrs. Byfield. Und vielleicht auch in anderen Räumen.«

»Ich habe nichts dagegen.«

»Suchen Sie was Bestimmtes?« fragte ich.

»Da wären noch ein, zwei Sachen zu klären.« Humphries sah noch immer Janet an.

»Zum Beispiel?« fragte sie.

»Seien Sie mir nicht böse, aber das würde ich lieber mit Ihrem Mann besprechen.«

»Warum?«

»Es gibt gewisse Dinge, die sind nicht geeignet für Damen.« Er rutschte auf seinem Sessel herum. »Wozu soll man schließlich alles noch schlimmer machen, als es ist?«

»Mr. Treevor war mein Vater«, sagte Janet. »Ich wünsche, daß Sie mit mir sprechen.«

Ich sah Pate zusammenzucken, wie in Erwartung eines Donnerwetters.

Humphries fuhr sich mit der Hand durch das babyweiche Haar, aber er ließ sich nicht einschüchtern. Ganz im Gegenteil. »Also gut, Mrs. Byfield, dann sag ich Ihnen jetzt das, was ich Ihrem Mann gesagt hätte. Es bestehen gewisse Zweifel an den Todesumständen. Wissen Sie, was ein Pathologe ist?«

»Selbstverständlich.«

»Er hat gestern abend den Toten untersucht. Wenn jemand sich die Kehle durchschneidet, macht er das gewöhnlich mit einem glatten Schnitt und legt den Kopf zurück, so daß die Halsschlagader zurückrutscht. Was wiederum bedeutet, daß das Messer sie verfehlt und es weniger Blut gibt, als man vielleicht denkt. Können Sie mir folgen?«

Sekundenlang flackerte das Bild von Mr. Treevors Zimmer in grellem Technicolor hinter meinen Augen.

»Am Hals Ihres Vaters wurden zahlreiche Schnitte festgestellt, und er hat stark geblutet. Das Bettzeug war zerknüllt, was darauf hindeuten könnte, daß er sich gewehrt hat. War Ihr Vater Rechtshänder oder Linkshänder, Mrs. Byfield?«

»Rechtshänder«, sagte sie so leise, daß Sergeant Pate sie bitten mußte, die Antwort zu wiederholen.

»Wenn ein Rechtshänder sich die Kehle durchschneidet, Mrs. Byfield, geschieht das gewöhnlich von links nach rechts. Soweit klar? Aber die Schnitte am Hals Ihres Vaters gingen von rechts nach links. Vielleicht begreifen Sie jetzt, warum ich mit Ihrem Mann sprechen wollte und warum wir uns gern noch ein bißchen umsehen und ein paar Fragen stellen möchten.«

Ich stand auf. »Das ist doch lächerlich«, sagte ich. »Sie wissen, daß Mr. Treevor nicht gesund war. Dr. Flaxman wird Ihnen bestätigen, daß er an Altersdemenz litt. Er benahm sich nicht normal. Nichts von dem, was er in den letzten Monaten getan hat, kann man als normal bezeichnen. Deshalb ist es wohl auch nicht weiter verwunderlich, wenn er sich auf eine eher ungewöhnliche Weise umgebracht hat.«

Auch Inspektor Humphries war aufgestanden. Er hatte den Kopf zwischen die Schultern gezogen, so daß er aussah wie ein Raubvogel in einem schlechtsitzenden Anzug.

»Ungewöhnlich, Mrs. Appleyard? Allerdings. Sehr ungewöhnlich. Zum Beispiel ist das der erste Selbstmord, den ich gesehen habe, bei dem der Täter sich umgebracht hat, dann aufgestanden ist, das Messer abgewaschen und einen Meter vom Bett entfernt abgelegt und sich dann wieder tot ins Bett gelegt hat.« Er sog zwischen den Zähnen Luft an. »Wirklich sehr ungewöhnlich, finden Sie nicht auch, Sergeant?«

Janet änderte ihre Stellung auf dem Sofa. »Was würden Sie sagen, wenn ich Sie bitten würde, das Haus zu verlassen?«

»Ich würde sagen, daß es Ihr gutes Recht ist, Mrs. Byfield. Allerdings würde ich dann umgehend mit einem Hausdurchsuchungsbefehl wiederkommen. Und falls es zu Weiterungen kommt, sieht es sehr schlecht aus, wenn Sie uns jetzt wegschicken. Eine gerichtliche Untersuchung gibt es in jedem Fall. Vermutlich wird sie vertagt, damit wir unsere Ermittlungen fortsetzen können.«

Janet seufzte. »Also meinetwegen – sehen Sie sich um.«

»Na also.«

»Soll ich mitgehen?« fragte ich sie.

Janet schüttelte den Kopf. »Laß gut sein.«

Als Humphries und Pate weg waren, schwiegen wir uns einen Augenblick an. Wir hörten ihre schweren Schritte auf der Treppe, hörten den Schlüssel, der sich in der Tür zu Mr. Treevors Zimmer drehte.

»Warum war er so ekelhaft zu dir?« fragte ich.

Sie sah mich einen langen Moment wortlos an. »Warum sollte er nett zu mir sein?« fragte sie dann. »Sie werden überall herumschnüffeln.«

»Überall?«

»Natürlich. Das ist ihr Job.«

Ich hätte am liebsten laut losgelacht. Was würden sie zu der Flasche Gin in meinem Nachtkasten sagen, ganz zu schweigen von dem Lavendelzweig, der auf einem Scheck über zehntausend Pfund lag?

»Janet, du glaubst doch nicht…«

»Ich weiß nicht, was ich glauben soll.« Sie stand auf. »Ich muß David Bescheid sagen.«

Es klingelte schon wieder. Ein Junge brachte ein Telegramm für David und Janet. Janet riß den Umschlag auf, las und reichte mir das Blatt.

ANKOMME 12.38 UHR. MUTTER.

»Mist.« Janet fuhr sich mit den Fingern durchs Haar. »Das habe ich befürchtet.«

»Es muß der Zug sein, mit dem auch Henry kommt. Sag David, er soll den Wagen bringen. Wenn es dir recht ist, hol ich die beiden ab.«

»Wir müssen ein Bett für sie beziehen. Und uns ums Abendessen kümmern.«

Zumindest hatte Davids Mutter dafür gesorgt, daß wir etwas zu tun hatten, daß wir nicht ständig an die schweren Schritte über unseren Köpfen denken und uns fragen mußten, was die Anwesenheit der Polizei für uns alle bedeuten konnte. Während Janet mit David telefonierte, informierte ich Inspektor Humphries und bezog in dem kleinen Zimmer neben dem von Rosie das Bett für die alte Mrs. Byfield. Sie war ein anspruchsvoller Logiergast, und Janet bat mich, ihr eine Wärmflasche ins Bett zu legen und auf dem Nachttisch eine

Karaffe mit Wasser, ein Glas und eine Dose mit Keksen gegen nächtliche Hungergefühle bereitzustellen. Für den Fall, daß ihr nachts zu kalt war, mußte eine zusätzliche Decke geholt und ein Feuer geschürt werden.

Ich war noch bei der Arbeit, als David nach Hause kam. Ich hörte seine erhobene Stimme erst in der Diele und dann in Mr. Treevors Zimmer. Mir war es sehr recht, daß er im Haus war, denn kurz darauf suchten uns wieder zwei Journalisten heim, die er vertrieb, und danach erschien der Kaplan des Bischofs. Ich stellte mich auf den Gang und belauschte das Gespräch, das er mit David in der Diele führte.

»Eine schreckliche Geschichte«, sagte Gervase Haselbury-Finch. »Ganz schrecklich. Der Bischof läßt Ihnen sagen, wie leid es ihm tut und daß er in Gedanken viel bei Ihnen und Mrs. Byfield ist. Und natürlich im Gebet.«

»Das ist sehr freundlich von ihm«, sagte David in einem Ton, der seine Worte Lügen strafte. »Ich lasse vielmals danken.«

»Und – äh – ich wollte Ihnen nur sagen, daß heute vormittag der Polizeipräsident angerufen hat.«

»So?«

»Die Polizei muß offenbar im Zusammenhang mit Mr. Treevors Tod das eine oder andere klären. Er – der Bischof, meine ich – wäre Ihnen sehr dankbar, wenn Sie ihn auf dem laufenden halten könnten.«

»Das kann ich mir vorstellen«, sagte David.

»Dabei sind auch weiterreichende Probleme zu bedenken«, schnatterte Haselbury-Finch. »Der Bischof meint, daß der Fall für die Diözese, ja, für die ganze Kirche heikel werden könnte.«

»Vielen Dank für den Ratschlag, Gervase. Und jetzt muß ich leider ...«

»Wie? Ja, ja, natürlich, Sie haben bestimmt alle Hände voll zu tun. Ja, dann auf Wiedersehen.«

Die Tür zum Garten öffnete und schloß sich. Ich ging nach unten, wo sich David gerade eine Zigarette anzündete.

»Ich hab's gehört«, sagte ich.

»Ich hätte ihn erwürgen können.« Zu meiner Überraschung lächelte David mir zu. »Nicht den armen Gervase. Den Bischof.«

»Jetzt muß ich aber los.« Ein kurzer Blick in den Dielenspiegel – ich mußte so gehen, wie ich war. Für Make-up oder eine ordentliche Frisur reichte die Zeit nicht mehr.

»Ich werde versuchen, die Polizei loszuwerden, ehe meine Mutter kommt. Tut mir leid, daß du da reingezogen wirst. Setz meine Mutter einfach hier ab, geh mit Henry essen und versuch, dir die ganze Sache aus dem Kopf zu schlagen.«

»Leichter gesagt als getan.«

»Gewiß.«

Es schien, als seien wir blindlings in eine Welt hineingestolpert, in der die üblichen Spielregeln zeitweilig außer Kraft gesetzt waren, und deshalb fragte ich: »Was ist deiner Meinung nach wirklich mit Mr. Treevor passiert?«

David rieb sich die Stirn. »Weiß der Himmel. Ich kann mir einfach keinen Reim darauf machen.«

Unsere Blicke begegneten sich. Mir wurde ganz elend. Es war, als stünden wir alle miteinander in einem Aufzug, dessen Seile gerissen waren. Wir konnten nichts tun, als – nach außen hin ruhig – den Aufschlag erwarten.

David ließ mich aus der Hintertür auf die High Street hinaus. Der Wagen stand auf dem Marktplatz. Ich fuhr River Hill hinunter und über die Bridge Street zum Bahnhof, wo ich ein paar Minuten zu spät ankam und gerade noch hörte, wie Mrs. Byfield einen Gepäckträger anherrschte, er solle sich mit den Koffern vorsehen. Henry betrachtete indessen scheinbar gefesselt ein Werbeplakat für die Norfolk Broads.

Er gab mir einen flüchtigen Kuß auf die Wange. »Es tut mir furchtbar leid. Wie geht es David und Janet?«

»Erzähl ich dir später.«

»Im Zug waren Zeitungsleute.«

Ich lächelte Granny Byfield an. Wenn man sie ansah, bekam man eine Vorstellung davon, wie David im Alter aussehen würde. Ich begrüßte sie und machte Henry mit ihr bekannt. Sie hatte uns bei der Hochzeit von David und Janet gesehen, wir waren ihr aber nicht im Gedächtnis geblieben. Auf der Fahrt in die Dunkle Herberge bemühte sich Henry, Konversation zu machen – er hätte auch mit einem Trappistenmönch zu plaudern versucht –, aber Mrs. Byfield wies ihn mit einsilbigen Antworten und einem gelegentlichen bösen Blick in seine Schranken.

Wir parkten auf dem Marktplatz. Mrs. Byfield sah aus dem Wagenfenster und wartete, bis Henry das Gepäck aus dem Kofferraum geholt und ich ihre Tür aufgemacht hatte. Sie hatte Hüftbeschwerden, und ich mußte ihr aus dem Wagen helfen.

»Die Frau dort hab ich schon mal gesehen«, sagte sie, während sie sich schwer auf meinen Arm stützte. »Kennen Sie die?«

Ich sah gerade noch, wie eine kleine Frau mit dunkelblauem Kopftuch durch das Sacristan's Gate verschwand.

»Nicht daß ich wüßte.«

»Ich vergesse kein Gesicht«, verkündete Mrs. Byfield. »Wahrscheinlich hab ich sie bei einem meiner Besuche hier kennengelernt.«

»Verdammt«, sagte ich halblaut.

»Na hören Sie …«

Jim Filey hatte den Finger auf den Klingelknopf gelegt und ließ nicht mehr los. Er hatte einen zweiten Mann mitgebracht, der sich eine Kamera und ein Blitzlichtgerät umgehängt hatte.

Henry folgte meinem Blick. »Ärger?«

»Was ist denn?« fragte Mrs. Byfield.

»Vor dem Haus stehen ein Reporter und ein Fotograf.«

In diesem Moment öffnete sich die Tür, und ich sah flüchtig Davids Gesicht. Das Blitzlicht flammte auf.

»Unerträglich«, sagte Mrs. Byfield. »So was müßte verboten werden.« Sie hinkte auf die Dunkle Herberge zu, und Henry und ich gingen hinterher. Sie klopfte Filey mit ihrem Stock auf den Arm. »Pardon, junger Mann, Sie stehen im Weg.«

Filey fuhr herum. Der Fotograf hob die Kamera, es blitzte wieder.

»Komm herein, Mutter«, sagte David. »Die beiden Herren gehen gerade.«

»Mrs. Byfield?« wiederholte Filey. Sein Adamsapfel hüpfte erregt. »Möchten Sie nicht ein paar Worte über den auf so tragische Weise verstorbenen Vater Ihrer Schwiegertochter sagen? Kannten Sie ihn gut?«

»Mit Ihnen rede ich nicht, junger Mann. Ich werde mich bei Ihrem Vorgesetzten beschweren.«

Filey kritzelte etwas in sein Notizbuch. »Bleiben Sie länger bei Ihrem Sohn und seiner Familie, Mrs. Byfield?«

Sie preßte die Lippen zusammen, als wollte sie die Worte dahinter zurückhalten. David nahm sie am Arm und zog sie behutsam ins Haus. Ich ging hinterher, Henry trug uns die Koffer nach. David machte die Tür zu und schob den Riegel vor.

»Das ist ja ein reizender Empfang«, sagte Mrs. Byfield. »Alles, was recht ist …«

»Es steigert sich.« David küßte seine Mutter auf die Wange.

»Inwiefern?«

»Vorhin haben sie schon durchs Küchenfenster gestarrt.«

»Aber im Grunde geht sie das doch überhaupt nichts an.«

»Da sind sie anderer Meinung, Mutter.« Er zögerte einen Augenblick. »Offenbar besteht die Möglichkeit, daß Janets Vater doch nicht Selbstmord begangen hat.«

Sie runzelte die Stirn. »Ein Unfall?«

»Das scheint die Polizei auszuschließen.«

»Aber das ist doch lächerlich.« Sie war nicht auf den Kopf gefallen und begriff, worauf das hinauslief. »Dann war es ein Einbrecher. Ein Dieb.«

»Vielleicht. Janets Vater hat vor einiger Zeit steif und fest behauptet, er habe einen Fremden im Haus gesehen, aber wir haben das nicht ernst genommen. Er war in den letzten Monaten nicht mehr recht bei sich.«

»Ich muß mich setzen.« Sie sah jetzt alt und müde aus.

»Komm herauf ins Wohnzimmer. Ich nehme deinen Mantel.«

»Wo ist Janet?«

»Sie hat sich hingelegt.«

Granny Byfield knurrte, als sie zur Treppe ging, entweder weil ihr die Hüfte weh tat oder weil sie es mißbilligte, daß Janet im Bett lag.

David sah Henry und mich an. »Tut mir wirklich leid. Geht ihr beiden jetzt bitte los.«

»Kann ich hier nichts tun?« fragte ich. »Deine Mutter muß schließlich auch was essen.«

»Bitte geht«, sagte David erschöpft. »Ich muß mit ihr reden, und unter vier Augen geht das leichter.« Er sah zu seiner Mutter hin, die sich mühsam die Stufen hochschleppte. »Ich will euch nicht vertreiben, aber ...«

Ich weiß nicht, warum – aber ich legte ihm eine Hand auf die Schulter und gab ihm einen Kuß auf die Wange.

41

Henry und ich schlichen uns aus dem Haus und gingen die High Street hoch zum Crossed Keys Hotel. In der Halle meinte ich einen leichten Geruch nach türkischen Zigaretten wahrzunehmen, aber weder dort noch in der Bar entdeckte ich ein bekanntes Gesicht.

Das große getäfelte Restaurant war fast leer. Es gab Tomatensuppe aus der Dose, einen Steak-and-Kidney-Pie mit viel zuviel Niere und einen Dampfpudding, der nicht ganz durch war. All das störte uns nicht weiter, denn wir hatten beide keinen Appetit. Als Aperitif hatten wir einen Gin getrunken, zum Essen teilten wir uns eine Flasche Rotwein.

Während wir aßen oder besser in unserem Essen herumstocherten, erzählte ich Henry, was geschehen war. Erst beim zweiten Gang wurde mir etwas klar, was ich eigentlich schon am Bahnhof hätte begreifen müssen.

»Du hast von Mr. Treevors Tod gewußt«, sagte ich.

»Im *Telegraph* stand heute früh eine kurze Meldung: Die Polizei ermittelt im Fall eines Neunundsechzigjährigen, der auf der Domfreiheit von Rosington zu Tode gekommen ist. Etwas in der Art. Der Name stand nicht dabei, aber es war klar, daß es jemand sein mußte, der in Rosington wohnte. Da ahnte ich schon was, und dann habe ich den Bahnsteigschaffner gefragt, und der hat es bestätigt.«

»Filey.«

»Wer?«

»Der Mann, der uns ausfragen wollte, als wir in der Dunklen Herberge ankamen. Ein Lokalreporter. Bestimmt hat der die Story an den *Telegraph* verkauft.«

»Wie geht's Janet?«

»Nicht besonders. Erst verliert David seinen Job und sie ihr Kind – und jetzt das! Schon der natürliche Tod ihres Vaters wäre schlimm gewesen, aber so ... David hat sich sehr gut gehalten. Ich glaube, sie wissen jetzt, wer ihre Freunde sind.« Ich dachte an die Frau des Dekans. »Manchmal sind es nicht die, auf die man gesetzt hat.«

Wir schwiegen einen Augenblick. In der Bar hatte sich eine lärmende Horde – vielleicht Zeitungsleute – versammelt, aber im Restaurant saß außer uns nur noch eine gutgekleidete Frau, die uns den Rücken zuwandte und aus dem Fenster auf die Straße sah. Es konnte die Frau sein, die Mrs. Byfield auf der Straße erkannt hatte, aber ich war meiner Sache nicht sicher.

Henry brach das Schweigen. »Keine Spur von Munro?«

»Im Grunde ist mir das jetzt nicht mehr wichtig.«

Henry sah mich an. »Nach dem, was mit Janets Vater geschehen ist?«

Ich nickte.

»Einen Zusammenhang gibt es da wohl nicht?«

»Kaum.« Ich schob den Puddingberg weg. »Martlesham hatte mit Mr. Treevor nichts zu schaffen, sie wußten wahrscheinlich gar nichts voneinander.«

Henry schüttelte den Kopf. »Nicht gesagt ... Womöglich hat sich Munro in Rosington nicht nur nach Youlgreave, sondern auch nach der Dunklen Herberge umgehört, Martlesham kann also durchaus von Mr. Treevor gewußt haben. Auf der Domfreiheit hat sich inzwischen herumgesprochen, daß er senil war. Und Munro könnte es Martlesham erzählt haben.«

Ich dachte an den durch einen Schlaganfall entstellten Mann, den wir kennengelernt hatten. »Martlesham wäre wohl kaum in der Lage gewesen, schnell mal nach Rosington zu fahren und jemandem die Kehle durchzuschneiden, selbst wenn er ein Motiv gehabt hätte.«

»Stimmt.« Henry legte die Serviette zur Seite und griff nach seinen Zigaretten. »Das paßt alles nicht recht zusammen.

Ich wünschte, du müßtest nicht mehr in dieses verdammte Haus zurück. Mir ist nicht wohl bei dem Gedanken, daß du da lebst.«

»Ich muß bleiben, sie brauchen mich.« Ich lächelte matt. »Und Granny Byfield schlägt garantiert alle Eindringlinge in die Flucht.«

»Aber dann ist ja vorläufig kein Ende abzusehen.«

»Unsinn.« Ich sah auf die Uhr. »Wir dürfen uns nicht zu lange aufhalten. Ich muß Rosie von der Schule abholen.«

»Ich komme mit.«

»Nicht nötig. Ich nehme den Wagen.«

»Ich mache es aber gern. Und danach suche ich mir hier ein Zimmer.« Er wedelte den Rauch zwischen uns weg. »Hast du den Scheck schon eingelöst?«

Ich schüttelte den Kopf.

»Das könnte ich dir zum Beispiel abnehmen. Du siehst – ich kann mich nützlich machen.«

»Henry...«

»Wendy...«

Wir sahen uns an.

»Ja?«

»Ich wünschte ...« Er brach ab.

»Ich auch.« Ich legte kurz eine Hand auf die seine, sah seinen verblüfften Blick und nahm sie schnell wieder weg. »Keinen Kaffee, danke.«

»Einen kleinen Brandy?«

»Nicht für mich.«

Als wir in die Dunkle Herberge zurückkamen, lag Janet auf dem Sofa und weinte, David stand mit gequältem Gesicht in der Diele, und Granny Byfield hatte sich unter der Tür in Positur gestellt und setzte ihnen ihre Pläne auseinander.

Als wir die Treppe von der Küche hochkamen, sah sie zu uns hin. »Mr. und Mrs. Appleyard sind bestimmt meiner Meinung.«

»Welcher Meinung?«

»Daß die Dunkle Herberge zur Zeit nicht der richtige Ort für ein Kind ist.«

»Damit hast du schon recht, Mutter«, sagte David. »Die Frage ist nur, was Rosie mehr aus der Bahn werfen würde: zu dir zu kommen oder hierzubleiben.«

»Ich muß mich doch sehr über dich wundern«, giftete sie ihn an.

»Nimm sie in Gottes Namen mit«, sagte Janet.

David schob sich an seiner Mutter vorbei ins Wohnzimmer. »Hast du dir das auch genau überlegt, Liebling?«

Janet schneuzte sich. »Deine Mutter hat recht. Besonders jetzt.«

Jetzt, da Mr. Treevors Tod ein Fall für die Polizei geworden ist.

Granny Byfield wandte sich an Henry und mich. »Wie heißt es doch? Schnell getan ist wohl getan. Wäre einer von Ihnen vielleicht so freundlich, uns zum Bahnhof zu fahren? Ich mache alles fertig, während Sie Rosie von der Schule abholen. Zehn vor vier geht ein Zug nach London.«

»Ich komme mit«, sagte Janet.

»Wohin?« fragte Granny Byfield.

»Zum Bahnhof natürlich.«

Die alte Dame nickte. »Aber nicht nach London?«

»Nein.«

Janet und ich gingen nach oben, um einen Koffer für Rosie zu packen.

»Ist das wirklich vernünftig?« fragte ich halblaut.

»Sie hat recht. Ich geb's nicht gern zu, aber es ist so.«

»Wenn du willst, fahre ich die beiden mit dem Wagen nach London. Dann könntest du mitkommen.«

Janet überlegte einen Augenblick, dann schüttelte sie den Kopf. »Lieber ein Ende mit Schrecken als ein Schrecken ohne Ende.«

»Wo wohnt sie eigentlich?«

»Sie hat eine Wohnung in Chertsey, ziemlich groß und sehr hübsch.«

Ich kannte Janet gut genug, um zwischen den Zeilen zu lesen. »Aber nicht das richtige für ein Kind?«

»Das hat Granny Byfield selber oft genug gesagt. Aber zumindest ist Rosie dann weg von hier. Nein, pack Angel nicht ein, Rosie möchte sie bestimmt auf der Fahrt bei sich haben.«

Ich brachte den Koffer in die Küche. Janet machte einen verzweifelten Versuch, mit Granny Byfield über Neigungen und Abneigungen ihrer Tochter zu sprechen. Von Grießbrei wurde Rosie schlecht, und aus Porridge machte sie sich nicht viel. Könnte man das Licht auf dem Gang anlassen, bis sie eingeschlafen war? Vormittags und nachmittags trank sie gern ein Glas Orangensaft.

»Mal sehen«, sagte Granny Byfield. »Ich halte nichts davon, Kinder zu verwöhnen.«

Henry und ich holten den Wagen.

»Arme Rosie«, sagte Henry. »Ich würde gutes Geld zahlen, um nicht tagelang mit Granny Byfield allein bleiben zu müssen.«

»Rosie ist ziemlich hart im Nehmen.«

»Das wird sie auch nötig haben.« Er berührte meinen Arm. »Erstaunlich, wie unterschiedlich sie sind. Kinder, meine ich. Wie unsere wohl ausfallen würden?«

Ich schloß die Fahrertür auf. »Sag mal, mußt du dir nicht eine Zahnbürste und so Sachen kaufen, wenn du hier übernachten willst?«

Henry ging auf das Ablenkungsmanöver ein, und wir suchten uns ungefährlichere Gesprächsthemen. Rosie war Henry gegenüber erst zurückhaltend, dann aber bald bereit, mit ihm zu flirten. Sie konnte schon damals besser mit Männern als mit Frauen umgehen. Dann sagte ich, Granny Byfield sei gekommen, um sie zu einem kleinen Urlaub abzuholen.

Ihr Gesicht wirkte einen Augenblick wie gelähmt. »Darf Angel mit?« fragte sie dann.

»Aber natürlich.«

Ich fuhr zum Eingang der Dunklen Herberge an der High

Street. Zum Glück lungerten keine Zeitungsleute herum. Granny Byfield war so geladen, daß sie bestimmt mit ihrem Regenschirm auf sie eingedroschen hätte. Janet und ich halfen ihr in den Wagen, und David verstaute das Gepäck im Kofferraum.

»Wenn du nichts dagegen hast, Wendy, fahre ich sie zum Bahnhof«, sagte er.

»Ist das klug?« fragte seine Mutter durchs offene Wagenfenster. »Wenn Mummy und Daddy mitkommen, bildet Rosie sich am Ende noch Gott weiß was ein.«

»Das glaube ich nicht«, sagte David und ließ den Motor an. Seine Mutter saß vorn neben ihm, hinten saßen Janet und Rosie, Angel bei Rosie auf dem Schoß, beide in Rosa.

Wir sind jetzt Schwestern.

Als der Wagen anfuhr, sah Janet zu mir hoch. Kein Lächeln, kein Winken, kein Wort, aber ihr Gesicht sagte: *Jetzt habe ich zwei Kinder verloren.*

Henry und ich gingen zur Dunklen Herberge zurück. Als ich die Hintertür aufschloß, packte er mich am Arm.

»Guck, da ist er.«

Ich drehte mich rasch um. Ein großer schwarzer Wagen war gerade an uns vorbeigefahren und rollte langsam die High Street hoch zum Marktplatz. Ich sah den Mann auf dem Beifahrersitz im Profil. Die Person am Steuer war sehr klein, der Kopf von uns weg dem Beifahrer zugewandt. Das Glas spiegelte, so daß man keine Einzelheiten erkennen konnte.

»Munro?« fragte ich.

»Ich denke schon.«

»Und am Steuer?«

»Es könnte die Frau sein, die wir im Hotelrestaurant gesehen haben.«

»Vielleicht arbeitet sie auch für Martlesham.«

Der Wagen bog links ab und verschwand.

»Toller Schlitten«, sagte Henry. »Ein Bentley. Der Kerl muß im Geld schwimmen. Glaubst du, daß hinten Martlesham saß?«

»Ich hatte den Eindruck, daß die Rückbank leer war.«

Er sah auf die Uhr. »Ich brauche Bargeld. Wir schaffen es gerade noch, ehe die Bank schließt.«

»Hast du noch ein Konto hier?«

»Nein. Aber ich könnte dir einen Scheck geben, und du könntest das Geld von deinem Konto abheben.«

»In Ordnung.« Ich klopfte auf meine Handtasche. »Das Scheckbuch hab ich bei mir.«

Wir gingen zur Barclays Bank, die innen genauso düster wirkte wie von außen, setzten uns vis-à-vis an einen der Tische in der Schalterhalle und schrieben unsere Schecks aus.

»Wäre das nicht eine gute Gelegenheit, den Scheck über zehntausend Pfund einzulösen?« fragte er.

»Ich habe mich noch nicht entschieden.«

»Du kannst ihn ja erst mal auf dein Konto nehmen und dich dann entscheiden.«

»Setz mich nicht unter Druck.«

»Stell dir mal vor, dir wird die Handtasche gestohlen.«

Ich weiß nicht, was ich gemacht hätte, wenn wir nicht in diesem Moment unterbrochen worden wären. Vage hatte ich wahrgenommen, daß ein hochgewachsener Mann in dunklem Anzug mit dem Rücken zu uns an einem Schalter stand. Jetzt drehte er sich um und steckte seine Brieftasche ins Jackett. Es war der Dekan, und er erkannte mich im gleichen Moment wie ich ihn.

»Guten Tag, Mrs. Appleyard.« Er nickte würdevoll.

Henry schob seinen Stuhl zurück, stand auf und streckte ihm die Hand hin. »Guten Tag, Mr. Forbury.«

Als Vorsitzender des Verwaltungsrats hatte der Dekan bei Henrys Entlassung aus der Chorschule ein wichtiges Wort mitzureden gehabt. Henry war nicht nachtragend. Er hätte die Begegnung nicht gesucht, war aber jetzt bereit, das Beste daraus zu machen.

»Guten Tag.« Das Gesicht des Dekans wirkte wie ein gefrorener Teich. »Auf Wiedersehen, Mrs. Appleyard.«

Henrys Hand geflissentlich übersehend, stakste er davon. Seine Ohren waren rot angelaufen.

»Das war eine Gemeinheit«, sagte ich.

Henry zuckte die Schultern. »Früher oder später mußte so was ja passieren«, sagte er leichthin, aber ich ließ mich nicht täuschen. Beliebtheit war ihm sehr wichtig, das war seine kleine Schwäche. Bei der Affäre mit der haarigen Witwe war es auch nicht nur um Geld gegangen.

»Die Bank schließt gleich«, sagte ich. »Wir müssen uns beeilen.«

Er war immer schnell dabei, die Gelegenheit beim Schopf zu packen. »Du zahlst beide Schecks ein, nicht?«

Ich malte die lange Reihe von Nullen auf den Einzahlungsschein und verwünschte den Dekan.

»Na also«, sagte Henry.

Ich stand auf. »Bild dir nur nicht ein, daß du das Glück erzwingen kannst.«

Wir waren die letzten Kunden. Unter der Tür blieb ich stehen. Während ich in der Handtasche nach den Schlüsseln kramte, hörten wir, wie sich die schweren Türen hinter uns schlossen und sich metallisch klickend Schlüssel im Schloß drehten.

»Vertreibung aus dem Paradies«, sagte Henry. »Wieder einmal.«

»Wir müssen über die Domfreiheit gehen«, sagte ich. »Mein Schlüssel für die Hintertür liegt zu Hause.« Das Boneyard Gate war nur ein paar Meter von der Bank entfernt. Das Grau des Doms hinter dem Torbogen sah aus wie ein dunkler Vorhang.

»Es wird noch schlimmer«, sagte Henry. »Viel schlimmer.«

»Die Sache mit Mr. Treevor?«

Er nickte. »Du brauchst nicht hierzubleiben.«

»Doch.«

Ein paar Meter gingen wir schweigend nebeneinanderher. Unsere verkürzten Schatten glitten vor uns über den Weg.

Die Sonne stand im Südwesten, und der Schatten, den das Kirchenschiff warf, sah aus wie ein Kanal, in dem schwarzes Wasser stand.

Henry sah mich kurz an und lächelte. »Sag mal, wenn Davids Mutter nicht mehr da ist, muß doch in der Dunklen Herberge ein Zimmer frei sein. Meinst du, ich könnte mich bei Janet einladen?«

Ich gab das Lächeln zurück. »Dazu kann ich nichts sagen.«

In diesem Moment entließ Mr. Gotobed eine Touristengruppe aus dem Nordportal. Die Gruppe löste sich auf, und einzelne Besucher eilten über den Weg am Ostende entlang zum Kreuzgang und der Porta. Ich hob grüßend die Hand.

»Macht es dir was aus, wenn ich kurz mit ihm spreche?«

»Mit Gotobed? Warum?«

»Seine Mutter ist krank. Ich wollte mich erkundigen, wie es ihr geht.«

»Kaum zu glauben, daß du die Mutter kennst.«

»Warum?«

»Weil sie sich fast ebenso rar macht wie die Heinzelmännchen. Kaum einer hat sie mal aus der Nähe gesehen. Die Jungs in der Schule haben immer behauptet, sie wäre schon vor Jahren gestorben, und Gotobed –«

»Als ich bei ihr Tee getrunken habe, war sie noch sehr lebendig.« Ich machte meine Handtasche auf. »Hier sind die Schlüssel. Du könntest dich nützlich machen und den Kessel aufsetzen.«

Ich ging über den kurzgeschorenen Rasen auf Mr. Gotobed zu, der noch an der Nordtür stand, und ärgerte mich über Henry. Ich mochte die Gotobeds und fand es nicht gut, daß er sie als Lachnummer betrachtete.

Mr. Gotobed neigte vor mir den Kopf wie vor dem Dekan, wenn er ihn aus der Sakristei zu seiner Kirchenbank geleitete.

»Wie geht es Ihrer Mutter?«

»Den Umständen entsprechend, vielen Dank. Sie hat schon

ein paar Schwächeanfälle hinter sich, aber diesmal war es wirklich arg.«

»Ist sie zu Hause?«

»Ins Krankenhaus will sie partout nicht, und der Arzt sagt, wir sollten nicht darauf bestehen. Aber wir haben Hilfe.«

Mr. Gotobed war sehr blaß, seine Haut trocken und schuppig und noch faltiger als sonst. Er blinzelte unaufhörlich, die hellen Wimpern flatterten wie erregte Finger.

»Kann ich irgend etwas tun?«

»Sie haben schon genug am Hals.«

»Ich helfe gern.«

Er sah mich an. »Das ist sehr nett von Ihnen. Vielleicht freut es Mutter, wenn Sie kurz hereinschauen. Aber nur, wenn es Ihnen wirklich nichts ausmacht.«

»Ja, gern. Wann paßt es denn am besten?«

»Ginge es heute abend gegen sechs?«

Ich nickte.

»Um halb sieben kommt die Schwester und macht sie für die Nacht fertig, aber um sechs hat sie gegessen, und danach ist sie meist ganz munter. Es ist eine günstige Zeit.«

»Gut, bis nachher dann.«

»Wundern Sie sich nicht, sie hat sich sehr verändert. Redet ganz schön kariert. Sie wissen schon ...«

»Ich weiß«, sagte ich.

Wir verabschiedeten uns. Mr. Gotobed verschwand wieder im Dom, und mir fiel ein, daß Mr. Gotobed mich kein einziges Mal Mrs. Appleyard genannt hatte, daß er weder nervös noch verlegen gewesen war. Dank Mr. Treevor und Mrs. Gotobed hatte sich die Förmlichkeit zwischen uns verflüchtigt.

Ich weiß nicht, warum ich an der Pforte zur Dunklen Herberge stehenblieb. Es heißt, wir hätten einen sechsten Sinn, der uns warnt, wenn wir angestarrt werden. Bisher hatte ich das für Altweibergewäsch gehalten. Trotzdem sah ich jetzt über die Schulter.

Zuerst dachte ich, der Rasen zwischen dem Dom und dem Boneyard Gate sei leer. Dann sah ich eine Bewegung an einem der Strebepfeiler. In dem tiefen Schatten um den Dom herum stand – nein, lief jemand.

Die Sonne schien mir in die Augen. Zuerst war mir, als habe sich aus dem großen Domschatten ein kleinerer Schatten gelöst und ein Eigenleben entfaltet, doch dann entpuppte sich der kleinere Schatten als ein Mann in dunkler Kleidung, der sich jetzt deutlich vom satten Grün des Rasens abhob. Er bewegte sich in meine Richtung, hatte aber wohl gesehen, daß ich ihn beobachtete, denn jetzt schwenkte er in Richtung Boneyard Gate ab, als wollte er mir ausweichen.

Francis?

Ich blinzelte. Es war Harold Munro in seinem altmodischen dunklen Anzug, ein Mensch aus Fleisch und Blut, der kein Recht hatte, uns wie ein Gespenst zu verfolgen.

»He, Sie!«

Er blieb stehen und sah zu mir hin.

Ich ging sehr schnell auf ihn zu. »Ich möchte Sie kurz sprechen, Mr. Munro.«

Er wartete schweigend, die Zigarette in der Hand. Inzwischen war ich bis auf einen Meter herangekommen. Weil ich hohe Absätze trug, überragte ich ihn um vier, fünf Zentimeter, sonst wären wir wohl etwa gleich groß gewesen. Auf dem schwarzen Jackett lagen Schuppen, und die Nadelstreifenhose war ungebügelt. Über die schwarze Weste spannte sich eine Silberkette. Die kahle Stelle auf dem Kopf, die dem Umriß von Afrika so ähnlich sah, glänzte vor Schweiß. Nur die Augen – graue, schräg stehende Augen – blickten kühl.

»Warum spionieren Sie uns nach?«

»Ich, Miss?«

Meine jäh aufschießende Wut verblüffte mich selbst nicht weniger als Munro. »Sie können Simon Martlesham ausrichten, daß wir es satt haben, Sie an jeder Ecke auftauchen zu sehen. Und daß ich der Polizei sagen werde, daß sich auf der

Domfreiheit ein verdächtiger Kerl herumdrückt, der alte Damen belästigt.«

Ich legte eine Pause ein, weil mir im Augenblick nichts mehr einfiel, vor allem aber, weil ich auf seine Reaktion wartete. Es kam keine. Er zog an seiner Zigarette und sah mit seinen grauen Äuglein zu mir auf, während ihm Schweißbäche wie Tränen über die Wangen liefen.

»So, jetzt gehen Sie zu Martlesham, und sagen Sie ihm das, verstanden?« Ich legte die Hände auf den Rücken, weil sie sich zu Fäusten geballt hatten. »Es reicht, Mr. Munro. Wir haben genug. Drücke ich mich verständlich aus?«

Munro nickte.

»Er sucht seine Schwester, nicht? Darum geht es doch.«

Er nickte erneut, lächelte in sich hinein und schnippte den Zigarettenstummel in die Luft. Wir sahen beide zu, wie der Stummel zu Boden fiel. Dann ging er still davon, ein schwarzer Schatten, der lautlos über den Rasen in Richtung Boneyard Gate glitt.

Ich schnupperte wie ein Karnickel, wenn Gefahr im Verzug ist. Ich roch türkischen Tabak.

42

Das kleine Zimmer wirkte noch voller als sonst, weil sie ein Bett hineingestellt hatten. Im Kamin glühten Kohlen. Die Fenster waren geschlossen. Die Gerüche des Alters hatten sich verstärkt, es war, als habe der Verfall des Körpers schon vor dem Tod eingesetzt.

Mrs. Gotobeds pergamentfahle Haut lag über den Gesichtsknochen wie ein durchhängendes Zelt. »Zeit für deinen Tee, Wilfred«, sagte sie.

Mr. Gotobed lächelte verlegen. »Mutter schaut sehr darauf, daß ich ordentlich esse.«

»Und deshalb mußt du jetzt deinen Tee haben. Mrs. Appleyard leistet mir solange Gesellschaft.«

»Ja, natürlich.«

Mr. Gotobed zog ab.

»Ich weiß wirklich nicht, wie es weitergehen soll, wenn ich unter der Erde bin«, sagte Mrs. Gotobed, als sich die Tür hinter ihm geschlossen hatte. »Nicht mehr Verstand als ein Neugeborenes.«

»Wie geht es Ihnen?«

»Ich bin müde. Sehr müde. Setzen Sie sich ans Fenster, wo ich Sie sehen kann.«

Ich setzte mich auf einen unbequemen Stuhl an dem Fenster, das auf die Domfreiheit hinausging. Schnurrzel sah ohne Neugier vom gepolsterten Fenstersitz aus zu mir hin. Eine goldene Sonnenbahn fiel durch das Fenster gegenüber. Staub tanzte in der Luft und lag dick auf allen waagerechten Flächen. Ich wünschte, ich hätte für Mrs. Gotobed und für mich die Uhr zurückdrehen können bis in ein goldenes Zeitalter, in dem es keinen Schmerz gab.

Mrs. Gotobed blinzelte. »Suchen Sie immer noch nach Kanonikus Youlgreave?« fragte sie.

Ich nickte. »In gewisser Weise.«

»Er war ein guter Mensch. Ein guter Mensch.« Die Augen waren jetzt weit geöffnet. »Haben Sie mich verstanden? Ein guter Mensch.«

Dreimal gesagt ist die Wahrheit gesprochen. Aber warum war ihr das jetzt so wichtig, da man fast zusehen konnte, wie ihr Leben verrann?

»Was ist aus der Tante der Martlesham-Kinder geworden?«

Die Schultern der alten Frau zuckten.

»Sie müssen die Frau doch gekannt haben«, drängte ich mit erhobener Stimme. »Was war sie für ein Mensch? Wie stand sie zu den Kindern?«

Mrs. Gotobed schüttelte langsam den Kopf und atmete durch schlaff aufeinanderliegende Lippen aus. Es hörte sich an wie ein zusammenschnurrender Luftballon.

»Mein Gott, was bin ich dumm«, sagte ich. »Die Tante sind Sie.«

Sie prustete noch ein bißchen weiter, dann lächelte sie. »Hat ganz schön lange gedauert, bis sie mir draufgekommen sind!«

»Sie wollten die Kinder nicht. Sie hatten eine gute Stellung, und Sie wollten heiraten. Die Kinder hätten gestört.«

»Ich war seine Königin«, brummelte Mrs. Gotobed. »Für mich war's die letzte Chance. Aber ich hab gewußt, daß Sammy die Kinder nicht will. Kann's ihm nicht verdenken. Vor allem *ihre* Kinder.«

»Die Kinder Ihrer Schwester?«

»Alle wußten, was das für eine war. Gut, daß sie tot ist. Schlechtes Blut.«

»Kanonikus Youlgreave hat Ihnen unter die Arme gegriffen.«

»Er war sehr gut zu uns. Und das Geld kam uns natürlich gelegen.«

»Simon ging als erster?«

»Er hat's gar nicht abwarten können. Gleich nachdem seine Mutter gestorben ist, war er auf und davon, noch vor unserer Verlobung. Nancy ist noch eine Weile bei mir geblieben.« Sie verzog das Gesicht. »Ich hatte ein möbliertes Zimmer in der Bridge Street, das hab ich Ihnen ja erzählt. Die Hauswirtin hat sich ständig über die Kinder beklagt. Konnte die Scherereien und den Schmutz und Lärm nicht aushalten und wollte nicht nach ihnen sehen, wenn ich zur Arbeit gehen mußte. ›Bitte nehmen Sie zur Kenntnis, daß ich keine Kindsmagd bin‹, hat sie gesagt. Dumme Person. Vorn fehlte ihr ein Schneidezahn ... Ich seh sie noch vor mir. Wilfred hat nie viel Lärm gemacht, er war von Anfang an ein ruhiger Junge.«

»Und Nancy?« fragte ich, damit sie beim Thema blieb. »Wie war Nancy?«

Eine Pause. Dann sagte Mrs. Gotobed langsam, als ließe sie sich die Worte wie Zähne ausreißen: »Die war immer nur auf ihren Vorteil aus. Mr. Youlgreave ist sie um den Bart gegangen, aber bei mir zu Hause war sie wie ausgewechselt. Ein garstiges kleines Ding.«

»Wann ist sie gegangen?«

»Sammy und ich haben im Herbst geheiratet, am 14. Oktober. Irgendwann davor.«

»Und ehe Kanonikus Youlgreave aus Rosington wegzog?«

»Ich denke schon. Aber nicht sehr lange davor. Er hatte versprochen, Sammy und mir was zur Hochzeit zu schenken. Er hat uns dann auch wirklich Geld geschickt, aber da war er schon weg.«

»Wohin hat er Nancy gebracht?«

»Zu einem Ehepaar aus seiner Bekanntschaft. Die beiden hatten keine eigenen Kinder, hat er erzählt, und sie wollten eine Dame aus ihr machen. Ein Satansglück hat sie gehabt, ist immer auf die Füße gefallen.« Die Lider senkten sich, flatterten. »Miststück. Pardon. Ist mir so rausgerutscht.«

»Schon gut.«

»Außer Sammy hat's keiner gewußt. Nicht das mit dem Geld. Nicht das mit den Kindern. Sammy meinte, es wär am gescheitesten so. Ich hätt sie von Verwandten in Birmingham adoptieren lassen, haben wir gesagt. Es war zu ihrem eigenen Besten.«

»Und Sie haben nie wieder von den beiden gehört?«

»Von Simon schon, er hat mir von Kanada aus geschrieben. Und Mr. Youlgreave hätte den Kindern ganz bestimmt nie was getan, er war doch Pfarrer. Weshalb denn auch?«

Wir hörten Schritte auf der Treppe. Ein verschlagener Ausdruck trat in ihr Gesicht.

»Kein Wort zu Wilfred! Versprechen Sie's? Auf die Bibel?«

»Sie können sich darauf verlassen«, sagte ich. Daß sie es für nötig hielt, mir dieses Versprechen abzunehmen, überzeugte mich davon, daß sie zumindest den Verdacht hegte, Nancy sei nicht in ein vornehmes Haus gekommen und eine feine Dame geworden.

Die Tür ging auf, und Wilfred Gotobed schob sich ins Zimmer. »Alles in Ordnung, Mutter?«

Sie sah mich immer noch an. »Wann wird das enden? Ich hab genug.«

Ich stand auf. »Hoffentlich hat mein Besuch Sie nicht zu sehr angestrengt.«

Die Alte schüttelte den Kopf.

»Tut Mutter gut, ein frisches, junges Gesicht zu sehen«, sagte Mr. Gotobed. »Stimmt's, Mutter? Wenn du dich besser fühlst, besorgen wir dir einen Rollstuhl und ...«

»Wiedersehen«, sagt Mrs. Gotobed und drehte den Kopf weg.

»Auf Wiedersehen.«

»Es war ein langer Weg von der Swan Alley«, sagte sie, als ich an der Tür war. »Vergessen Sie das nicht.«

Ich nickte. Mr. Gotobed stolperte auf mich zu, aber ich sagte, ich fände allein hinaus.

Und dann atmete ich wieder die frische Luft der Domfreiheit. Es hieß, daß es ein Gesetz für die Reichen und eins für die Armen gab. Vielleicht gab es für Arm und Reich auch eine unterschiedliche Moral.

Jetzt wußte ich, oder zumindest konnte ich es mir denken, was 1904 geschehen war. Vielleicht hatte Francis das, was von dem Körper geblieben war, in einem der Gärten der Domfreiheit begraben. Oder in einem mit Steinen beschwerten Sack in den Fluß geworfen, wie man es mit unerwünschten jungen Katzen macht. Niemand hatte wissen wollen, was er getan hatte, weil Nancy Martlesham ein Kind war, das nicht auf die Domfreiheit, das nirgendwohin gehörte.

Ich fühlte keine Genugtuung. Nicht nur, weil ich die alte Mrs. Gotobed gern hatte und Nancy mir nach allem, was ich über sie gehört hatte, nicht sonderlich sympathisch war. Irgend etwas steckte mir im Hinterkopf, ließ mir keine Ruhe, gab keinen Sinn. Und weil zu befürchten stand, daß ich Mrs. Gotobed nie wiedersehen würde, mußte ich auch befürchten, daß ich nie erfahren würde, was es war.

43

Es war, als hätten sie Blut gewittert. An jenem langen Abend schienen die Reporter allgegenwärtig zu sein. Zwei versuchten, mich auf dem Weg zur Dunklen Herberge abzufangen. Als ich das Gartentor aufschloß, zückte der Fotograf seine Kamera. Während Henry und ich das Abendessen machten, klingelte es siebenmal an der Hintertür. In der High Street duckten sie sich und sahen durchs Fenster, bis ich die Küchenvorhänge vorzog.

Wir aßen von Tabletts oben im Wohnzimmer und waren ziemlich schweigsam. Das galt vor allem für Janet. Ihr blasses, vollkommen schönes Gesicht verriet nichts. David und Henry versuchten, ein Gespräch über Kricket in Gang zu bringen. Ich hätte sie am liebsten geohrfeigt.

Wir waren noch beim Essen, als das Telefon läutete. Henry ging hin. Er ging jetzt immer hin, seit David einen Reporter wüst beschimpft hatte. Janet hatte uns verboten, den Hörer auszuhängen, für den Fall, daß Granny Byfield oder Rosie sich meldeten.

Diesmal war es kein Reporter, sondern der Dekan. David sprach mit ihm. Als er zurückkam, sah er noch verbiesterter aus. »Er sagt, wir sollten die Polizei fragen, ob wir nicht eine Weile wegfahren könnten. Wir würden uns wohler fühlen, meint er. Und der Rummel sei schlecht für die Atmosphäre auf der Domfreiheit.«

»Gar keine dumme Idee.« Mein Blick ging von Janet zu David. »In den nächsten Tagen habt ihr hier sowieso keine Ruhe. Nehmt den Wagen.«

»Wäre das nicht ziemlich teuer?« fragte Janet so zerstreut, als sei sie mit ihren Gedanken ganz woanders.

»Zum Teufel mit dem Geld«, sagte Henry.

David stellte das Tablett auf den Teppich und griff nach seinen Zigaretten. »Vielleicht sollten wir wirklich wegfahren. Hier führen wir ein Leben wie im Goldfischglas.«

»Wenn ich helfen kann, brauchst du es nur zu sagen«, meinte Henry so befangen wie immer, wenn er jemandem etwas Gutes tun wollte.

»Danke, wir kommen schon zurecht.«

Janet stand unvermittelt auf und riß ein leeres Glas um. »Ihr habt euch offenbar schon entschieden. Dann gehe ich jetzt packen.«

Sie machte die Tür hinter sich zu, und wir horchten ihren Schritten auf der Treppe nach.

David räusperte sich. »Wie heißt es doch: Ein Jetzt ist besser als zwei Später.«

Dann sprachen sie wieder über Kricket. Männer haben die Vogel-Strauß-Politik zu einer hohen Kunst entwickelt.

Ich fand Janet in Rosies Zimmer. Sie saß auf dem Bett, die Hände im Schoß gefaltet, und sah aus dem Fenster. Ich setzte mich neben sie und legte einen Arm um ihre Schultern. Das Bett knarrte. Sie fühlte sich kalt und steif an wie eine Wachsfigur.

»Am dunkelsten ist es immer vor Tagesanbruch, Janet.«

»Ich wollte mal nachsehen, ob wir Rosie noch etwas nachschicken müssen.«

»Ich dachte, du packst für dich und David.«

»Rosie geht vor.«

»Rosie kommt schon zurecht.« Ich schüttelte sanft Janets Schulter. »An Rosie wird sich Granny Byfield noch die Zähne ausbeißen.«

»Du bist zu lieb zu mir. Seit jeher schon. Ich bin es nicht wert.«

»Sei nicht albern.«

Unten klappte eine Tür. Die Männer gingen über die Diele; sie erörterten das letzte Testmatch in Westindien.

»Ist es nicht albern, sich ständig Sorgen zu machen?« fragte Janet. »Es ändert ja nichts.«

»Soll ich dir beim Packen helfen?«

»Noch weiß ich ja nicht mal, ob wir wirklich wegfahren.«

»Ich würde euch dazu raten.«

Sie lächelte mir zu. »Du hast recht. Was sollen wir schließlich hier? Aber ich glaube, ich mach es erst morgen, ich bin ziemlich erledigt.«

Zu spät fiel mir ein, daß sie ja immer noch unter den Nachwirkungen der Fehlgeburt litt. Ich redete ihr zu, ein Bad zu nehmen und sich hinzulegen. Dann ging ich nach unten und sorgte dafür, daß die Männer sich nützlich machten. Eine halbe Stunde später brachte ich Janet einen Becher Kakao nach oben. Sie schlief schon. Spontan beugte ich mich zu ihr hinunter und küßte sie. Ihr Haar war nicht so weich wie sonst. Sie hatte es wohl längere Zeit nicht gewaschen.

Auch ich ging bald nach oben, badete ausgiebig und genußvoll, dann legte ich mich hin und blätterte in den *Engelsstimmen*. Es war unerfreulicher, hochgestochener Unfug, sadistisch und absichtlich kompliziert. Aber auch traurig. Je länger ich mich durch die einzelnen Gedichte kämpfte, desto mehr nahm ich nur noch diese Traurigkeit wahr.

Ich hörte Schritte auf meiner Treppe zum zweiten Stock. Es klopfte. »Herein«, sagte ich.

Henry sah mich von der Schwelle her verlegen lächelnd an. Er hatte eine Flasche Brandy unter einem Arm und zwei Gläser in der Hand.

»David ist schlafen gegangen. Ich hab Licht bei dir gesehen und wollte fragen, ob du einen Schlummertrunk möchtest.«

Ich nickte und rückte ein Stück beiseite, damit er sich ans Fußende setzen konnte.

Er schenkte ein und gab mir ein Glas. »Wohlsein.«

»Davon sind wir im Augenblick leider ziemlich weit entfernt«, sagte ich und trank.

»David geht's schlecht.«

»Ach ja? Ich hatte den Eindruck, daß er sich heute abend mächtig für Kricket begeistert hat.«

Henry zuckte die Schultern. »Man merkt es an dem, was er nicht sagt. Ich hab ihm vorgeschlagen, sie sollten nach London fahren und Rosie besuchen.«

»Falls Inspektor Humphries sie wegläßt.«

»Glaubst du ...«

Ich nahm noch einen Schluck. »Ich weiß nicht, was ich glauben soll. Aber wenn Humphries recht hat, war der Tod von Janets Vater kein Selbstmord.«

»Das darf man gar nicht weiterdenken.«

»Hab ich dir schon erzählt, daß sich Mr. Treevor in den letzten Tagen seines Lebens eingebildet hat, er wäre Francis Youlgreave?«

»Er war verwirrt. Wendy?«

Ich sah ihn an. »Was ist?«

»Es tut mir so leid. Alles.«

Er tätschelte unter der Decke mein Bein. Einen Augenblick waren wir befangen wie Teenager. Ich dachte an meine Schulmädchenschwärmerei für David und daran, daß ich, auch wenn nicht mehr daraus geworden war, keinen Grund hatte, besonders stolz auf mich zu sein. Und ich dachte an die Byfields und Mr. Treevor und Francis Youlgreave. Das Leben war schon hart genug. Ich streckte die Hand aus.

Henry nahm sie und drückte einen Kuß darauf. Dann fanden sich unsere Lippen, und der Brandy schwappte über.

»Oha!« sagte Henry, als die Flasche vom Bett rollte und auf den Bettvorleger fiel, ohne kaputtzugehen. »Bloß gut, daß ich sie wieder zugekorkt hatte.«

Am nächsten Morgen waren wir, nackt in dem schmalen Bett, immer noch beisammen, und die Flasche lag noch am gleichen Fleck. Es war genau wie neulich, als Janet in mein Zimmer gekommen war, um mir Mr. Treevors Tod zu melden. Das Licht war ebenso blaß, ebenso farblos.

Aber unter der Tür stand David und nicht Janet. David im Pyjama, unrasiert, mit zerzaustem Haar.

Henry brummelte und drehte sich zur Wand. Ich sah David an und er mich.

»Es ist Janet«, sagte er. »Diesmal ist es Janet.«

DRITTER TEIL

Blue Dahlia

44

Die Zeit heilt keine Wunden. Sie sorgt nur dafür, daß man über anderes nachzudenken hat.

»Wie fühlst du dich?« säuselte Henry sanft, um mich nicht zu erschrecken.

»Danke, gut.«

»Wirklich?«

»Tu mir den Gefallen und behandle mich nicht wie eine nervöse Stute, Schatz.«

Das ging so, seit wir erfahren hatten, daß ich schwanger war. Ich hatte ihn noch nie so aufgekratzt, so glückselig erlebt. Meine eigenen Gefühle waren weit weniger eindeutig. Mit den Jahren hatte ich mich daran gewöhnt, nicht schwanger zu werden, und deshalb war die Möglichkeit, ein Kind zu bekommen, beunruhigend wie eine drohende Invasion. Und als ich dann Gewißheit hatte, nahmen mir Aufregung und Angst fast den Atem.

»Ist es dir lieber, wenn ich fahre?« fragte Henry.

»Dann klammere ich mich die ganze Fahrt über nur an den Sitz.« Ich schaltete vor einer Kurve herunter und lächelte ihm zu. »Mir ist es immer angenehmer, wenn ich das Steuer selbst in der Hand habe.«

Eine Weile fuhren wir schweigend durch die liebliche Hampshire-Landschaft. Es war September und der Nachmittag noch sommerlich warm. Ich gondelte gemächlich in unserem neuen Ford Consul über die A 31, denn wir waren zum Tee eingeladen, und ich wollte nicht zu früh kommen. Granny Byfield legte bei anderen großen Wert auf Pünktlichkeit.

»Ich wünschte, die alte Hexe wäre nicht da«, sagte Henry. »Es ist so schon schlimm genug.«

»Aber doch nicht für dich? Du hast immerhin schon mit David telefoniert.«

»Das ist etwas ganz anderes. Je schneller er eine neue Stellung bekommt, desto besser für ihn.«

»Und für Rosie.«

Ich wollte David nicht sehen und Rosie schon gar nicht. Sie würden mich an Janet erinnern.

»Wenn es ein Mädchen wird, möchte ich es Janet nennen.«

Henry drückte kurz meine Hand, die am Steuer lag. »Natürlich. Zumindest machen wir jetzt einen neuen Anfang, Schatz. Alles andere ist Vergangenheit.«

»Ja, Henry«, sagte ich und dachte bei mir: *Sie sind alle Vergangenheit, Francis, Mr. Treevor und Janet und selbst deine haarige Witwe mit diesen herrlich frivolen marineblauen Schuhen.* Man kann nie zurück zu dem, was man einmal war – es sei denn, man würde wieder ein Kind wie Mr. Treevor. Du kannst nie vergessen, was du getan hast, was andere getan haben.

Granny Byfield lebte in einem kleinen Block mit Etagenwohnungen in Chertsey nahe der Stadtmitte. David machte auf. Ich erschrak, als ich sah, wie sehr er sich verändert hatte. Dick war er nie gewesen, aber in den letzten Monaten war er beängstigend schmal geworden. Der Gram hatte ihm etwas von seinem blendenden Aussehen genommen, aber seine Ausstrahlung war jetzt womöglich noch stärker. Er streifte mit kalten Lippen meine Wange.

»Du siehst topfit aus«, sagte Henry.

Sie schüttelten sich verlegen die Hand.

»Ich bin in Yorkshire viel gewandert.« David hatte sich fast zwei Monate in einem anglokatholischen Kloster vergraben, einer Art Sanatorium für die Seele, das Kanonikus Hudson für ihn ausfindig gemacht hatte. »Mutter und Rosie sind im Wohnzimmer. Sie hat es übrigens nicht gern, wenn man raucht.«

Granny Byfield und Rosie saßen an einem Teetisch im Erker. Das Zimmer hatte eine für moderne Etagenwohnungen ansehnliche Größe, wirkte aber kleiner, weil es mit Möbeln und Nippes vollgestellt war und eine dunkle Tapete mit Streifen hatte, die wie Gitterstäbe wirkten.

Rosie hatte Angel im Arm. Die Puppe hatte das inzwischen reichlich schmuddelige rosa Kleid an. Rosie sah nicht anders aus als vor sechs oder sieben Monaten, als ich sie zum erstenmal im Garten der Dunklen Herberge gesehen hatte. Natürlich trug sie ein anderes Kleid, grün mit weißen Tupfen – ich erinnerte mich, daß Janet es ihr genäht hatte –, und sie war offenbar ein Stück gewachsen, denn es saß ziemlich knapp.

Wir gaben Granny Byfield die Hand. Sie musterte uns von Kopf bis Fuß, verzog aber keine Miene.

Ich beugte mich zu Rosie hinunter und küßte sie aufs Haar. »Hallo, wie geht's?«

Rosie sah stumm zu mir auf. Ich nahm sie in die Arme. Es war, als wenn man eine Puppe umarmte.

»Antworte, wenn man mit dir spricht, Rosemary«, sagte Granny Byfield. »Hat dir die Katz die Zunge weggetragen?«

»Hallo, Tante Wendy«, sagte Rosie.

»Wie geht's Angel?«

»Danke, sehr gut.«

»Mama«, sagte Angel wie zur Bestätigung.

»Jetzt setzen Sie sich und machen Sie es sich bequem«, kommandierte Granny Byfield. »Ich brühe den Tee, und David kann ihn hereinbringen.«

In diesem Stil ging die Teegesellschaft weiter. Das Wiedersehen wäre in jedem Fall schwierig gewesen, aber im Beisein von Granny Byfield, die mit einem Blick ein ganzes Gerstenfeld flachlegen konnte, hatten wir keine Chance.

Ich versuchte, mich mit Rosie zu unterhalten, kam aber nicht weit. Sie antwortete einsilbig, nur als ich sie fragte, ob sie sich auf die Schule freute, sagte sie: »Nein. Ich will nach Hause.«

»Ihr findet sicher bald ein neues Zuhause, du und Daddy, und dann …«

»Ich will das Zuhause haben, das wir hatten.« Sie sah auf den Kopf der Puppe hinunter. »Ich will, daß alles so ist wie früher.«

Wir blieben nur eine knappe Stunde. David brachte uns nach unten und holte eine Schachtel Zigaretten heraus, sobald wir an der Haustür waren. Rosie half ihrer Großmutter inzwischen beim Abräumen – eine kleine blonde Sklavin, die jeden Moment meutern konnte.

Henry nahm sich eine Zigarette und holte sein Feuerzeug heraus. »Schon ein neuer Job in Sicht?«

David schüttelte den Kopf.

»Ist es wegen Janet?« fragte ich.

Sein Gesicht blieb unverändert, aber ich kam mir vor, als hätte ich ihn getreten. »Besonders förderlich ist es natürlich nicht, aber das Richtige hat sich einfach noch nicht ergeben.«

»Eine Stellung als Studentenpfarrer vielleicht?« meinte Henry. »Du wirst doch sicher weiter an deinem Buch arbeiten wollen.«

»Vielleicht übernehme ich eine Gemeinde. Ich helfe hier aus.«

Ich wunderte mich, sagte aber nichts.

»In Yorkshire habe ich viel nachgedacht«, beantwortete David unsere unausgesprochenen Fragen. »Und gebetet. Und bin zu dem Schluß gekommen, daß ich meinem Leben eine andere Richtung geben muß.«

»Wendy und ich haben gedacht...«, sagte Henry, »... also wenn du an einem Job in einem Internat interessiert wärst, brauchst du es nur zu sagen.«

»Ich glaube nicht, daß ich mich besonders gut dazu eigne, kleine Jungen – oder auch kleine Mädchen – zu unterrichten.«

»Aber du wirst uns doch mal besuchen, nicht?« sagte ich. »Komm jetzt, wenn du willst, und bring Rosie mit. Platz haben wir genug.«

»Danke. Ich überleg es mir.«

Er wandte sich ab. Dankbarkeit fiel David von jeher schwer. Ich sah zu dem Fenster von Granny Byfields Wohnung hoch. Rosie stand hinter der Scheibe.

»Rosie hätte bestimmt Spaß daran«, sagte Henry. »Und vielleicht würde sie unseren kleinen Wilden zu ein bißchen mehr Benimm verhelfen.«

»Geht es ihr gut?« fragte ich. »Sie war so still.«

»Die Mutter fehlt ihr.« David betrachtete die Spitze seiner Zigarette. »Am liebsten wäre sie wohl wieder vier und würde ihr Leben lang nicht älter werden. Daß es hier für sie nicht viel Beschäftigung gibt, ist natürlich auch schlecht.« Er fuhr sich mit der Zunge über die Lippen. »Es ist nicht leicht für sie. Für meine Mutter übrigens auch nicht.«

»Für ein kleines Mädchen muß deine Mutter recht... recht respekteinflößend sein«, sagte ich.

»Mutter hat sehr entschiedene Vorstellungen von Kindern und Kindererziehung.« Er warf mir einen raschen Blick zu. Ich meinte einen Zug der Verzweiflung in seinem Gesicht zu sehen. »Zum Beispiel findet sie, daß Rosie sehr kindisch ist, und sagt ihr ständig, sie solle sich erwachsener verhalten. Einmal hat sie ihr diese Puppe weggenommen, und es gab eine schreckliche Szene.«

»Rosie hat mir erzählt, daß sie wieder nach Hause will.«

»Es fällt ihr immer noch schwer, das Geschehene zu akzeptieren.«

»Zu akzeptieren, daß es nicht zu ändern ist?« Ich dachte an die haarige Witwe. »Daß sie ihr Leben lang nicht mehr davon loskommen wird?«

Henry räusperte sich. »Arme Kleine. Aber die Zeit heilt Wunden.«

David sah mich immer noch an. »So ganz unrecht hat Mutter natürlich nicht. Rosie benimmt sich zur Zeit wirklich kindisch, aber nur, weil sie irgendwie hofft, damit das, was passiert ist, rückgängig zu machen.«

»Eine Art Zaubertrick?«

»Ja. Aber das kann sie nicht ihr Leben lang machen.«

»Wie ist es mit Kleidung?« fragte ich.

»Kleidung?«

»Aus dem Kleid, das sie heute anhatte, schien sie ein bißchen herausgewachsen zu sein. Mit neuen Sachen fällt es ihr vielleicht leichter, Abstand von der Vergangenheit zu gewinnen.«

»Shopping – das Allheilmittel aller Frauen, der jungen wie der alten«, sagte Henry.

David rieb sich die Stirn. »Ich glaube, seit Rosington hat sie nichts Neues mehr bekommen.«

»Ich könnte mit ihr nach London fahren, das macht ihr bestimmt Spaß und bringt sie auf andere Gedanken.«

»Aber ich kann unmöglich ...«

»Warum denn nicht? Ich mache es wirklich gern. Schön wär's, wenn es sich noch diese Woche einrichten ließe, danach haben wir ziemlich viel zu tun.«

»Es käme mir schon sehr gelegen, das gebe ich zu. Mutter ist nicht mehr so beweglich wie früher und geht sowieso nicht gern einkaufen. Und vielleicht hast du recht, womöglich findet sich Rosie danach besser zurecht.«

»Also abgemacht.« Ich holte meinen Kalender heraus. »Wie wäre es mit Donnerstag?«

»Ich glaube, das paßt. Ich ruf dich noch an.« Er wandte sich an Henry. »Und das macht euch bestimmt keine Probleme? Wann fängt das Trimester an?«

»Nächste Woche. Ich habe schreckliches Lampenfieber.«

»Unterrichten ist wie Fahrradfahren«, sagte David. »Wenn man es einmal kann, verlernt man es nicht wieder. Mutter geht es mit Bekanntschaften so. Ein Gesicht, das sie einmal gesehen hat, vergißt sie nicht.«

Was Henry Probleme machte, war nicht der Unterricht, sondern die Verantwortung.

David sah mich an. »Wobei mir einfällt – meine Mutter weiß inzwischen wieder, wen sie in Rosington gesehen hat.«

Sekundenlang war ich ratlos, dann kam die Erinnerung zurück, und ich nickte. Ich hatte Granny Byfield vom Bahnhof abgeholt, und sie hatte eine Frau, deren Gesicht ihr bekannt vorkam, durch das Sacristan's Gate auf die Domfreiheit gehen sehen, dieselbe Frau, die Henry und ich später im Hotelrestaurant und – falls Henry sich nicht geirrt hatte – in einem großen schwarzen Wagen auf der High Street von Rosington gesehen hatten.

Und am Morgen darauf war Janet nicht mehr am Leben. In diesem Moment war es mir völlig gleichgültig, wer die Frau war. Meine ganze Sorge galt David, der sich bemühte, von Janets Todestag zu sprechen wie von einem ganz gewöhnlichen Tag. Ich hätte ihn am liebsten in die Arme genommen wie vorhin Rosie.

»Meine Mutter hat sie letzten Monat in Richmond bei einer Wohltätigkeitsveranstaltung getroffen. Es ist Lady Youlgreave.«

»Was hatte die denn in Rosington zu suchen?« fragte Henry. »Hat deine Mutter das rausgekriegt?«

»Aber ja. Sie haben, nachdem sie diesen Anknüpfungspunkt hatten, eine ganze Weile miteinander gesprochen. Sie hatte eine Autotour durch East Anglia gemacht und in Rosington eine Mittagspause eingelegt. Francis Youlgreave war offenbar der Onkel ihres Mannes.«

Ich traute mich nicht, Henry anzusehen. Ein Gedanke schlich sich bei mir ein, unwillkommen wie ein Dieb in der Nacht. Wenn Harold Munro in Lady Youlgreaves Wagen gesessen hatte, war vielleicht Simon Martlesham gar nicht Munros Auftraggeber. War es in diesem Fall nicht viel wahrscheinlicher, daß der Detektiv Martlesham nachstellte?

45

Das Old Manor House in Roth roch aus allen Ritzen nach solidem Geld. Viel solidem Geld. Ich fuhr an den Straßenrand, und wir bewunderten den Anblick.

Es war ein langgezogener niedriger Bau, ein paar hundert Meter vom Queen's Head Hotel entfernt, in dem Henry gewohnt hatte. Die Fenster waren groß, die Fassade war frisch gestrichen. Das weiche Bläulichgrün schimmerte wie Wasser. Zwischen Haus und Straße lag eine runde Rasenfläche, umgeben von einer gekiesten und sorgfältig geharkten Auffahrt, die an der Haustür endete. Ein Ableger führte seitlich am Haus entlang nach hinten. Das Laub der Blutbuche im Garten verfärbte sich schon. Vor der Haustür stand ein großer Wagen, dessen Lack wie ein schwarzer Spiegel glänzte.

»Sieht fast so aus, als ob es derselbe Wagen wäre«, sagte ich.

Henry knurrte. Er war sauer. Es paßte ihm nicht, daß wir hierhergefahren waren. »Es ist ein schwarzer Bentley Continental Typ R, genau wie der, den wir auf der High Street gesehen haben. So häufig sind die nicht.«

Ich zog den Zündschlüssel ab und tastete nach dem Türgriff. »Dann sehen wir doch mal, ob die Hausherrin da ist.«

»Wollen wir es nicht lieber lassen, Wendy?«

Ich wandte mich zu ihm um. »Ich möchte wissen, was sie getrieben hat. Und warum.«

»Sie interessiert sich für ihren Onkel. Ist das so außergewöhnlich?«

»Wenn sie in die Familie Youlgreave nur eingeheiratet hat, war er gar nicht ihr Onkel.«

»Das ist Haarspalterei. Du weißt genau, was ich meine. Wenn man schwanger ist –«

»... macht man aus einer Mücke einen Elefanten, meinst du? Schön, dann verrat mir mal, warum sie es so unter der Decke gehalten hat. Sie hätte selbst nach Rosington kommen können, um sich dort umzuhören, statt diesen widerlichen kleinen Tropf anzuheuern. Wenn es sie nur gereizt hat, etwas über ihre Verwandtschaft zu erfahren, macht das einfach keinen Sinn.«

Henry zuckte die Schultern. Ich wußte, was er dachte: daß ich mich nicht weniger sonderbar benahm als Lady Youlgreave. Ich hätte ihm nie auch nur ansatzweise klarmachen können, warum Francis mir so wichtig war. Selbst wenn ich es versucht hätte – ganz würde Henry mich nie verstehen. Was mich bedrängte, war ein Wirrwarr der verschiedensten Gefühle, die auch etwas mit Henry und der haarigen Witwe, mit David Byfield und vor allem mit Janet zu tun hatten. Bei Janet hatte ich versagt. Das sollte mir nicht noch einmal passieren.

»Wendy...«

Ich stieg aus und marschierte die Auffahrt hoch. Hinter mir klappte die Beifahrertür, ich hörte Henrys hastige Schritte. Ich klingelte. Die Stirnseite des Hauses lag im Schatten, und die Luft auf meinen nackten Unterarmen fühlte sich plötzlich kühl an.

Henry hatte mich eingeholt. Als ich ihm einen kurzen Blick zuwarf, lächelte er. »Sei höflich, Liebling«, sagte er halblaut. »Mehr verlange ich ja gar nicht.«

Ich klingelte noch einmal. »Wenn sie zu Hause ist.«

»Denk dran, daß sie vielleicht Enkel hat, die sie nach Veedon Hall schicken könnte.«

Hinter uns trappelte etwas auf dem Kies, und plötzlich machte Henry sehr sonderbare Luftsprünge, weil etwas angriffslustig Braunes auf vier Beinen nach seinen Knöcheln schnappte.

»Beast!« sagte eine Stimme hinter uns.

Henry fluchte, und seine Kraftausdrücke waren nicht dazu angetan, einen guten Eindruck auf durchschnittliche Großmütter zu machen. Ich gab dem Hund einen Tritt in die Rippen.

»Beast! Hierher!«

Der Dackel ließ widerstrebend von Henry ab und machte sich auf Umwegen wieder an seine Herrin heran. Jetzt endlich konnte ich Lady Youlgreave ausgiebig mustern. Sie war eine gebeugte kleine Frau mit dunkel gefärbtem Haar und einem faltigen Äffchengesicht. Sie war überhaupt nicht schön, aber gekonnt und teuer zurechtgemacht. Zu einer Seidenbluse trug sie eine gutgeschnittene lange Hose. Früher hatte sie auf Männer vermutlich anziehend gewirkt. Ihr Alter war schlecht zu schätzen – sie konnte ebensogut fünfundfünfzig wie fünfundsiebzig sein.

Ein großer Schäferhund zerrte an der Leine, die sie in der rechten Hand hielt, so daß Lady Youlgreave mit den ruckartigen Bewegungen eines Vogels auf uns zukam. Der Dackel hielt sich zwischen uns und seiner Herrin – jederzeit bereit, wieder einzugreifen, wenn es kritisch werden sollte.

»Und was kann ich für Sie tun?«

Die Stimme verriet die gelassene Sicherheit einer Frau, die immer Geld besessen hatte, die es sich immer hatte leisten können, andere Leute nach ihrer Pfeife tanzen zu lassen. Es war eine Stimme ohne Wärme, ohne Herzlichkeit.

»Ich bin Wendy Appleyard«, sagte ich. »Das ist mein Mann Henry.«

Sie reagierte auf den Namen wie auf einen leichten elektrischen Schlag. Die Schäferhündin schnupperte an der Schuhspitze, mit der ich nach dem Dackel getreten hatte.

»Das ist dann wohl Beauty?« fragte ich.

Lady Youlgreave nickte und jagte den Hund weg. Auf ihren Fingernägeln war eine dicke Schicht lila Nagellack.

»Gehen wir recht in der Annahme, daß Sie Lady Youlgreave sind?«

Sie nickte und schien leicht befremdet, daß ich hatte fragen müssen. Dann wartete sie und überließ es mir zu erklären, was uns hergeführt hatte.

»Sie kennen Mrs. Byfield?« fragte ich.

»Flüchtig.«

»Wir haben gerade mit ihr, ihrem Sohn und ihrer Enkelin Tee getrunken.«

Sie sah zu mir auf. Die großen dunkelbraunen Augen waren wie trübe Teiche. »Sehr traurig, was da in Rosington passiert ist.«

»Ja.«

»Ich meine, Mrs. Byfield hätte mir erzählt, daß Sie damals dort waren?«

»Und ich meine, das wußten Sie schon vorher. Harold Munro dürfte es Ihnen mitgeteilt haben.«

Einen Augenblick war das Äffchengesicht völlig leer. Dann arrangierten sich die Runzeln zu einem Ausdruck, der ebensogut eine Grimasse wie ein Lächeln sein konnte. »Ich stehe nicht gern lange. Setzen wir uns in den Garten.«

Sie führte uns seitlich am Haus entlang zu einem symmetrisch angelegten Rosengarten. Durch einen grün bewachsenen Bogengang betraten wir eine große rechteckige Rasenfläche, die ein Plattenweg durchquerte und die von einer alten Backsteinmauer begrenzt wurde, vor der Büsche und Bäume standen. Jenseits der Mauer sah man die Dächer einer Ansammlung schuhkartonähnlicher Häuser. Der Garten war eine grüne Insel, zur Festung ausgebaut und nur noch geduldet – wie das von den Fens umschlossene Rosington, die von Rosington umschlossene Domfreiheit.

Lady Youlgreave ging geradewegs auf eine Gruppe von Gartenmöbeln zu – vier Korbsessel mit gepolstertem Sitz und einem Tisch mit nach außen gebogenen Bambusbeinen. Sie setzte sich in den größten Sessel, der mit seiner hohen Lehne einem Thron glich, und winkte uns, ebenfalls Platz zu nehmen. »Ich kann nur wenige Minuten erübrigen.«

»Dann will ich mich kurz fassen«, sagte ich. »Munro hat für Sie gearbeitet.«

Sie hob die Schultern. »Ach ja?«

»Es würde mich interessieren, wie Ihr Auftrag an ihn lautete.«

»Mit Verlaub: Das geht Sie gar nichts an, Mrs. Appleyard.«

»Da bin ich anderer Meinung. Er hat auch mich beobachtet, und deshalb geht es mich sehr wohl etwas an. Er hat sich in Rosington an zahlreiche Leute herangemacht. Wußten Sie, daß er eine alte Dame fast zu Tode erschreckt hat?«

Die Hunde – Beauty und Beast – hatten sich zu Lady Youlgreaves Füßen ins Gras gelegt, aber etwas in meinem Tonfall veranlaßte sie, die Köpfe zu heben. Sie kraulte die Schäferhündin zwischen den Ohren und betrachtete dann ihre Hände, an denen mehr Ringe steckten, als ich je im Leben besessen habe.

»Mr. Munro hatte den Auftrag, für mich Nachforschungen über einen Verwandten meines Mannes anzustellen.« Sie sah zu mir hoch. »Das ist alles. Wie hieß übrigens die alte Dame, von der Sie sprachen?«

»Mrs. Gotobed.«

Die Genugtuung auf Lady Youlgreaves Gesicht war unübersehbar. »Aber sie hat sich wieder erholt?«

»Vorübergehend. Ein paar Wochen später ist sie gestorben.«

Henry schnappte hörbar nach Luft. »Meine Frau unterstellt Munro natürlich nicht, daß er den Tod von Mrs. Gotobed verursacht hat, nur ...«

»Er hat ihr einen regelrechten Schock versetzt. Ich war unmittelbar danach bei ihr«, sagte ich. »Sie hielt Munro für einen Einbrecher.«

Lady Youlgreave nickte unverbindlich.

»Er hat Simon Martlesham aufgespürt«, fuhr ich fort. »Weshalb?«

»Weil der als Junge Francis Youlgreave kannte.«

»In Wirklichkeit interessierten Sie sich wohl dafür, warum Francis Youlgreave Rosington verlassen hat. Es gab einen Skandal, nicht wahr?«

»Das ist allgemein bekannt.« Sie zog die tintenschwarzen,

schmal gezupften Augenbrauen hoch. »Frauen im Priesteramt ... Weiß der Himmel, woher er das hatte. Ich glaube, er mochte Frauen nicht mal besonders. Wahrscheinlich jagten sie ihm Angst ein, das hatte man bei Männern aus dieser Generation häufig. Aber das ist im Grunde alles kein Geheimnis, Mrs. Appleyard. Mr. Munro hat mir sogar einen Artikel aus der *Times* besorgt.«

»Und alles über den Fall aus dem Archiv des *Rosington Observer* herausgeschnitten. Das war glatter Diebstahl. Oder wollte er seine Spuren verwischen?«

»Ich will gern zugeben, daß Mr. Munro hin und wieder auch ... wie sagt man ... krumme Touren nicht verschmäht hat ...«

»Verschmäht hat?«

»Er arbeitet nicht mehr für mich. Der Auftrag ist erledigt.«

»Aber Ihr Onkel war in einen zweiten Skandal verwickelt, bei dem es nicht um kirchliche Dinge ging, Lady Youlgreave. Ich habe den Eindruck, daß man die Predigt über Frauen im Priesteramt nur als Vorwand benutzte, um ihn loszuwerden.«

»Wie melodramatisch!«

»Und das hatte etwas mit Simon Martlesham und seiner Familie zu tun.«

Sie beugte sich vor und hörte auf, Beauty zu kraulen. »Nur weiter.«

»Mrs. Gotobed war Simon Martleshams Tante. Die Martleshams waren sehr arm. Sie kamen aus der Swan Alley, einem Elendsviertel am Fluß, das jetzt nicht mehr existiert. Simon war Schuhputzer im Bischofspalast. Und er hatte eine kleine Schwester namens Nancy. Aber das wissen Sie alles selbst am besten, nicht wahr?«

»Meinen Sie, Mrs. Appleyard?«

»Dann starb die Mutter, und die Kinder kamen zu ihrer Tante, die damals bei einer Putzmacherin arbeitete. Die Kinder waren ihr eine Last, unter anderem auch deshalb, weil sie heiraten wollte. Mr. Gotobed war Mesner und hatte ein Haus auf der Domfreiheit. Kinder, die aus der Swan Alley kamen, konnten da nur stören. Vielleicht wünschte er sich ja eigene Kinder. Klingt das einleuchtend?«

Lady Youlgreave nickte, als sei es ihr ziemlich gleichgültig, ob es einleuchtend klang oder nicht. Henry bewegte sich unruhig, und der Korbsessel knarrte.

»Glücklicherweise bot sich eine Lösung an«, fuhr ich fort. »Kanonikus Youlgreave kannte die Martlesham-Kinder. Simon war ihm behilflich, als er auf der Domfreiheit gestürzt war, und danach interessierte er sich für den Jungen, lieh ihm Bücher und so weiter. Auch um Nancy hat er sich gekümmert, was seinen Ruf als Exzentriker noch verstärkt haben dürfte.«

»Ich will Sie nicht hetzen, Mrs. Appleyard, aber ich habe noch einen Termin...«

Ich nickte. »Ich bin gleich fertig. Mrs. Gotobed erzählte, daß die Leute auf der Domfreiheit sagten, er habe mit Kindern aus der Swan Alley allzu vertraulichen Umgang gepflegt. Für die Martlesham-Kinder aber war er der Retter in der Not. Er ermöglichte es Simon, nach Kanada auszuwandern und dort ein Handwerk zu erlernen. So weit, so gut. Nur: Bei meinem ersten Gespräch mit Simon sagte er, Francis Youlgreave habe auch Nancy die Auswanderung finanziert. Danach fanden wir ein Foto, das bewies, daß Nancy in Rosington geblieben war. Daraufhin änderte Simon seine Aussage. Er sagte, Kanonikus Youlgreave habe Nancy an wohlhabende Bekannte zur Adoption vermittelt. Dafür habe ich allerdings keinen Beweis gefunden. Nach dem Sommer 1904 hat sich Nancy Martlesham in Luft aufgelöst.«

Henry rutschte auf seinem Sessel herum und räusperte sich. »Was natürlich noch nicht unbedingt verdächtig sein muß.«

»Fahren Sie fort«, sagte Lady Youlgreave gedehnt. »Es ist spannend, Onkel Francis einmal von einer anderen Warte zu betrachten.«

»Ich habe mit Leuten gesprochen, die ihn kannten«, sagte

ich. »Ich habe seine Gedichte gelesen. Hat Mr. Munro Ihnen erzählt, daß er Tiere seziert hat? Oder wußten Sie das schon aus Funden, die Sie hier gemacht haben?«

Ich legte eine Pause ein, aber sie sagte nichts, sondern sah mich nur aus diesen trüben braunen Augen an.

»Er glaubte offenbar, daß er jung bleiben würde, wenn er ein Kind verzehrte.«

Lady Youlgreave lachte kurz und höhnisch auf, ein überraschender Laut in diesem stillen Garten. »Ich gebe gern zu, daß Onkel Francis ein wunderlicher Kauz war, ja, vielleicht war er sogar ein bißchen gestört. Wußten Sie von seiner Opiumsucht? Aber ich bezweifle, daß er fähig gewesen wäre, auch nur einer Fliege etwas zuleide zu tun. Überlegen Sie doch, Mrs. Appleyard, was es in der Praxis bedeutet, ein Lebewesen zu töten, und sei es auch nur eine Katze.«

»Woher wußten Sie das von der Katze?« fragte ich scharf.

Sie winkte ab. »Munro hat da etwas ermittelt...«

»Er war also doch dazu fähig.«

»Ich glaube eher, daß das Tier schon tot war.«

»Zumindest aber war er dazu fähig, sich das Leben zu nehmen.«

Sie sah sehr betont auf die Uhr. »Versteigen wir uns hier nicht zu sehr in Theorien, Mrs. Appleyard?«

»Ihr Interesse gilt den Martleshams mindestens ebenso wie Francis Youlgreave. Ich glaube, daß Sie versucht haben, ihnen – besonders Nancy – auf die Spur zu kommen. Weil etwas, was Sie gefunden oder gehört haben, in Ihnen den Verdacht weckte, daß Francis sie umgebracht hat.«

Jetzt ließ Lady Youlgreave ein richtiges Lachen hören, jenes wohlerzogene Lachen der besseren Kreise, in dem nicht die Spur von Heiterkeit ist. Als sie damit fertig war, richtete sie sich auf und lächelte mich an. Das Lächeln verunsicherte mich, denn es hatte in diesem Moment auf diesem Gesicht nichts zu suchen. Ich hätte schwören können, daß es ein erleichtertes Lächeln war.

»Sie haben eine blühende Phantasie, Mrs. Appleyard! Aber leider muß ich Sie enttäuschen. Ich habe keinen Augenblick den Verdacht gehegt, daß Francis sie umgebracht hat, und zwar aus einem sehr einfachen Grund. Nancy Martlesham bin ich.«

46

Veedon Hall war ein Haus mit Ambitionen, ein hoher häßlicher Kasten, den sich ein Korsettfabrikant im 19. Jahrhundert hatte bauen lassen. Es hatte einen großen Garten, der im Schulprospekt Park genannt wurde, einen Teich, der dort als See geführt wurde, und einen versenkten Grenzzaun, wie er auf großen Herrensitzen zu finden ist. In einem der Schlafsäle spukte angeblich der Geist einer von ihrem Liebhaber schnöde verlassenen jungen Adligen.

Die Realität war freundlicher als die ambitionierte Werbung, sie hatte etwas fast beruhigend Vorstädtisches, obgleich wir uns mitten im ländlichen Hampshire befanden. Die Zimmer waren groß, hell und luftig. Generationen kleiner Jungen hatten das Haus menschlich gemacht. Ich mochte Veedon Hall, und das war auch gut so, denn zwanzig Prozent davon gehörten jetzt mir.

Die Cuthbertsons hatten uns in der Woche nach Janets Tod zu sich eingeladen. Als Henry mir davon erzählte, witterte ich in der Einladung Berechnung, dachte, sie wollten damit den Kaufvertrag festklopfen, den sie mit Henry geschlossen hatten. Man traut den Menschen leichter das Schlechteste als etwas Gutes zu. Nachdem ich die beiden kennengelernt hatte, begriff ich jedoch, daß sie uns nur helfen wollten.

Den größten Teil des Sommertrimesters hatten wir nun schon in Veedon Hall verbracht und uns dabei allmählich an die neue Umgebung und wieder aneinander gewöhnt. Erstaunt merkte ich, daß ich, was die Schule betraf, ein Plus für Henry war. Sein neuer Teilhaber war das, was man einen eingefleischten Junggesellen nennt, und die Mütter beruhigte es zu wissen, wie mir Mrs. Cuthbertson sagte, daß eine Frau im

Haus war. Henry selbst paßte sich dem Schulrhythmus an, als sei er nie fort gewesen.

»Die Jungs setzen sich – weiß der Himmel, warum – für ihn tatsächlich auf den Hosenboden. Das können nicht viele Lehrer von sich sagen«, meinte Mr. Cuthbertson.

Veedon Hall gefiel mir so, wie es war, so, wie es vielleicht einmal werden konnte, vor allem aber deshalb, weil es nicht die Domfreiheit von Rosington war. Auch Veedon Hall war eine kleine Welt für sich, hier aber führten hundertsiebzehn relativ normale kleine Wilde das Regiment. Sie mußten sich mit dem Konjunktiv von *amo* und mit Simultangleichungen herumschlagen, womit ich zum Glück nichts zu schaffen hatte, aber sie mußten auch essen und trinken, sie brauchten Pflege, wenn sie krank waren, und Trost, wenn sie Heimweh hatten. Eine der jüngeren Hausmütter mußte sehr plötzlich die Schule verlassen, weil ihre Mutter krank geworden war, und ich übernahm einen Teil ihrer Aufgaben.

Ich hatte das Gefühl, ein anderer Mensch zu sein, seit ich nicht nur schwanger, sondern auch Mitbesitzerin der Schule war. Allerdings hatte ich an der Schule bisher mehr Freude als an der Schwangerschaft. Henry und sein Partner mochten großartige Pädagogen sein, aber von der organisatorischen und finanziellen Seite hatten sie keine Ahnung. Zug um Zug übernahm ich die ganze Verwaltungsarbeit. Meine Zeit im Harewood Drive 93, Bradford, mochte in weiter Ferne liegen, aber etwas von der Kaufmannstochter aus Yorkshire war mir geblieben.

Ich war also voll beschäftigt. Im Sommertrimester und danach hatte ich nicht viel Zeit, über Janet nachzugrübeln, um sie zu trauern oder über das Geschehene nachzudenken, und das war mir nur recht. Um Rosington konnte ich für den Rest meines Lebens einen weiten Bogen machen, aber Janet würde mich nie loslassen.

Janet... Trotz aller Arbeit war sie in einem Winkel meiner Gedanken immer gegenwärtig und wartete geduldig. Ich hatte

Artikel über den Fall ausgeschnitten und in einen großen braunen Umschlag gesteckt, denn ich wußte, daß ich sie früher oder später noch einmal lesen mußte.

Eine Zeitung hatte die Schlagzeile gebracht: DIE FRAU, DIE AUS LIEBE STARB. In der *News of the World* stand, Janet sei ein Engel der Barmherzigkeit gewesen und habe getötet, um Schlimmeres zu verhüten. Sie habe das Falsche in der richtigen Absicht getan und dafür gezahlt. Allgemein lautete das Urteil, sie habe ein gutes Herz, aber einen verhängnisvoll schwachen Willen gehabt. Stillschweigend wurde dabei vorausgesetzt, daß Selbstmord eine Lösung für Feiglinge war. Diese Annahme war mir damals so unverständlich wie heute. Sich das Leben zu nehmen erfordert mit Sicherheit mehr Mut, als ich je besessen habe.

Daß David seine Stellung verloren hatte, daß er nicht in jeder Hinsicht ein idealer Ehemann gewesen war, all das kam in den Artikeln nicht zur Sprache. Er und Rosie blieben am Rande der Tragödie. Janet wäre froh darüber gewesen. Sie war nicht nachtragend und sehr darauf bedacht, ihre Privatsphäre zu hüten. Ehe sie den Rest der Schlaftabletten schluckte, die von ihrem Vater her noch im Haus waren, hatte sie drei Briefe geschrieben und unter ihr Kopfkissen gelegt.

Der Brief an den Coroner wurde bei der Verhandlung verlesen. Janet schrieb, es tue ihr leid, daß sie allen so viele Ungelegenheiten bereite. Sie habe beschlossen, sich mit einer Überdosis Tabletten das Leben zu nehmen, weil sie ihren Vater getötet habe. Sie habe nicht mit ansehen können, wie er immer verwirrter wurde. Sie habe gewußt, wie unglücklich er war und wieviel unglücklicher er in einem Pflegeheim gewesen wäre. Er habe sie angefleht, ihn zu töten, und nun könne sie mit dem Wissen um ihre Tat nicht weiterleben, zumal sie nach dem Verlust ihres Kindes ohnehin sehr deprimiert gewesen sei. Der Coroner kannte auch die Briefe an David und an mich, hielt es aber nicht für erforderlich, sie vor Gericht zu verlesen.

Was in Janets Brief an David stand, habe ich nie erfahren. Der an mich war kurz und knapp, und auch jetzt noch, vierzig Jahre später, kann ich ihn Wort für Wort auswendig hersagen.

Niemand – nicht einmal Du – kann etwas tun. Die Polizei weiß, daß ich Daddy umgebracht habe, und es wird nur noch Stunden dauern, bis sie mich verhaften. Du warst immer so etwas wie ein Schutzengel für mich, aber bitte, mach Dir jetzt keine Vorwürfe.

Es ist besser so. Für alle Beteiligten, besonders für David und Rosie. Ich wünsche mir so sehr, daß sie die Möglichkeit haben, unbelastet noch einmal von vorn anzufangen, und mit mir könnten sie das nicht. Ich weiß, daß ihr alle ihnen nach Kräften helfen werdet. Danke für alles.

Weißt Du, wie sehr Henry Dich braucht? Grüße ihn von mir, und sei Du selbst wie immer sehr, sehr lieb gegrüßt von

Deiner Janet.

Der Coroner war um strikte Fairneß und um Verständnis bemüht. Nach den von der Polizei vorgelegten Beweisen konnte kein Zweifel daran bestehen, daß Mr. Treevor ermordet worden war. Mehrere Zeugen, einschließlich David und meiner Wenigkeit, hatten zu Protokoll gegeben, daß Mr. Treevor sehr unglücklich gewesen sei und mehrmals gebeten habe, man möge ihn töten. Dr. Flaxman hatte dem Gericht gesagt, daß Mrs. Byfield nach der Fehlgeburt in eine schwere Depression verfallen sei und daß er sich wegen ihres psychischen Zustandes Sorgen gemacht habe.

Dann kam der entscheidende Beweis. Die Polizei war auf der städtischen Müllkippe gewesen. Wenige Stunden nach Mr. Treevors Tod, am frühen Dienstag morgen, hatten die Müllmänner ihre Runde gemacht, und die Kriminalbeamten wühlten sich gewissenhaft durch die Abfallhaufen, bis sie Gegenstände aus der Dunklen Herberge fanden.

Inspektor Humphries gab zu Protokoll, daß sich darunter Umschläge von Briefen befanden, die an die Byfields und an mich adressiert waren, sowie eine leere Flasche Worcestershiresauce mit Janets Fingerabdrücken. Gleich daneben fanden sie ein durchnäßtes, in Zeitungspapier (ausgerechnet die *Church Times*) gewickeltes Bündel mit Kartoffelschalen und nassen Lumpen. Die Untersuchung habe ergeben, daß es sich dabei um Teile eines Nachthemds aus Baumwollflanell handelte, erklärte Inspektor Humphries, ursprünglich beigefarben mit rosa Schleifchenmuster.

Die gerichtsmedizinische Untersuchung ergab, daß das Blut, das sich an den Stoffresten befand, mit Mr. Treevors Blutgruppe übereinstimmte. Die Polizei vermutete, daß Janet versucht hatte, nach dem Mord an ihrem Vater das Nachthemd und sich selbst von Blutspuren zu befreien, dann aber das Nachthemd mit einer Schere zerschnitten und in den Müll geworfen hatte. Am Saum war ein Wäschezeichen, das man zu der Dunklen Herberge hatte zurückverfolgen können, und David hatte bestätigt, daß seine Frau ein solches Nachthemd besessen hatte. Weder er noch die Polizei hatten es im Haus gefunden. Er war so gut wie sicher, daß seine Frau es am Abend vor dem Tod ihres Vaters angehabt hatte.

So hatte sie also das hellblaue Nylonnachthemd nicht angezogen, um sich für David schön zu machen.

Nach allem fand ich es doch schade, daß ich nicht an Gott glaubte, denn dann hätte ich zumindest für Janets Seele beten können. Ich hatte sie im Stich gelassen, weil ich von meinen eigenen Problemen mit Henry und Francis Youlgreave zu sehr in Anspruch genommen war. Ich hatte nicht gemerkt, daß meine beste Freundin sich in eine ausweglose Situation hineinmanövriert hatte.

Es sei eine Tragödie, sagte der Coroner, womit er wohl recht hatte, und Janet habe, wie einst Othello, nicht klug, doch zu sehr geliebt.

Ich überlegte, ob sich in die Liebe vielleicht auch Haß gemischt hatte. Heute würden die Psychologen sagen, daß Mr. Treevor sich Rosie gegenüber einige, vielleicht sogar viele Male »unziemlich« verhalten hatte. Konnte es sein, daß er es mit Janet, als sie ein Kind war, genauso gemacht hatte? Allerdings mochte ich mir nicht vorstellen, daß sie fähig gewesen wäre, aus Haß einen Menschen zu töten. Höchstens sich selbst – denn von Jugend auf hatte sie sich selbst am meisten gehaßt.

Was aber war mit David? Ich konnte sein Gesicht, seine Stimme nicht vergessen, als er Mr. Treevor in Rosies Bett ertappt hatte. In seinem Haß war David nicht wiederzuerkennen. Wenn Haß allein töten könnte, wäre Mr. Treevor schon lange ein toter Mann gewesen.

Janet liebte David. In gewisser Weise hatte sie für ihn gelebt. Als sich meine Betäubung gelegt hatte, als ich nicht mehr versuchte, mich mit hundertsiebzehn Jungen und ihrem Tun und Treiben abzulenken, konnte ich auch wieder nachdenken. Und dabei kam mir in den Sinn, daß Janet womöglich nicht nur für David gelebt hatte, sondern vielleicht auch für ihn gestorben war.

47

Wir sprachen nicht viel, als wir an jenem Sonntag von Roth nach Veedon Hall zurückfuhren. Als wir in unsere Einfahrt einbogen, stieß ich einen tiefen Seufzer der Erleichterung aus.

»Was ist?« fragte Henry.

»Weißt du, daß dies unser erstes richtiges Zuhause ist?«

»Besser spät als nie.«

Nach dem Abendessen machten wir einen gemächlichen Spaziergang durch den sogenannten Park. Vom Rasen kroch schon Nebel zur Terrasse hoch. Als ich zurückblickte, wirkte Veedon Hall richtig schön – fast wie ein Märchenschloß.

Ich hakte mich bei Henry ein. »Wie ruhig es ist.«

»Warte nur, bis die kleinen Rabauken zurück sind, dann wissen wir wieder, was das Wort Krach bedeutet.«

Mit Rücksicht auf meinen Zustand bewegte sich Henry im Schneckentempo vorwärts. Dabei rauchte er seine Pfeife, eine unappetitliche Angewohnheit, mit der er immerhin die Mücken fernhielt. Die Pfeife war eine Requisite, die dazu dienen sollte, den Eltern einen soliden, zuverlässigen Eindruck zu vermitteln. So ganz beherrschte er die hohe Kunst des Pfeiferauchens noch nicht und übte deshalb fleißig, wenn wir allein waren.

»Schließlich gehörst du ja demnächst auch zu den Eltern«, sagte er.

An dem kleinen See stand eine Bank aus Stein, und wir setzten uns ein Weilchen hin, obgleich die Mücken hier am Wasser noch lästiger waren. Henry war wieder mal der Meinung, ich müßte mich ausruhen. Es war noch hell, aber nachdem die Sonne untergegangen war, kühlte es sich schnell ab.

Enten zogen Kräuselwellen über die silbrige Wasserfläche. Ich dachte an die Stockenten, die ich mit Rosie vor der einstigen Swan Alley gefüttert hatte, und überlegte, ob wohl Nancy Martlesham, die ja am Fluß aufgewachsen war, als Kind den Vorfahren jener Entenpaare auch Bröckchen hingeworfen hatte.

»Sie hat keine«, sagte Henry gerade. »Immerhin ein Trost.«

Ich hatte offenbar etwas überhört. »Wer hat was nicht?«

»Lady Youlgreave hat keine Kinder, deshalb brauchen wir auch nicht nett zu ihr zu sein.«

»Hast du sie gefragt?«

»Nein. Als du auf der Toilette warst, habe ich ihr gesagt, daß du schwanger bist, und sie meinte, sie sei froh, kinderlos zu sein, denn sie habe schon mit sich genug zu tun.«

»Glaubst du, daß sie glücklich ist?«

Henry zuckte die Schultern und pustete ein zittriges Fähnchen in die Luft. Ich vermutete, daß er versuchte, Rauchkringel zu produzieren.

»Ich denke mir, daß sie sich verboten hat, darüber nachzudenken, ob sie glücklich ist oder nicht«, sagte ich.

Henry zog an seiner Pfeife, die gurgelnde Laute von sich gab. »Im Grunde genommen kann sie doch ganz zufrieden sein. Zumindest scheint sie nicht am Hungertuch zu nagen.«

Von Lady Youlgreave wußten wir, daß Onkel Francis nicht im Old Manor House gewohnt hatte. Zu seiner Zeit war Roth Park der Familiensitz gewesen, ein hochherrschaftlicher Backsteinbau, dessen Schornsteine die Dächer der später gebauten Häuser weit überragten. Auf Roth Park war er auch gestorben. Er hatte sich vom Fensterbrett seines Schlafzimmers auf den Kiesweg gestürzt. Auf seine Art, sagte Lady Youlgreave, sei er sehr nett zu ihr gewesen, sie habe ihn Onkel Francis genannt.

Gehaßt habe sie ihn nie, wohl aber die Menschen, die sie an ihn verkauft hatten, Tante Em, die Schwester ihrer Mutter, und ihren Bruder Simon Martlesham. Das Wort hatte sie nicht benutzt, aber ich meinte, den Haß auf Lady Youlgreaves fahlem Gesicht zu sehen, als sie auf ihrem Thron aus weißem Korbgeflecht im Garten des Old Manor House saß.

»Onkel Francis wollte das Beste für mich, aber die Trennung von der Familie ist für ein Kind immer schwer.« Lady Youlgreave unterdrückte ein diskretes Gähnen, als fände sie uns oder das Thema – möglicherweise beides – ermüdend. »Besonders wenn die Mutter gerade erst gestorben ist. Zuerst schickte er mich zu einer gräßlichen Person in Hampstead, der früheren Gouvernante der Youlgreave-Kinder. Sie hat mir Manieren beigebracht und mich eingekleidet.« Sie verzog verächtlich den Mund. »Und mir Sprechunterricht erteilt.«

»Wie lange waren Sie dort?«

»Ein paar Monate, aber sie kamen mir vor wie Jahrhunderte. Onkel Francis hat es gut gemeint. Er wollte den Leuten, die sich einverstanden erklärt hatten, mich zu adoptieren, einen Schock ersparen. Und das ist ihm gelungen. Ich habe mich gut eingefügt. Vater« – sie versah das Wort mit einer leicht ironischen Betonung – »war Anwalt in Henley. Wir hatten ein Haus am Fluß, ich bekam eine Erzieherin. Die Tante meines Vaters hatte einen gewissen Carter geheiratet, der Grund und Boden in Roth besaß. Von daher kannte Francis ihn. Ich hatte den Eindruck, daß Francis irgendwann mit dem Gesetz in Konflikt gekommen war, und Vater hat ihm aus der Patsche geholfen.«

»Und warum Harold Munro?« fragte ich.

»Nach all den Jahren, meinen Sie? Wenn Sie einmal so alt sind wie ich, werden Sie mich verstehen, Mrs. Appleyard. Als junger Mensch hat man keine Zeit, zurückzublicken. Ist man erst alt, bleibt einem sonst nicht mehr viel zu tun. Außerdem wollte ich wissen, was aus meinem Bruder geworden ist.«

»Und aus Ihrer Tante.«

Sie lachte auf. »Das war eine hübsche Dreingabe. Ich dachte, sie wäre längst tot. Sie muß über neunzig geworden sein.«

»Aber diese Geheimniskrämerei ...«

»Hätte ich es an die große Glocke hängen sollen? Stellen Sie sich einmal vor, Sie wären in der Swan Alley aufgewachsen, Mrs. Appleyard, wären als Kind gekauft und verkauft worden... Hätten Sie gewollt, daß alle Welt davon erfährt? Eben! Deshalb habe ich mir einen Privatdetektiv genommen. Ein Journalist hätte die Informationen vermutlich zügiger zutage gefördert – aber hätte er auch dicht gehalten? Als Alternative wäre noch ein Anwalt in Frage gekommen, aber das wäre viel zu kostspielig geworden.« Sie rümpfte hochmütig die kurze Nase mit den Aknenarben. »Ich bin schließlich nicht aus Geld gemacht.«

Ich hatte das ungute Gefühl, daß sie sich über uns lustig machte.

»Bei meinem ersten Gespräch mit Ihrem Bruder sagte er mir, Sie wären mit ihm nach Kanada gegangen.«

»Typisch Simon! Niemand sollte ihm nachsagen dürfen, daß er seine kleine Schwester im Stich gelassen hatte. Er war ein schrecklicher Schleimer. Sie hätten ihn erleben sollen, wenn er mit Onkel Francis zusammen war. Francis zuliebe hätte er das, was schwarz war, weiß genannt. Tante Em hat wenigstens ganz offen zugegeben, daß sie nicht bereit war, sich von Kindern die letzte Heiratschance nehmen zu lassen – zumal von Kindern aus der Swan Alley mit einer übel beleumundeten Mutter und einem unbekannten Vater. Wenn man sie über Sammy Gotobed reden hörte, hätte man meinen können, er sei der Erzbischof von Canterbury.« Sie verzog das Gesicht zu einer Maske mit Glupschaugen und hohlen Wangen und tönte mit tiefer Stimme: »Das Nonplusultra der Wohlanständigkeit.«

»Sie haben die Gedichte gelesen?«

Sie neigte den Kopf. »Selbstverständlich. Munro hat mir ein Exemplar der *Engelszungen* geschickt, das er in der Stadtbücherei von Rosington gefunden hat, aber das wäre nicht nötig gewesen, ich kannte den Band schon.«

»Haben Sie auch die *Engelsstimmen*?«

»Kommt auf dasselbe heraus. Ein Privatdruck von *Engelszungen* mit leicht abgewandeltem Titel.«

»Und einem zusätzlichen Gedicht.«

Sie sah mich über den weißen Tisch hinweg an, ohne eine Miene zu verziehen. »Ja und? Vielleicht hatte der Verlag es in die offizielle Ausgabe nicht aufnehmen wollen.«

»Es ist ein recht eigenartiges Gedicht.«

»Das gilt wohl für die meisten seiner Machwerke.«

Ich wandte als erste die Augen ab. Was sie sagte, war für sich genommen richtig. Und vermutlich die Wahrheit.

Henry bemerkte halblaut, wir hätten Lady Youlgreave jetzt wohl lange genug aufgehalten. Er hatte viel Geduld mit mir bewiesen. Ich hatte inzwischen schon eine der wenigen Annehmlichkeiten der Schwangerschaft kennengelernt, nämlich die, daß einem die Leute verrückte Einfälle nachsehen, ja geradezu erwarten, daß man sich vernunftwidrig benimmt.

Ich fragte, ob ich die Toilette benutzen dürfe. Lady Youlgreave brachte mich durch einen Nebeneingang ins Haus. Ich litt tatsächlich an einer Blasenschwäche – eins der vielen kleinen Ärgernisse, wenn man ein Kind erwartet –, gebe aber gern zu, daß ich auch neugierig war. Die Räume, die ich zu sehen bekam, waren voller lädierter Möbel und Ölbilder in angelaufenen Rahmen. Trotzdem sah man ihnen an – so wie man es dem großen Wagen ansah –, daß hier viel Geld war, Geld, mit dem Lady Youlgreave schon so lange lebte, daß sie es nicht mehr zur Kenntnis nahm.

Auf dem Weg durch die Halle sagte sie: »Ich wäre Ihnen dankbar, wenn Sie die Angelegenheit vertraulich behandeln würden, Mrs. Appleyard.«

»Wenn Sie meinen …«

»Sie werden verstehen, daß es nicht erfreulich ist, seine Familiengeheimnisse an die Öffentlichkeit gezerrt zu sehen. Das hat ja auch die arme Mrs. Byfield erfahren müssen.« Sie deutete auf eine Tür. »Dort bitte.«

»Ich will nicht neugierig sein, das heißt, es ist natürlich doch Neugier …, aber wie kam es zur Einheirat in diese Familie?«

»Daran ist nichts Besonderes. Meine Eltern« – wieder der ironische Unterton – »kamen hierher, um die Familie der Großtante, die Carters, zu besuchen. Ein Großteil ihrer Ländereien – und auch ihr Haus – liegt jetzt am Grunde des Stausees. Zum einundzwanzigsten Geburtstag ihrer Tochter gaben sie einen Ball, und dort lernte ich meinen späteren Mann kennen.« Sie blickte mit kaum verhohlener Ungeduld zur Toilettentür hin. »Sie sehen, es ist alles ganz einfach.«

Die Toilette war mit Mahagoni getäfelt, hatte Messinghähne, blau-weiße Kacheln und ein erhöhtes Podest für die Klosettschüssel. Ich kam mir geradezu majestätisch vor, als ich mich bemühte, ein bißchen mehr als die üblichen zwei Teelöffel rauszubringen, um uns einen Zwischenstopp auf der Rückfahrt zu ersparen.

Allerdings fiel es mir schwer, mich zu konzentrieren. Das Unbehagen, das ich empfand, war fast körperlich, vergleichbar mit einer leichten Morgenübelkeit. Vielleicht irrte ich mich – manchmal täuscht ja der erste Eindruck –, aber mir schien Lady Youlgreave eine dünkelhafte, selbstbezogene Frau zu sein, die so viel Geld und so wenige freundschaftliche oder verwandtschaftliche Beziehungen hatte, daß sie sich um die Meinung ihrer Mitmenschen nicht zu scheren brauchte. Es gab keine Notwendigkeit, mit einer Wildfremden, die aus heiterem Himmel an einem Sonntagnachmittag bei ihr auftauchte, so offenherzig zu reden.

Warum also hatte sie meine Fragen so bereitwillig beantwortet?

Eine der Vergünstigungen, die einem die Schwangerschaft einbringt, ist die Tasse Tee vor dem Aufstehen. Eine Frau braucht solche Lichtblicke, wenn ein anspruchsvoller kleiner Gast sich in ihrem Körper eingenistet hat, die Hormone verrückt spielen und die Verdauung in Aufruhr ist.

Henry war von meiner unendlichen Zartheit so überzeugt, daß er freiwillig vor mir aufstand und mir den Tee ans Bett brachte. Insgeheim dachten wir wohl beide an das, was Janet und dem Kind passiert war, das nach Janets Meinung ein Junge gewesen war.

Am Montag morgen stellte er das Tablett an meinem Bett ab und gab mir einen Kuß. Unser gemeinsames Leben bewegte sich jetzt in geregelten Bahnen, aber weder er noch ich nahmen diese Gemeinsamkeit als etwas Selbstverständliches hin.

Er schenkte den Tee ein, dann stellte er sich ans Fenster und spielte mit der Kordel seines Morgenrocks. »Ein herrlicher Tag.« Er setzte sich in den Sessel am Fenster und kramte seine Zigaretten heraus. »Auf dem Tablett ist ein Brief für dich.« Er legte eine Kunstpause ein, und ich horchte auf. »Poststempel Rosington.«

Ich trank langsam meinen Tee, dann griff ich nach dem Umschlag. Die Handschrift kam mir bekannt vor, aber ich konnte sie zunächst nirgends unterbringen. Ich schlitzte den Umschlag mit einem Löffelstiel auf, holte den Brief heraus und sah kurz auf die Unterschrift. Er war von Peter Hudson.

Liebe Wendy,
so kurz vor Trimesterbeginn habt Ihr beide sicher alle Hände voll zu tun. Ich schreibe unter anderem deshalb, um Dir und Henry, auch in Junes Namen, alles Gute für Euren Aufbruch zu neuen Ufern zu wünschen.

Die Katalogisierung der Dombibliotheksbestände ist glücklich abgeschlossen. James Heber (ein Freund von Mrs. Forburys Neffen) hat zu Ende gebracht, was Du so umsichtig ins Werk gesetzt hattest. Er hat gerade sein Geschichtsstudium in Cambridge abgeschlossen und wird in Durham seinen Master of Arts machen. Gottlob hat er keine weiteren Überraschungen ans Licht gebracht. Was aus dem Bestand der Dombibliothek und dem der Bibliothek der Theologischen Hochschule werden soll, ist noch nicht entschieden.

Es wird Dich freuen zu hören, daß die Ausstellung des Dekans im Kapitelhaus so erfolgreich war, daß geplant ist, sie auszubauen und zu einer ständigen Einrichtung zu machen. Der Dekan bat deshalb Heber, in der Universitätsbibliothek von Cambridge im Rosington-Archiv nachzusehen, ob sich daraus etwas für die Ausstellung eignet. Bei dem Archiv handelt es sich um eine Sammlung von Urkunden und anderen Unterlagen – teils aus den Klosterjahren, hauptsächlich aber aus nachreformatorischer Zeit – über Dom und Diözese, die Kanonikus Youlgreave in der Universitätsbibliothek untergebracht hatte und die bis in die zwanziger Jahre – allerdings nur partiell und recht nachlässig – katalogisiert ist.

Heber entdeckte mehrere mögliche Ausstellungsstücke. In den Rechnungsbüchern des Sakristans für das Jahr 1402 stieß er auf einen Vermerk über die Kosten für Brennmaterial und andere Auslagen für die Verbrennung von Ketzern. Wer diese Kosten zu tragen hatte, war offenbar umstritten – die Abtei scheint den Standpunkt eingenommen zu haben, daß dafür der König zuständig sei. Das Interessante daran ist, daß die verbrannten Ketzer namentlich erwähnt sind. Zwei kamen aus dem Dorf Mudgley, darunter eine Frau namens Isabella. Vielleicht basierte jenes Gedicht von Youlgreave also doch auf Tatsachen. Die genauen Summen waren leider nicht angegeben.

Zum Schluß noch eins: In der vergangenen Woche erhielt ich einen Brief von einem gewissen Simon Martlesham. Er habe versucht, Dich in der Dunklen Herberge zu erreichen, schrieb er, habe erfahren, daß Du dort ausgezogen bist, und fragte nach Deiner Adresse. Du wüßtest, wo er zu erreichen sei. Ich habe ihm kurz geantwortet, daß ich seine Anfrage an Dich weiterleiten würde.

Wenn alles gutgeht, hoffen wir, David und Rosie im

Oktober bei uns zu sehen. Ich weiß, daß auch Du mit ihnen in Verbindung bist. Bitte grüße die beiden herzlich von mir, wenn Du sie siehst.

June und ich wünschen Euch beiden das Allerbeste und senden Euch viele liebe Grüße.

Peter

Ich reichte Henry den Brief und trank meinen Tee aus.

Beim Lesen erschien eine steile Falte zwischen seinen Augenbrauen. »Ich finde, wir sollten es genug sein lassen«, sagte er, als er fertig war.

»Genug sein lassen? Was denn?«

»Die Youlgrave-Martlesham-Geschichte. Du willst dich doch hoffentlich nicht bei Martlesham melden? Das ist alles Vergangenheit, davon mußt du auch mal loskommen.«

Es gab manches, wovon ich nie loskommen würde – nicht von Janet, nicht von der haarigen Witwe. »Mal sehen«, sagte ich.

»Laß es sein«, bat Henry. »Bitte.«

»Ist da vielleicht noch etwas zu erfahren?« Ich betrachtete die Teeblätter in meiner Tasse, als läge mein Schicksal darin beschlossen. »Und ist noch Tee in der Kanne?«

48

Drei Tage später, am Donnerstag, traf ich mich mit David, Rosie und Angel unter der Bahnhofsuhr von Waterloo Station. Henry hatte sich erboten mitzukommen, sich dann aber überreden lassen, in Veedon Hall zu bleiben. Einen widerwilligen Ehemann im Schlepptau konnte ich nicht brauchen. Henry kaufte nicht gern ein – auch dann nicht, wenn es um seine eigene Garderobe ging.

»Versprich mir, daß du dich nicht überanstrengst«, sagte er, als er mich zum Bahnhof fuhr.

»Versprochen.«

David fiel offensichtlich ein Stein vom Herzen, als er mich sah. Er hatte eine Aktenmappe unter dem Arm und dunkle Schatten unter rotgeäderten Augen. Ich hatte nicht den Eindruck, daß sein Gott ihm derzeit eine große Hilfe war. Auch heute trug Rosie ein Kleid, das ich kannte, dunkelblauer Feincord mit rosa Pferdchenmuster, Puffärmeln und einem Peter-Pan-Kragen. Es war das Kleid, das Janet ihr zum fünften Geburtstag geschenkt hatte. Ihre Haare waren ziemlich ungeschickt zu Zöpfen geflochten. In einer Hand hielt sie Angel, in der anderen ein Plastikhandtäschchen, das wie Lackleder glänzte.

»Wird es dir auch wirklich nicht zuviel?«

»Überhaupt nicht. Ich freue mich.«

»Bitte laß mich das Mittagessen zahlen.« Er holte eine abgegriffene Brieftasche hervor. »Und ihr braucht auch Geld für Taxis. Wieviel, meinst du, müßte ich für die neuen Sachen anlegen? Zehn Pfund etwa?«

»Laß gut sein. Das geht auf meine Rechnung.«

»Das kann ich nicht annehmen.«

Rosies Blick wanderte zwischen David und mir hin und her. Ihr Gesicht war angespannt, als ginge es um eine Entscheidung auf Leben und Tod. Sie hatte die Hand um ihr Täschchen gekrampft, die Knöchel waren weiß. Ich schwieg, weil ich es nicht auszusprechen brauchte: *Laß mich das machen. Janet zuliebe.*

»Wo und wann wollen wir uns wieder treffen?« fragte David.

Es war eine Kapitulation, wir wußten es beide. Nachdem wir den Treffpunkt vereinbart hatten, konnte er gar nicht schnell genug wegkommen. Er wollte sich in einer Bibliothek mit Feuereifer auf die Arbeit an seinem Buch über Thomas von Aquin stürzen, aber ich glaube, er war so froh, Granny Byfield entkommen zu sein, daß er uns sogar ohne Murren zum Einkaufen begleitet hätte.

Als ich mich mit Rosie in die Schlange vor dem Taxistand einreihte, nahm sie meine Hand, was sie nur selten freiwillig tat. Sie zog an meinem Arm, als wäre er ein altmodischer Klingelzug in einem Hotel, der dienstbare Geister herbeizurufen pflegte, und wandte mir ihr makellos schönes Gesicht zu. »Tante Wendy? Glaubst du, ich könnte ein Kleid mit *Gürtel* haben?«

»Ich denke schon.«

Wir fuhren in die Oxford Street und stürzten uns ins Shopping-Vergnügen. Ich gab ein kleines Vermögen aus in dem beruhigenden Bewußtsein, daß vermutlich weder David noch seine Mutter eine Vorstellung von den Preisen für Kinderkleidung im West End hatten. Angel war immer dabei, und Rosie versäumte nie, vor einer Entscheidung die Puppe nach ihrer Meinung zu fragen.

Nach Selfridge's waren wir so erschöpft, daß wir das nächstbeste Restaurant zum Mittagessen ansteuerten.

»Mir scheint, daß Angel auch etwas Neues brauchen könnte«, sagte ich, während wir auf den Nachtisch warteten. »Was meinst du?«

»Ja bitte. Angel würde sich ganz toll freuen.«

»Mama«, quäkte die Puppe.

Ich sah mir Angel genauer an. Das rosafarbene Kleid war eingelaufen und verschossen.

»Granny hat es gewaschen«, sagte Rosie. »Aber es hat nicht viel geholfen.«

»Mal sehen, was sich tun läßt.«

Sie nickte stumm und schenkte mir ein schmales, sprödes Lächeln. Sie war ein wohlerzogenes Kind und hatte noch jedesmal so reagiert, wenn ich mich erboten hatte, ihr etwas zu kaufen. Ich hätte mich mehr gefreut, wenn sie mir um den Hals gefallen wäre und mich abgeküßt hätte oder – besser noch – wenn sie gesagt hätte, daß sie mich liebhabe, obwohl ich schon damals wußte, daß auch das nur Berechnung gewesen wäre. Aber ein so hübsches kleines Mädchen wie Rosie, das außerdem noch die Tochter meiner besten Freundin war, wollte ich einfach sagen hören, daß es mich liebhatte. Ich wollte es auch glauben und hatte immer noch die Hoffnung, Rosie könnte es eines Tages wirklich tun.

Heute weiß ich, daß Rosie mich nicht mochte. Nein, es war viel schlimmer, auch wenn das Eingeständnis schmerzt: Rosie haßte mich. Aus Rosies Sicht hatten sie als glückliche kleine Familie in der Dunklen Herberge gelebt, bis ich auf der Bildfläche erschienen war und ihr die Mutter genommen hatte, und zwar so endgültig, daß nichts und niemand sie zurückholen konnte. Und da saß ich nun und versuchte, die klaffende Lücke zu füllen, mich mit einer Toten zu messen.

»Wir können zu Hamley's gehen, wenn wir fertig sind.« Noch immer gab ich das Spiel nicht verloren. »Warst du da schon mal?«

Sie schüttelte den Kopf.

»Es ist ein großes Spielwarengeschäft. Dort finden wir bestimmt etwas.«

»Ich brauche neue Engelsachen für sie. Das Kleid, das du genäht hast, ist verdorben.«

»Wie schade. Aber vielleicht finden wir etwas Besseres.«

Klare Augen sahen mich über den Tisch hinweg an. »Mummy hat es in kaltem Wasser eingeweicht, aber es hat nichts genützt.«

Die Bedienung brachte die mit fächerförmigen Waffeln verzierten Eisbecher mit Schokoladensoße. Rosie nahm ihren Löffel und machte sich über das Eis her. Ich saß ganz still, sah sie groß an und überlegte angestrengt, was Angel wann angehabt hatte – besonders wann.

»Was war denn mit dem Engelkleid, Rosie? Wieso ist es verdorben?«

Sie hatte gerade einen Löffel Eis in den Mund geschoben. Während sie langsam aß, sah sie mich unter gesenkten Wimpern unverwandt an. Eine Rosie sprach nicht mit vollem Mund. Schließlich tupfte sie sich die Mundwinkel mit ihrer Serviette ab.

»Mummy hat gesagt, daß es ein Geheimnis ist.«

Ein Fleck, den man in kaltem Wasser einweicht?

Ich schlug alle Bedenken in den Wind. »Mummy ist nicht da. Wir sind ganz unter uns.«

Rosie überlegte einen Augenblick. »Aber Mummy hat es so gewollt.«

»Soll ich einfach mal raten? Du kannst nicken. Oder den Kopf schütteln. Dann hast du nichts gesagt.« Noch ein Löffel Eis. Sie schluckte und nickte.

Ich überhörte den schwachen Protest meines Gewissens, schob meinen Eisbecher weg und griff nach den Zigaretten. »War es etwas wie ... wie Tomatenketchup?«

Sie nickte wieder.

»Vielleicht von Opa?«

Sie nickte zum drittenmal.

Ich schüttelte eine Zigarette aus der Packung. Meine Hand zitterte, als ich sie zwischen die Lippen schob, und einen Augenblick mühte ich mich vergeblich mit dem Feuerzeug. Rosie, unentwegt Eis löffelnd, ließ mich keinen Moment aus den

Augen. Mir war heiß und kalt zugleich, und ich hätte dringend einen Dry Martini gebraucht. Ich inhalierte heftig, der Rauch versengte mir die Lungen.

»Wie ist das Zeug an das Kleid gekommen?«

Sie schluckte. »Angel ist reingefallen. Aber Mummy hat gesagt, ich darf nichts sagen. Nienienie.«

»Schon gut.«

»Sie hat das Kleid zerschnitten und im Klo weggespült.«

»Und Opa?«

»Opa? Er hat es doch gewollt.«

Ihr Löffel kratzte gierig den letzten Waffelkrümel, den letzten Rest Sahne und Soße aus der Schale. Wichtig war nicht das, was gesagt wurde, sondern das, was sich daraus folgern ließ. Ich erinnerte mich: Mr. Treevor hatte gesagt, er wünschte, er wäre tot. Es waren die letzten Worte, die ich von ihm gehört hatte, und auch Rosie hatte sie gehört. Und danach hatte sie mich gefragt, wie das mit dem Sterben war. Ich hatte bestätigt, daß die Menschen, wenn sie gestorben sind, in den Himmel kommen und daß es im Himmel sehr schön ist.

»Du hast gewußt, wo er das Messer hatte?«

Rosie nickte. »Es war eins von unseren Geheimnissen.« Sie rutschte kokett auf ihrem Stuhl herum. »Wir hatten es in seinem Zimmer versteckt, hinten im Kamin. Er wollte mir noch mehr Flügel für Angel holen. Kann ich dein Eis haben, wenn du es nicht willst?«

Ich schob ihr den Becher hin. »Mummy hat dich gefunden? Hinterher?«

»Sie ist reingekommen, als ich es gerade gemacht hatte. Er hat sich bewegt und hat mir Angel aus der Hand geschlagen, und dabei ist sie ganz schmutzig geworden.«

»Was hat Mummy gemacht?«

»Sie hat versucht, Opa zu wecken, aber er hat weitergeschlafen. Dann hat sie gesagt, daß wir uns saubermachen müssen.« Plötzlich verzog sie das Gesicht, alle Schönheit war dahin, ich sah nur noch ein Kind, das Angst hatte. »Ich wünschte, Mummy wäre hier.«

»Ich auch, mein Schatz.«

Endlich bekam die ganze Sache einen Sinn. Erst hatte Janet gehofft, man würde den Tod ihres Vaters für Selbstmord halten. Als diese Hoffnung trog, schätzte sie sich selbst so gering, daß sie meinte, es sei das Beste für alle Beteiligten, wenn sie die Schuld auf sich nähme. Vielleicht war es ihr sogar ganz recht, daß es so gekommen war. Ich glaube, sie wollte nicht mehr leben. Wenn sie sich umbrachte, so mußte sie sich gedacht haben, blieb damit David Schlimmeres erspart – daß nämlich Rosie für den Rest ihres Lebens als Mörderin abgestempelt war.

Später fand ich in einer Buchhandlung eines dieser respekteinflößenden blauen Pelican-Taschenbücher, wie ich sie dicht an dicht in Davids Studierstube in der Dunklen Herberge hatte stehen sehen. Es war ein Band über Strafrecht. Ich blätterte mich zu dem Kapitel über Jugendliche durch, und meine Finger hinterließen feuchte Flecken auf den Seiten. Der Verfasser zitierte wörtlich Paragraph 50 des Gesetzes über Kinder und Jugendliche von 1933.

Es ist schlüssig davon auszugehen, daß kein Kind unter acht Jahren als strafmündig zu betrachten ist.

»Es handelt sich dabei«, so der Kommentar von Mr. Giles, »um eine unwiderlegbare Rechtsvermutung.«

Im Klartext: Rosie hätte nie vor Gericht gestellt werden können, weil sie juristisch gesehen kein Verbrechen begehen konnte. Folglich hätte auch niemand sie als Mörderin abstempeln können. Hatte Janet das gewußt? Und hätte dieses Wissen ihre Entscheidung beeinflußt? Janet wollte tun, was für Rosie und David am besten oder zumindest am wenigsten schädlich war. Hätte sie David und mir, Dr. Flaxman und Inspektor Humphries reinen Wein eingeschenkt, hätte das Gesetz gesagt, daß Rosie kein Verbrechen begehen konnte. Die Umwelt aber macht solche feinen Unterscheidungen nicht.

Vor bösartiger Neugier ist kein Mensch gefeit. Selbst wenn die Byfields ihren Namen geändert hätten und nach Australien ausgewandert wären, hätte irgend jemand die Sache ans Licht gezerrt.

Ich weiß nicht... Vielleicht sehe ich das alles zu kompliziert. Manche Dinge sind herzzerreißend simpel und mit Vernunftgründen nicht zu erklären. Vielleicht war Janet einfach der Lebenswille abhanden gekommen. Vielleicht suchte sie den Tod, und ihre Tochter zeigte ihr den Weg dorthin.

»Hast du das mal jemandem erzählt?« fragte ich Rosie.

Sie schüttelte den Kopf und löffelte den letzten Rest Eis aus meinem Becher.

»Das würde ich an deiner Stelle auch nie tun. Versprichst du mir das?«

Sie tupfte sich den Mund mit der Serviette. »Ist gut.«

Ich schwöre, daß ich dabei an Janet dachte. David, Granny Byfield und Rosie selbst blieb damit weiterer Kummer erspart. Wem hätte es genützt, wenn ich David die Wahrheit gesagt, wenn ich Inspektor Humphries angerufen und ihm eröffnet hätte, daß meine beste Freundin ihm und uns Sand in die Augen gestreut hatte? Andererseits: Hätte ich damit später Menschenleben retten können?

Wenn ich die Augen schließe, sehe ich Rosie mit dem Messer in der einen und Angel in der anderen Hand. Ich sehe, wie Janet sich über ihren Vater beugt, sehe das Blut langsam und stoßweise aus seinem Hals rinnen. Aber man weiß nie, wie alles gekommen wäre, wenn man sich anders entschieden hätte, und daran halte ich mich fest.

Die Bedienung trat von einem Fuß auf den anderen, und ich ließ mir die Rechnung geben.

»Nehmen wir ein Taxi zu Hamley's?« fragte Rosie.

»Es ist nicht sehr weit.« Sie machte ein langes Gesicht. »Möchtest du denn gern Taxi fahren?«

»O ja, bitte!«

Die Taxi-Frage war eine willkommene Ablenkung. Wir

waren so beladen, daß ich die Ausgabe rechtfertigen konnte, und Henry würde sich freuen, weil ich seine Mahnung beherzigte, mich nicht zu überanstrengen. Eine kurze Strecke kostete nicht viel. Ich wollte Rosie eine Freude machen. Es klingt komisch, daß ich mich mit solchen Dingen beschäftigte, nachdem meine Welt in ihren Grundfesten erschüttert worden war. Aber wir Menschen sind alle komisch, alle miteinander. Wir klammern uns an Einzelheiten und lassen uns von ihnen ablenken. Irgendwie muß man schließlich über die Runden kommen.

Bei Hamley's hatten wir das Glück – oder besser Rosie hatte das Glück –, eine Verkäuferin zu finden, die bereit war, sich mit Hingabe der Frage von Puppenbekleidung zu widmen. Nach langem Hin und Her kauften wir zwei Ausstattungen für Angel. Die erste war ein kurzes vielfarbiges Cocktailkeid aus Taft mit breitem asymmetrischem Ausschnitt und enganliegendem Oberteil. Der Glockenrock wurde von einem Petticoat gestützt. Dazu gehörte ein Paar Stöckelschuhe.

»Damit wird sie auf Partys Furore machen«, sagte die Verkäuferin.

Rosie drückte auf Angels Brust. »Mama«, sagte die Puppe.

Eine Viertelstunde später hatten wir uns auch auf die zweite Ausstattung geeinigt. Angel besaß nun für die Freizeit eine ärmellose beigefarbene Bluse mit tiefem eckigem Ausschnitt und enganliegende marineblaue Shorts. Die Verkäuferin überzeugte uns davon, daß Angel im Urlaub ohne blaue Ledersandaletten und einen Strohhut mit Bändern modisch nicht auf der Höhe wäre.

»Du kannst sie unmöglich mit Stöckelschuhen zum Segeln oder an den Strand schicken«, sagte sie. »Das sieht doch albern aus.«

Schließlich fanden wir noch ein schlicht geschnittenes weißes Nachthemd, das Angel paßte. Es war am Hals und an den Manschetten mit Spitze besetzt, und daß der Ausschnitt für einen Engel vielleicht ein bißchen zu tief war, störte Rosie nicht.

Während die Verkäuferin alles einpackte, schlenderte Rosie durch die Abteilung und besah sich die anderen Puppen, ihre Kleidung, ihre Häuser und Möbel. Als ich den Scheck ausschrieb, schlängelte sie sich an mich heran.

»Tante Wendy?«

»Ja?« Ich riß den Scheck heraus und sah zu Rosie hinunter. Trotz allem ertappte ich mich dabei, daß ich sie beneidete. Sie war – damals wie später – so schön und so selbstbezogen, daß kein Kummer an sie herankam.

Sie zog mich zu einer Auslage mit Babypuppen und Zubehör. »Haben Engel Babys?«

»Ich glaube nicht, Herzchen. Mit so etwas geben sie sich nicht ab.«

»Bestimmt nicht?«

»Du kannst ja sicherheitshalber deinen Daddy fragen.«

»Engel haben keine Babys«, sagte Rosie, »weil Engel keine Babys brauchen.«

Ich begriff, daß es nicht so sehr eine Feststellung als eine Frage war.

»Wahrscheinlich hast du recht.« Ich hatte keine Lust, auch noch eine Babypuppe zu kaufen, die natürlich auch einen Kinderwagen, ein Bettchen und eine komplette Ausstattung gebraucht hätte. »Aber Daddy kann dir das sicher ganz genau sagen.«

Sie nickte. »Ich will keine Babys.«

»Warum nicht?«

»Sie machen zuviel Scherereien und zuviel Schmutz. Deshalb haben Engel wahrscheinlich keine.«

Sie ließ von mir ab, um die Verkäuferin anzulächeln, die nur zu bereit war, sich anlächeln zu lassen. Ich setzte mich rasch in einen Sessel vor einem der Ladentische.

Babys …

Rosies Worte drehten sich in meinem Kopf wie ein Karussell, schneller und immer schneller, und je schneller sie sich drehten, desto elender wurde mir. Ich erinnerte mich an etwas, was Simon Martlesham gesagt hatte, und brachte es zum erstenmal in Verbindung mit einer Bemerkung von Mrs. Gotobed – oder vielmehr mit den Folgerungen aus der Bemerkung.

Alle Puppen in den Regalen starrten mich an, die bemalten Gesichter Horrormasken, die vollkommenen Augenbrauen überrascht und befremdet hochgezogen wie die von Lady Youlgreave. Ich hätte jemanden gebraucht, der mir sagte, daß es nicht stimmte, daß ich mich irrte.

»Ist Ihnen nicht gut, Ma'am?« Die Verkäuferin beugte sich über mich.

»Ein bißchen schwindlig. Nichts Ernstes.«

»Es ist ziemlich warm hier. Daß sie die Temperatur auch nie richtig hinbekommen!«

»Wenn wir ein Taxi nehmen«, schlug Rosie vor, »brauchst du nicht mehr zu laufen.«

Ich atmete tief. Das Baby in mir brauchte Luft. *Konzentrier dich auf das Kind. Dein Kind.*

»Ein Taxi?« wiederholte ich. »Gute Idee. Aber vorher muß ich noch telefonieren.«

»Wo fahren wir hin?« fragte Rosie.

»Würdest du noch ein Eis schaffen?«

49

Auf das Geld kam es jetzt nicht mehr an. Ich bat den Taxifahrer zu warten und betrat mit Rosie das Blue Dahlia Café. Die traurige Frau stand hinter dem Tresen und wienerte eine bereits blinkende Kaffeemaschine. Als sie Rosie sah, erhellte sich ihr Gesicht, als sei dahinter jählings eine Kerze aufgeflammt.

»Ich möchte zu Mr. Martlesham«, sagte ich. »Er erwartet mich.«

»Moment bitte, Miss. Ich will nur sehen, ob er fertig ist.«

»Wären Sie so nett, auf Rosie achtzugeben, während ich mit Mr. Martlesham spreche?«

»Aber ja.« Die Frau lächelte Rosie an, die eine mühelose Eroberung witterte und das Lächeln zurückgab. »Das ist aber eine hübsche Puppe. Wie heißt sie denn?«

»Angel.«

»Was für ein hübscher Name. Mag Angel Eis?«

Rosie nickte und sah auf ihre Füße.

»Wenn Mummy mit Mr. Martlesham spricht, mach ich dir ein Eis und ihr auch, und du darfst helfen.«

Weder Rosie noch ich sagten etwas, aber Angel quäkte »Mama«. Die Frau verschwand hinter dem Bogen, und die vielfarbigen Nylonbänder flatterten kurz wie ein zerbrochener Regenbogen.

Rosie drückte meine Hand wie eine Dienstbotenklingel. »Ob sie mich Angels Eis essen läßt?« fragte sie.

»Ich denke schon.«

Die Frau war zurück. »Sie können jetzt zu ihm.«

»Sei brav, Rosie. Es dauert nicht lange.«

»Jetzt machen wir Eisbecher«, sagte die Frau. »Leckere Eisbecher für kleine Engel.«

Sie zog Rosie hinter die Theke, ohne auf den Gast zu achten, der an dem Tisch am Fenster saß und ihr gewinkt hatte.

Ich klopfte. Martlesham bat mich herein.

Auf den ersten Blick war er unverändert und so geschniegelt wie immer. Er saß hinter dem großen Schreibtisch und hatte den Schreibtischsessel so gedreht, daß ich nur die rechte Gesichtshälfte sah, die der Schlaganfall nicht in Mitleidenschaft gezogen hatte. Zum Blazer trug er ein locker gebundenes Halstuch, in den Falten blitzte golden die Krawattennadel mit dem Pferdekopf. Er streckte mir die Hand hin. »Entschuldigen Sie, wenn ich nicht aufstehe.« Das Sprechen fiel ihm schwer. »Bin im Augenblick nicht gut drauf.«

»Das tut mir leid.«

Seine Hand war trocken und kalt wie Schlangenhaut.

»Meine Nachricht haben Sie also erhalten …«

»Ja.«

»Sehr freundlich, daß Sie persönlich gekommen sind, Mrs. Appleyard. Ich dachte, Sie würden schreiben oder anrufen. Kommen Sie von weit her?«

»Hampshire. Mein Mann und ich leben jetzt dort.«

Simon Martlesham war äußerlich so makellos wie sonst, aber innerlich hatte sich etwas verändert: Er kämpfte nicht mehr.

»Ich war im Sommer krank.« Das war keine Bitte um Anteilnahme, sondern nur eine Feststellung. »Sonst hätte ich mich früher gemeldet. Das mit Ihren Freunden tut mir leid. Wie hießen sie doch gleich?«

»Byfield.«

»Ich habe es in der Zeitung gelesen.«

»Die Tochter ist vorn im Gastraum, sie genießt die Aufmerksamkeit und das viele Eis.«

»Claudia hat Kinder sehr gern. Jetzt, wo Franco erwachsen ist, täten ihr Enkel gut. Darf ich Ihnen etwas anbieten, Mrs. Appleyard? Tee oder Kaffee?«

»Nein, danke.«

»Ich habe etwas gegen unbeantwortete Fragen«, sagte er. »Den Privatdetektiv habe nicht ich engagiert. Ich meine, ihn ein- oder zweimal gesehen zu haben, als er das Café beobachtet hat. Claudia ist er auch aufgefallen. Sie sind auf ihre Art sehr gut zu mir, Claudia und Franco. Aber ich habe den Mann nicht engagiert, darauf gebe ich Ihnen mein Wort.«

»Ich weiß.«

»Allerdings würde ich gern wissen, wer ihn geschickt hat. Die Sache geht mir nicht aus dem Kopf.«

»Ich hatte das Pferd am falschen Ende aufgezäumt, Mr. Martlesham. Nicht Sie haben versucht, Ihre Schwester zu finden, sondern Ihre Schwester hat versucht, Sie ausfindig zu machen.«

In seiner Bestürzung drehte er sich zu mir um. Die linke Gesichtshälfte sah jetzt noch schlimmer aus, wahrscheinlich hatte er im Sommer einen weiteren Schlaganfall erlitten. Er fuhr sich mit der Zunge über die Lippen, beugte sich über den Schreibtisch und legte eine Hand ans Ohr.

»Wer?«

»Ihre Schwester Nancy.«

Er lehnte sich zurück, zog schwer atmend ein Taschentuch aus der Hosentasche, tupfte sich die Stirn und schneuzte sich. »Bitte erzählen Sie ...«

Ich erklärte ihm, daß Francis Youlgreave sein Versprechen gehalten hatte und daß Nancy eine feine Dame, ja, eine leibhaftige Lady geworden war. Ich erzählte, daß ich mit ihr gesprochen hatte, und versuchte, ihm das Old Manor House zu beschreiben. Er hörte zu und nickte nachdenklich.

»Möchten Sie die Adresse haben?« fragte ich.

»Nein.«

Einen Augenblick schwiegen wir beide. Der Mund des alten Herrn arbeitete, als ob er an Worten kaute. Was heißt alt, dachte ich, er ist schließlich erst siebenundsechzig.

»Er war ein guter Mensch«, sagte Martlesham endlich. »Kanonikus Youlgreave. Das habe ich immer gesagt.«

»Ich weiß.«

Das war meine Chance. Vielleicht meine letzte Chance. Jetzt konnte ich die Frage stellen. Ich entschied mich dagegen. Weil Martlesham ein todgeweihter Mann war und wir Wahrheit in geballter Form alle nicht gut vertragen, weder die Wahrheit über uns noch über andere. Ich sah mich in dem Zimmer mit den ausgemusterten Ministeriumsmöbeln um und sehnte mich sehr nach Veedon Hall und nach Henry.

»Glauben Sie, daß er ein guter Mensch war?« bellte Martlesham so unvermittelt, daß ich zusammenzuckte. »Los, reden Sie!«

Er war rot angelaufen. Die gesunde rechte Hand zitterte auf der Schreibunterlage, als stünde der nächste Schlaganfall direkt bevor.

»Ich glaube, daß er viel Gutes, aber auch einige schlimme Dinge getan hat«, sagte ich. »Wie wir alle. Aber vielleicht ist er in beiden Richtungen an die äußerste Grenze gegangen.«

»Wie meinen Sie das?«

»Ihre Schwester, Lady Youlgreave, hat Munro engagiert, um Sie aufzuspüren und um in Erfahrung zu bringen, was über Francis Youlgreave bekannt war. Warum hat sie das Ihrer Meinung nach getan?«

Er zuckte die Schultern. »Was weiß ich ...«

»Vielleicht können Sie es sich denken. Warum wollen Sie Ihre Schwester nicht sehen?«

»Das habe ich Ihnen schon gesagt.«

»Sie haben gesagt, daß Sie Ihre Schwester nicht in Verlegenheit bringen wollten und daß Ihre Schwester davon ausgegangen ist, Sie hätten sie verkauft. Beides stimmt vielleicht. Aber damit ist es nicht getan.«

Er krümmte die Finger und ließ sie langsam über die Schreibunterlage krabbeln. Dabei sah er seine Hand an und nicht mich.

»Wußten Sie, daß Ihre Tante bis vor kurzem, bis zum Juni, noch gelebt hat?«

Er sah auf und nickte langsam.

»Und wußten Sie, daß Sie auch einen Vetter haben, Wilfred Gotobed?«

»Haben Sie mit den beiden gesprochen?«

»Ja.«

»Tante Em hat mit Ihnen gesprochen? Nicht zu fassen!«

»Sie war natürlich vorsichtig. Notgedrungen. Genau wie Sie und Lady Youlgreave. Vor allem Lady Youlgreave.«

Seine Fingernägel krallten sich in die Schreibunterlage, als wollte er etwas herauskratzen. »Ich bin müde. Ich muß Sie bitten zu gehen.«

Ich stand auf, strich den Rock glatt und griff nach meiner Handtasche. »Ich will Ihnen sagen, Mr. Martlesham, wie ich die Sache sehe. Mrs. Gotobed hat erzählt, daß die Kinder – die Kinder ihrer Schwester – ein Problem waren, als sie heiraten wollte, weil Sammy Gotobed nicht bereit war, sie ins Haus zu nehmen. Damals dachte ich, Mrs. Gotobed hätte Sie und Nancy gemeint, aber das gab keinen Sinn, denn Sie standen beide mehr oder weniger auf eigenen Füßen. Sie selbst haben vor dem Tod Ihrer Mutter beim Bischof gearbeitet und dort auch gewohnt. Danach hat Kanonikus Youlgreave Sie nach Kanada geschickt, so daß Sie keine Belastung für Ihre Tante waren.«

»Sie war eine alte Frau, sie hat das mit meinem Alter durcheinandergebracht.«

»Bei unserem letzten Gespräch haben Sie mir gesagt, daß Ihre Mutter im Kindbett gestorben ist. Von Mrs. Gotobed weiß ich, daß sie vor der Heirat mit ihrem Mesner zur Untermiete wohnte und die Kinder ihrer Schwester zu sich genommen hat. Die Hauswirtin habe sich über die Scherereien und den Schmutz, den die Kinder machten, beklagt. ›Ich bin keine Kindsmagd‹, soll sie gesagt haben.«

Die Hände lagen jetzt ganz still.

»Selbst wenn Sie dort gewohnt hätten – ein dreizehnjähriger Junge, der schon eigenes Geld verdient, braucht keine Kindsmagd mehr.«

Martlesham hatte von faltiger Haut umgebene Greisenaugen, in denen Wasser stand. Auf dem Unterlid des rechten Auges sammelte es sich zu einer Träne.

»*Kinder*«, sagte ich. »Mehrzahl.«

Er schwieg und blinzelte. Die Träne verschwand.

»Was ist aus dem Baby geworden?«

Er antwortete nicht. Er würde nie antworten. Keiner von ihnen würde antworten. Francis Youlgreave hatte den dreien – Simon, Nancy und Tante Em – eine Zukunft gegeben und dafür das Baby mitgenommen. Es war ganz leicht gewesen. Geblieben waren nur einige wenige Überreste des Verbrechens.

»Ich könnte es in Erfahrung bringen«, sagte ich. »Ich könnte in Somerset House die Geburtsurkunde einsehen.«

Martleshams Kopf zuckte, und etwas wie ein Lächeln huschte über das zerstörte Gesicht.

Und da begriff ich, daß es zwecklos war. Die Geburt war nicht angemeldet worden. Es war ein Kind aus den Slums, eine Waise, unerwünscht von den Lebenden und von Anfang an dem Tod geweiht. Juristisch hatte es dieses Kind nie gegeben – so wie Rosie juristisch keinen Mord begangen haben konnte.

Ein Neugeborenes ist so klein, nicht viel größer als eine Katze oder ein Huhn, und viel wehrloser. Simon, Nancy und Mrs. Gotobed hatten womöglich nicht gewußt, was geschehen würde, auch wenn sie es sich vielleicht hätten denken können.

Simon Martlesham mied meinen Blick. Ich ging hinaus und machte die Tür leise hinter mir zu. Ich wischte mir die Augen und schnaubte mir die Nase. Auf der anderen Seite der bunten Bänder saß Rosie würdevoll an einem Tisch, von bewundernden Frauen umringt, und vertilgte eine große Portion Eis mit Schokoladensoße. Es dauerte eine Weile, bis ich sie zum Gehen bewegen konnte. Die traurige Frau weigerte sich, Geld zu nehmen.

Der Taxifahrer sah von der *Post* auf, als wir aus dem Café kamen. Ich schüttelte den Kopf, deutete auf die Telefonzelle an der Ecke von Fetter Passage, nahm Rosies heiße, klebrige Hand und zog sie mit mir. Eine warme Welle von Urin und Essig schlug mir entgegen, als ich die Tür aufmachte.

»Es stinkt«, sagte Rosie. »Wen rufst du an?«

»Eine Bekannte. Du kannst draußen warten.«

Sie stellte sich neben die Telefonzelle und schwatzte mit Angel, während ich die Auskunft anrief. Ich hatte Glück – das Old Manor House hätte eine Geheimnummer haben können, und ich wußte, daß ich mich, wenn ich es jetzt nicht versuchte, nie dazu aufraffen würde. *Denn darin liegt das höchste Heil* ... Schwangere haben seltsame Gelüste und jähe, heftige Ängste, würde Henry sagen, wenn ich es ihm erzählte.

Falls ich es ihm erzählte.

Die Stimme einer Frau, die ich nicht erkannte, knisterte an meinem Ohr. Ich drückte den Knopf, nannte meinen Namen und bat darum, Lady Youlgreave sprechen zu dürfen. »Sagen Sie ihr, daß es um Onkel Francis geht«, sagte ich.

Ich wartete, die linke Hand auf meinen Bauch, auf mein Kind gelegt.

Gleich darauf meldete sich Lady Youlgreave. »Mrs. Appleyard. Was kann ich für Sie tun?«

»Ich war gerade bei Simon.«

»Bei wem?«

»Bei Ihrem Bruder.«

»Hoffentlich haben Sie ihm nicht meine Adresse gegeben.«

»Er will Sie nicht sehen.«

»Und womit haben Sie ihn jetzt wieder belästigt?«

Ich fühlte mich wie ein tanzender Korken auf einer gewaltigen Gefühlswoge – Zorn und Angst, Widerwillen und Mitleid –, die mich immer höher trug. »Ich weiß, was geschehen ist. Ich weiß von dem Baby.«

»Was für ein Baby soll das sein?«

»Ihr kleiner Bruder oder Ihre kleine Schwester. Das Kind,

das Francis Youlgreave gekauft hat. War es ein Mädchen oder ein Junge? Hat es überhaupt einen Namen bekommen?«

»Wie meinen Sie?«

»Haben Sie geholfen, es zu töten?«

»Sie haben eine blühende Phantasie«, sagte Lady Youlgreave und legte auf.

»Warum weinst du?« fragte Rosie, als wir die Fetter Passage hinunter zu unserem Taxi gingen.

Ich mochte mich nicht verstellen. »Weil die Menschen eine so erschreckende Mischung aus Gut und Böse sind.«

Rosie warf den Kopf zurück, als hätte ich etwas unglaublich Kindisches gesagt.

»Niemand ist vollkommen«, sagte sie. »Bis auf Angel.«

Nachbemerkung des Autors

Eine Messe für die Toten ist der dritte Roman der Roth-Trilogie, in der Schicht für Schicht die ineinander verwobenen Schicksale der Appleyards und der Byfields freigelegt werden. Jedes Buch ist als selbständige Geschichte zu verstehen. Die drei Bände sind zwar so angelegt, daß sie ineinandergreifen, können aber in jeder beliebigen Reihenfolge gelesen werden.

Der erste Roman, *Die vier letzten Dinge,* spielt Mitte der neunziger Jahre des letzten Jahrhunderts in London, der zweite, *Das Recht des Fremdlings,* spielt 1970 in Roth, einem der äußeren Vororte von London.

Inhalt

Erster Teil
Die Pforte in der Mauer
7

Zweiter Teil
Die Domfreiheit
53

Dritter Teil
Blue Dahlia
347